J.R. WARD

como Jessica Bird

UM ROMANCE Inesquecível

São Paulo
2014

UNIVERSO DOS LIVROS

An Unforgettable Lady
An Ivy Book
Published by The Random House Publishing Group

1ª edição - 2014

Dados Internacionais de Catalogação na Publicação (CIP)
Angélica Ilacqua CRB-8/7057

B517i
Bird, Jéssica
Um romance inesquecível / Jessica Bird; tradução de Amanda Moura –
São Paulo: Universo dos Livros, 2013.
352 p.

ISBN: 978-85-7930-609-9
Título original: An unforgettable lady

1. Literatura americana 2. Ficção I. Título II. Moura, Amanda

13-0921 CDD 813

Diretor editorial
Luis Matos

Editora-chefe
Marcia Batista

Assistentes editoriais
Cássio Yamamura
Nathália Fernandes
Raíça Augusto

Tradução
Amanda Moura

Revisão
Paula Fazzio
Viviane Zeppeline

Arte
Francine C. Silva
Valdinei Gomes

Capa
Zuleika Iamashita

Universo dos Livros Editora Ltda.
Rua do Bosque, 1589 • 6º andar • Bloco 2 • Conj. 603/606
Barra Funda • CEP 01136-001 • São Paulo • SP
Telefone/Fax: (11) 3392-3336
www.universodoslivros.com.br
e-mail: editor@universodoslivros.com.br
Siga-nos no Twitter: @univdoslivros

– Gostou do que viu essa manhã? – pelas costas, ela ouviu a voz profunda e lacônica de Smith.

Grace virou-se e lutou contra a vontade de esconder o rosto com as mãos.

Ele estava de pé na sala de estar segurando uma caneca que exalava fumaça. Ao ingerir um gole do líquido, seus olhos pairaram sobre ela, perfurando-a com uma chama azul. Quando ele percebeu o que ela estava vestindo, pressionou os lábios.

Ela puxou as pontas do robe, aproximando-as um pouco mais na tentativa de encobrir o corpo, e desejou estar vestindo algo mais substancial.

Quando ele esticou o braço num movimento rápido e segurou o braço dela, Grace sentiu o toque dos dedos dele na fina seda de seu robe e era como se ela não estivesse vestindo nada. Ela olhou para a mão dele e ficou admirada ao se dar conta de que aquele simples contato foi suficiente para deixar seu corpo excitado, fervilhando de desejo.

– Então, responda à minha pergunta, condessa – a voz de Smith era um grunhido delicioso e provocante. – Gostou do que viu?

– Sim – a palavra soou tranquila, mais baixa que o próprio ritmo da respiração dela.

E foi nesse momento que ela percebeu que faria amor com ele...

Dedicatória

Para Diane Anderson e seu amor, Scott Anderson.
E também para o pequenino McGregor.

Capítulo 1

John Smith consultou o relógio e olhou ao redor do salão de baile do Plaza Hotel.

Tudo transcorria bem. De acordo com as informações que tinham acabado de ser transmitidas a ele pelo fone de ouvido, o avião do embaixador havia pousado em segurança no La Guardia e o homem chegaria para a festa a tempo.

Smith correu os olhos pela multidão resplandecente. Era a típica cena ostentosa que sempre exibia em jantares como aquele, a 5 mil dólares o prato. Mulheres adornadas com joias e vestidos longos de gala, homens de smoking; o patrimônio líquido coletivo do salão chegava à estratosfera. No meio da multidão agitada, negócios eram feitos, novos pares românticos se formavam e o desdém social era trocado por meio de sorrisos. O ambiente estava repleto de beijos lançados ao vento e inúmeros apertos de mão.

Debaixo dos lustres daquele elegante salão de baile, todos eles pareciam ter o controle do mundo. Smith sabia bem disso. Havia sido contratado por alguns deles e aprendera seus segredos sujos e seus vícios ocultos. Tinha até mesmo testemunhado como alguns receberam o despertar para a vida real.

Ser o alvo de um perseguidor armado, isso sim era motivo de preocupação. Ter seu filho encurralado por um maluco que quer acabar com você por causa de alguns milhões de dólares? Aquilo sim era um problema. Estivesse ou não o implante de silicone de sua amante simetricamente em jogo.

O perigo, assim como a doença, era o grande equalizador de tudo, e os ricos rapidamente aprendiam o que realmente importava quando a tragédia vinha bater à porta. Como cortesia da visita, eles também recebiam algumas lições sobre suas profundezas interiores. Smith já tinha visto empresários muito bem-sucedidos se descontrolarem e chorarem de medo. Também havia testemunhado uma força grandiosa e súbita emergir em uma mulher cuja única preocupação era as suas roupas.

Ser um especialista em segurança pessoal era um trabalho perigoso, mas era a única coisa que ele se imaginava fazendo. Com seu conhecimento militar e inteligência, e como não aceitava muito bem receber ordens, aquela função lhe caía bem. Observador, protetor, e até assassino, se necessário. Smith estava no topo entre os profissionais de sua área, e sua pequena empresa, a Black Watch Ltda., lidava com todos os tipos de público, de homens do Estado a investidores e figuras internacionais.

Para alguns, aquela teria sido uma vida difícil. Por conta da profissão, Smith viajava ao redor do mundo, dormia em quartos de hotéis, hospedava-se na casa de outras pessoas e se deslocava de um trabalho para o outro sem intervalo. Para ele, a falta de continuidade era um atrativo. Uma necessidade.

Uma mochila do exército repleta de roupas e duas maletas de metal cheias de equipamentos eram tudo o que ele possuía. O dinheiro que ganhara, uma quantia considerável, estava espalhado em diversas contas bancárias com nomes diferentes. Ele não tinha um número de segurança social válido, tampouco registro na Receita Federal, e nenhum outro órgão do governo possuía seus dados. Para todos os efeitos, Smith era um fantasma.

Mas isso não significava que ele não fosse notado.

Uma mulher com um vestido preto e justo passou por ele, encarando-o com um olhar convidativo – irresistível para qualquer homem, imaginou. Ele a observou passar e a mediu da cabeça aos pés. Não estava interessado em um caso rápido com uma socialite. A experiência ensinara-o a se relacionar sempre com mulheres do tipo dele.

As mulheres com quem ele saía normalmente pertenciam à comunidade de inteligência ou às forças armadas. Elas entendiam como era a vida dele e não esperavam nada além de uma noite ou duas, um corpo para aquecer suas camas. Mulheres comuns costumavam olhar para o futuro depois que eles faziam sexo, e lidar com as expectativas equivocadas delas demandava tempo e paciência – algo que ele não tinha de sobra.

Seu fone de ouvido emitiu um sinal. O "pacote" estava na limusine, esperando para ser levado ao Plaza.

– Obrigado, Tiny – respondeu ele em um pequeno transmissor preso em seu pulso.

Ao passar os olhos pela multidão, não avistou nenhum problema. O lugar estava coberto pelos seus homens. Smith conhecia e confiava em todos eles, e os escolhera a dedo diretamente da corporação militar de elite. A Black Watch era o único lugar que ele conhecia onde ex-soldados, ex-fuzileiros navais e ex-militares da US Navy Seals, a Força de Operações Especiais da Marinha dos Estados Unidos, poderiam trabalhar juntos sem distribuir porradas. Se algo de errado acontecesse naquela noite, eles trabalhariam juntos e fariam o possível e o impossível para proteger o embaixador.

Salvo o fato de que Smith estava preocupado porque sabia de algo que ninguém mais tinha conhecimento. O homem que estava perseguindo o embaixador tinha sido morto há cinco horas em um posto militar no seu país natal. Smith fora avisado por um velho amigo; considerando a fonte, ele podia confiar que a informação era verídica. Aquilo não significava que o embaixador estava fora de perigo, pois os assassinos poderiam facilmente ser substituídos, mas diminuía as chances de problemas naquela noite em particular.

Apesar da redução do nível de ameaça, Smith não estava menos alerta. Ele sabia onde cada pessoa estava naquele salão de baile, os padrões de seus movimentos, e como entravam e saíam do espaço. Nem o melhor serviço de inteligência do mundo mudaria a exatidão de sua visão periférica ou sua capacidade de rápida assimilação de informações.

A vigilância era uma característica natural dele, tão imutável quanto a cor dos seus olhos.

Smith sentiu alguém se aproximando pelas suas costas. Virou-se e olhou para o rosto preocupado de Alfred Alston, o anfitrião da festa. O homem era o típico ícone das relações sociais, com a cabeça prematuramente repleta de fios de cabelos brancos e os óculos com a armação em formato de chifre. Smith gostava dele. Era um cara fácil de lidar.

– Peço desculpas por incomodar, mas você viu a minha mulher?

Houve uma ligeira cadência na pronúncia das vogais em inglês, sem dúvida um resquício de quando seus ancestrais atravessaram o Atlântico. Em 1630.

Smith balançou a cabeça.

– Ela deveria estar aqui há um bom tempo. Ela odiaria perder a entrada do embaixador – Alston aproximou os dedos finos até sua gravata borboleta. – Embora eu tenha certeza de que ela vai aparecer.

A tensão no olhar do homem era mais verdadeira que as suas palavras.

– Quer que eu mande um dos meus homens até a sua casa?

Como Alston era uma pessoa de espírito muito esportivo, Smith não se importaria em fazer um esforço a mais. Além disso, aquilo não demandaria muito tempo. Seus homens tinham um jeito de contornar o trânsito que deixava os taxistas da cidade de Nova York sentindo-se como se pertencessem à sociedade Amish[1].

Alston esboçou um sorriso preocupado.

– Obrigado. É muito gentil de sua parte, mas não quero arrumar problemas.

– Se mudar de ideia, basta me avisar. A propósito, o embaixador está a caminho e chegará a tempo.

– Fico feliz que você esteja aqui. Curt Thorndyke estava certo. Você é capaz de tranquilizar a mente de qualquer homem.

Smith voltou a olhar ao redor do salão. Dentro de vinte minutos, o embaixador chegaria. Começaria a sessão de praxe de fotografias e genuflexões e, então, o jantar seria...

Os olhos de Smith perceberam algo.

Ou alguém.

---

[1] Trata-se de uma população com mais de 100 mil habitantes, que vivem sem acesso a computadores e à eletricidade por escolha própria. Para se locomoverem, essas pessoas utilizam carroças e como fonte de luz fazem uso de lampiões. (N.T.)

Ele fitou a multidão e avistou uma mulher loira que tinha acabado de chegar. Usando um vestido longo, prateado e cintilante, ela estava de pé na adornada entrada do salão de baile e parecia radiante demais para ser real.

Ele a reconheceu imediatamente. E quem não a reconheceria?

Condessa Von Sharone.

O salão ficou em profundo silêncio à medida que as pessoas notaram a presença dela. O status social do evento, que já era bastante elevado, ultrapassou o telhado com sua chegada, e a aprovação da multidão era evidente.

Se esses engomadinhos não estivessem segurando suas bebidas, teriam aplaudido-a veementemente, pensou ele com indiferença. Como se fosse ela a homenageada, e não o embaixador.

Ainda assim, ele tinha de admitir que ela era uma pessoa atraente. Com o cabelo loiro amarrado num penteado encaracolado, a mulher possuía uma beleza clássica, com traços faciais delicados e olhos verdes deslumbrantes. E aquele vestido! Perfeitamente ajustado em seu corpo, o vestido movia-se como água à medida que ela adentrava o salão.

Nossa, como ela é *linda*!, pensou Smith, como se a mulher fosse para o bico dele. Mas não era.

Alston dirigiu-se até ela. Ela estendeu a mão e aceitou com afetuosidade os beijos dados por ele em ambas as bochechas. Alguém mais aproximou-se, depois mais alguém, até que ela ficou coberta pela onda de bajulação do salão. Smith rastreou todos os movimentos da mulher.

Ela aparecera nos jornais recentemente, ele se lembrou – como se alguma vez aquela mulher tivesse deixado de ser notícia. Suas roupas, suas festas, seu casamento extravagante forraram as capas de todos os tabloides e de todos os jornais. Mas o que ele tinha lido sobre a condessa recentemente? Que o pai dela falecera há pouco tempo. Era isso. E havia algumas notícias espalhadas a respeito dela e de outras cinco mulheres na seção de moda e estilo do *The New York Times*. Smith tinha visto a capa do jornal no balcão da recepção do Plaza.

Com certeza ela nasceu em berço de ouro, pensou ele, observando as pérolas e os diamantes pesados do colar que a mulher tinha ao redor do pescoço e dos brincos pendurados nas orelhas. A fortuna da família estava na casa dos bilhões e, considerando que ela acabara de se casar, essa quantia não estava exatamente diminuindo.

No momento em que a mulher começou a entrar no salão, ela olhou na direção de Smith e seus olhares se cruzaram. Ela ergueu as sobrancelhas de maneira suntuosa ao perceber que ele não desviou o olhar.

Talvez não tenha gostado de ser observada. Talvez ela tenha sentido que ele não pertencia ao meio, embora estivesse vestido a rigor.

Talvez o desejo que ele estava sentindo estivesse estampado em seu rosto.

Smith disfarçou sua reação enquanto ela o examinava. Ficou surpreso com o brilho astuto em seu olhar e com o tempo que ela ficou observando a orelha esquerda dele, exatamente onde estava o fone de ouvido. Ele não esperava que ela fosse tão observadora. Era um cabide de roupa de primeira linha, da mais alta costura, com certeza. O acessório de luxo favorito de algum homem rico, sim. Mas será que ela escondia pelo menos metade de um cérebro por trás de toda aquela fachada elegante? Sem chance.

A condessa continuava caminhando pelo salão quando a voz profunda de Tiny chegou ao fone de ouvido. O embaixador chegaria em quinze minutos. Smith olhou para o relógio. Quando levantou a cabeça, ela estava em pé na frente dele, depois de ter se livrado dos seus admiradores.

– Eu te conheço? – a voz dela era suave, um pouco baixa demais para uma mulher. Incrivelmente sexy.

O sorriso que ela oferecera a ele foi gentil e acolhedor, nada parecido com a expressão fria e aristocrática que ele havia imaginado.

Os olhos dele cintilaram diante daquela mulher. Os seios dela permaneciam escondidos pelo vestido prata, mas estavam perfeitamente emoldurados, e a cintura era fina. Ele imaginou que as pernas – que estavam igualmente cobertas pelo vestido – também eram igualmente perfeitas. Smith sentiu o perfume dela, algo leve e ao mesmo tempo picante, que adentrava as narinas e invadia o sistema nervoso.

– Nos conhecemos? – perguntou ela novamente, estendendo a mão e aguardando uma resposta.

Smith olhou para baixo. Ela tinha estendido a mão esquerda para cumprimentá-lo e ele lançou um olhar em direção às joias que ela usava no dedo anelar. Era uma safira monstruosa e uma espessa faixa de diamantes.

Os anéis lembraram-no de que, mentalmente, ele acabara de despir uma mulher casada.

Ele levantou a cabeça e mirou os olhos dela, desejando que aquela mulher fosse para bem longe dali. Os dois começavam a chamar a atenção das outras pessoas, já que ela permanecera com a mão estendida esperando para cumprimentá-lo.

– Não, você não me conhece – respondeu ele secamente, segurando a mão dela.

No instante em que a tocou, uma labareda de calor invadiu o seu braço e ele pôde enxergar o reflexo dessa chama nos olhos dela. A mulher se afastou bruscamente.

– Tem certeza de que não nos conhecemos? – ela inclinou a cabeça para um lado, enquanto esfregava a própria mão, tentando livrar-se daquela sensação desagradável.

O fone de ouvido recebeu mais um aviso sobre o embaixador.

– Sim, tenho certeza.

Smith virou-se e afastou-se dela.

– Espere! – ele a ouviu gritar.

Smith não parou, apenas continuou a caminho dos fundos do salão. Abriu uma porta sem identificação e entrou por um corredor cheio de cadeiras e mesas. No teto baixo, havia lâmpadas incandescentes que faziam um efeito de sombra no chão de concreto. O corredor o levaria até a entrada de serviço que o embaixador ia usar.

Ao ouvir um estalo em suas costas, ele virou-se. A condessa o havia seguido.

Mesmo debaixo daquela luz fluorescente, ela continuava deslumbrante.

– O que você está fazendo aqui? – ele indagou.

– Quem é você?

– Por que você quer saber?

Ela hesitou.

– É que você ficou me olhando como se nos conhecêssemos.

– Acredite em mim. Não nos conhecemos.

Smith começou a caminhar pelo corredor novamente. A última coisa que a condessa precisava era de outro homem ofegante atrás dela. Sem a menor sombra de dúvida, admiradores tolos brotavam aos montes em sua vida. E, por falar em tolos, por que o marido não estava lá babando em cima dela naquela noite? Ao que parecia, ela havia ido para a festa sozinha.

Smith olhou por cima do próprio ombro.

A condessa tinha se virado para a porta. Ela estava com a cabeça baixa, como se estivesse se preparando para voltar à festa.

Ele começou a andar devagar. Depois parou.

– O que há de errado com você? – exclamou Smith, fazendo com que sua voz ultrapassasse as paredes vazias. No mesmo momento em que fez a pergunta, desejou que não a tivesse feito, e murmurou: – Alguém apareceu usando o mesmo vestido que você hoje?

A condessa girou a cabeça em direção a ele. Ela endireitou o corpo e o olhou friamente.

– Não há absolutamente nada de errado comigo – a voz dela soou firme, as palavras foram nítidas e pontuais. Talvez ele tivesse imaginado que ela fosse uma pessoa vulnerável. – Quanto a você, infelizmente, vejo que possui uma grande falta de educação.

Smith franziu a testa ao se dar conta de que ela era boa nas respostas. Com uma frase à altura e um tom suave, ela o fizera se sentir um completo idiota. Sem dúvida, tinha muita prática em tesourar as pessoas e provavelmente já tinha aperfeiçoado tal habilidade com uma comitiva de criados e garçons ao longo dos anos.

Bem, ele não era um dos seus lacaios. E ela não tinha por que permanecer em seu caminho. Mesmo que o assassino do embaixador estivesse morto, a última coisa que Smith precisava era ter alguém como ela atrapalhando o seu trabalho. Ela tinha de voltar para a festa agora, assim ele poderia executar suas atividades.

Hora de ser inflexível, pensou ele.

Smith caminhou lentamente em direção à condessa e teve de ignorar seu aroma irresistível enquanto a mulher o fitava.

– Quer me dizer alguma coisa? – perguntou ela, objetivamente. – Ou você só queria se aproximar de mim?

Quando ela o observou com o mesmo olhar de antes, Smith ficou surpreso. As pessoas recuavam rapidamente quando ele as encarava. A loira estava se saindo bem.

Ele aproximou ainda mais o rosto, sentindo-se irritado.

– Sinto muito se eu só a ofendi – disse ele. – Eu queria te deixar puta.

– E por que você quer fazer isso?

– Porque você entrou no meio do meu caminho.

– Como assim?

O tempo foi passando, o embaixador estava chegando e a tenacidade da condessa começava a adentrar as camadas da pele dele.

Da mesma maneira que a proximidade dela. Ao olhar para aquela mulher, ele sentiu uma urgência que não tinha nenhuma relação com o tempo.

E tudo a ver com desejo.

Mulher errada, lugar errado, pensou. Livre-se dela.

– Diga-me, condessa, você sempre implora por atenção desse jeito? – a voz dele soou fria e desdenhosa.

– Não estou implorando por nada – respondeu ela delicadamente.

– Você escolhe o único homem que não quer saber de você e o segue até fora da festa. Acha que isso é desinteresse?

Smith estava louco para se livrar dela, mas havia mais. Sua reação a ela e a força daquela sensação inapropriada deixaram-no receoso. Estar diante daquela mulher era o mesmo que estar na frente de um incêndio.

E ele não era um homem que tinha a intenção de ser queimado.

Surpreendeu-se quando ela arqueou os lábios, lançando um sorriso delicado. Em vez de reagir de acordo com a atitude dele, com algum tipo de resposta mal-humorada, ele recebeu uma censura tolerante.

E então ela o deixou chocado ao dizer exatamente a verdade.

– Você – apontou ela, de maneira decidida – está se sentindo ameaçado por mim.

Smith ficou atordoado e se recuperou com uma sacudida de raiva.

Quem essa Barbie de sangue azul pensa que é? Ele trabalhava salvando vidas e ela desfilava pelas festas mostrando seus vestidos de luxo. Ele tinha de lidar com assassinos, bandidos e psicopatas para sobreviver. E estava se sentindo ameaçado por ela? Dane-se.

– Você tem um ego e tanto, hein, Barbie – afirmou ele, laconicamente –, se acha que estou assustado.

– E você me parece cada vez mais antagônico. E eu me pergunto por quê.

Smith apontou em direção à porta.

– É melhor você voltar para os seus amigos na terra da fantasia. Você vai estar muito mais segura com aqueles bonecos Ken do que aqui, sozinha comigo nesse corredor.

Como resposta, ela teve a ousadia de sorrir largamente para ele.

Será que ela não entendeu que ele era um homem perigoso? Um homem armado, por Deus!

E ela tinha que ter esse perfume tão bom?

A condessa balançou a cabeça com pesar e disse:

– Sabe, eu realmente pensei que você fosse uma pessoa diferente.

Diferente? Com certeza.

– Aposto sua bundinha que não tenho nada em comum com você.

– Lá no salão pensei que você estivesse sob o comando, controlando alguma coisa...

– Querida, estou controlando o mundo todo.

– Sério? Então por que está tão nervoso? Estamos apenas conversando.

– *Nós* não estamos fazendo nada. Você está fazendo com que eu perca o meu tempo.

Ela deu de ombros, movimentando-os com elegância.

– Você voltou para falar comigo. Ninguém está te segurando aqui.

Enquanto ele erguia e endireitava o corpo diante dela, a mulher levantou as mãos, simulando inocência.

Em seguida, ela virou-se para a porta e olhou para ele por cima do ombro, dizendo:

– Você também não é muito astuto.

– Que diabos você quer dizer com isso?

– Sun Tzu, *A arte da guerra*. Algumas regras simples sobre o conflito humano. Se o seu oponente está com raiva, irrite-o – ela lançou um olhar de relance enquanto colocava a mão sobre a maçaneta da porta. Aquele sorriso largo e tranquilo dela o incitou. – A técnica de investigação funciona muito bem, mesmo com caras durões como você. Talvez funcione especialmente com caras difíceis como você.

E foi o que aconteceu.

Em um movimento involuntário que não tinha nenhuma relação com a sua consciência, Smith estendeu o braço e agarrou-a, puxando-a para perto do corpo dele. Aquela mulher o levara ao limite do seu autocontrole.

Eles estavam a um centímetro de distância.

A expressão de sarcasmo dela desapareceu enquanto ela apoiava os braços sobre o tórax dele, empurrando-o.

– O que você está fazendo?!

– Tarde demais para desistir agora, condessa – ele rosnou. – Você provocou o homem errado, e provocou demais.

Ele tomou os lábios dela em um beijo ardente e enfurecido, contraindo os braços e pressionando-a contra si com tanta força que pôde sentir cada centímetro do corpo daquela mulher. Sentir o corpo dela contra o seu foi um completo choque. Os contornos femininos delicados se encaixavam perfeitamente nos músculos rígidos dele. Smith sentiu um desejo ardente invadindo seu corpo. Ela era como a energia pura de um raio, algo que ele nunca tinha sentido antes.

À medida que ele deslizou a língua entre os lábios dela, um gemido emanou de sua garganta para dentro da boca dele. Smith sentiu que ela parou de empurrá-lo e começou a apertar os seus ombros, retribuindo o beijo.

Então seu fone de ouvido disparou. O carro do embaixador tinha acabado de chegar.

Smith soltou-a imediatamente, deu um passo para trás e respirou ofegante. Ela abriu os olhos verdes vívidos e olhou para ele, sem dizer nada.

Ele fez uma pausa, observando a maneira como ela o olhava. Os lábios dela estavam inchados e vermelhos depois do beijo, a respiração lenta e as bochechas coradas. Ela era uma mulher inesquecível, mas que teria de ser esquecida. Caso contrário, ele enlouqueceria. Estava certo disso.

Smith virou-se bruscamente e saiu correndo, completamente convencido de que era melhor que ele estivesse na entrada de serviço quando o embaixador saísse de sua limusine. Ele nunca havia perdido um cliente e não seria naquela noite que o faria.

"Apenas esqueça que a conheceu", disse para si mesmo enquanto corria pelo chão de concreto.

Não há a menor chance.

Merda! Por que diabos ela tinha de ter seguido ele? E por que ele simplesmente não continuou caminhando quando ela se virou para ir embora?

Porque as coisas entre nós estão apenas começando, pensou ele, com receio.

Seu sexto sentido lhe dizia que seus caminhos iriam se cruzar novamente.

Capítulo 2

Cuppie Alston estava morta.

As palavras martelaram a cabeça de Grace durante todo o dia, desde o momento em que Alfred a avisara sobre a terrível notícia. Ela ainda não conseguia acreditar no que tinha acontecido, não conseguia compreender que a amiga havia sido assassinada na noite anterior, enquanto elas estavam na festa do embaixador.

O surrealismo daqueles fatos tinha sido uma companhia terrível em sua longa viagem da cidade de Nova York a Adirondacks. Entre os quilômetros de rodovias, de estradas municipais e das montanhas sinuosas, seu pensamento lutava contra a tragédia, produzindo incessantemente lembranças felizes, que estavam agora cobertas pelas cinzas da tristeza.

Como aquilo poderia ser verdade?, pensou ela de novo ao chegar à mansão enorme às margens do lago Sagamore. Desligou o motor da Mercedes e ficou observando a escuridão.

Ela não gostou do silêncio nem da falta de movimento. Sem distrações, sua mente chegou muito perto da histeria. Não apenas pelo fato de que Cuppie estava morta, mas porque agora ela também estava em perigo.

Grace envolveu os dedos ao redor do volante e o apertou. Sua consciência lhe dizia que ela não tinha sido seguida por ninguém. Mas uma ponta de medo lhe dizia que sim, alguém poderia estar seguindo-a. Ela olhou para a noite, à procura de sombras. À luz da lua, encontrou-as se movimentando e se retorcendo, provocadas pelos galhos das árvores que balançavam com o vento.

Até o dia anterior, ela não precisaria procurar por cantos escuros nem se perguntar o que havia escondido neles. Mas vinte e quatro horas antes, alguém que ela conhecia tinha sido brutalmente assassinado.

Ela abaixou a cabeça e apoiou a testa no volante.

Tudo aquilo era inimaginável, era como um sonho ruim. Cuppie fora encontrada morta na sala de espera da cobertura do luxuoso Central Park West dos Alston. Próximo ao corpo, havia um artigo recente sobre as seis mulheres mais importantes da cidade. Cuppie era a primeira a ser mencionada no artigo e sua foto tinha sido arrancada.

O texto encerrava com um elogio à Grace.

E foi por isso que ela tinha passado a tarde em uma delegacia. Ninguém, além do próprio assassino, sabia com certeza quem seriam as próximas cinco vítimas, mas Grace pôde sentir qual era o palpite da polícia. O tenente a tratou com toda a delicadeza quando ela compareceu para o interrogatório, apesar de ele ter uma voz áspera e rouca e o olhar cansado de um homem que não se impressionava com pouco. Ele estava, como ela percebeu, tratando-a como uma vítima.

Quando ela entrou na sala apertada, ele fez de tudo para esconder as fotos da cena do crime, mas não houve tempo hábil para isso. Ela viu rapidamente as fotos e quase vomitou. O pescoço de Cuppie tinha sido cortado em pedaços e havia um buraco na garganta onde deveria ser a laringe.

Grace não precisava de um diploma médico para compreender toda aquela violência. Alguém tinha esfaqueado Cuppie várias vezes. Não apenas para matá-la, mas para retalhá-la.

Sentiu uma náusea súbita e abriu a porta, inclinando a cabeça em direção ao chão, apesar de estar usando o cinto de segurança. Como ela havia deixado a chave na ignição, o carro continuou emitindo sinais sonoros, e ela contou os momentos que se passavam pelo som eletrônico. Olhando para os pedregulhos da estrada, ela se perguntou como conseguiria limpar a sujeira se o seu estômago cumprisse a ameaça.

Seria bom ter algo agradável para dizer quando sua amiga mais antiga abrisse a porta. "Eu vomitei no seu jardim" não era exatamente o tipo de saudação que ela queria oferecer. Seria muito melhor começar com "Parabéns pelo casamento, Carter". Ou então "Qual é a sensação de ser a sra. Nick Farrell?".

Grace olhou para a casa. Alguém passou pela janela e ela pensou sobre o quanto odiou o fato de ter perdido a cerimônia de casamento de Carter e Nick. O pai dela tinha sido enterrado no dia em que os dois se casaram, e esses dois acontecimentos da vida, um sobre o começo e outro sobre o final, significavam que nenhuma das duas amigas pôde estar junto à outra para prestar apoio. Mas elas trocaram muitos telefonemas.

E agora havia outro motivo para procurar a amiga. No momento em que Grace imaginou que não poderia suportar outra surpresa terrível, já que a perda do pai parecia um peso impossível de carregar e o fracasso do seu casamento parecia uma âncora que a puxava para baixo, a vida lhe preparara outro golpe.

Levando em consideração todos os fatos, aquele tinha sido um ano horrível. O ponto culminante foi seu casamento em janeiro, e as coisas pareciam cada vez piores desde então.

Pelo menos já era setembro, e não faltava muito para o ano acabar.

Os sinais sonoros do carro atacaram seus nervos, então ela puxou a chave da ignição. Foi difícil encontrar energia para entrar na casa, embora o frio daquela noite estivesse invadindo seu corpo por debaixo das roupas. Ela desejava parecer perfeitamente feliz para a amiga, mas o esforço para fingir parecia mais do que ela poderia suportar.

Em um lampejo de memória, lembrou-se da voz do pai, severa e autoritária. "Ânimo, estrela do mar! Quero ver aquele sorriso!"

O refrão da infância a fez lembrar-se do pai, de como ele era, da maneira como ele se inclinava em direção a ela olhando-a com amor e determinação. Diante do volante, ela ajeitou o corpo e livrou-se do cinto de segurança.

Na viagem de volta para casa, haveria tempo suficiente para discorrer sobre coisas que ela não poderia mudar. Por mais que sentisse pena de si mesma, não poderia trazer seu pai de volta, tampouco mudaria as consequências daquele artigo ou o fato de que Cuppie seria enterrada naquela segunda-feira.

Grace puxou o espelho retrovisor do carro para verificar sua maquiagem. As olheiras continuavam escondidas, mas o batom tinha desaparecido. Ela vasculhou a bolsa, encontrou o batom e retocou os lábios.

Ao se olhar no espelho, fez uma pausa e deixou a ponta dos dedos sobre os lábios por alguns instantes.

Ela ainda podia sentir o beijo dele. Aquele encontro de almas, de bocas, línguas e corpos foi tão vívido quanto a sensação que ela teve no momento em que eles se separaram. Não conseguia esquecer o que sentiu ao ser pressionada contra o corpo daquele estranho, nem a maneira como ele a tinha tocado e o fervor na corrente sanguínea que o contato com aquele homem provocara.

Ela tinha experimentado pela primeira vez, naquele corredor inóspito, o sabor da paixão.

Grace empurrou o espelho retrovisor para cima, sentindo-se perturbada.

Ela nunca mais o veria de novo, e era uma pena. Não tinha ideia de quem ou de onde ele era, e ela sabia que se começasse a fazer perguntas sobre ele daria início a um falatório. Legalmente, ainda era casada e, além disso, o homem que a beijara era perigosamente atraente. A última coisa que ela queria era despertar boatos a seu respeito.

Deus sabia que os dois, por conta própria, já causavam ebulição suficiente.

O que ela precisava era se animar, jogar-se para dentro daquela linda casa e partilhar da alegria de sua amiga.

Enquanto saía do carro, Grace olhou por cima do ombro. Movendo-se rapidamente, ela pegou suas malas da Louis Vuitton e correu para dentro da casa. Assim que seus pés tocaram a varanda, Carter Wessex abriu a porta com os braços estendidos.

– Woody! Você conseguiu!

Grace deixou a bagagem cair no chão e abraçou a amiga com força.

– Uau! Você está bem?

– Bem, bem. Feliz em te ver – Grace sorriu enquanto elas se separavam do abraço.

– Nossa, você está maravilhosa. Como sempre.

Grace olhou para o terno da Chanel que estava vestindo. Mal podia esperar o momento de tirá-lo e deixar sua pele livre daquele traje que a lembrava da visita à delegacia.

– Por que não deixa as suas malas aqui e vamos para a cozinha? – Carter afastou o cabelo grosso e negro da amiga para trás do ombro. – Você já comeu?

O estômago de Grace se retorcia de fome.

– Não estou com fome, mas aceito uma taça de vinho.

– Ah, aqui temos muito vinho – disse Carter ao dirigir-se para os fundos da casa. – Estou tão feliz que você tenha vindo passar o fim de semana com a gente. Nick está indo para Albany de Londres e depois vem para casa... Deve chegar dentro de uma hora. Está ansioso para conhecê-la melhor.

– Eu também! Aquelas festas enormes onde nos encontramos dificilmente são o melhor lugar para fazer amizades.

– E foi exatamente por isso que desisti desse tipo de festa – Carter sorriu.

Quando as duas sentaram-se na mesa de carvalho da cozinha, com um prato de queijo e frutas entre elas, Grace ergueu a taça com o vinho Chardonnay:

– Para a minha melhor amiga e companheira leal. Que o seu casamento seja longo e repleto de alegrias!

Com um brilho acolhedor nos olhos intensamente azuis, Carter sorriu.

– Estou tão contente por você ter vindo...

– Eu também – Grace desviou o olhar. – E então, me conta sobre o seu casamento. Você estava linda de noiva?

– Como andam as coisas? – a voz da amiga tinha certo tom de desconfiança.

– Já te disse. Estou bem, sra. Farrell. Agora, quero os detalhes. Acho que um livro de bolso sobre a cerimônia será suficiente.

– Você parece exausta.

– Mas você acabou de me dizer que eu estou maravilhosa.

– Você está maravilhosa e parece cansada – Carter suavizou a expressão do rosto. – Ando preocupada com você. Sei o quanto você e seu pai eram próximos.

Grace olhou para o vinho.

– Vamos falar apenas de coisas boas. Que tal me contar os detalhes da sua lua de mel?

O silêncio que se seguiu entre elas deixou claro que Carter, como de costume, não deixaria o assunto de lado.

Grace levou a taça à boca e a esvaziou em dois goles. Coragem em líquido, ela pensou, inclinando a taça na direção da amiga.

Consentindo, Carter novamente encheu a taça de vinho.

– Você leu no jornal hoje a notícia a respeito da morte de Cuppie Alston?

Carter franziu a testa e disse:

– Uma tragédia terrível. Você a conhecia bem, não é?

Grace assentiu.

– Eu estava na festa ontem à noite. Estava esperando ela chegar, como todos os outros.

– Isso deve ter sido horrível.

– E foi. Atrasaram o coquetel por horas até que finalmente tiveram de iniciar o programa sem ela. Aquela cadeira vazia no estrado... – Grace estremeceu. – Encontraram um artigo sobre socialites da cidade próximo ao seu corpo. Cuppie era uma das mulheres citadas nesse artigo.

– Não me diga que estão achando que se trata de algum tipo de *serial killer*?

Grace respirou fundo.

– Eu também estou naquele artigo de jornal. Fui interrogada pela polícia hoje.

Chocada, a amiga reagiu com um sibilo.

– Meu Deus, Grace! – Carter dirigiu-se para o outro lado da mesa, derrubando um saleiro.

Grace segurou a mão da amiga, tentando tranquilizá-la enquanto colocava o saleiro de volta ao seu lugar com a outra mão.

Em seguida, a porta detrás se abriu e Nick Farrell entrou na cozinha. Os dois se olharam.

Farrell era um homem alto e poderoso; vestia um terno listrado elegante, uma camisa azul-clara e uma gravata escura. Quando Nick deu um beijo demorado na mais nova esposa, Grace desviou o olhar discretamente.

– Então esta não é apenas Grace Woodward Hall – disse Carter, balançando a cabeça. – Esta é minha velha amiga Woody.

Os olhos cinzentos se cruzaram.

– Fiquei sabendo de várias coisas que você e Carter fizeram juntas.

Enquanto apertava a mão de Nick, Grace forçou um sorriso.

– É verdade que quase fomos expulsas de Groton por termos contrabandeado refrigeradores de vinho, mas o lance do time de *lacrosse*[2] de St. Mark é mentira.

Ele sorriu e olhou para Carter. No mesmo instante, a expressão de Nick mudou e ele franziu as sobrancelhas.

– O que há de errado? Sobre o que estavam falando?

Carter olhou rapidamente para a amiga. Quando Grace deu de ombros, Carter explicou. Ao terminar, Farrell demonstrou uma expressão preocupada.

– Vamos fazer o seguinte... – explicou ele.

– Por favor – Grace o interrompeu –, nada disso é problema seu. Não quero...

– Vamos ligar para John Smith.

– Ótima ideia – concordou Carter.

– Quem é John Smith? – indagou Grace. – Além de um homem com um nome bastante comum?

– Ele já me ajudou uma vez – disse Farrell. – É um segurança pessoal de primeira linha. E ele é muito discreto.

– Não acho que seja realmente necessário.

Nick lançou um olhar contundente para Grace.

– Seja quem for que deixou esse artigo no local do crime, essa pessoa está apenas começando. Quer se encontrar com ele qualquer dia desses quando estiver sozinha?

A imagem da garganta retalhada de Cuppie passou pela mente de Grace e ela sentiu uma pontada de medo no peito.

Carter franziu a testa e acariciou delicadamente o braço da amiga, tentando tranquilizá-la.

– Não precisa ser tão radical, Nick.

---

2 Esporte de origem norte-americana em que os jogadores utilizam um bastão chamado de *crosse*. (N.T.)

– Peço desculpas, mas vocês duas sabem que estou certo. Ela precisa de um guarda-costas.

Grace desviou do intenso olhar de diamante do homem. A última coisa que ela queria era discutir com alguém como Farrell sobre a segurança dela. Grace não tinha energia para isso e, mesmo que tivesse, sentia que ele dificilmente voltaria atrás, uma vez que estava decidido.

– Vou ligar para Smith agora – declarou, e saiu da sala.

Grace respirou fundo e fechou os olhos. Ela não deveria ter vindo, pensou. Carter correu até a amiga para pedir desculpas.

– Sinto muito. Às vezes ele pode ser um pouco... agressivo quando se preocupa com alguma coisa. Estamos trabalhando nisso. É só porque ele está preocupado.

Grace deu de ombros, sentindo-os tencionados.

– Não quero ser alarmista. Não sou uma estrela de cinema que precisa ser vigiada e não quero um segurança parasita de aluguel me seguindo.

– Pelo o que ouvimos a respeito desse cara, Smith se parece mais com um assassino muito bem treinado.

Grace comprimiu os lábios.

– Também não quero alguém assim perto de mim.

Farrell voltou dez minutos depois, dizendo:

– Smith vai estar aqui amanhã de manhã.

Grace abriu a boca, pronta para contestá-lo, mas tanto Farrell quanto Carter olharam fixamente para ela com uma expressão de determinação.

Sem a menor sombra de dúvida, os dois formavam um grande par, pensou Grace. Embora as discussões do casal fossem muito intensas.

– Acho que não me fará mal nenhum conversar com ele – afirmou Grace, cedendo à decisão do casal.

Quando os dois sorriram para ela, Grace tomou mais um gole do seu vinho. Por dentro, ela se sentia entorpecida. Como acontecera tantas vezes nas semanas anteriores, Grace se perguntou que tipo de vida era aquela que ela estava levando.

Na manhã seguinte, ela caminhou pela sala de estar da mansão até chegar à beira de um tapete Aubusson que estava sobre o chão. Parou em frente a um antigo espelho americano e ficou olhando para o próprio reflexo. Seu rosto ficou desfigurado pelo vidro chumbado e a contorção pareceu-lhe correta.

Tal como o espelho refletia, Grace não se sentia muito ela mesma.

Ela passou a mão pela saia e ajeitou a camisa de seda, embora nenhuma das peças precisasse de qualquer ajuste. Ela tinha colocado a mesma roupa que estava usando quando chegara. Afinal, aquilo era um negócio e qualquer peça da Chanel a fazia sentir-se sob controle.

Grace usava muitas roupas da Chanel.

Sentindo-se inquieta, ela verificou as roscas dos pesados brincos de diamantes que estava usando. As duas estavam bem ajustadas. Olhou para seus sapatos. Nenhum sinal de sujeira neles. Não teria notado se houvesse algum rasgo ou alguma mancha que necessitasse de um jato de água. Sem nada em que pudesse se concentrar, ela manteve o pensamento focado na falta de oxigênio naquele cômodo arejado e banhado pela luz do sol.

Foi até uma janela e abriu-a, sentindo a brisa fria e agradável do outono tocar o seu rosto. Do lado de fora, o lago estava calmo, o sol brilhava e o dia parecia cheio de promessas. Desejou com muito fervor que estivesse chovendo.

– Ele acabou de chegar – avisou Carter pela porta da sala.

Grace virou-se no mesmo momento em que Nick se aproximou da esposa e colocou as mãos sobre os ombros dela.

– Está pronta? – perguntou ele.

– Traga o sr. Smith – respondeu Grace quando a aldrava de bronze emitiu um ruído semelhante ao de um trovão.

Tudo aquilo estava errado, pensou ela, enquanto Nick abria a porta. Ela não queria um segurança particular. O que ela desejava era que Cuppie estivesse viva. Desejava poder voltar para aquela noite de quinta-feira no Plaza para ver Cuppie sentada entre o marido e o embaixador, enquanto eles se serviam da sobremesa.

Grace brincava com o seu relógio, olhando para o mostrador de platina. Não contrataria quem quer que entrasse por aquela porta e lamentou ter aceitado participar de um encontro como aquele. Nick deve ter tido a melhor das intenções, mas ela sentia como se tivesse sido forçada.

O que a fazia se sentir tão babaca nas mãos de homens controladores? Seu pai se dedicara totalmente a ela, mas também fora um homem controlador e opressivo. Ela havia aprendido a aceitar os lados bons e ruins dele, e lembrava a si mesma do quanto ele a amava mesmo quando fazia exigências incabíveis ou quando tentava controlar a vida dela. Mas ser capaz de enxergar ambos os lados do pai não era o mesmo que defender a si mesma – o que a levara a se casar com o homem errado.

Seu marido, Ranulf, tinha sido igualmente uma pessoa difícil. Com suas opiniões intransigentes sobre o que as mulheres devem ou não devem fazer, ele provou ser igual ao pai dela quando o assunto era dar ordens.

Grace emitiu um suspiro curto ao ouvir o som de vozes masculinas e, em seguida, o ruído de passos pesados.

Já passava da hora de parar de ser polida e começar a assumir o controle de sua própria vida. Como consequência do seu desabafo na noite anterior, algum pobre rapaz tinha vindo sabe Deus de onde para desperdiçar seu tempo. Ela não queria esse tipo de ajuda. E não permitiria que a preocupação extrema de Nick Farrell ou a preocupação mais ponderada de sua velha amiga a fizesse adotar um guarda-costas.

Grace fez uma careta. Em relação ao homem que viera para ser contratado, ela seria muito franca e se desculparia, dizendo a ele que aquilo havia sido um erro. Pagaria as despesas dele, claro. Sim, era a melhor coisa a ser feita.

Grace ergueu a cabeça e prendeu a respiração. Teve de piscar para se certificar de que não estava sonhando.

– É você... – sussurrou ela, enquanto olhava para a expressão séria do homem que a beijara.

Seu coração começou a bater acelerado.

O que ele estaria fazendo aqui? Seria ele um...

Claro, ele estava protegendo o embaixador naquela noite. Esse era o motivo pelo qual ele estava no baile. Era por isso que ele se destacava dos outros homens, como alguém mais forte, mais resistente, diferente.

Pena que não era Cuppie a pessoa que ele estava protegendo.

Ela engoliu em seco, sentindo um aperto na garganta. Ele estava exatamente da mesma maneira como se lembrava: mais forte que a existência e mais frio que gelo. O rosto dele era desenhado com traços arrojados, ancorados por um queixo em formato quadrangular e um nariz que parecia ter sido quebrado pelo menos uma vez. O corte de cabelo era curto, como o de um militar, e seus olhos eram penetrantes, intensamente azuis. Dessa vez, ele vestia uma jaqueta de couro preta e um jeans surrado, mas parecia tão autoritário quanto se estivesse vestindo um smoking.

Quando ele ficou parado na frente dela, ela se lembrou exatamente de como se sentiu ao ser beijada por ele, mas não conseguiria decifrar o que ele estava pensando. O homem não esboçou a mínima emoção. Não houve o menor sinal de surpresa ou dúvida quando ele a olhou, nem mesmo curiosidade. Seu olhar obscuro não revelava nada, exceto inteligência e uma ligeira e velada ameaça.

– Vocês se conhecem? – perguntou Nick.

Como o homem não respondeu, Grace murmurou:

– Nós nos conhecemos... em uma festa. Recentemente.

Nick arqueou uma das sobrancelhas quando Grace aproximou-se do homem, estendendo a mão para cumprimentá-lo. Ela ficou nervosa por ter de se aproximar de John Smith, com medo de acabar demonstrando o que havia acontecido entre eles.

– É bom vê-lo novamente.

Logo que ele tocou a palma de sua mão, ela sentiu como se estivesse sendo atingida por uma descarga elétrica. A sensação correu por entre os dedos, foi para o braço e atingiu-lhe o peito. Ela afastou-se dele rapidamente.

Da mesma forma como fizera da primeira vez em que tocara a mão dele.

– Você quer que a gente fique aqui com você? – perguntou Carter. – Enquanto vocês conversam?

Grace balançou a cabeça e os dois a deixaram sozinha. Com ele.

– Você não vai se sentar? – perguntou ela.

Grace notou um traço de deboche no olhar do homem quando ele pegou uma cadeira que estava em frente ao sofá e inclinou-se para sentar. Mesmo sentado, ele ainda parecia alto, pensou ela.

– Você não parece surpreso em me ver – afirmou Grace no sofá, ao cruzar as pernas. Os olhos dele acompanharam o movimento e continuaram sobre as pernas de Grace, antes de subirem para o rosto dela.

– Não me coloco em posições nas quais eu possa ser surpreendido – a voz dele soou profunda e grave, demonstrando total confiança.

Ele era todo másculo, orgulhoso, arrogante e com o ego elevado, resultado de uma sobrecarga de testosterona. Claro, ele parecia mais duro que uma pedra, e talvez isso justificasse o excesso de autoconfiança. Certamente ela não gostaria de provocar a sua raiva. Afinal, já tinha feito isso uma vez e tudo o que aquilo lhe causara fora uma ilusão – e ela poderia muito bem viver sem.

– Então, vamos falar do motivo que me trouxe até aqui – ele cruzou os braços. Ondas de impaciência invadiam seu corpo e perpassaram seu tom de voz baixo.

Grace colocou os dedos sobre sua aliança e começou a girá-la no próprio dedo. Quando ele manteve o olhar afiado sobre o movimento que ela fazia, Grace teve de se esforçar para permanecer parada.

Ela deveria apenas pedir que ele fosse embora, como havia planejado e como faria se houvesse um estranho sentado naquela cadeira.

Ele era um estranho, ela tratou de lembrar a si mesma.

– Temo que você tenha perdido o seu tempo – quando ela encerrou a frase, ele ergueu as sobrancelhas. – Quero dizer, não acho que você possa me ajudar. Eu... eu não acho que preciso de ajuda.

Ao tropeçar nessas palavras, ela se perguntou onde diabos estava com a cabeça naquele momento. Provavelmente no mesmo buraco negro no qual a vida dela tinha caído.

– Posso reembolsar a sua viagem até aqui – acrescentou ela, rapidamente.

– Tenho certeza disso – respondeu ele com a voz arrastada, olhando para os anéis dela. Havia um desprezo sutil em seus olhos e uma compressão em seus lábios que sugeriam que existiam outros lugares onde ele gostaria de estar naquele momento.

Ela se irritou com o tom de voz e a expressão dele. Diria que ele não pensou propriamente nela. Então por que ele veio? Para fazer um favor a Nick?

– E peço desculpas por qualquer inconveniente.

– Que gentil de sua parte...

O silêncio pairou entre eles.

– Apenas acho que não estou em perigo o suficiente para precisar de um guarda-costas.

– É mesmo?

– Sim. Nick insistiu em chamar você. Não foi ideia minha.

– Ah! Sério?

Grace o fitou. Ele retribuiu com um olhar entediado.

Ele poderia pelo menos fingir interesse, pensou ela.

Ela cruzou os braços, percebeu que estava imitando o gesto dele e tratou de colocar as mãos sobre o colo. Grace tinha uma vontade absurda de gritar; já estava se irritando com o silêncio fúnebre dele, que a fazia se sentir como uma tola, uma pessoa qualquer.

Ela estreitou o olhar e cedeu ao desejo ingênuo de falar com ele. Apenas para provar que ela podia.

– Moro em Nova York e trabalho lá também. Você já ouviu falar da Hall Foundation? – antes que ele pudesse responder, ela continuou falando, como se as palavras fossem uma maneira de conter um pouco a ansiedade. Um pouco de frustração. Talvez o impulso sexual. Ela quase recuou. – Minha família deu início às atividades da Fundação no final dos anos 1800. Oferecemos subsídios a estudiosos, historiadores de arte, arqueólogos e a qualquer pessoa que esteja estudando seriamente a história americana...

Ele ergueu a mão para interrompê-la. Havia uma cicatriz no meio da palma da mão dele e ela se perguntou o que teria causado o ferimento. Uma luta corporal?

– Vamos pular o óbvio. Conte-me algo que eu não sei. Você pode pular qualquer informação que seja de domínio público.

Grace franziu a testa quando ele cortou a fala dela.

– Moro na Park Avenue...

– Eu sei.

– Meu escritório é na...

Ele arqueou uma sobrancelha.

Grace lançou-lhe um olhar comedido.

– Odeio musicais e comida mexicana me dá gases. Mas como esse tipo de comida mesmo assim.

Para surpresa dela, ele contorceu um canto da boca.

Então o sr. Durão pode amolecer um pouco, pensou ela com uma sensação de contentamento.

– Você não sabia dessas informações? – ela o desafiou.

Smith não desviou o olhar dela.

– Não.

– Bom. Vamos ver. Sou fã de romances. Gaelen Foley escreve histórias fabulosas...

– Não quero saber o que você lê – interrompeu ele, escarnecendo. – E não me importo nem um pouco com o seu funcionamento intestinal. Por que não vamos direto ao ponto?

Grace contraiu os lábios. Qualquer possibilidade de desprezar o serviço dele de uma maneira polida e pensada foi por água abaixo. Seu temperamento estava começando a fervilhar seus pensamentos e ele, enquanto modelo de tranquilidade, parecia perfeitamente satisfeito por observá-la em ebulição.

Bem, os dois poderiam jogar o mesmo jogo de frieza e arrogância. Graças ao exemplo ártico de sua mãe, Grace era mestra em congelamento.

Ela limpou a garganta.

– Vou lhe propor algo: por que não compartilha o que desenterrou sobre mim? Assim eu paro de aborrecê-lo.

Seus olhos se chocaram enquanto ela esperava que ele se pronunciasse.

Capítulo 3

Sentado diante da condessa, Smith sentiu a temperatura do seu corpo se elevar. Por mais improvável que parecesse, aquela mulher imaculada e empoleirada no sofá estava conseguindo irritá-lo novamente.

Ela estava irritantemente bela sentada naquela mobília decorada. Tinha o corpo perfeitamente ajeitado, as pernas cruzadas na altura do joelho, as mãos repousadas elegantemente no colo. No cabelo, usava um penteado encaracolado e, no corpo, um terno caro, de fina costura. Ambos deixaram-na maravilhosamente linda. Ponderada, graciosa, elegante.

A condessa mexeu o corpo e descruzou as pernas.

Ele repousou os olhos sobre seus tornozelos delicados e suas panturrilhas torneadas e sentiu um ímpeto de luxúria pura e desenfreada. Perguntou-se como ela seria sem todas aquelas roupas caras e chegou à conclusão de que provavelmente ela se desmancharia e cairia dura no chão se alguém lhe pedisse para vestir um moletom.

Quando recebeu a ligação de Farrell, Smith sentiu-se tentado a recusar o convite. Seu instinto lhe dizia que aceitar a condessa Von Sharone como cliente seria envolver-se em um caso complicado, não apenas pelo beijo que trocaram. Ela era famosa no mundo inteiro. Por Deus, um ícone! Alguém que, muito provavelmente, era uma diva da mais alta ordem, capaz de transformar atores e cantores de ópera em indivíduos submissos e autodepreciativos.

Porém, ele viria de qualquer maneira. Estava curioso para vê-la pessoalmente pela última vez, só para provar que ela era apenas uma mulher. Uma mulher mais bela que a maioria, talvez, mas ela era acima de tudo um ser humano, uma pessoa que um dia teria manchas na pele e cabelos grisalhos, assim como qualquer outro indivíduo que respira. Nada de especial.

Tentando encontrar algo desinteressante, ele a examinou bem de perto, mas acabou se concentrando na cor dos olhos dela. Tinham um tom verde-claro frio, agora que ela estava irritada com ele.

Maldita cor, pensou. Pareciam duas maçãs verdes.

– O gato comeu a sua língua? – indagou ela.

Smith franziu a testa, pensando que ela queria provocá-lo. Não funcionaria dessa vez.

– Você não pode estar ofendida de verdade por eu ter investigado a sua vida.

– É mais a sua atitude.

– Não estou aqui para encantá-la.

– Que alívio. Odeio ter de apontar os defeitos dos outros.

Smith sentiu uma vontade súbita de sorrir. O senso de humor dela era surpreendente. Assim como a sua inquietude. A condessa mantinha as mãos ocupadas ao trançar os fios de uma almofada de seda.

– E então, você vai falar comigo ou não? – ela exigiu uma resposta.

Sim, de fato havia uma diva dentro dela.

– Sei onde você mora e trabalha – respondeu ele. – Sei que você é muito rica e que está naquele artigo sobre mulheres poderosas deixado junto ao corpo de Cuppie Alston.

Grace arregalou os olhos e ficou pálida.

– Como você sabe disso?

– Muitos dos milionários de Nova York são meus amigos.

– Ah – ela hesitou e, em seguida, passou a mão trêmula sobre os cabelos.

Ele ficou intrigado com a demonstração de medo, considerando que a condessa tinha se esforçado para dizer a ele que ela não acreditava estar em perigo.

– E então, quer me contar a verdade? – indagou ele.

– Sobre o que?

– Sobre como você está de fato se sentindo – ele olhou fixamente para a mão trêmula dela.

Ela rapidamente pôs a mão sobre o colo.

– Eu... er... só estou um pouco desorientada – murmurou ela. – Nunca sofri nenhum tipo de ameaça antes.

– Isso é surpreendente.

– Por quê?

Ele sentiu que ela fez a pergunta para que ele falasse algo e para que pudesse ganhar tempo para se manter sob controle. E decidiu ceder.

– Você tem um padrão de vida alto e tem uma agenda que a Amtrak[3] invejaria. Você sai do seu apartamento na cobertura todas as manhãs no mesmo horário, pratica corrida e chega ao escritório por volta das oito horas. Trabalha até as sete, sai e volta para casa por volta das onze. Os finais de semana são iguais aos dias da semana.

– Você conseguiu encontrar todas essas informações em menos de vinte e quatro horas? – perguntou ela com uma expressão de incredulidade.

– Só precisei de três perguntas. Meu carro estava parado na beira da calçada enquanto o seu porteiro falava – ele olhou para baixo e viu os anéis em seus dedos. – Também sei que faz um mês que o seu marido não aparece, apesar da morte do seu pai.

De repente, ela se levantou do sofá e foi até a janela. Apesar de caminhar tranquilamente, ele não se deixou enganar. A condessa continuava girando os anéis em torno dos próprios dedos.

Havia algo acontecendo com o marido, pensou ele.

Ao vê-la em silêncio, ele perguntou:

– E então, agora que te contei as informações que tenho, pode me falar quais são as suas?

Houve uma pausa prolongada. Ela estendeu uma mão até a janela e a apoiou no vidro. Suas unhas estavam impecavelmente limpas e aparadas, mas sem esmalte. Aquilo foi outra surpresa, mas fez todo o sentido. Ela também não tinha exagerado na maquiagem.

---

[3] Nome da empresa estatal e federal de transporte ferroviário dos Estados Unidos. (N.T.)

Quando finalmente virou-se para olhá-lo, seu rosto estava cuidadosamente coberto por uma expressão de tranquilidade. Aquela era uma bela tentativa de fingir, pensou ele enquanto desviava o olhar para o gracioso traço do pescoço dela. A condessa levou a mão esguia até o pescoço e mexeu no colar, como se tivesse sentido os olhos dele sobre a sua pele.

Havia elegância e delicadeza na maneira como ela se movia. Ficou surpreso ao se dar conta do quanto aquilo lhe parecia atraente. Quando ela começou a falar novamente, sua voz estava demarcada por um senso de urgência e ele sabia que ela lhe contaria tudo. Ou quase tudo.

– Percebi há três semanas que estava sendo seguida. Foi logo depois da morte do meu pai. Eu estava caminhando até o Hall Building, já tinha escurecido e pensei ter visto alguém atrás de mim. Quando saí do prédio uma hora depois, havia uma pessoa do outro lado da rua. Esperando por mim.

As palavras de Grace foram ditas com rapidez e nervosismo, como se estivessem sendo despejadas, e ele pensou que muito provavelmente ela guardava aquilo para si na maior parte do tempo. E mantendo toda aquela beleza, sem dúvida.

– Era um homem ou uma mulher?

– Não consegui identificar muito bem. Mas creio que era um homem.

– E como você sabe que a pessoa estava esperando por você?

– Porque quando cheguei no carro, ele foi embora. Para ser sincera, poderia ter sido apenas um paparazzo. Eles estão loucos para me pegarem em um momento de luto e tristeza.

– Mas no fundo você não acredita que era um fotógrafo, não é?

– Ele não tirou nenhuma foto. E, alguns dias depois, tenho certeza de que o meu carro foi seguido. Estava indo para Newport com as cinzas do meu pai. Foi meu motorista quem percebeu primeiro. Havia um carro sedan branco atrás de nós, no caminho até Connecticut.

As mãos da condessa se ocuparam com seu relógio; ela brincava com o acessório, abrindo-o e fechando-o, abrindo-o e fechando-o, fazendo um pequeno ruído a cada movimento. Ele imaginou que, por debaixo daquela pele delicada, ela gritava por dentro.

– Mais uma vez, disse para mim mesma que deveria ser a imprensa, que a informação de que estávamos levando o meu pai para descansar tinha vazado. Havia fotógrafos no cemitério e vi um sedan branco do lado de fora dos portões.

– Mas ainda assim, você continuou se sentindo ameaçada.

Ela assentiu, com relutância.

– E ainda continuo. Quando saio de um restaurante sempre vejo alguém atrás de mim, escondido em algum canto. Saio para trabalhar e, juro, vejo alguém na rua. Ontem de manhã, quando saí do prédio, acredito que havia alguém na esquina.

A condessa fez uma pausa e olhou para o lago. Ela franziu as sobrancelhas, comprimindo a pele da testa. Ela está procurando por respostas, pensou ele. Smith tinha visto o mesmo olhar questionador em pessoas que sentiam que suas vidas estavam fugindo do próprio controle.

Subitamente, Smith sentiu que deveria dizer algo. Ele não era muito bom em demonstrar empatia, especialmente com mulheres que sabiam que suas vidas estavam correndo perigo. Emoções não eram a sua especialidade. Ele era bom em salvar vidas, não em oferecer apoio, mas havia algo nela que lhe parecia único e valioso. A condessa não era uma mulher histérica que fingia ter medo para chamar atenção. Ela estava com medo, estava verdadeiramente assustada, mas ainda assim mantinha a cabeça erguida, tentando fazer tudo o que podia para se manter forte.

Smith ficou fascinado com a demonstração de disposição, especialmente considerando que ela estava nervosa.

A condessa respirou fundo e virou-se na direção dele, dizendo:

– A polícia me ligou na manhã seguinte após o corpo de Cuppie ter sido encontrado. Eles me fizeram diversas perguntas.

Smith voltou a pensar nos acontecimentos daquela noite. Ele lembrou-se da expressão de sofrimento de Alfred Alston no momento em que o embaixador chegou, quando estava sentado ao lado de uma cadeira vazia. A esposa de Alston nunca conseguiu chegar porque os seus planos para aquela noite tinham sido interrompidos por uma tragédia. Em vez de aproveitar o jantar e participar dos bate-papos descontraídos e agradáveis do dignitário internacional, a mulher passou a noite lutando contra o seu assassino e sangrando até a morte, cercada por encantadoras obras de arte e valiosos artigos de antiguidade, que não puderam salvá-la.

Segundo a polícia, a identidade do assassino era um mistério e a motivação do crime era desconhecida. A única peça real de evidência tinha sido o artigo de jornal encontrado junto ao corpo dela. Não era preciso ser um gênio para saber que logo o assassino atacaria novamente.

– O que o seu marido diz a respeito de tudo isso? – indagou Smith.

Ela comprimiu os músculos faciais e permaneceu em silêncio, como se estivesse tentando formular uma resposta.

– Condessa, onde está o seu marido?

Ela tencionou os músculos do corpo.

– Na Europa.

– E quando ele volta?

Houve uma pausa.

– Isso é relevante?

– O homem é casado com você. Na verdade, me surpreendo por ele não estar aqui hoje. A maioria dos maridos não se sente bem diante da possibilidade da esposa ser a próxima na lista de um assassino.

– Ele é um homem muito ocupado. Não quero incomodá-lo – ela desviou os olhos.

Smith estreitou o olhar.

– E por que a polícia não sabe que você está sendo seguida? Você também não queria incomodá-los?

Ela recomeçou a mexer em seus anéis.

– Como você sabia que...

– Meus companheiros do distrito policial foram muito atenciosos e demonstraram muita disposição em me contar o que eles sabiam sobre você. Eles não me contaram que você estava sendo perseguida – explicou ele, com frieza. – Por que guardar isso com você?

Ela deu de ombros.

– Pelo o que sei, quanto menos eu disser à polícia, melhor. Vazamento de informações acontece, e estou cansada de ir para as primeiras páginas dos jornais há duas semanas sem parar. A última coisa que preciso agora é me expor com alguma paranoia sobre a possibilidade de assassinato.

– Então você prefere aparecer morta nos jornais?

Ela envolveu os braços ao redor do próprio corpo.

– Isso é uma coisa dura de se falar.

Impaciente, Smith passou uma mão pelos cabelos. Surpreendeu-se com o quão frustrado ele estava com ela.

– Sinto muito.

– Obrigada – a condessa pigarreou. – Como eu disse antes, não tenho certeza se preciso de você... de seus serviços. Temos a nossa própria força de segurança no Hall Building e com uma simples ligação tenho pessoas à disposição dia e noite. De qualquer forma, tenho certeza de que tudo isso vai passar.

– Não, você não tem.

Ela arregalou os olhos novamente.

– Não me diga o que eu penso.

– Então seja sincera comigo e eu não terei de fazer isso.

A condessa empinou um pouco mais o queixo.

Diante do desejo de intimidá-la e de convencê-la de que deveria contratá-lo, Smith perguntou a si mesmo o que ele estava fazendo. Não era da conta dele se ela fosse assassinada. O fato de que ele estava até mesmo acalentando a ideia dela se proteger lhe causou irritação. Por que diabos ele se importaria?

Smith ficou de pé e começou a caminhar para fora da sala.

– Para onde você está indo?

Ele respondeu olhando por cima do próprio ombro.

– Apesar de saber do artigo que foi encontrado junto ao corpo da mulher assassinada e de admitir que está sendo perseguida, você não está pronta para levar isso a sério. Não foi sincera com a polícia e sabe que não está sendo totalmente honesta comigo. Além disso, você diz que nem tem certeza de que quer ajuda. Não temos mais nada para conversar.

– Então você está indo embora? É isso? – ela começou a segui-lo enquanto ele se dirigia até o hall de entrada da casa.

– Não vou falar sobre como você deve se proteger. Mas vou te fornecer uma previsão gratuitamente. Uma dessas duas coisas vai acontecer: você vai cair na real e me chamar ou então vai se machucar. É a sua vida que está em jogo e você tem o direito de escolha.

A voz da condessa estava tensa quando ela estendeu a mão e tocou o braço dele.

– Você acha que isso é sério?

Ele olhou para a mão dela e em seguida para seus olhos. Ela se afastou abruptamente.

– É você que não consegue dormir à noite.

– Como você sabe que não estou conseguindo dormir?

– Experiência.

Ele enfiou a mão no bolso de trás. Com o gesto, seu paletó se abriu. Ele percebeu que ela olhou para a arma que ele portava e achou que ela ficou apreensiva.

– Aqui está o meu cartão – ele rabiscou um número no verso. – Este é meu celular.

Ela pegou o cartão da mão dele.

– Você vai vir se eu ligar?

– Talvez – ele deu de ombros.

– Mas e se eu precisar de você?

– A vida é minha e devo escolher quem precisa de mim.

Ela olhou novamente para o cartão. Ficou com a boca entreaberta, como se fosse dizer algo, mas então mexeu os ombros, resignada.

– Parece justo – quando seus olhos encontraram os dele, seu queixo delicado ficou empinado novamente, cheio de determinação. – Acho que isso é um adeus.

Ao olhar fixamente para os olhos dela, ele teve a sensação de que ela moveria céus e terras para não ter de ligar para ele.

Ainda bem que Smith não levou aquilo para o lado pessoal.

– Até logo, condessa – ele abriu a porta da frente e saiu em direção à luz do sol de outono.

– Você me beijou apenas porque estava com raiva, não é?

As palavras, suaves e ditas em baixo tom, fizeram-no parar imediatamente. Ele não esperava que ela trouxesse à tona o que havia acontecido entre eles de forma alguma, muito menos de uma forma tão direta.

Smith voltou-se para ela. O brilho tênue da luz do sol resplandecia sobre o rosto dela como uma cascata, realçando as maçãs do rosto e a curva delicada dos seus lábios. Seus fios de cabelo loiro também resplandeciam.

– Sim, eu estava com raiva.

– Foi o que pensei – uma insegurança curiosa invadiu a expressão dela, algo que ele não pôde compreender. – Obrigada por ter sido sincero.

Bem, ele tinha sido quase totalmente sincero. A parte que ele continuou a beijá-la porque não conseguia parar, manteve guardada consigo mesmo.

Então ficou claro para ele.

– Isso não vai acontecer de novo se eu trabalhar com você – disse ele, irritado. Esse foi um tipo de aviso que ele nunca havia feito antes.

Ela assentiu.

– Nunca mais?

– *Nunca* mais – aborrecido, ele sorriu diante da hesitação dela.

Se ao menos ela soubesse quão pouco ela teria de se preocupar... Ele tinha a reputação de ter a cabeça fria e o coração frio. Não, querida boneca Barbie, por mais bonita que você seja, não vai mudar isso. Nem ele.

A condessa ficou parada na porta. Nem dentro, nem fora da casa.

– Tem mais alguma coisa que esteja te preocupando? – perguntou ele diretamente. – Você quer as minhas referências ou algo do gênero?

Ela sacudiu a cabeça enquanto olhava para o cartão de visitas dele.

– Não, não preciso de referências. Sei que você é o melhor porque Nick Farrell diz que você é. E a maneira como você se comporta demonstra que você não é nada menos que isso.

Pelo menos isso ela entendeu.

Smith fez uma pausa.

– Cuide-se – disse ele ao se afastar.

– Onde você mora?

– Desculpe? – ele voltou-se para ela. Na verdade, Smith olhou a condessa.

Estava pronto para ir embora, ansioso para deixá-la para trás. Ele não estava acostumado a responder perguntas pessoais. Geralmente, seus clientes estavam tão envolvidos com os seus próprios problemas que sua vida pessoal nunca era trazida à tona. Essa era uma das coisas que ele mais gostava em sua profissão.

Ela encolheu os ombros.

– Só queria saber para onde você está indo.

– Estou indo embora. E isso é tudo de que você precisa saber.

Então ele caminhou a passos largos até seu carro.

Grace observou Smith entrando em um SUV preto e partindo em seguida. Depois que o carro saiu, a poeira da estrada de terra subiu formando uma névoa de pó no ar. A condessa olhou para o cartão de visitas uma vez mais. Era feito de um papel branco grosso e as letras estavam gravadas com tinta preta.

Black Watch Ltda. Havia um número no canto inferior esquerdo, mas sem o endereço.

Ela virou o cartão e olhou para os números que ele havia escrito no verso com uma caligrafia ousada. Passou a ponta dos dedos sobre eles.

Grace não tinha a intenção de contar tudo a ele. Queria que aquele encontro tivesse sido rápido e amigável, que não tivesse se transformado naquilo. Ela sorriu friamente. Não havia nada de rápido nem de amigável em John Smith.

E certamente ela não tinha a intenção de trazer o beijo à tona. Aquelas palavras saltaram para fora de sua boca, um deslize traiçoeiro da língua. Foi uma pergunta estúpida. Será que ela realmente esperava que ele dissesse que tinha beijado-a porque ela era irresistível?

Afinal de contas, ele era um dos homens mais agressivos e selvagens que ela já tinha visto, por mais fortes que fossem. Diabos! Ele parecia capaz de mastigar aço e cuspir pregos. Obviamente ele desejava uma mulher atraente para complementar aquela virilidade. Alguém que fosse extremamente feminina. Alguém que pudesse se deitar de costas, nua, pronta, esperando por ele e provocando-o com toda sexualidade dela. Alguém que se transformasse em uma pessoa selvagem e enlouquecida enquanto fazia amor.

E não uma mulher embrulhada e piegas, muito menos uma que fosse o modelo da sociedade civilizada.

A frustração recobriu seu estômago.

Esqueça-o, disse para si mesma. Esqueça-o.

Grace segurou a maçaneta de bronze e jogou o peso do próprio corpo para fechar a porta pesada. Ao entrar na casa, ela olhou pela última vez para a nuvem de poeira que flutuava sobre o ar na estrada, como se fosse uma promessa das coisas que viriam.

Capítulo 4

Na semana seguinte, Grace estava no antigo escritório do seu pai revendo a lista de convidados do baile de gala anual da Hall Foundation quando o interfone tocou suavemente. Ela fez um movimento corporal abrupto e a caneta deslizou pelo papel.

A voz de sua assistente soou abafada no viva-voz.

– O sr. Lamont está vindo para encontrá-la e tenho alguns papéis para você assinar.

Ótimo, pensou ela. Tudo que ela precisava era de outro encontro com aquele homem. Todas as vezes em que eles conversavam, a relação se deteriorava ainda mais.

– Venha antes que ele chegue.

Grace mexeu no lenço da Hermès que usava no pescoço. Ao afrouxar o nó e perceber que ainda assim se sentia amarrada, ela puxou o lenço e o arrancou. As cores tangerina e amarela do tecido formaram um tom vibrante sobre a escrivaninha.

Ela estava ficando enjoada e cansada de fugir daquilo o tempo todo. Os ataques eram provocados por uma série de coisas, tais como telefone tocando, passos no corredor e barulhos repentinos. Ela se sentia feito uma marionete, presa por cordas sobre as quais não tinha o menor controle.

Era uma quantidade e tanto de exercícios, pensou ela, apoiando os braços sobre a mesa e alongando-os.

A cadeira e a mesa tinham sido o posto de comando do seu pai. Havia itens maciços de mobília, feitos de mogno e confeccionados à mão, apropriados para o tamanho majestoso e para o comportamento de Cornelius Woodward Hall. Ela sempre amou aquela mobília. Na infância, quando o pai a trazia para o escritório durante os finais de semana, ela sentava-se sobre o colo dele e sentia-se totalmente segura, cercada pela força de seus braços e pelo peso daquela madeira.

Agora, como havia somente ela para preencher o espaço daquela cadeira, sentia-se solta, apequenada pelo apoio alto das costas e pelos braços espessos do móvel. Mesmo assim, ela relutava em substituir aqueles móveis. Eles eram uma parte do seu pai, assim como as pinturas dramáticas dependuradas nas paredes, a mesa formal onde ele realizava suas reuniões e as prateleiras recheadas de livros com capas de couro.

Grace pensava no pai toda vez que entrava no escritório.

Passando pelo cachimbo e por uma bomboniere ainda bem abastecida com balas de menta que ele adorava, ela olhou para um busto de bronze com a imagem do pai. Moldado quando ele tinha cinquenta anos, o busto mostrava um homem bonito, com um sorriso distante e olhos penetrantes.

Ultimamente, as lembranças do pai pareciam as únicas aliadas que ela tinha na Fundação.

Quando ele morreu em função de um ataque cardíaco, deixou para ela quase 1 bilhão de dólares em seu testamento, bem como o título de presidente e CEO da Hall Foundation. Esse dinheiro seria dela após a comprovação da validade do testamento. A detenção dos títulos era absolutamente dela. O trabalho foi dado a Grace por direito desde que ela nasceu, mas também porque ela fora treinada desde que começou a trabalhar como estagiária na Fundação, ainda na faculdade. Infelizmente, o desejo de Cornelius estava claro apenas nos papéis, e as outras pessoas tinham uma ideia diferente de quem deveria estar no comando.

Grace estava à altura da liderança. Ela conhecia os funcionários, a missão e a estratégia para o futuro da Fundação. Sabia o que precisava ser feito tanto nos negócios quanto no lado social, que despejava milhões nos cofres da Fundação a cada ano. Ela também sabia que existiam pessoas que não acreditavam na sua capacidade de realizar o trabalho. Que achavam que ela era muito jovem e inexperiente. Que uma mudança de gestão poderia ser algo bom.

Alguns dos dissidentes mais velhos ainda se opuseram porque ela era uma mulher. Essa crítica em especial a deixava muito irritada. Como se vestir calças fosse um pré-requisito para o sucesso.

O centro dos seus opositores era um grupo pequeno de diretores, liderado por Charles Bainbridge, o presidente do Conselho de Administração. Eram todos homens mais velhos, que tinham muito respeito pelo pai dela, mas que não estavam satisfeitos em tê-lo gerindo do seu túmulo caso considerassem que Cornelius estava errado em relação a alguma coisa. Ela cresceu cercada por aqueles homens, que participavam das festas de Natal em família e das festividades da Independência dos Estados Unidos. Provavelmente, alguns deles viram-na usando fraldas e ainda se lembravam de quando ela usava aparelho ortodôntico.

Ela conseguia compreender por que era difícil para aqueles homens vê-la além daquela menininha toda enfeitada, mas estava determinada a convencê-los. Esperava apenas que houvesse tempo suficiente para isso antes que eles a deixassem de lado e colocassem Lou Lamont em seu lugar.

A porta do escritório abriu-se e Katherine Focerelli entrou na sala. Kat tinha seus vinte e poucos anos e estudava Direito à noite. Grace havia contratado-a um dia após a morte do pai, quando passou a ocupar o escritório dele. Em questão de semanas, Kat parecia já conhecer todos os altos e baixos da Fundação e parecia não se impressionar muito com Lou Lamont.

Na cabeça de Grace, ele era um grande vendedor.

A jovem também era uma substituição muito bem-vinda daquela sargenta de cabelos grisalhos que trabalhara durante anos como secretária de Cornelius. Livrar-se daquela velha arrogante foi uma das primeiras coisas que Grace fez assim que assumiu o posto.

– Aqui estão os documentos da escavação de Randolph – disse Kat, deixando à mostra uma covinha na bochecha enquanto sorria.

Grace folheou as páginas, observando se as mudanças que ela havia feito tinham sido inseridas corretamente. E tinham.

Enquanto assinava os documentos, perguntou:

– E então, qual é a de Lamont agora?

– Ele disse que precisa de dez minutos, mas não me falou por quê. Coloquei ele na agenda apenas porque você me disse para não deixá-lo de fora nunca. A propósito, sua agenda está com um conflito de horários às cinco e o prefeito quer que você ligue para ele às seis e meia. Ah! Tudo bem se eu sair mais cedo hoje? É que tenho um encontro.

– Só se você me contar todos os detalhes amanhã – disse Grace, devolvendo os documentos à secretária do outro lado da mesa.

– Tomara que não seja pior que o último.

– Aquele que queria que você entrasse em contato com o seu lado artístico interior?

– Não, o último foi o cara que tinha fixação pelo Peter Pan. Aquele que queria que eu pintasse o corpo dele com batom foi o antepenúltimo.

– Difícil guardar essas informações.

– E difícil levar as coisas a sério também. Deus do céu! Quando é que vou encontrar um homem de verdade?

Uma imagem de Smith veio ao pensamento de Grace quando Kat saiu da sala.

Grace afundou os calcanhares no carpete e empurrou a cadeira para trás. O escritório ficava no último andar do Hall Building e tinha vista para todo o nordeste da cidade. A paisagem que as janelas ofereciam eram um dos pontos fortes daquele espaço.

Ela olhou para o horizonte de Nova York – uma porção de edifícios que emergia da terra, prata e ferro fundidos nas cores cinza e preta. O sol se punha e um brilho alaranjado recobria o céu.

Grace estava vivenciando momentos terríveis na tentativa de esquecer Smith. O homem permanecia no seu pensamento como uma obsessão da qual ela não poderia se livrar, desde o momento em que ele a deixou pela segunda vez. Perguntou-se uma vez mais se deveria ligar para ele para se certificar de uma coisa. Se ela o fizesse, era melhor que tivesse decidido contratá-lo. Ele não era o tipo que toleraria ter de perder tempo de novo.

O interfone tocou.

– O sr. Lamont deseja vê-la.

Grace voltou para a mesa.

– Diga que estou indo.

Ela cruzou o espesso tapete oriental de cor vermelha e empurrou uma porta secreta que levava ao banheiro privativo do seu pai. Nos espelhos dourados, verificou o coque e a maquiagem. Tudo estava bem. Ela parecia elegante e serena, do jeito que uma Hall deveria ser.

Ainda bem que ninguém sabia a verdade.

Ela teve uma indigestão, graças às balas Tic Tac e a três biscoitos industrializados Fig Newton que comera no almoço. Um princípio de dor de cabeça começava a invadir suas têmporas e seu pé esquerdo estava com uma bolha em razão do novo par de sapatos Jimmy Choo que estava calçando. Para piorar, seu sutiã tinha um pequeno ponto áspero debaixo do fecho nas costas que estava incomodando-a profundamente.

Grace estava saindo do banheiro quando seu celular tocou. Ela deu a volta por trás da mesa e atendeu a ligação em tom seco. Ao ouvir a voz rouca do tenente Marks ao telefone, seu sangue gelou.

– Encontramos outro corpo – disse ele.

Grace apertou o telefone com força, sentindo o objeto machucar a sua pele.

– Quem?

– Suzanna van der Lyden. No começo da manhã.

Uma onda de tontura recaiu sobre ela e Grace jogou-se na cadeira do pai. Havia visto Suzanna duas noites antes em um evento anual beneficente de um museu importante. A mulher tinha o presidido nos últimos anos.

– Onde foi que isso... aconteceu?

– Na casa dela.

– Você tem alguma ideia de quem... – ela não conseguiu terminar.

– Ainda estamos trabalhando na cena do crime. Nós a encontramos na noite passada quando o marido, que estava viajando, nos ligou porque não conseguia encontrá-la por telefone. Olha, gostaria de oferecer algo a senhora.

– Oferecer algo?

– Alguns dos meus homens. Para que fique protegida.

O primeiro impulso foi responder que sim, mas depois ela imaginou uma foto de si mesma cercada por policiais aparecendo na primeira página de um tabloide.

– Não se preocupe – disse Marks, tentando adivinhar o que ela estava pensando –, eles estarão à paisana.

– Gostaria de pensar um pouco sobre isso.

Marks hesitou.

– Ok. A senhora sabe onde me encontrar.

Quando o tenente desligou, ela sentou-se petrificada na cadeira com o telefone na mão.

Ela tinha de fazer alguma coisa, pensou. Ligar para alguém. Ir para algum lugar seguro.

Mas não havia ninguém a quem recorrer e nenhum lugar onde se esconder. A mãe dificilmente seria um bom refúgio ou bons conselhos. Também já tinha se escorado o suficiente em Carter. E ela preferia contar consigo mesma a ter de recorrer a Ranulf.

Estava completamente sozinha.

E que ironia do destino, considerando que ela tinha passado a manhã inteira selecionando uma lista com os quinhentos dignitários mais famosos da cidade.

Quando o interfone tocou, sentiu um estalo na cabeça.

– O sr. Lamont está dizendo que precisa ir para uma outra reunião.

– Certo. Estou indo – respondeu Grace.

Na verdade, ela não estava indo para lugar nenhum. Sua mente estava perturbada e seu corpo não respondia. De repente, sentiu um aperto no peito, como se tivesse inalado algo tóxico e levantou-se. Ela sabia o que estava por vir.

O ataque de ansiedade veio rápido e forte, trazendo uma sensação de sufocamento. Ela não conseguia respirar. Ela não conseguia... não havia... ar em seus pulmões.

Abriu a boca e tentou tranquilizar a si mesma reafirmando que estava de fato sugando o ar para dentro dos pulmões. Ela sentia o ar passando por entre os lábios e pela língua, mas era como se não conseguisse levá-lo mais adiante. Como o corpo lhe fugiu da mente, ela se apoiou na mesa e começou a suar frio. Respirações curtas e rápidas. Desesperada, levantou uma mão e tentou limpar a testa. Mas que ótima ideia. Agora seus dedos estavam dormentes e tinham se enroscado nos fios do seu cabelo.

Grace virou-se, olhou para as janelas enormes e para a vista incrível e soltou um gemido enquanto sua cabeça girava. Ela inclinou o corpo para frente, apoiou-se na parte detrás da poderosa cadeira e abaixou a cabeça, colocando-a entre seus braços.

Tentou pensar em épocas mais felizes. Seu pai na formatura da faculdade, radiante em meio àquela multidão. A maneira como ela havia se sentido quando terminou sua primeira maratona. A pintura de Thomas Cole que ela acabara de comprar.

Coisas boas, acontecimentos felizes. Coisas que não tinham nenhuma relação com morte. Invasão. Terror. Coisas que bloqueavam a imagem de Cuppie caída num chão de mármore e morta.

Aos poucos, quase que imperceptivelmente, ela começou a notar que suas pernas tremiam. E suas mãos também. E o sutiã continuava espetando as suas costas.

A respiração começou a voltar ao normal. O batimento cardíaco ficou mais lento.

Quando se sentiu bem, ela levantou a cabeça e correu a mão trêmula sobre o coque. Alguns fios de cabelo estavam deslocados e ela colocou-os para trás da orelha.

A exaustão invadiu seu corpo, mas foi um alívio. Qualquer coisa era melhor do que aquela explosão repentina de medo.

Meu Deus.

Ela não sabia como poderia seguir adiante.

Alguns minutos depois, Grace saiu do escritório e atravessou as portas duplas que levavam até a recepção. Quando deparou-se com o olhar enfurecido de Lou Lamont, já tinha retomado o autocontrole.

– Desculpe por deixá-lo esperando – ela ficou orgulhosa por ter conseguido sorrir suavemente e pelas palavras rotineiras.

Lamont passou pelo lado dela sem lhe dar atenção e lançou uma ordem por trás do seu ombro.

– Katy, pode me trazer um chá? E dessa vez traga quente.

Kat fez uma careta e levantou-se da mesa quando Grace fechou a porta, aborrecida.

Logo que ele se sentou, Lamont desabotoou cuidadosamente seu paletó e tirou algo do bolso da calça. Ao bater o sapato no canto da mesa, ouviu um ruído agudo. A impaciência foi uma das primeiras coisas que ela sempre observou no homem. Bem, isso e a colônia que ele usava.

Grace colocou a mão em frente ao nariz para cobrir o espirro.

– Saúde! – disse ele, demonstrando solicitude. – Está ficando doente?

Como se internamente ele desejasse que ela tivesse algo letal e definitivo.

– Nem um pouco – Grace sentou-se, observando os olhos do homem a fitá-la. Ela sabia que não era atração sexual. Ele não desejava seu corpo, mas sim o posto dela e o lugar naquele móvel onde ela colocava o traseiro.

O celular dele tocou.

– Perdão – disse ele, retirando o aparelho do bolso do paletó.

Enquanto o homem disparava uma sequência de sim e certamente, Grace se perguntava há quanto tempo o conhecia. Ele havia começado a trabalhar na Fundação há alguns anos, no degrau mais baixo. Ele trabalhava meio período enquanto terminava o mestrado em História na Universidade de Nova York e era responsável por peneirar os candidatos a subsídios. Quando Grace assumiu o posto na administração em tempo integral, ele tinha subido vários degraus na Fundação e o auge de sua carreira aconteceu quando o pai dela o promoveu ao mais alto escalão da administração.

Ele era um cara de boa aparência, alto e magro, e à medida que seu salário aumentava, aumentava também a qualidade das roupas que usava. Aos poucos, ele foi deixando para trás o sotaque do Bronx, tanto que só era possível percebê-lo quando estava irritado. Ao longo dos anos, tornou-se adepto ao acúmulo de poder e conseguia tudo o que queria pelo meio que fosse necessário: trabalho árduo, assédio moral ou persuasão. Ele também era bom no que fazia. Transformou-se em um chefe de desenvolvimento de primeira linha, capaz de levantar quantias fenomenais para o caixa da Fundação por meio de doadores ricos e de grandes corporações. Mas era intrépido, ambicioso e frustrado porque havia sido rejeitado em favor da filha de Cornelius.

Ele estava à procura de outro trabalho e, com pesar, Grace lembrou-se de que devia à Suzanna o favor de tê-la alertado sobre ele. Na semana anterior, a mulher havia ligado para dizer que Lamont estava circulando o museu, tentando assumir o Gabinete de Desenvolvimento. Suzanna, como presidente do Conselho, recusou o pedido dele categoricamente, dizendo que não poria em risco a relação entre o museu e a Hall Foundation. Claro que Lamont ficou furioso.

Ele desligou o telefone e colocou-o no bolso.

– Precisamos falar sobre o baile. Faltam seis semanas e preciso assumir o controle. Quero dizer, você está tão ocupada em entender e controlar as coisas que será impossível para você fazer tudo.

Lançando-lhe um sorriso, Grace estendeu a mão e pegou uma das canetas de ouro de seu pai. Ao girá-la por entre os dedos, os olhos de Lamont perseguiram seus movimentos, como se quisesse arrancar aquele objeto da mão de Grace.

– Esta é uma oferta muito gentil, Lou. Mas está tudo sob controle em relação ao baile.

– Está? Então por que Fredrique ainda não apareceu?

– Não vou contratar Fredrique este ano e eu já o avisei há três semanas.

Lamont cerrou as sobrancelhas e deixou o olhar recaído.

– Mas nós sempre precisamos dele. Ele prepara as festas para todos que são importantes.

– Não mais. Depois daquele fiasco da primavera passada, quando ele tentou forçar os elefantes a entrarem no Waldorf, as pessoas estão repensando seriamente sobre os seus impulsos criativos. Além disso, ele custa o dobro do preço. Mimi Lauer disse que não vai contratá-lo de novo nesta temporada depois daquele grande evento de balé e sei que o museu também não ficou satisfeito com o desempenho dele.

Grace pensou em Suzanna novamente.

– Mas ontem eu falei para ele que iríamos contratá-lo – disse Lamont por entre seus lábios finos.

– Então é melhor ligar para ele de novo.

– E quem você vai contratar?

– Eu.

Ele deu uma gargalhada.

– Estamos falando de aproximadamente quinhentas das pessoas mais importantes de Nova York e este é o primeiro baile depois da morte do seu pai. Você não pode correr o risco de as coisas não irem bem.

– Somos uma instituição de caridade sem fins lucrativos. Não vou perder milhares e milhares de dólares apenas para obter a opinião sobre qual deve ser a cor das toalhas de mesa.

– Ele faz mais que isso. Coordena a comida, o fluxo de convidados...

– Tudo que eu mesma posso fazer.

– Mas o seu pai sempre...

Ela o interrompeu pontualmente.

– Meu pai, como você mencionou, está morto. E Fredrique é uma despesa de que não precisamos.

– Olha, você sabe tão bem quanto eu que esta cidade é uma corda bamba. A Fundação não pode cair no esquecimento só porque você quer poupar um dinheirinho.

– Fredrique não é a melhor solução. E acho que você vai se surpreender com o meu senso de equilíbrio.

Lamont levantou-se da cadeira, extremamente frustrado.

– Espero que quando eu voltar da Virgínia, você tenha refletido mais sobre o assunto.

– Ah, ótimo. Você vai verificar aquela arrecadação sobre Finn. Quando você viaja?

– Amanhã à tarde.

– Que bom, ainda temos a chance de mudar o seu bilhete.

– Mudar?

– Nenhum de nós poderá mais fazer um voo em primeira classe quando estivermos viajando a trabalho. A menos que cada um pague pela sua própria despesa extra.

Os olhos de Lamont fulminaram Grace como duas lanças e, nesse momento, Kat entrou com uma bandeja.

– Lembre-se de guardar o saquinho de chá – murmurou ele ao passar pela garota. – Ela vai querer reutilizá-lo para a próxima reunião.

Kat colocou a bandeja sobre a mesa.

– Quer beber o chá dele?

– Não, obrigada – mas a cabeça dele em um espetinho seria bom, pensou Grace. – E você pode jogar fora o saquinho de chá.

Kat ria enquanto fechava a porta.

Logo que ficou sozinha, Grace se jogou na cadeira, sentindo-se totalmente esgotada. Não suportaria ficar no escritório nem mais um momento. Precisava pensar.

Pegou a bolsa e o lenço e foi até a mesa de Kat.

– Me faz um favor? Feche o escritório. Preciso de um tempo – ela envolveu o lenço ao redor dos ombros e foi até o armário para pegar seu casaco de caxemira.

Kat franziu a testa.

– Você está bem?

– Só um pouco cansada. E quero ver como está a construção do meu banheiro de hóspedes. Se eu sair agora, ainda consigo pegar algum deles lá, que geralmente fica até mais tarde.

– Você ainda vai para o Met[4] hoje à noite?

Grace respirou fundo.

– Sim.

– Ok. Não se preocupe. Vou cuidar de tudo por aqui.

Grace sorriu.

– Sei que vai.

O pequeno relógio digital do computador de Smith mostrava que era 1h07 da madrugada. Ele estava on-line fazendo pesquisas sobre um cliente potencial, mas não havia conseguido muitas informações. Tudo o que buscava o levava até a seção de arquivos do *The New York Times* e para as fotos da condessa Von Sharone.

O que era uma total perda de tempo, pensou ele ao encontrar mais uma foto.

Ela permanecera em seu pensamento durante toda a semana que se passou, ainda mais depois que o tenente Marks tinha entrado em contato naquela tarde. Outra socialite havia sido morta, a segunda mulher mencionada naquele artigo. Smith estava esperando que Marks ligasse novamente para informá-lo sobre qual era a cena do crime, mesmo que tecnicamente aquilo não tivesse nenhuma importância para seus negócios.

Marks devia um favor a Smith. O filho do tenente permaneceu sob a proteção do segurança no Golfo Pérsico. Smith tinha levado a criança

4 Abreviação de Metropolitan Museum of Art, um dos maiores e mais importantes museus do mundo, localizado na cidade de Nova York. (N.T.)

para fora da zona de batalha bem quando ela estava na direção de uma bala; Marks era o tipo de homem que retribuía aos favores que recebia.

O artigo que apareceu na tela era de pouco menos de um mês e falava sobre o funeral do pai dela. Do lado direito, havia uma foto da condessa caminhando com o marido e com a mãe pelo gramado repleto de lápides. Smith aproximou o corpo da tela do computador. A condessa vestia um terno preto e um chapéu pequeno e carregava uma bolsa preta no braço. Com a cabeça inclinada para baixo e o olhar distante, a expressão dela era uma mistura de beleza e tristeza. Sua mãe, pelo contrário, tinha a postura rígida e reservada, e não demonstrava nenhum sentimento. Mesmo assim, era evidente de onde vinha toda a beleza e a aparência deslumbrante da filha.

Smith analisou o marido. O conde estava a pouco mais de meio metro de distância da esposa e a um milhão de quilômetros de distância emocional; parecia que ele tinha acabado de cair ali, vindo de um evento completamente diferente. Seu belo rosto mostrava total indiferença e, com as mãos enfiadas nos bolsos do casaco, era como se ele estivesse dando um passeio.

O telefone de Smith tocou.

– Sim?

A voz fatigada de Marks soou um pouco pior que o habitual.

– Consegui informações que podem te interessar.

– Manda.

– A vítima estava no hall de entrada, do mesmo jeito que a última. A garganta estava amplamente aberta, retalhada, trabalho de um verdadeiro açougueiro. Havia sinais de luta corporal, mas sem sinais de entrada forçada no edifício.

– E ambas as mulheres moravam em edifícios de luxo, certo? Porteiros, portas de segurança, lista de controle de entrada...

– Isso mesmo.

– Então como é que ele conseguiu entrar?

– Não tenho uma resposta para essa pergunta. Os caras verificaram todas as áreas de acesso comum, as janelas do piso inferior e as portas. Não há fechaduras quebradas nem vidraças.

– Você verificou a lista de controle de entrada?

– Ainda estamos analisando a lista.

– Então me diga qual é o ponto estranho.

Mark deu risada.

– Como você sabe que tem algo estranho?

– Sempre há.

– Ok. Tinha algo estranho mesmo. Não pensamos muito nele a princípio, mas me chamou atenção depois. São as roupas das vítimas. Elas foram puxadas, rasgadas, estavam ensanguentadas, mas foram postas de volta aos corpos e deixadas em ordem, como se ele tivesse arrumado tudo antes de ir embora.

– Você quer dizer que o assassino é organizado?

– Sim. Depois de matar, ele arruma os corpos e deixa tudo ajeitado. A vítima que encontramos ontem à noite estava deitada sobre o tapete felpudo, havia sangue por toda a parte, o quadro estava torto na parede, provavelmente ele deve ter jogado a mulher contra a parede. Mas o terno que ela vestia estava totalmente abotoado. A gola da camisa estava ajeitada. A saia foi puxada para baixo. Um dos sapatos dela foi arrancado, sabemos porque encontramos sangue nele, mas ele o colocou de volta no pé da vítima.

– Um Freddie Krueger com TOC?

– É. Isso aí.

– Você tem impressões digitais?

– Não. O cara usou luvas. Conseguimos um pouco de sangue, mas é todo dela. Temos a marca parcial de uma pegada, mas é de um tênis da Nike. Quem diabos não tem um par desse?

– Qual é o tamanho?

– 42. Então provavelmente ele tem estatura média. Estamos verificando informações sobre o cabelo e se há vestígios de pele nas unhas dela – Mark pigarreou. – Mas e aí, o que lhe parece tudo isso?

Smith respondeu com um ruído evasivo.

– Bem – disse Mark –, espere que vou te ligar de novo. Este cara está apenas começando.

– Quem é a próxima no artigo?

– Isadora Cunis. O pai é um industrial, ela é casada com um dos principais acionistas da Wall Street. Falei com ela hoje de manhã e com todas as outras. Aconselhei que saia da cidade e acho que ela vai seguir a minha orientação.

– Me ligue quando tiver novidades.

– Pode deixar.

Smith desligou o celular e saiu do site onde buscava informações.

Inquieto, examinou o próprio quarto. O hotel onde estava hospedado era pequeno e ficava em um bairro de Nova York que possuía muitas casas de espetáculos. O lugar era limpo e tranquilo, o necessário para classificá-lo como cinco estrelas.

Ele levantou-se e caminhou até a janela que tinha deixado aberta. Podia escutar o barulho da cidade lá embaixo, o ruído das buzinas e a agitação dos táxis nas ruas, embora já fosse tarde. Smith tinha vindo de Los Angeles para checar ameaças que o CEO de uma das maiores empresas multinacionais do mundo estava recebendo. O segurança e o homem de sessenta anos, um ícone da indústria, tinham se conhecido durante um jantar na suíte de luxo do empresário, no Plaza. Depois de uma hora de conversa, Smith recusara o trabalho, embora tivesse recebido uma oferta cujo valor continha sete algarismos e que seria equivalente a dois meses de trabalho.

Tinha sido fácil negar a oferta.

O sr. Empresário da América afirmou que estava sendo ameaçado por ecoterroristas. Recentemente, ele havia derrubado dois mil hectares de floresta para construir uma fábrica e para montar e estabelecer um complexo de edifícios no Brasil. "Os abraçadores de árvores", conforme o homem explicara, estavam em pé de guerra.

Mas Smith sabia que aquilo era uma mentira, porque ele tinha feito sua lição de casa. O CEO tinha duas vidas. Uma era transparente, honesta, a própria representação do sonho americano: ele era um bilionário que conquistou seu próprio sucesso e que – em seu segundo casamento –, tinha uma esposa linda, que estava grávida e que tinha metade da idade dele. A outra vida envolvia braços, mas não os que embalam uma criança recém-nascida. Ao que se constatou, o cara carregava muito mais coisas além dos seus negócios em barcos que iam e voltavam pelo Canal do Panamá.

Na visão de Smith, o homem estava, provavelmente, tentando sair do comércio ilícito e estava aprendendo apenas agora que lidar com pessoas que trabalham com armas de fogo é muito diferente de fazer negócios numa mesa de reuniões com caras que usam terno e gravata. Ambas as linhas de trabalho podem te enriquecer, mas em uma você conquista um paraquedas dourado[5] e um relógio luxuoso no momento em que sai da empresa. Na outra, você leva um tiro na cabeça e talvez seja cortado em pedacinhos. Sua família terá sorte se encontrarem o corpo para enterrar.

Do ponto de vista de Smith, não haveria motivo que justificasse assumir aquele trabalho – não que ele desejasse que o sr. Empresário da América fosse morto. Ver o cara que era o rei do seu mundo chorar pelo leite derramado, ou melhor, pelas árvores derrubadas, não era uma coisa legal, mas Smith tinha suas regras. Se ele iria arriscar sua própria vida por alguém, essa pessoa teria de ser honesta com ele.

Também seria de grande ajuda que essa pessoa não estivesse num chiqueiro criado por ela mesma.

Porém, Smith não deixou o cara a ver navios. Antes de ir embora, passou o contato de outra empresa de segurança para o industrial.

De qualquer forma, se ele tivesse aceitado o trabalho, teria causado uma confusão na sua cartela de clientes. Amanhã ele deveria estar no Paraguai e Tiny teria odiado ter de assumir esse trabalho, mesmo que desse conta da tarefa num piscar de olhos. Tiny era grande o suficiente para assumir a posição de segurança de olhar apurado tal qual Smith, mas ele odiava os trópicos. Tinha algum problema com aranhas.

Smith foi até o banheiro, onde tirou a camiseta que vestia. Sob a luz que recaía do teto, seus músculos ficaram evidentes, numa demonstração poderosa de carne e osso que ele não parou para admirar. O segurança cuidara a vida inteira de sua condição física, mas seu corpo era apenas uma das razões pelas quais ele era considerado um rebatedor de peso em uma profissão repleta de caras robustos e durões.

Algo que permanecia sempre em sua pele eram sinais que ficavam evidentes quando seus músculos se mexiam: cicatrizes, uma marca registrada da vida que ele escolhera. Alguns desses sinais tinham mais de vinte anos, resultado de uma juventude violenta. Outros eram mais recentes. Alguns eram o resultado de atentados contra a sua vida, outros eram emblemas de sua coragem. Smith estava tão acostumado com essas mar-

---

5 Do inglês, *golden parachute* é um termo utilizado para designar um contrato firmado entre funcionário e empresa no momento da contratação, no qual o funcionário recebe diversos benefícios em caso de desligamento. Esses benefícios incluem uma quantia significativa em dinheiro, compra de ações e contratos de consultoria ou uma combinação entre eles. (N.T.)

cas que nem as considerava algo incomum ou feio. Eram como braços e pernas, uma parte tão intrínseca a ele como se tivessem saído junto de seu corpo já do ventre de sua mãe.

O que, naturalmente, não havia acontecido. Smith simplesmente não conseguia se lembrar de como tinha adquirido aquelas marcas.

Sem pensar, ele passou a mão sobre uma cicatriz cor de rosa que atravessava os músculos do abdômen. Pensou na condessa e imaginou-a tocando-os com suas mãos delicadas. O simples fato de pensar o deixou excitado.

Ele praguejou em voz alta.

Foi uma grande fantasia, mas isso é tudo o que poderia ser. Uma fantasia.

Além disso, uma mulher como ela estava acostumada com a pele ilesa de investidores e aristocratas. Homens cujas profissões não exigiam que eles tivessem de submeter suas peles à agulha e à linha. Bastaria um olhar no mapa de horrores estampado em sua pele para que ela provavelmente saísse correndo.

Mas talvez ela não saísse correndo. Ele pensou no queixo empinado dela.

Por Deus! Quem ele estava enganando? Ele nunca descobriria.

Smith apagou a luz e saiu do banheiro. Tirou a calça, jogou-a sobre o encosto de uma cadeira, desligou o computador e se deitou na cama. Não se preocupou em entrar debaixo das cobertas. A noite estava excepcionalmente quente para o outono e ele não havia ligado o ar condicionado do quarto.

Odiava o ar fabricado.

Smith cruzou os braços e fechou os olhos, pronto para cair no sono. Conseguia dormir muito bem. Apagava junto à luz e despertava com a mesma velocidade. Normalmente, três horas de sono deitado de costas em algum lugar eram suficientes para recarregar as suas baterias.

Mas desde a última semana, ele não conseguira dormir "normalmente". Nos últimos dias, teve problemas para pegar no sono e, após alguns minutos tentando, levantava-se e sentava. Irritado com imagens da condessa permeando a sua mente, Smith encostava-se sobre a cabeceira acolchoada.

Aquela espécie de transe no qual ele entrava todas as noites era o mais próximo a uma rotina normal que ele podia chegar. O fato de sair de sintonia por causa de uma mulher era simplesmente inaceitável.

Talvez ele só precisasse transar.

O segurança inclinou-se sobre o criado mudo e pegou um charuto longo e fino de um pacote que estava quase cheio. A luz do isqueiro emergiu brilhante na escuridão e a ponta do charuto irradiou uma luz laranja quando ele deu a primeira tragada.

Provavelmente era isso. Ele precisava fazer sexo.

Ao exalar a fumaça do charuto, Smith teve a sensação do corpo da condessa contra o dele, como uma onda que o invadia.

Deus do céu! Não com ela.

Seu celular tocou.

Smith girou a cabeça, e antes que o aparelho tocasse novamente, ele o encostou na orelha.

– Sim?

Houve uma longa pausa.

– É... John Smith?

Seu corpo reconheceu aquela voz, antes mesmo que seu cérebro o fizesse.

– Sim.

– Aqui é Grace Hall – respondeu a pessoa do outro lado da linha. – Preciso de você.

Ao desligar o telefone, Smith perguntou-se por que ela havia demorado tanto tempo para ligar.

Ao que tudo indicava, Tiny teria de ir para o Paraguai de qualquer jeito.

Capítulo 5

Vinte minutos depois, Smith estava na Wall Street, subindo os degraus de granito do arranha-céu da família de Grace. Quando se aproximou das portas giratórias, um guarda uniformizado abriu a porta lateral para ele.

– Sr. Smith?

Ao responder, o homem afastou-se para lhe dar passagem.

– Ela está esperando pelo senhor – avisou o guarda. – No escritório dela, no último andar. Para pegar o elevador, siga por ali.

Smith assentiu para o homem e entrou no elevador. Cinquenta e dois andares. O elevador parou e ele deu de cara com um corredor extremamente luxuoso. Ao final, avistou uma luz resplandecendo por uma porta dupla e seguiu em direção a ela; em contato com o carpete espesso, seus passos não emitiram nenhum ruído. Ele passou por salas de reuniões e por escritórios e pensou que, se não fosse pelas pinturas espetaculares penduradas nas paredes, ele poderia estar numa sala executiva de qualquer empresa de sucesso.

Smith diminuiu o passo ao chegar até a porta dupla. Empurrou um dos lados da porta e a viu.

Com a silhueta destacada diante da vista cintilante da cidade, a condessa estava usando um vestido vermelho, olhando em direção às janelas. A seda delicada cobria seu corpo longo e esguio e deixava suas costas expostas. Com o cabelo preso num penteado encaracolado, ela tinha as curvas graciosas de uma bailarina.

Um desejo selvagem golpeou o abdômen dele assim que ela percebeu o reflexo na vidraça da janela. Ele pôde ouvir a respiração curta e repentina da condessa e, aparentemente, ela precisou de um instante para se acalmar antes de se virar. Quando o fez, ele percebeu que os traços delicados do seu rosto estavam comprimidos, repletos de tensão.

– Você se movimenta tão silenciosamente – disse ela.

Ele deu de ombros.

– Não faz sentido que eu seja anunciado por uma fanfarra.

Ela elevou os lábios num sorriso e Smith sentiu um aperto no peito. Ele não era o tipo que se impressionava com beldades, mas se viu naquele momento tragando-a através da pele. A condessa o excitava.

Ficou irritado.

– O que está acontecendo? – perguntou ele diretamente.

– Você viu as notícias? – o tom agudo de medo na voz dela estava mais evidente do que o que ele se lembrava.

– Sobre Suzanna van der Lyden? – ele acenou com a cabeça.

Ela envolveu os braços ao redor do próprio corpo. Enquanto se mexia, os diamantes brilhavam.

– Não posso acreditar nisso – a condessa virou-se novamente para a janela, como se quisesse evitar que ele percebesse o esforço que fazia para se controlar. – Meu Deus, como a família dela deve estar se sentindo... Ela tem um filho pequeno. Tinha.

Por cima do próprio ombro, ela o olhou; seus olhos brilhavam. Grace o fitou por um longo tempo, como se estivesse tentando mergulhar no espaço atrás daqueles olhos e descobrir quem era aquele homem.

– Posso confiar em você? – perguntou ela, com um ligeiro senso de urgência.

– Totalmente, condessa.

Houve uma pausa. Ela virou-se para ele.

– Meu marido e eu estamos separados. Estamos nos divorciando.

Grace observou-o cuidadosamente, perguntando-se se a resposta dele era verdadeira ou não. Sem dúvida, ela estava preocupada com a possibilidade dele ir até os jornais, mas ele não a culpou. A separação do conde e da condessa Von Sharone seria uma grande notícia.

Depois de um momento, ela continuou.

– Não estou preparada para divulgar essa informação, não até que o divórcio fique pronto. Foi por isso que não contei à polícia que estava sendo perseguida.

– Você acha que seu marido está te perseguindo?

– Ele pode estar pagando alguém para ficar de olho em mim.

– Ele ainda te ama?

Ela deu de ombros.

– Duvido. Mas isso não significa que ele não tentaria encontrar algo para usar contra mim.

– E você?

– Se ainda o amo? Não. Casei com ele porque era o que esperavam de mim – ela soltou uma risada ríspida. – Meu pai gostava dele. Minha mãe gostava da família dele. Pensei que havia coisas priores na vida do que casar com um homem bonito da família real.

Ela voltou a olhar para as janelas.

– Eu estava errada, claro. Nunca se deve casar com alguém por nada menos que amor.

Smith franziu a testa.

– Sem ofensa, condessa, mas você realmente acha que pode manter uma notícia como essa em segredo? Depois do casamento que você teve? – ele se lembrou de ter lido algo a respeito em um avião que o levava sabe Deus para onde. Centenas das pessoas mais ricas do mundo tinham participado do evento na Europa. Só o vestido dela tinha custado mais de 100 mil dólares, se é que os jornais reportaram os números corretos.

– Há algumas questões acontecendo aqui na Fundação e preciso ser vista como uma pessoa forte e responsável. Se a notícia do fracasso do meu casamento aparecer agora, as pessoas vão supor que eu estou à beira de um colapso emocional.

– E está?

– Para você, eu pareço uma pilha de nervos? – a voz dela soou firme quando seus olhos encontraram os dele no vidro da janela.

Ele sacudiu a cabeça. Naquele vestido vermelho, ela parecia – sem a menor sombra de dúvida – extremamente atraente.

A risada ríspida surgiu novamente.

– Bom. No último mês, aprendi a saborear essa ilusão particular.

– Por que não nos sentamos? – perguntou ele, de repente. – A impressão que tenho é de que você está prestes a cair.

Aqueles ombros graciosos recuaram e ele esperou que ela reagisse mal à sua afirmação. Ela não admitiria tão cedo que estava cansada, tampouco poria para fora todo o medo que a afligia e que estava tentando controlar com toda a sua força.

Mas, em vez de discutir, ela sentou-se atrás da mesa enorme, e ele sentou-se em uma cadeira de frente para ela. Smith esperou que ela retomasse a conversa e que fizesse formalmente a pergunta que ele estava preparado para responder.

Grace estava determinada a não desabar diante de Smith, mas ela sentia como se fosse se estilhaçar e cair aos pedaços a qualquer momento.

A condessa tinha passado horas pensando sobre qual seria a melhor forma de cuidar de si mesma, e a única conclusão a que chegara envolvia ele. Quando saiu do MET, sem coragem de ir para casa e com medo de ficar sozinha, ligou para ele.

Era ele quem ela queria e somente ele. Smith era um selvagem, um filho da puta capaz de fazer um assassino se virar e fugir. Ele iria mantê-la em segurança. Com ele perto para protegê-la, talvez ela pudesse passar um dia inteiro sem ter uma crise de ansiedade. Talvez conseguisse se concentrar no trabalho novamente. Talvez pudesse obter parte de sua vida de volta.

Ela desviou o olhar para ele. Smith havia escolhido uma cadeira bem à frente de um fecho de luz da luminária. Parecia muito perigoso nas sombras, tão imóvel e atento. De onde estava, não podia ver os olhos dele, mas sabia que estavam sobre ela. Mesmo em meio a todo medo que estava sentindo, sentiu também uma onda de calor e teve de lembrar a si mesma que tinha negócios a tratar com aquele homem.

Grace pigarreou.

– Gostaria de contratá-lo.

A condessa prendeu a respiração, esperando pela resposta dele.

Ele se ajeitou na cadeira e sua jaqueta de couro rangeu suavemente.

– Até onde você está disposta a ir?

– O que você quer dizer?

– Em que tipos de lugares você está disposta a ficar?

– Como assim? – ela ergueu as sobrancelhas.

– Terá de mudar a sua agenda. Restringir suas atividades. Sair da cidade – Smith demonstrou impaciência no tom de voz.

Grace arregalou os olhos.

– Não posso deixar a Fundação. Estamos nos preparando para o baile anual e...

Smith sacudiu a cabeça com determinação e começou a se levantar da cadeira.

– Espere – Grace lançou com voz de comando.

– Onde você está indo?

Ele ficou parado, com os braços suspensos sobre os braços da cadeira, pronto para se levantar. O olhar que o segurança lançou para Grace mostrava que ele não era o tipo que estava acostumado a receber ordens.

– Quero dizer, por favor, não vá. Você é o melhor. E eu quero o melhor – ela desabafou e acrescentou com o tom de voz mais suave. – Preciso de você.

Ele levantou-se e olhou-a da cabeça aos pés. Ao colocar as mãos sobre os quadris, o paletó que usava ficou totalmente esticado sobre os ombros.

Sem dúvida ele tinha todo o corpo musculoso, pensou ela. Na verdade, ela já sabia disso depois que teve o corpo prensado sobre o dele. Segurado por ele.

O desejo que pairava no ar e que rompeu a ansiedade dela não significava uma melhora da situação e ela sentiu vontade de xingar. Por que não poderia simplesmente ter um "ataque" de calma? Ser invadida por uma onda de paz? Ou ainda ser arrebatada pela tranquilidade e pelo relaxamento?

Mas não. Seu bálsamo era o desejo.

– Por favor – implorou ela. – Não vá.

– Senhora, sou o melhor porque meus clientes costumam ter vida longa. E o motivo é que eles fazem o que eu lhes peço para fazer – a voz dele soou aborrecida e sua expressão foi contundente. – Não tenho o menor interesse em discutir com um cliente o que eu devo fazer para manter sua vida sobre segurança.

– Você não entende – Grace levantou-se para que pudesse ao menos falar com ele olhando-o bem próxima aos olhos. – Preciso ficar aqui agora.

– Você prefere planejar uma festa a cuidar de si mesma? – perguntou ele com a voz sombria e repleta de desprezo quando começou a se retirar. – Olha, posso recomendar alguém que fará o que você quiser. Há uma porção de pedaços de carne grandes que podem se arrastar atrás de você.

Rapidamente, ela deu a volta na mesa, colocando-se entre Smith e a porta.

– Ouça – antes que ele pudesse argumentar, ela apontou para o busto sobre a mesa. – Este é meu pai. Estou nesta posição porque ele está morto, mas estou aqui acima de tudo porque essa era a vontade dele. Estou em pé de guerra com o Conselho de Administração e com o suposto sucessor do meu pai. Se eu sair agora, será como um pastor abandonando suas ovelhas. Tenho uma porção de opositores no corpo diretivo. O cara que era o braço direito do meu pai está virando a opinião deles contra mim, porque ele quer assumir o controle. Se eu desaparecer agora, vou perder o controle da Fundação porque eles vão me jogar para fora. Será a primeira vez que um Hall não estará sob o comando e não posso deixar que isso aconteça – os olhos de Grace suplicaram. – Há muito mais em jogo do que simplesmente uma festa. Mas eu simplesmente não consigo mais viver com medo o tempo todo. Isso está me matando.

Smith a analisou por um momento.

– Você está preparada para ser totalmente sincera comigo?

– Contei a você sobre o meu marido, não contei?

Grace não tinha se sentido confortável ao falar com ele sobre o seu casamento. Além do seu advogado, Smith era a única pessoa a quem ela havia contado sobre a separação, e Grace não tinha gostado de revelar a verdade. Os tabloides pagariam uma fortuna para ter em mãos essa informação, mas havia outra escolha? Teria de confiar em alguém e John Smith não parecia ser o tipo que se vendia por dinheiro. Aparentemente, ele tinha dignidade o bastante para não fazer isso.

– Você sabe de alguém que tenha a intenção de lhe fazer mal? Algum inimigo?

Grace franziu a testa.

– Como eu disse, Lou Lamont quer o meu posto. Ele é uma pessoa agressiva, mas não posso acreditar que ele teria...

– Você ficaria surpresa se soubesse o que as pessoas são capazes de fazer. Alguém mais?

– Não que eu me lembre – ela balançou a cabeça.

– Você tem amantes? – perguntou ele sem hesitar.

– Por Deus! Por que está me perguntando isso?

– Se vou trabalhar para você, preciso saber de tudo.

– Então você está me tratando como uma cliente? – indagou ela.

Houve uma longa pausa, então ele disse:

– Terei de ficar perto de você o tempo todo.

– Claro.

Os olhos azuis, vívidos e brilhantes daquele homem, emanavam um raio de luz.

– Se eu fizer isso, você terá de ser totalmente honesta comigo e terá de seguir as minhas orientações.

Naquele momento, ela não se importou com o fato dele querer tratá-la como se fosse a sua primogênita.

– Certo.

– Então, sim, posso te proteger.

Grace respirou fundo pela primeira vez em semanas.

– Graças a Deus!

– Agora responda à minha pergunta – exigiu ele. – Você tem algum amante?

Ela franziu a testa.

– Não. Não estou envolvida com ninguém.

– Havia alguém enquanto você estava casada?

– Não consigo entender porque isso seria...

– Não me diga que você vai precisar de um curso intensivo sobre crimes cuja motivação é a paixão... – a fala dele era repleta de frases curtas, como a de um sargento.

Estava acostumado a ser obedecido, pensou Grace. Exatamente igual ao pai dela. E como o marido esperava ser.

Então ela apenas concordou em fazer tudo que ele pedia.

Exceto sair da frente de um lobo para pular direito na boca do animal, pensou ela, temerosa.

Mas ela aceitaria o acordo com resiliência. Ele iria protegê-la e ela estava aliviada por ser sua cliente, mas aquilo não significava que ela permitiria que Smith invadisse a sua intimidade.

Infelizmente, de fato, ele tinha uma razão plausível para indagar sobre sua vida amorosa.

Grace respirou fundo.

– Fui fiel a ele. O tempo todo.

Uma emoção ligeira recobriu o rosto dele. Seria isso uma demonstração de desprezo?

E a maioria das pessoas considera que a fidelidade é uma virtude, pensou ela.

– E então, qual é o próximo passo? – perguntou ela.

– Colocar uns seguranças aqui na Fundação. Você vai começar a entrar e sair daqui de maneira imprevisível. E eu vou me mudar para o seu apartamento.

Ela parou de balançar a cabeça, pois até então estava concordando com tudo o que ele dizia.

– Se mudar para o meu apartamento?

– Não posso protegê-la se não estiver por perto – disse ele secamente. – O homem que está atrás de você não trabalha apenas durante o dia.

Grace ficou embasbacada. Nunca lhe ocorreu que ele precisaria ficar tão perto dela.

– Você tem certeza de que é necessário?

Ele lançou um olhar sombrio.

– Algum problema?

– Você está falando de morar comigo – ela levou uma mão até o pescoço, sentindo-se demasiadamente exposta. – Não sei nada sobre você.

– Aposto que você também não sabe muito sobre o cara que cuida dos seus impostos.

Grace imaginou seu contador, que usava óculos pequenos e que era um pouco mais baixo que ela. Ter Eugene Fessnick, seu contador, dormindo no quarto dela não era a mesma coisa. De modo algum.

– Mas você é... diferente.

– Eu estou mais para o tipo dos que consertaram o seu carro, não é?

Ela franziu a testa, pronta para reparar a má impressão de que se considerava melhor que ele, mas Smith pareceu não se importar com o que ela havia dito. O segurança não estava preocupado com o que ela achava ou pensava dele, percebeu Grace. Para ele, ela não tinha a menor importância. Smith estava concentrado na tarefa que tinha em mãos: a segurança dela. Nada além disso.

Mas ela não queria transmitir a impressão de ser o tipo que as pessoas achavam que ela era. Superficial, esnobe, privilegiada. Ela se esforçava arduamente para combater essa imagem. Seu jeito "comum", como o próprio marido mencionara, tinha sido outra razão pela qual Ranulf se sentira insatisfeito com a esposa.

Ela sacudiu a cabeça.

– Não foi isso que eu quis dizer. Você é...

Smith virou-se e começou a caminhar em direção à porta.

– Você vem, condessa? Ou quer passar a noite aqui no seu escritório?

Grace se recusou a seguir a orientação dele.

– É que eu não conheço muitas pessoas como você, assim... tão duronas. É um pouco constrangedor contar a verdade para você. E ter você morando lá na minha casa torna tudo tão... real.

Smith parou na porta, enfiou as mãos no bolso da calça e olhou de maneira incisiva para o corredor. Ele tinha uma postura rija, bem-apessoada. Despreocupada.

– Será que você pode, por favor, olhar para mim enquanto falo com você? – pediu ela.

Enquanto ele girava a cabeça em direção a ela, a condessa se preparava para uma discussão. Ou algo pior. A expressão dele era tão sombria que ela imaginou que deixaria de ser sua cliente antes mesmo que tivessem começado.

Então, ao responder, a voz de Smith soou inflexível.

– Condessa, preciso esclarecer uma coisa. Não estou aqui para conhecê-la, estou aqui para mantê-la viva. É isso. Se quer falar sobre os seus sentimentos e sobre a maneira como nos relacionamos, melhor chamar uma amiga. Será melhor para você.

Grace enfureceu-se.

– Bem, perdoe-me por tentar deixá-lo à vontade. Eu estava tentando acalmá-lo e...

– Querida, minha mente está sempre calma.

Ela lançou um olhar sarcástico para ele.

– Não foi isso que pareceu na noite em que te conheci. Você parecia completamente transtornado e incomodado com a minha presença.

– Você estava sendo um incômodo naquele dia, Barbie.

– Só porque você estava me olhando.

– É, bem, você já deve estar acostumada com isso agora. Ou você se enfeita toda só porque gosta de brincar de se maquiar?

– Eu não me enfeito... – ela perdeu a linha do raciocínio. – Sobre o que estamos discutindo de novo?

Os dois se olharam em silêncio.

Então, subitamente, ele sorriu. A expressão dele a deixou sem fôlego. Se ele já era atraente quando ficava tão sério, tornava-se um homem quase irresistível quando sorria.

Talvez ela devesse rezar para que ele tivesse mais momentos de seriedade.

– O que é tão engraçado? – murmurou ela.

– Você tem uma estrutura de aço debaixo dessa camuflagem, não tem?

Grace enrubesceu.

– Gosto de pensar nisso como determinação.

O sorriso de Smith desapareceu.

– Bem, seja lá como você chama isso, faço bom uso com outra pessoa. Não recebo ordens, sou eu quem dá ordens. Está claro?

Grace pressionou a mandíbula e disse a si mesma que agora era uma excelente oportunidade para manter-se firme.

– Não me importo em fazer o que você considera melhor. Mas um acordo entre nós dois vai tornar toda essa coisa mais fácil.

– Não faço acordos. Desculpe.

Grace inclinou a cabeça para um lado.

– Então devo ser apenas coadjuvante? Você pode se mudar para o meu apartamento, tomar conta da minha vida, me forçar a responder questões íntimas sobre o meu... meu... – ela gaguejou porque não conseguia dizer a palavra sexo na frente dele e se sentia ridícula. – Mas eu não posso desafiá-lo, mesmo que você esteja errado?

– Você entende as coisas rápido, condessa.

– Isso não é justo.

– Vamos fazer uma verificação da realidade. Você precisa mais de mim do que eu de você. Então, quem deve estabelecer as regras do jogo?

– Não acho que gosto de você tanto assim – disse ela. E era verdade. A condessa não tinha certeza sobre o que sentia por ele, mas "gostar" definitivamente não era o caso.

– Bom. Isso torna as coisas mais fáceis para nós dois.

Ela franziu a testa, considerando aquele comentário estranho.

– Então você ainda concorda com os meus termos de trabalho? – indagou ele.

Ela respirou fundo e assentiu vagarosamente.

– Então vamos.

Smith olhou ao redor da sala e correu os olhos adestrados pela bolsa e pela echarpe que estavam em cima da superfície brilhante da sala de reuniões. Apanhou os objetos e voltou para a porta.

Grace aproximou-se dele com a cabeça erguida. Dane-se se ela demonstrasse o quanto ele a perturbava. Ela parou em frente a ele e esperou.

– O que foi? – questionou ele.

– Ah, pensei que você fosse me ajudar a vestir a minha echarpe – desabafou ela, sentindo-se uma idiota. Claro que um homem como ele jamais se preocuparia com protocolos sociais. – Me dê a echarpe.

Ele fez uma careta e olhou para baixo enquanto ela o observava com a mão estendida. Ele lhe entregou a bolsa.

Então, num movimento rápido, ele inclinou-se, aproximando-se e colocando a echarpe de seda vermelha em cima dos ombros dela. Smith não se afastou imediatamente. Enquanto suas mãos permaneciam sobre o tecido fino, Grace prendeu a respiração e seus olhos brilhavam em contato com os dele.

Ela deixou os lábios entreabertos enquanto ele observava sua boca.

Mas ele não fez nenhum movimento para beijá-la.

– Lembre-se, condessa, de que não sou seu acompanhante. E nunca vou ser.

Ele afastou-se bruscamente e ela teve de se contorcer para não deixar a echarpe cair no chão.

Capítulo 6

Quando chegaram ao saguão, o segurança já tinha saído.

– Provavelmente ele está fazendo um tour pelo edifício – disse Grace, sua voz ecoando pelo enorme espaço vazio. – A essa hora eles têm de fazer isso. Vou ligar para o meu motorista.

Ao pegar o celular, ela olhou para Smith. Os olhos dele vasculharam cada canto do átrio gigante e de suas características neoclássicas.

– Agora posso ver porque esse lugar é considerado um marco nacional – comentou ele. – É irmão do edifício Chrysler, não é?

Grace assentiu.

– Cada um foi construído em dois anos. As portas dos elevadores são as minhas favoritas. O escopo egípcio é todo feito de prata fosca e de bronze brilhante. E o teto também não é nada mal.

Ambos olharam para os três andares luxuosos que suas vistas alcançavam.

Smith virou-se em direção a duas portas maciças, nas quais havia a inscrição "The Woodward Hall Museum" em um frontão de mármore branco.

– O museu fica aberto ao público todos os dias?

– Com exceção das terças-feiras.

– Qual é o tamanho dele?

– Ocupa os quatro primeiros andares do edifício e tem um sistema de elevador próprio. São três andares com exposições e um andar que abriga a biblioteca, a administração e o laboratório onde cuidamos da conservação do acervo.

– Vou precisar fazer um tour pelo edifício amanhã. E uma inspeção na arquitetura.

– Tudo bem – ela discou o número do motorista.

Quando a limusine parou em frente ao edifício, Smith e ela saíram em meio à escuridão. Atravessaram aproximadamente vinte metros de pedras de granito nas calçadas da rua, passando por uma estátua gigantesca de George Washington, e seguiram caminhando a passos curtos.

Grace sentia-se apreensiva e nervosa quando Smith não caminhava próximo a ela. Seus olhos se encontraram e depois ele se afastou enquanto examinava a praça e os arredores. Não havia mais ninguém na rua, apenas o ponto de táxi convencional, mas ela não se sentiu assustada. De modo algum.

Que mudança, pensou ela, em comparação ao medo que estava sentindo quando correu para dentro do prédio naquele mesmo dia pela manhã. Ao lado de Smith, ela não precisava se preocupar com nada. Podia sentir a força e a proteção dele cercando-a.

Ele era um assassino treinado. Na verdade, uma força da natureza.

Seu novo companheiro de quarto.

– Você está armado? – perguntou ela, de repente.

– Sempre.

Ela sentiu um calafrio.

O motorista de Grace pareceu surpreso quando saiu do carro, abriu a porta e deu de cara com Smith.

– Boa noite, senhor.

Smith balançou a cabeça e entrou no banco do passageiro com ela.

Embora a temperatura dentro do carro estivesse agradável, Grace sentiu uma vontade súbita de abrir a janela, de fazer algo que aumentasse sua sensação de espaço. Mesmo com ele ali, sentado ao lado dela, aparentando calma e controle, havia algo completamente avassalador na presença daquele homem.

Ah, pare com isso! Disse para si mesma. Ele não é o Messias.

Grace sorriu e olhou para a janela.

Porque, se fosse, vestiria túnica branca e calçaria sandálias. Provavelmente teria uma auréola ao redor da cabeça e talvez alguns querubins flutuando ao seu redor. Muito provavelmente ele não estaria usando couro preto e portando uma arma – com uma expressão sensual.

Quando um ataque de riso quase veio à tona, induzido pelo estresse e pela imagem absurda dele vestindo uma toga, ela percebeu que precisava se controlar. Afinal, sem a menor dúvida, ele possuía um monte de defeitos. Provavelmente ele cantarolava com a voz desafinada debaixo do chuveiro, roncava feito um porco e tinha o elástico da cueca boxer desgastado.

Enquanto uma imagem dele seminu surgia em seu pensamento, ela encolheu o corpo e começou a massagear as têmporas. A propaganda da Calvin Klein que atravessava sua cabeça também não estava ajudando – não se ela estivesse tentando desmistificar aquele homem.

Grace lançou os olhos sobre Smith. Ele observava a vista externa pela janela do carro enquanto passavam pela Park Avenue. A cada poste de luz por onde o carro passava, os traços rígidos do rosto dele eram iluminados.

Como ele tinha quebrado aquele nariz? E quantas vezes isso aconteceu?

– John Smith é o seu verdadeiro nome? – perguntou Grace, em voz alta.

Ele girou a cabeça em direção a ela. Grace imaginou que a expressão de pedra de Smith era um sinal de que ele não responderia à pergunta, mas ele balançou os ombros, despreocupado.

– Verdadeiro o suficiente.

– Como devo chamá-lo?

– Como quiser.

– Você vai responder se eu te chamar de querido?

Ele voltou a olhar para a janela, mas ela percebeu que ele ergueu ligeiramente o canto da boca.

– Não.

Os olhos dela percorreram o cabelo curto dele, sua mandíbula imponente e fixaram-se em seus lábios. Num lampejo de desejo, ela lembrou-se do beijo que trocaram.

Smith virou-se e encarou-a, como se soubesse o que Grace estava pensando.

– Você quer me dizer alguma coisa? – perguntou ele delicadamente.

Ela desviou o olhar.

– Nenhuma outra pergunta, condessa? – Smith questionou com um ar de sarcasmo.

– Nada com que você se preocuparia em responder – murmurou Grace.

E nada que fosse da conta dela perguntar. Grace estava imaginando se ele era casado. Não tinha visto nenhum anel no dedo dele, mas alguns homens não usavam aliança.

Quando o carro parou em frente ao prédio dela, ele se inclinou em direção a Grace e disse com o tom de voz rouco:

– Cuidado com estes olhos, condessa. Eles podem estar perguntando coisas que você de fato não quer saber.

E então ele abriu a porta e saiu do automóvel.

Ah meu Deus! Como ela conseguiria viver debaixo do mesmo teto que ele?

Grace respirou fundo. Pelo menos ela teria aquela noite para descobrir isso, porque, com certeza, ele não sairia dali até amanhã. E talvez nem no dia seguinte. Não haveria tempo hábil para se adaptar.

Grace ajeitou a echarpe ao redor dos ombros e saiu do carro. Enquanto Smith a conduzia debaixo do toldo verde e dourado do edifício, ela vasculhava o cérebro à procura de uma forma de encerrar a noite de um jeito casual e com a atmosfera de confiança. Enquanto o porteiro abria o portão, ela tentava formular um dos comentários entusiasmantes e sofisticados pelos quais ela era tão conhecida.

Pena que a sua capacidade de pensar estava comprometida. Dadas as devidas circunstâncias, provavelmente a melhor coisa a dizer era "boa noite". E só.

Quando Smith começou a entrar no apartamento, ela estremeceu.

– Er... você se muda hoje? Nessa noite? – o tom de voz dela soou um pouco mais alto que o habitual e o porteiro ficou discretamente constrangido.

Smith acenou para o motorista e a limusine se afastou.

– Foi esse o nosso acordo – ele lançou um olhar lacônico. – Algum problema? De novo?

– Onde é que você vai dormir? – indagou ela.

– Minha própria pele geralmente dá conta do recado.

– Ah, é claro. Sim... – e ela pensando que a fantasia com ele de cueca tinha sido algo fácil de lidar. – Humm...

– O que você está esperando?

Grace não poderia responder àquela pergunta com sinceridade. Smith não precisava saber que ela estava tentando tirar do pensamento a imagem dele completamente nu.

Ao conduzi-lo pelo saguão enorme do edifício, ela se lamentava internamente por não ter tido tempo de preparar sua casa para recebê-lo. Para dormir no quarto ao lado.

Para dividir o mesmo banheiro.

Ela soltou uma risadinha ao lembrar que o banheiro de hóspedes estava totalmente desmontado. Não havia nem mesmo água no chuveiro e na pia. Ele teria de usar as toalhas, o sabonete e o chuveiro dela.

– O que é tão engraçado? – Smith estendeu a mão para apertar o botão e chamar o elevador. Seus olhos azuis dirigiram-se a ela vagarosamente, como se ele não estivesse se importando com o motivo da risada.

Então ela fez questão de dizer.

– Estou aqui me perguntando o que você vai pensar amanhã de manhã quando for tomar banho e ter de usar o meu sabonete de lavanda – ela sufocou um ataque de riso causado pela tensão. – Tem certeza de que não precisa de nada? Uma lâmina de barbear? Um pente? Ou você já pula da cama todo fodão desse jeito?

– Olha, veja só. A condessa sabe um palavrão – Smith respondeu quando o elevador chegou.

– Tenho um vocabulário extenso de gírias – disse ela. – Dia desses, deixei cair um pote em cima do meu pé e xinguei muito.

– Era de caviar?

– Não, era um pote de graxa para sapatos.

– Opa, mais uma surpresa – ele inclinou-se ligeiramente como se estivesse fazendo uma reverência e segurou a porta para ela entrar. – Vossa alteza.

Ela franziu a testa. Ele estava zombando da cara dela de novo, e de uma maneira tão estúpida que feriu seus sentimentos.

Afinal de contas, ele começaria a morar com ela. Mesmo que nunca se tornassem amigos, será que os dois não poderiam fazer um esforço para respeitarem um ao outro? Certamente ela estava disposta a se esforçar para ter um bom relacionamento com ele. Mesmo que vacilasse nos momentos em que queria gritar com ele e...

Ela não se permitiria pensar em beijá-lo novamente.

– Por favor, você pode apenas me chamar de Grace? – ela murmurou enquanto entrava no elevador. – Esse título real é irritante.

Durante o apertado confinamento do elevador, Smith estava ansioso para que as portas se abrissem novamente.

Grace ficou em pé na frente dele, então ele pôde olhar nitidamente para a nuca dela – o que era a última coisa que ele precisava naquele momento. Durante todo o trajeto do elevador, ele ficou imaginando suas mãos deslizando ao redor da cintura dela, puxando-a contra o seu corpo, inclinando a cabeça para que ele pudesse lhe dar um beijo longo e intenso.

Se aquele maldito elevador andasse ainda mais devagar, iria para o porão, pensou ele, irritado.

Trabalhar com a condessa seria uma tarefa difícil. Enquanto estavam na limusine, Smith teve de olhar para a janela para evitar ficar com os olhos grudados nas pernas dela, às mostras por conta do vestido. E, quando percebia que ela estava olhando para ele, sentiu-se terrivelmente tentado a dar-lhe exatamente o que os seus olhos estavam pedindo.

Que inferno! Ele ficou irritado até mesmo ao saber que ela havia sido fiel ao marido. Como se aquele aristocrata merecesse tamanha lealdade depois do que revelara sua expressão durante o funeral do pai dela.

Quando as portas finalmente se abriram, Smith sentiu um alívio ao sair.

Havia duas portas, uma em cada lado do pequeno corredor. Ambas não tinham nenhuma marcação, e uma terceira possuía uma placa vermelha onde se lia SAÍDA.

Ele ouviu o barulho do chaveiro enquanto ela girava a chave na fechadura em sentido anti-horário. Logo que entrou, tirou os sapatos e suspirou antes de acender as luzes.

Smith ficou impressionado com a casa de Grace, mas não surpreso. Ele imaginou que ela devia se sentir como se morasse no inferno. A cobertura tinha um teto de aproximadamente doze metros de altura, uma vista espetacular e detalhes da época da virada do século. Só a madeira, da sanca até o piso (também de madeira), valia uma fortuna, sem falar que a mobília antiga e suas pinturas tinham a qualidade de peças de um museu.

– Acho que devo te oferecer um tour pelo apartamento – disse ela, sem muito entusiasmo.

Já era tarde e ela deveria estar exausta, mas ele precisava conhecer o espaço e Smith não acreditava que ela se sentiria confortável ao vê-lo bisbilhotando as coisas dela por conta própria.

– Vá na frente – orientou ele, balançando a cabeça.

Ao segui-la pela sala de estar, ele observou várias portas duplas que levavam até o terraço, que estava iluminado. Havia muitos móveis revestidos com seda, mesas laterais antigas e lâmpadas orientais. Um piano de cauda ocupava um dos cantos da sala.

Ele caminhou até uma magnífica lareira de mármore. Na moldura ornamentada da lareira, havia uma pintura a óleo com o desenho de uma montanha. No desenho, um soldado britânico está sob o brilho de uma luz em meio a um céu escuro e conturbado.

– Boa pintura – ele opinou casualmente.

– Obrigada. Acabei de comprá-la. É de Thomas Cole. Coleciono as obras da Hudson River School.

Smith teve a impressão de que ela estava com pressa para terminar o tour pela cobertura, mas ele não se apressaria. Enquanto ele observava a decoração, verificava também os sensores de movimento da sala, que sem a menor dúvida eram integrados a um sistema de segurança. Ela, obviamente, não se preocupou em ligar o aparelho, porque o tinha desativado no momento em que eles entraram.

Smith parou em frente a uma mesa com uma série de fotografias. Grace estava em várias dessas fotos e parecia feliz ao redor de todo o tipo de pessoas, algumas das quais ele reconheceu como poderosas ou famosas. Uma foto em particular lhe chamou mais a atenção. A fotografia, em preto e branco, era dela com o pai e estava em um porta-retratos com uma espessa moldura de prata. O sorriso de ambos era radiante, os olhos dela repletos de amor e carinho enquanto olhava para o pai. Não havia nenhuma falsidade, nem uma situação forçada ali, tampouco algo glamouroso. Eram apenas pai e filha, desfrutando um da companhia do outro.

– Essa foi tirada no ano passado – murmurou ela. Ao se aproximarem, o perfume dela, que tinha uma mistura sutil de limão e flores, penetrou as narinas dele. – Nós estávamos em Willings, na nossa casa em Newport. Era 4 de julho. Nenhum de nós poderia imaginar que tínhamos tão pouco tempo juntos.

Ela virou-se bruscamente.

– A sala de jantar é por aqui.

Mas ele caminhou até o piano, contornando-o. Era um Steinway, e sua superfície preta laqueada brilhava sobre a luz suave. Ele ergueu a proteção que cobria as teclas e, com o polegar e o dedo mínimo, dedilhou facilmente toda uma oitava, de um dó ao outro. O som era rico e rebuscado. A mão dele mudou de posição e ele tocou um acorde maior e, em seguida, um acorde menor. Bom movimento, perfeitamente sintonizado.

Excelente instrumento.

– Você toca? – Grace ficou surpresa ao ouvir o som das notas.

Smith fechou a proteção das teclas.

– Não.

Ele não contaria a ela que a música tinha sido sua salvação quando era jovem e que era também uma das poucas maneiras de encontrar paz como adulto.

Na maior parte do tempo, a vida dele não era tranquilidade. Pelo contrário: vivia atento, concentrado, vigilante. Contudo, nas raras ocasiões em que necessitava de um tempo, o piano podia acalmá-lo, levá-lo a águas mais tranquilas. Tai chi talvez fosse a única forma de fazê-lo relaxar totalmente.

Smith foi até a sala ao lado, onde havia uma grande mesa de mogno e doze cadeiras. O lustre de cristal pendurado em um medalhão de gesso ornamentado brilhou quando ela acendeu as luzes. Tal qual na sala de estar, havia cortinas pesadas de seda na cor creme penduradas nas janelas, presas por cordas de cetim com borlas.

Smith olhou para ela do outro lado da mesa reluzente. Naquele vestido vermelho, com aqueles diamantes, ela pertencia àquela sala real.

Ele teve que se perguntar como ela ficava com o cabelo solto. Fazendo amor. Imaginou-a com a cabeça para trás no auge da paixão, aquelas unhas bem-feitas agarrando o lençol enquanto seu corpo estremecia no momento do orgasmo, sua boca exalando palavras roucas repletas de desejo.

Isso era algo que ele desejava ver.

E era uma pena constatar que aquela cena nunca se realizaria, disse para si mesmo com determinação. Porque a menos que ela se engasgasse com um osso de galinha e fosse necessário executar a manobra de Heimlich, ou que ela desmaiasse e precisasse ser reanimada, ele não se aproximaria dos lábios nem do corpo dela novamente.

Quando ele a agarrara naquele corredor, ela não era sua cliente. Era uma mulher desejada que tinha brincado com ele e que precisava de uma lição. Agora, ele tinha aceitado a responsabilidade de mantê-la viva. Isso significava que as suas fantasias poderiam criar todos os tipos de ficção que desejassem, mas que ele não faria droga nenhuma para torná-las realidade.

Smith a seguiu até uma porta vaivém que levava até a gigantesca cozinha. Havia um fogão enorme em um canto, uma geladeira grande de aço inoxidável em outro e muitas bancadas de granito entre eles. O ambiente era surpreendentemente repleto de alta tecnologia, considerando o estilo velho mundo que o resto do apartamento tinha.

– Agora você já viu tudo – ela estava com a voz esgotada.

– Você tem alguma empregada que dorme aqui?

Grace balançou a cabeça.

– Tenho uma empregada que vem durante o dia. Agora, se você não se importar, vou lhe mostrar o seu quarto.

– E vou ter de ver onde você dorme.

Ela desviou o olhar dele.

– Claro.

No caminho até a outra extremidade da cobertura, ela pegou os sapatos e ele ficou surpreendido ao perceber o quanto ela parecia humana. Em vez dos diamantes e dos vestidos extravagantes, ela era apenas uma mulher exausta que provavelmente passaria a noite inteira com os pés doloridos.

– Há quanto tempo você mora aqui? – perguntou ele.

– Aproximadamente cinco anos.

Ela o levou até um quarto grande onde havia um conjunto de camas de casal. As paredes eram revestidas de seda azul-escura e o tapete oriental no chão de madeira estava coberto com plástico.

Ela hesitou antes de abrir uma das portas duplas. Lá dentro, ele avistou uma banheira clássica com pés de garra e várias toalhas.

– Como eu disse, você vai ter de usar o meu banheiro. Estou reformando o outro.

Ao observá-lo, os olhos de Grace brilharam, mas logo ela desviou o olhar.

– Meu quarto é por aqui.

Ela o levou um pouco mais adiante no corredor.

O quarto principal era decorado com vários tons de creme. Havia um conjunto de portas francesas que levavam até o terraço e muitas janelas. Ele ficou satisfeito com os sensores de movimento.

Ao olhar ao redor, Smith viu uma fotografia numa cômoda de estilo americano antigo. Ele se aproximou da foto e olhou firmemente para o rosto do conde Ranulf Von Sharone.

– Cara bonito – comentou o segurança.

– Do que está falando? Ah! Disso. Continuo querendo jogar fora essa foto.

– Guardando as lembranças de ilusões passadas, condessa?

Ao olhar para Grace, ele ficou surpreso. Ela estava com os lábios cerrados e seus olhos verdes brilhavam com furor e raiva, embora aquele mero comentário tivesse sido algo completamente superficial para ele.

Ela ainda não tinha superado o fim do casamento, pensou ele. Por mais que ela afirmasse que não amava mais aquele homem.

– Permita-me ser bem clara, sr. Smith. Não gosto de ser ridicularizada.

Ao olhar para ela, Smith gostou da forma como ela demonstrou força de vontade.

– Por favor, me chame de John. Esse negócio de senhor é irritante.

Com um movimento rápido, ela pegou a calda do vestido luxuoso e caminhou firmemente até ele, com a cabeça erguida.

Quando ela o olhou com indignação, Smith sentiu um arrepio percorrendo o seu corpo. Eram poucas as pessoas que ousavam enfrentá-lo. Tiny era uma delas. Talvez Eddie. As pessoas ricas que o contratavam sempre o tratavam com consideração e respeito, como os agentes governamentais e os líderes políticos com os quais ele lidava. Os cidadãos comuns geralmente se mantinham bem longe dele.

Ainda assim, aquela mulher, que era quase treze centímetros mais baixa que ele, esta *dama* descalça e com um vestido luxuoso, estava olhando-

-o com tamanha autoridade e senso de controle que ele se lembrou do seu comandante do batalhão Ranger[6], em Fort Benning.

Ele a achava atraente quando estava toda arrumada e bem vestida. Enfurecida, ela era incrivelmente espetacular.

– Sr. Smith, se vamos viver juntos e dividir a mesma casa, você terá de diminuir o seu ego e a arrogância que o acompanha. Já tive de suportar um pai que queria me dominar e um marido que tentou. Não tolero mais homens autoritários.

Deus do céu! Ele sentiu vontade de beijá-la de novo. Ele realmente desejou, desejou muito beijá-la novamente.

Smith sorriu. Algo semelhante à luz do sol estava correndo pelas suas veias como se estivesse despertando partes adormecidas há anos. Ele sentiu certa vontade de sorrir. Jogar a cabeça para trás e gargalhar a ponto de ficar com o abdômen dolorido.

Quem poderia imaginar que todo aquele fogo estava escondido debaixo de uma pele tão fria e rija? E por que ele estava tão surpreso? Já tinha sentido um desejo intenso por ela uma vez.

– E então? Estamos entendidos? – insistiu ela. – Estou disposta a colocar a minha vida em suas mãos e a seguir as suas ordens, mas não vou aceitar ser ridicularizada.

Smith inclinou a cabeça num gesto que poderia significar absolutamente nada.

Ele estava pensando que depois que tudo aquilo acabasse, talvez pudessem passar a noite juntos. Dessa forma, suas fantasias não se transformariam em uma fonte de frustração. Elas seriam simplesmente um prelúdio.

Não é uma má ideia, decidiu ele, sentindo-se satisfeito consigo mesmo.

Ela emitiu um som de aborrecimento e inclinou a cabeça em direção à porta aberta.

– Este é o meu banheiro.

– O que tem ali? – ele apontou para uma porta dupla.

Grace caminhou em direção às portas e abriu-as. Uma luz acendeu deixando à mostra fileiras de roupas penduradas. Ternos, camisas, calças

---

6 United States Army Rangers, os Rangers, são os membros de elite do exército americano. (N.T.)

e vestidos de gala. No chão, sapatos de todos os formatos e cores imagináveis.

Grace respirou fundo e Smith observou enquanto ela aliviava os ombros ao se virar para ele. Agora que toda a raiva tinha passado, ela parecia exausta por suportar o peso do próprio corpo.

– Quando foi a última vez que você dormiu a noite inteira? – perguntou ele.

A expressão dela encheu-se de surpresa.

– Antes de o meu pai morrer – ela fez uma pausa. – Na verdade, mais especificamente um pouco antes do meu casamento.

Grace olhou ao redor, e aparentemente se deu conta de que não tinha para onde ir, então ficou num impasse.

– A que horas você vai se levantar amanhã? – Smith perguntou.

– Cedo. Às seis. Vou fazer corrida.

– Vou com você.

– Tudo bem – ela hesitou. – Vai ficar comigo o dia todo?

– Sim.

– Não vai ser chato?

– Estarei ocupado.

– Fazendo o quê?

– Observando você.

Os olhos dela reluziram. Estavam repletos de vulnerabilidade e de uma indagação inconsciente que o excitava.

Ela franziu a testa, como se algo tivesse lhe ocorrido.

– Me diga uma coisa. Você gosta do que faz?

Quando se tratava de proteger alguém como ela, sim, ele gostava muito, pensou Smith. Mas ele não respondeu a pergunta.

– Você vai dormir bem essa noite – afirmou ele em vez de responder a pergunta, ao sair do quarto. – E mantenha a porta aberta. Preciso ouvi-la daqui.

– Smith?

Ele parou e olhou para trás.

– Obrigada. Eu realmente fico muito...

Ele a interrompeu, falando a mesma coisa que dizia a todos os seus clientes.

– Não perca o seu tempo com demonstrações de gratidão. Temos um acordo profissional. Tudo o que você precisa fazer é me pagar no final e eu ficarei satisfeito.

O olhar dela se desvaneceu.

– Tudo bem.

Uma sensação estranha invadiu o peito de Smith enquanto ele se afastava.

Ocorreu-lhe que ele tinha ferido os sentimentos dela. De novo.

E, de alguma forma, machucá-la também o feria. Enquanto entrava no seu "novo" quarto, ficou se perguntando o que diabos havia de errado com ele. Quando foi que começou a se preocupar com os sentimentos dos outros?

E particularmente com os sentimentos da condessa?

Capítulo 7

Grace acordou num movimento súbito, remexendo os braços no lençol da cama. Esticando o corpo tenso diante da luz fraca do amanhecer, ela esperou por algum sinal do que poderia ter perturbado o seu sono e despertado-a daquela forma.

Mas havia apenas o silêncio no quarto.

Olhou ao redor. Pelo que via, estava completamente sozinha.

Pensou imediatamente em Smith. Será que ele teria entrado no quarto? Ou seria outra pessoa? Ela rolou para fora da cama, tentando procurar por ele. Como o silêncio se estendeu, considerou que não havia razão para acordá-lo. Ele era seu guarda-costas, não um cobertor de segurança.

Sentindo-se pouco à vontade, foi até as portas francesas. O sol estava quase se erguendo e nuvens finas cobriam o horizonte. Abaixo, as ruas ainda eram iluminadas pelas lâmpadas incandescentes e o Central Park era uma extensa área coberta pela escuridão.

Então eles tinham conseguido passar a primeira noite debaixo do mesmo teto, pensou ela. E não tinha sido tão ruim assim. Apenas uma discussão causada pela língua afiada dele e pela fadiga nervosa dela. Considerando tudo, talvez aquilo fosse um triunfo.

Agora, se ela descobrisse como poderia dividir o banheiro com ele, se sentiria totalmente livre.

Grace estava prestes a se virar quando Smith saiu do terraço para a sala de estar.

Ela prendeu a respiração e inclinou-se até que a testa bateu no vidro. Murmurando, ela se recompôs e esfregou a testa.

Smith estava nu da cintura para cima. Ele vestia as mesmas calças pretas da noite anterior. Seu corpo era tudo o que tinha imaginado. Ele era musculoso, forte e, pelo o que pôde ver, não havia um grama sequer de gordura sobre o corpo dele. Enquanto ele se movimentava, ela observou os músculos das costas se contraindo. Eles se espalhavam pela espinha e inflavam os ombros, agregando volume à parte superior do tronco.

Foi quando ela percebeu marcas na pele dele. Cicatrizes. Havia muitas em suas costas, uma que atravessava o abdômen e as costas, e um traço irregular no ombro direito.

Ela ergueu uma das mãos, como se pudesse acariciá-lo de longe, e tentou imaginar o tipo de vida que ele devia ter levado. Por onde ele tinha passado. O que fizeram com ele.

A necessidade de conhecer o passado dele era pungente.

Não era à toa que ele tinha aquela postura tão rígida. Smith sabia quais eram as suas dores físicas.

Ela o observou, fascinada, movimentando-se furtivamente pelo terraço, desviando das plantas e dos móveis da varanda; ele parou apenas há alguns metros do corrimão de ferro. De frente para a luz do sol, ele uniu as duas mãos e inclinou a cabeça em sinal de reverência.

Grace perguntou-se como poderia haver tamanha ternura em um homem como ele. Pensou na expressão inflexível, no olhar impassível e naquele tom aborrecido que, segundo ela suspeitava, era apenas mais um disfarce que escondia seus verdadeiros pensamentos. Ela desejava saber o que havia por debaixo daquela camuflagem.

Ao erguer a cabeça, Smith começou a praticar movimentos e posturas tradicionais do tai chi. Grace ficou maravilhada. Por meio daquela prática, Smith empunhava sua força masculina – todos aqueles músculos e ossos que tinham tanta força bruta eram disciplinados por ele para executarem movimentos fluidos e calmos. À medida que o sol nascia atrás dele, sua silhueta se movimentava de um lado para o outro no ar, fazendo uma dança graciosa.

Grace ficou parada em frente ao vidro até que ele voltasse à posição inicial. Quando ele inclinou a cabeça, fazendo uma reverência novamente, e começou a se virar, ela correu para a cama, rezando para que ele não a tivesse visto.

Ao fechar os olhos, viu apenas reflexos dele pelo quarto. O caleidoscópio sensual estava perturbando-a, então ela estendeu a mão para pegar seu diário. Despejar os pensamentos em uma página sempre aliviava sua mente e, ultimamente, ela andava escrevendo bastante no seu pequeno livro com capa de couro. A caneta deslizava pela página até que não houvesse mais nada a dizer sobre a atração que ela sentia por ele.

Quando fechou o diário e voltou a colocar a cabeça sobre o travesseiro, ela pensou em descansar por apenas alguns minutos, mas seu corpo tinha planos diferentes. Muito tempo depois, com as pálpebras cerradas, ela caiu no sono dos justos. Sonhos eróticos não deixaram de perturbá-la durante todo o sono. Ou talvez fosse o contrário.

Ao olhar de relance para o relógio, ela murmurou. Tinha esquecido de ligar o despertador e perdido o horário para praticar corrida. Eram 8h20 e estava atrasada. Grace sentou-se na cama, empurrou o cabelo para trás e esticou os braços sobre a cabeça.

Mais uma vez, a primeira coisa em que pensou foi em Smith. Depois de vestir um robe de seda, foi até o corredor em direção ao quarto de hóspedes. A porta estava aberta, então ela bateu no batente. Como não houve nenhuma resposta, deu uma espiada.

A cama estava arrumada e nada estava fora do lugar, como se não houvesse ninguém hospedado naquele quarto. Ou ele era uma pessoa extremamente organizada ou tinha dormido no chão. Ou nenhum dos dois, talvez.

Ela foi até a sala de estar. Smith também não estava lá.

Em um ataque de ansiedade, ela chegou a pensar que ele poderia ter ido embora, mas esse pensamento logo se esvaiu. Ele teria dito caso fosse abandonar o trabalho e, como havia decidido ficar, não a deixaria sozinha.

As portas que davam acesso ao terraço estavam abertas, então ela caminhou até elas, sentindo a brisa fresca roçando sua pele. Smith não estava ali, mas ela decidiu permanecer no terraço por um momento.

Tudo estava como ela havia visto da última vez. Os crisântemos ainda estavam abertos e em bom estado nos seus vasos, e seus pequenos botões se aglomeravam em meio às folhas verdes e grossas. A mesa de ferro, com as cadeiras um pouco afastadas e os guarda-chuvas devidamente fechados também estavam do mesmo jeito. A vista do parque era a mesma, bem como os edifícios: ainda eram os mesmos de ontem e de anteontem.

A exceção é que agora havia um fantasma naquela paisagem familiar. Novamente, ela avistou Smith na luz da aurora, movimentando-se.

– Gostou do que viu essa manhã? – pelas costas, ela ouviu a voz profunda e lacônica de Smith.

Grace virou-se e lutou contra a vontade de esconder o rosto com as mãos.

Ele estava de pé na sala de estar segurando uma caneca que exalava fumaça. Ao ingerir um gole do líquido, seus olhos pairaram sobre ela, perfurando-a com uma chama azul.

Felizmente, ele tinha vestido a camisa. Mas ela ficou pensando no seu peito despido. Quando ele percebeu o que ela estava vestindo, pressionou os lábios.

Ela puxou as pontas do robe, aproximando-as um pouco mais, e desejou que estivesse vestindo algo mais substancial.

Algo como um moletom com capuz. Ou um traje apropriado para manusear materiais perigosos, pelo amor de Deus!

– E então, gostou? – insistiu ele, com uma sobrancelha arqueada.

Smith parecia determinado a receber uma resposta. Infelizmente, a única coisa que lhe vinha à mente era algo como *sim, você é um praticante extremamente tranquilo, mas será que poderia ficar nu da próxima vez?*

E como ele sabia que ela estava observando-o? Ele parecia totalmente concentrado no que estava fazendo.

Smith tomou outro gole da caneca.

– Então, você encontrou o café – ela empinou o queixo, pensando que ele não poderia fazê-la admitir o que ela não queria. – Fez o bastante para duas pessoas?

Ela ajeitou o corpo e sentindo-se perturbada com sua atitude, deixou a pergunta dele no ar.

Smith estendeu a mão subitamente e ela pôde sentir os dedos dele sobre a seda fina do robe, como se ela não estivesse vestindo absolutamente nada. Grace olhou para os dedos dele abismada ao perceber que bastou aquele contato para sentir seu corpo fervilhar.

Smith não disse uma palavra sequer e os olhos dela o fitaram relutantemente.

– Sou o tipo de homem que aprecia a privacidade, condessa – ele levou a caneca à boca num gesto casual, como se não estivesse segurando-a apropriadamente. Grace sentiu cheiro de chá, não de café. – Não gosto de intromissões na minha vida.

Não havia um pingo de raiva na voz nem na expressão dele, mas o tom de alerta era óbvio.

Ela esforçou-se para continuar olhando-o nos olhos.

– Eu só estava curiosa para saber o que você estava fazendo.

– Sério? – perguntou ele num tom de zombaria que não a enganou.

– Sim, verdade.

Ela tentou trazer seu braço de volta, mas em vez de soltá-la, ele a puxou ainda mais para perto. Smith concentrou o olhar nos lábios dela e Grace ficou surpresa ao perceber o desejo que havia naquela expressão inflexível, algo que o transformava numa pessoa que ela desconhecia. Não havia o menor sinal de autocontrole nos olhos dele.

Ela lambeu os próprios lábios, sentindo certa sede, e teve de desviar o olhar. Depois olhou para o antebraço dele. A espessura dos músculos sobressaltados lhe dizia que ele poderia mantê-la ali pelo tempo que desejasse.

– Me solta – Grace disse, tentando fazer com que aquilo soasse como uma ordem.

Ela pensou que a repulsa em sua frase poderia esconder a verdade sobre o que ela estava de fato sentindo por dentro. Infelizmente, sua respiração ofegante demonstrava que ela queria tudo, menos rejeitá-lo.

O olhar de Smith tornou-se ainda mais penetrante e ele fez um movimento sutil que ela mais sentiu do que viu. Como se ele tivesse considerado as complicações que aquela situação poderia trazer.

Ela puxou o braço, mas contra a sua vontade. Não estava nem um pouco interessada em sair dali.

Smith colocou a caneca sobre a mesa lateral e lentamente ergueu a mão aproximando-a dela. Grace sentiu uma carícia suave nos cabelos, e ele continuou movendo os dedos vagarosamente até repousá-los sobre o ombro dela.

– Então, responda à minha pergunta, condessa – Smith rosnou baixinho, com uma voz deliciosa e provocante. – Você gostou do que viu?

Com um nó na garganta, Grace engoliu seco ao sentir a ponta dos dedos dele tocarem o seu queixo. Ela ergueu o rosto num movimento delicado.

A resposta óbvia e a única segura era "não".

Mas ela sabia que ele perceberia a mentira. Ele a olhava com tal profundidade que ela sentiu que não havia nenhuma outra opção além de dizer a verdade.

– Sim – a resposta soou tranquila, num tom não mais alto que a sua respiração.

E foi aí que ela percebeu que faria amor com ele. Por mais louco que aquilo parecesse, por mais perigoso que fosse, se ele pedisse, ela o traria para junto do seu corpo sem olhar para trás. Isso era perfeitamente a coisa mais errada para se fazer. Sua vida já estava completamente fora de controle e ir para a cama com um homem como ele seria como pisar no acelerador, não no freio.

Mas ela não se importava.

Smith parou de apertar o braço dela, mas não o soltou. Ele deu um passo aproximando-se ainda mais e enfiou a mão por baixo dos cabelos de Grace. Em seguida, acariciou a nuca dela.

Hesitante, ela estendeu as mãos e colocou-as sobre os músculos volumosos dos ombros dele. Grace pôde sentir o calor do corpo dele através da camisa fina que ele vestia.

Mas, no momento em que ela o tocou, ele franziu a testa, como se tivesse percebido o que estava fazendo.

Ele se afastou bruscamente.

– O que foi? – Grace soltou a pergunta com a respiração ofegante.

– Está tentando me seduzir, condessa? – perguntou ele com um tom de desconfiança.

O pensamento de Grace, conturbado com aquela mistura de sensações, debateu-se diante daquelas palavras.

– O quê?

– Há quanto tempo você se separou do seu marido? – indagou ele, impaciente. – Ou você está interessada apenas em experimentar algo novo?

A raiva quebrou seu deslumbramento.

– Você foi o único que... só agora... Eu nunca tentei te seduzir.

Ele correu os olhos por ela.

– Você ficou parada naquela porta hoje de manhã, me observando com esse robe transparente, parecendo uma virgem faminta. O que diabos você espera que eu pense?

Grace pôs as mãos sobre a cintura.

– Nunca olhei para você dessa forma.

Ele inclinou-se em direção a ela.

– Então quer tentar de novo e me dizer a verdade dessa vez?

– Não sei do que você está falando.

– Quando você me contratou ontem à noite, você não estava pensando em ficar na posição horizontal com o segurança que estava contratando?

Grace ficou boquiaberta. Ela podia estar omitindo parte da verdade, mas ele era um maldito de um bom argumentador.

Ela apontou o dedo para ele de uma maneira propositadamente grosseira.

– Foi você quem agarrou e apertou o meu braço agora pouco – o gesto fez com que ela se sentisse cada vez mais forte, então ela o repetiu várias vezes, esbravejando suas palavras em direção a ele. – E eu não pedi para você me tocar. Antes de começar a bancar o santo, você deveria se olhar no espelho. Se tem algum faminto aqui, esse alguém é você.

Ela empinou o queixo e se afastou dele. Ela havia caminhado pouco menos de um metro quando ele a agarrou e girou o corpo dela em sua direção.

Smith pressionou os lábios contra os dela e ela retribuiu com a mesma força. Grace agarrou os ombros dele, pressionando seu corpo contra o dele, enquanto Smith envolvia seus braços ao redor dela. A sensação dos seus corpos se unindo era de um desejo lancinante.

Gemendo, ao final do beijo ele enterrou seu rosto no cabelo dela, como se estivesse lutando para se controlar. Mas ela não queria que ele se afastasse. Quando ele começou a beijar o seu pescoço, ela soltou um grito de alívio e de desejo, jogando a cabeça para trás quando ele roçou os dentes sobre sua pele para saboreá-la. A boca dele a explorou ainda mais, foi até os ombros, onde ele já havia passado os dedos, e seguiu até o vale entre os seus seios.

Selvagemente, ele arrancou o robe dos ombros dela e o deixou recair sobre a cintura de Grace. Seus olhos pareciam se deliciar com a visão dos mamilos enrijecidos que sobressaltavam sobre a seda que os cobria. Enquanto ele levava as mãos em direção aos seus seios, vagarosamente, e as repousava ao redor deles, Grace prendeu a respiração. Mexendo apenas os polegares, ele começou a acariciar os mamilos intumescidos até que ela fechou os olhos. Ela gemia de prazer.

– Nossa, como você é gostosa... – disse ele, admirado.

Ela abriu os olhos e, em meio à névoa de desejo, viu uma expressão curiosa sobre o rosto dele, uma mistura de paixão e admiração. Grace teve o pensamento fugaz de que se ele soubesse que ela estava observando-o, teria escondido o rosto.

Smith enfiou o dedo em um dos nós das tiras finas que mantinham a camisola presa ao corpo dela e as desamarrou; o robe escorregou do ombro dela delicadamente. A renda e a seda delizaram pelos seios, deixando-a completamente nua diante dele. Lentamente, ele inclinou a cabeça e colocou um dos mamilos dentro da boca. Estremecendo de tanto desejo, Grace esfregou as unhas nos bíceps dele e o observou enquanto ele passava a ponta da língua macia sobre a pele dela. Mordendo o próprio lábio, ela gemeu uma vez mais.

Em meio àquela explosão de desejo, ela reconheceu um ruído estranho. Algo que a preocupou.

Chaves.

Smith afastou-se dela rapidamente e ficou com o olhar fixo na porta.

– O pessoal da obra! – exclamou ela, atordoada.

Grace se remexeu para ajeitar o robe e colocá-lo de volta no corpo, mas tudo estava saindo errado. Estava com a mente confusa, suas mãos tremiam e o tecido parecia escapar de suas mãos, contrariando completamente a sua intenção de cobrir o corpo.

– Vou atendê-los – a voz de Smith soou irregular e ele protegeu Grace com o próprio corpo quando alguém abriu a porta.

Grace escapou pela cozinha no momento em que os três homens chegaram à porta da frente. Ao ouvir vozes masculinas, ela encostou-se na geladeira e tentou, mais uma vez, cobrir o corpo com o robe de seda.

Colocou a cabeça entre as mãos. Como é que aquilo tinha acontecido?

Bem, ela sabia a resposta. Pegue um homem saudável e uma mulher que está tendo fantasias com ele desde a noite em que se conheceram e os coloque dentro de quatro paredes. O resultado será sexo. Pura e simplesmente.

Foi apenas um beijo, disse para si mesma. As pessoas fazem isso o tempo todo.

Bom... é isso. Mas não foi bem assim.

Por Deus! O que havia de errado com ela? Estava há duas semanas de completar trinta anos e prestes a ser uma divorciada. Não era mais uma mocinha de vinte anos capaz de acreditar que alguns beijos poderiam ser um acontecimento transformador. Que algumas faíscas e um pouco de calor poderiam transformar uma mulher solitária em uma mulher fatal, e um homem durão em um herói romântico.

Ela sabia que deveria fazer um favor a si mesma e manter-se longe dele, mas como poderia fazer isso? Ele deveria permanecer ao lado dela a cada minuto do seu dia.

A porta se abriu.

Grace olhou para Smith. Ele tinha voltado a ser aquele ser repleto de autocontrole, arrogante, seguro de si.

Mas Grace não imaginava que havia tanto desejo nele. A primeira vez em que ele a beijou poderia até ser justificada por frustração e raiva. O que não seria válido para o que tinha acabado de acontecer.

– Peguei as chaves com eles e disse que você vai ligar para avisá-los quando devem voltar.

– Obrigada. Eu... Vou me vestir.

– Precisamos conversar.

Ela balançou a cabeça.

– Não, não precisamos, porque isso não vai voltar a acontecer. Na verdade, nunca deveria ter acontecido.

Houve uma pausa.

– Concordo plenamente.

– Então não há mais nada para conversarmos.

Os olhos de Smith reluziram diante dela.

– Fraquezas não reconhecidas têm o péssimo hábito de se transformarem em um hábito.

Ela começou a girar a aliança no próprio dedo, por sentir-se envergonhada e também pela frustração consigo mesma e com a situação. Quando Smith olhou para a pedra preciosa do anel, ela abaixou as mãos.

– Posso garantir a você – disse ela pontualmente – que não tenho a menor intenção de me jogar em cima de você. Se isso é o que você chama de hábito, então estamos falando a mesma língua.

Diante do silêncio dele, ela lançou:

– Você vai embora?

Os olhos dele encheram-se de determinação.

– Não, eu não desisto de um trabalho. Nunca. Mas vamos deixar as coisas claras. Tudo o que temos entre nós é uma relação profissional, nada mais.

– Concordo totalmente.

– Fico feliz que você veja as coisas do meu jeito.

A escolha daquelas palavras a irritou. Ela ergueu o queixo.

– Não se trata do seu jeito. É a verdade – Grace desviou o olhar rapidamente e viu o relógio do micro-ondas.

– Vou tomar um banho rápido. Estamos atrasados.

Depois que ela saiu, Smith entrou na sala e começou a andar de um lado para o outro.

Apesar do seu discurso no melhor estilo "Sermão da montanha" em que ele afirmou que o que havia entre eles era apenas uma relação profissional, uma parte dele estava xingando aquela maldita campainha. Ela tinha a infeliz sorte de ter contratado os únicos prestadores de serviço da cidade que apareciam no horário combinado. Nove horas em ponto. Malditos.

Mas que droga! Ele deveria agradecer aqueles caras cheios de ferramentas com lápis atrás de suas orelhas. Eles eram o único motivo pelo qual ele não tinha feito amor com ela ali mesmo. No carpete. Sem o uniforme de trabalho, ele não teria tido tempo para se preocupar com o que o futuro reservava. Teria tomado completamente aquela mulher em seus braços.

O que teria sido uma má ideia. Consolar uma mulher solitária e assustada com um caso romântico não era algo que ele queria fazer.

Mesmo que ela estivesse ardendo em chamas feito um maçarico.

Era uma pena que eles não estivessem dormindo debaixo do mesmo teto em circunstâncias diferentes. A condessa tinha um calor autêntico debaixo daquela camuflagem empertigada. Gelo e fogo. Não conseguia se lembrar de quando tinha se sentido tão atraído e excitado daquela forma por uma mulher.

Smith sacudiu a cabeça. Jamais poderia ter previsto algo como isso.

Ele estendeu a mão e pegou uma foto dela com o prefeito de Nova York.

Não ficou preocupado com o fato de sentir desejo pela condessa. Ela era uma mulher incrivelmente bonita, com uma boa dose de coisas maravilhosas debaixo daquela camada lustrosa de americana branca, anglo-saxã e protestante. Porém, embora ela estivesse provando que era uma tentação, aquilo não significava que ela sacudiria e transformaria o mundo dele. Quando a ameaça acabasse, quando encontrassem quem a estava perseguindo, ele sairia da vida dela exatamente como tinha entrado. Uma despedida direta, um aperto de mãos e então estaria pronto para a próxima missão. Exatamente como ele havia feito com os outros clientes.

Ele voltou à fotografia e foi até a caneca que havia usado. Odiava chá, mas foi a única coisa que poderia jogar na água quente que encontrou na cozinha, além da esponja para lavar louça. Quando ela perguntou sobre o café, ele não tinha a menor ideia sobre o que ela estava pensando. Depois de procurar longamente, Smith encontrara apenas alguns frascos de caviar, alguns biscoitos e muito espaço vazio nos armários dela. A geladeira também estava péssima. Frascos de molho de salada meio cheios e outro com mostarda. E era tudo.

Smith sentiu o estômago roncar e voltou para a cozinha. Sem opção, pegou a embalagem de caviar e os biscoitos e vasculhou algumas gavetas até encontrar uma faca. Ao romper o lacre de um frasco onde estava escrito "Tsar Imperiale", ele começou a colocar uma porção de caviar sobre o biscoito e jogou a comida dentro da boca.

Nada mal, pensou ele, mas ele teria de abastecer as prateleiras daquele armário já que viveria com ela.

Quando alguém bateu à porta, ele saiu para o corredor da frente.

– Sim? – respondeu Smith sem abrir a porta. Ao notar que ela não tinha olho mágico, ele começou a murmurar.

Houve uma pausa.

– É... É Joey, o porteiro. Quem está aí?

– Um amigo da condessa.

– Ah – pelo tom de voz do cara, era evidente que ele estava confuso.

– Posso ajudá-lo, Joey?

– Chegou um pacote para a condessa ontem. Ela se esqueceu de pegar.

– Pode deixar no corredor.

– Humm... Tudo bem.

Smith aguardou um minuto ou dois e abriu a porta.

Pelas costas, sentiu a aproximação dela.

– Quem era?

Ele olhou por cima do ombro. Como tinha acabado de sair do banho, ela vestia um roupão felpudo e estava com uma toalha amarrada na cabeça. Seu rosto estava limpo, com um aspecto fresco e um pouco rosado. Smith tentou não pensar no resto.

Enquanto pegava a caixa embrulhada com papel pardo, ele se perguntou se haveria uma maneira de fazer com que ela continuasse usando aquele tecido felpudo em vez daquele pedaço de pano de seda onde ela enfiava o corpo. Assim não haveria motivo para se torturar.

– Chegou um pacote para você – Smith levou a caixa para dentro do apartamento. Era um embrulho pequeno, um cubo com quinze centímetros aproximadamente.

– Ah, obrigada – ela estendeu a mão para pegar o pacote.

– Alto lá – disse ele. – Deixa que eu abro.

Com cuidado, ela apertou o cordão do roupão e o seguiu até a cozinha.

Smith colocou a caixa sobre o balcão e enfiou a mão no bolso de trás, de onde tirou um estojo fino de couro que levava consigo onde quer que fosse. Era do tamanho de uma carteira e quando ele o abriu, as ferramentas de aço inoxidável brilharam.

– Você tem luvas de borracha por aqui?

Do armário que ficava debaixo da pia, ela tirou um par de luvas amarelas e as entregou com o olhar preocupado. Smith colocou-as e examinou o pacote cuidadosamente, olhando, escutando, cheirando o objeto.

O nome da condessa fora escrito à mão na parte superior do pacote, pois do contrário, não haveria marcas de identificação.

– Você reconhece essa letra? – perguntou ele, apontando para a caligrafia do pacote.

Ela balançou a cabeça enquanto ele continuava a inspeção.

– Onde você aprendeu tudo isso? – ela perguntou da porta, enquanto o observava trabalhar. O cheiro do sabonete que ela usara para tomar banho o agradou. Mas Smith tentou ignorá-lo.

– Aqui e ali.

Inesperadamente, Grace soltou uma risadinha. Como ele lhe lançou um olhar irônico, ela teve de colocar a palma da mão sobre a boca para se conter.

– Desculpe. Tenho o péssimo hábito de dar risada em ocasiões inadequadas.

– Não sei por que, mas duvido disso – ele deslizou uma faca fina pelo lado de fora do pacote.

– É sério. Eu costumava deixar o meu pai louco. Uma vez, numa festa, um convidado ficou bêbado e caiu dentro da fonte. Todo mundo ficou em silêncio, sem saber o que fazer, com exceção de mim. Como meu pai gostava de contar: "No meio da multidão, feito um mau cheiro súbito, surgiu uma risadinha".

Smith enfiou a faca no papel que envolvia o pacote e começou a cortar a parte de cima da caixa.

– Toda criança tem sua má fase.

– Na verdade, isso aconteceu há dois anos.

Ele lançou outro olhar sobre ela e em seguida fez uma pausa. Parecia inconcebível que alguém tão equilibrado quanto ela pudesse cometer uma gafe como essas. Ele se perguntou quais seriam suas outras fraquezas e quais outras gafes ela teria cometido.

Grace sorriu docemente e Smith sentiu um aperto no peito.

Ele franziu a testa e voltou ao trabalho.

– Deixe-me adivinhar: o cara que estava bêbado era alguém importante.

– Bispo de Bradford. Não é o tipo de quem se possa rir.

– Onde é que já ouvi esse nome?

– Bradford Bourbon. O principal bispo de Kentucky.

– Difícil imaginar o rei do uísque[7] com baixa tolerância ao álcool – murmurou Smith.

– Engraçado. Foi exatamente isso que o meu pai disse.

Ao terminar de cortar o pacote, Smith levantou a parte de cima da caixa e viu a inscrição azul brilhante da Tiffany debaixo de um tecido fino semelhante a um véu.

– O que é? – perguntou ela, ansiosa.

– Se for uma bomba de correio, a pessoa tem um excelente gosto – ele puxou a caixa menor com cuidado e colocou-a sobre o balcão.

– Se importa se eu fizer as honras da casa?

Quando ela balançou a cabeça, ele cortou o laço branco e levantou a tampa. Havia um cartão junto ao tecido.

Smith pôde sentir a tensão que emanava dela enquanto ele pegava o envelope. Depois de abri-lo, leu em voz alta: "Para Woody, com amor. Bo. PS: Não vejo a hora de encontrá-la na próxima semana".

Grace começou a rir, com um tom de extremo alívio.

– O que é tão engraçado?

– Bo é a sobrinha do bispo de Bradford. Você deve conhecê-la como Bárbara Ann Bradford de Kentucky. Que coincidência.

Smith começou a puxar o tecido para fora, criando uma pilha macia em cima do balcão.

– Supondo que isso não seja uma vingança contra aquela risadinha que você lançou para o tio dela, acho que isso não vai explodir mais em cima de nós.

Fuçando as camadas protetoras do pacote, Smith encontrou uma pequena caixa de porcelana com algumas flores. Perguntou-se se seria seguro para Grace que ela mesma abrisse a caixa. O segurança sentiu que ela apreciaria a privacidade se fosse um presente pessoal e então o entregou a ela. Ao levantar a tampa da caixa, ela arfou.

– O quê?

– Nada – respondeu ela com delicadeza. Ela fechou a pequena caixa e segurou-a com firmeza, apertando-a contra o corpo.

Ele ajeitou o embrulho, colocando os papéis e o tecido de volta ao lugar. Ficou surpreso porque estava curioso para saber o que havia dentro da caixinha.

---

7 Smith faz um trocadilho com o sobrenome do bispo: ***bourbon***, em inglês, é um tipo de uísque. (N.T.)

Ela balançou a cabeça em direção ao caviar e os biscoitos que estavam sobre o balcão.

– Vejo que você andou procurando algo para comer. Desculpe-me. Não estava esperando companhia... Pelo menos não até ontem à noite.

– Melhor do que algumas outras coisas que já comi ao longo desses anos.

Ele arrancou as luvas e colocou-as de volta no armário embaixo da pia.

– Ah, a sua empregada...?

– Teresa?

Ele assentiu.

– Quando ela veio hoje de manhã, disse a ela para tirar férias por um tempo.

A condessa fez uma careta.

– Mas ela é de total confiança. Está com a nossa família por anos e...

– Você tem um motorista fixo?

Ela balançou a cabeça confirmando, porém com receio.

– Ligue para ele e diga que ele vai ter uns dias de férias. Quero meus homens no comando.

– Mas Rich tem sido meu...

– Quero os meus homens.

Grace abaixou a cabeça. Ele pôde sentir a luta interna pela qual ela passava.

– Isso não vai ser para sempre – disse ele sem rodeios. – Olha, sei que isso é difícil, mas você não está sozinha.

Os olhos dela brilharam em contato com os dele.

– Você está certo. Estou morando com um assassino treinado e sendo perseguida por outro assassino. Eu deveria estar rezando e torcendo para ficar um pouco sozinha – ela respirou fundo. – Desculpe. Você não merece ser o alvo da minha frustração.

– Eu aguento.

Ela olhou para ele demoradamente, com seus olhos verdes na cor das folhas da primavera.

– Tenho certeza que sim. Parece que você seria capaz de suportar qualquer coisa.

E agradeço a Deus por isso, pensou Smith, lembrando como ele se sentia com o corpo dela pressionado sobre o seu.

– O chuveiro está livre – disse ela.

– Ok.

Grace saiu pelo corredor em direção ao seu quarto.

– Coloquei algumas toalhas e uma lâmina de barbear – ela seguiu até o closet e parou na porta. – Se você precisar de alguma coisa...

– Vou ficar bem.

Ela assentiu e fechou as portas duplas.

Capítulo 8

Meia hora depois, os dois saíram do apartamento e seguiram até o saguão do edifício. Enquanto Grace apresentava Smith a Joey, o porteiro do prédio, ela avistou uma SUV preta encostando próximo à calçada. Era tão grande quanto um tanque, tinha as janelas escuras e Grace estava certa de que apenas um irmão gêmeo de Smith poderia estar ao volante.

– Onde está Rich? – perguntou o porteiro ao perceber o novo carro.

– Tirou umas férias – explicou Grace, casualmente. – Ah, e o pessoal da obra não virá por um tempo. E Teresa também não.

O homem lançou um olhar desconfiado para Grace enquanto Smith lhe entregou o seu cartão.

– Se alguém procurar por ela, ligue para o meu celular imediatamente. Ninguém poderá entrar caso eu não autorize, ok?

– Sim, claro.

– Tenha um bom dia – desejou Grace enquanto caminhava com Smith por debaixo de um toldo.

Aproximando-se do carro, Smith abriu a porta. Grace entrou no banco de trás tomando cuidado para não rasgar a saia.

– Bom dia! – a voz alegre e espontânea a assustou. – Desculpe, não quis assustá-la. Sou Eddie.

A mão do tamanho da pata de um urso atravessou o banco dianteiro para cumprimentá-la. Enquanto retribuía o gesto, ela olhou para aquele rosto que parecia um cartão de Natal: redondo, com bochechas rosadas, barba branca. O cara era um sósia do Papai Noel.

– É... – Grace sorriu enquanto balançava a mão. – Desculpe-me por ficar encarando você... É que você se parece muito com...

– O Brad Pitt? Sim, sim, eu entendo – o sotaque nova-iorquino era denso, retorcia as palavras. Algo que ela apreciou. – Então tenho que chamá-la de condessa?

– De jeito nenhum! Grace.

– Ok, Grace – ele deu-lhe uma piscadela.

Logo que Smith entrou no carro pelo outro lado, as portas foram trancadas com o som de um clique.

– Dia, chefe – Eddie cumprimentou Smith e acelerou o carro.

Em instantes entraram no trânsito. Grace agarrou o braço do assento para evitar que caísse no colo de Smith. Assim que o motor da Ford Explorer rugiu e Eddie pisou no freio para evitar atingir a lateral de um táxi, ela estendeu o braço para pegar o cinto de segurança.

Que Deus a ajudasse. Ela esperava chegar inteira até o centro da cidade.

Eddie olhou para o espelho.

– Ei, Grace, o que você deu para esse aí comer hoje de manhã? Ele parece meio tenso. Um pouco irritado...

– Não estou com humor para as suas palhaçadas – murmurou Smith.

Os olhos de Grace cintilaram quando ela olhou para o outro lado do banco. Smith relaxou a expressão tensa.

– E então, Grace? – insistiu Eddie. – O que você deu para ele comer?

O homem estava olhando para o espelho retrovisor enquanto pisava no acelerador e no freio como se fossem pedais de uma bicicleta. Só para fazê-lo olhar para a rua e não para o espelho retrovisor, ela disse:

– Acho que ele não comeu quase nada.

– Ah – e então dirigiu-se a Smith. – E então, o que comeu? Uma tigela de cereal com gosto de papelão, mas que faz bem para o intestino?

– Caviar – respondeu Smith, em tom seco.

– Nossa! É isso que essas pessoas chiques comem no café da manhã?

O homem lançou outra piscadela em direção a Grace.

– Bem, não se pode manter um homem como esse à base de peixe e ovos. Chefe, quer comprar algo para comer no caminho?

O tom de voz soou leve, porém sério. Grace teve a impressão de que Eddie estava acostumado a cuidar de Smith.

– Acho que estou bem.

– Bem – Eddie bufou –, você não vai conseguir me vencer numa briga de peso com esse tipo de atitude.

– Pode levar esse troféu para casa. É seu.

Eddie olhou para Grace novamente pelo espelho retrovisor.

– Sabe, não só posso comer ele debaixo da mesa, como posso fazer supino com dois dele. Claro, provavelmente ele pode levantar dois de mim, se você parar para pensar. O que é ainda mais impressionante.

Smith olhava fixamente para fora da janela, completamente concentrado, apesar das piadas e grosserias. Ela teve a sensação de que ele se sentia confortável com a presença de Eddie e ficou se perguntando o que poderia ter unido aqueles dois homens. Talvez eles fossem parentes.

Ela olhou rapidamente para um e depois para o outro. Talvez não.

– Precisamos pensar em uma justificativa... para você – disse Grace subitamente. – Não quero que as pessoas pensem que preciso de um guarda-costas.

Smith olhou para ela com uma sobrancelha arqueada.

– É compreensível.

– Um consultor de alguma coisa – ela começou a sorrir. – De desenvolvimento organizacional.

Ele franziu o cenho.

– O que é isso?

– Especialistas em desenvolvimento organizacional ajudam empresas a superarem o estresse ao unir equipes e ajudá-las a se entenderem. Pense na Wall Street e na Era de Aquarius.

Smith deu de ombros.

– Parece bom para mim.

– E vai explicar até mesmo o jeito que você se veste.

– O que há de errado com as minhas roupas? – perguntou ele com a voz arrastada. Era óbvio que não estava preparado para mudar a forma como se vestia, mesmo que suas roupas tivessem certo aspecto ofensivo.

Grace olhou para a jaqueta de couro dele e sorriu.

– Você não está muito adequado para o mundo corporativo...

Eddie deu risada.

– Bem, este homem se veste de preto da cabeça aos pés. Ele tem mais roupas escuras do que um agente funerário.

– Não há nada de errado com o preto – Smith reagiu.

– Bem, se você fizer parte da arte de embalsamento, com certeza.

– Você sabe que o que eu faço é só um trabalho alternativo.

Os dois trocaram um olhar e Grace desfez o sorriso. Ela não conseguia parar de se perguntar se Smith já havia matado alguém.

– Conte-me mais sobre o cara que está abaixo de você – disse ele.

– Lou Lamont é chefe do Departamento de Desenvolvimento. Como mencionei, ele está me confrontando, às vezes às claras e às vezes de maneira mais sutil, desde o momento em que assumi o posto de presidente.

– Bem, talvez eu possa ajudá-lo a se acostumar com você – Smith pressionou a mandíbula e um sulco apareceu entre as sobrancelhas.

– Pensei que você não conhecia nada sobre desenvolvimento organizacional.

Eddie sorriu novamente.

– Você está olhando para o homem que foi chefe de uma equipe de Rangers numa missão pelo deserto. Ele consegue cuidar de um cara de terno. Confie em mim.

Grace enrubesceu e olhou para Smith. Ele deve ter sido um oficial, pensou ela. E deve ter lutado na Tempestade no Deserto[8].

Ela continuou olhando-o, como se pudesse encontrar respostas no rosto ou nas mãos dele ou talvez na maneira como ele se sentava. Smith estava com um braço apoiado na janela e outro na parte de trás do assento. Espalhado como ele estava, com a jaqueta bem aberta e a camisa preta esticada, seu tórax ficava em evidência. O brilho da arma que ele portava era pouco visível. A confiança em si mesmo era óbvia.

Mas, para ela, não havia nenhuma pista.

Grace voltou a olhar para a janela, tentando se distrair ao observar as pessoas na calçada. Estava procurando por qualquer coisa que pudesse desviar o pensamento dele.

---

[8] Operação contra o Iraque durante a Guerra do Golfo, em 1991. (N.T.)

Ela precisaria de algo maior. O Desfile de Ação de Graças da Macy[9]. Uma comitiva presidencial.

Elvis, de volta do mundo dos mortos.

Quando Eddie parou em frente ao Hall Building, Smith inclinou-se para frente.

– Tem algumas coisas minhas no hotel... Preciso delas.

– Sem problemas. Mais alguma coisa?

– Comida. Bastante comida.

– Sei do que você gosta.

– Só.

Grace estendeu o braço para abrir a porta, mas Smith a interrompeu.

– Permita-me.

Ele saiu do carro, olhou ao redor e então abriu a porta do lado dela.

Grace parou em frente à janela do banco do passageiro, próxima a Eddie.

– Foi um prazer conhecê-lo.

– Para mim também. Agora, você vai arrumar uma comida de verdade para o almoço dele? Um bom sanduíche. Um pouco de salada. Talvez um pedaço de fruta. É muito importante manter os níveis de potássio e de proteína altos.

Smith revirou os olhos.

– Não me diga que voltou a fazer cursos.

– Claro que voltei. Acabo de sair de uma aula sobre nutrição. Agora estou fazendo a aula de escrita criativa.

– Ah, cara... – Smith ergueu uma mão e Eddie saiu com o carro feito faísca. – Lá vamos nós de novo.

Grace lançou um olhar inquisidor a Smith enquanto eles passavam pela George Washington. Depois, ficou surpresa quando ele começou a falar.

– Eddie nunca terminou o Ensino Médio. Quando fez cinquenta anos, decidiu que era hora de estudar. Já passou por história medieval, francês e panificação só no ano passado.

– Isso é maravilhoso.

---

9 Esse desfile, promovido pela loja Macy, tem como objetivo dar início à temporada de compras de Ação de Graças e do Natal. O primeiro desfile aconteceu em 1924 e, até então, era conhecido como Parada Macy's de Natal. (N.T.)

– É, só que ele me fez comer a sua lição de casa. E ele só esqueceu de deixar o pão leve e fofo. Fez um excelente tijolo.

Grace olhou para ele e ficou com uma gargalhada presa na garganta. A voz dele soou tão fortuita que ela presumiu que ele estivesse apenas passeando pela praça, como ela. Mas ele não estava. Seus olhos, observadores e impassíveis, estavam examinando os pedestres, observando as portas giratórias por onde as pessoas passavam e analisando a rua ao redor. Smith caminhava num passo tranquilo, mas ela sabia que ele poderia entrar em ação num instante.

Enquanto entravam no saguão do edifício, ela refletiu a respeito da atração que sentia por ele.

Será que ele estava certo? Estaria ela fascinada porque ele pertencia a um mundo totalmente diferente? Não acreditava nisso. Não importava de qual planeta ele fosse, era a carga elétrica que havia entre eles que a atraía. Ele poderia ser mais um daqueles homens camuflados de sangue azul, como o marido dela, ou um mecânico de garagem. Quando estava em seus braços, não se preocupava nem um pouco com o valor da restituição do imposto de renda dele.

Assim que entraram no Hall Building, as pessoas começaram a se aproximar dela, cumprimentando-a e conversando com ela. Eles levaram dez minutos para entrar no elevador e ela continuou conversando com os funcionários enquanto subia os andares do edifício. Grace perguntou sobre esposas, maridos, filhos, familiares, e citou todos os nomes.

Quando chegaram ao piso superior e começaram a caminhar pelo corredor até o escritório dela, ele disse:

– Você conhece todo mundo aqui.

– Meu pai inspirou essa lealdade. Muitos dos nossos funcionários estão aqui há décadas – Grace enfiou a cabeça numa sala de reuniões e acenou para as pessoas que avistou lá dentro. Elas retribuíram o gesto.

– Elas estão te cumprimentando de volta.

Grace olhou para ele com surpresa quando chegaram até a mesa de Kat. A jovem deixou a caneta que segurava na mão deslizar sobre a mesa e arregalou os olhos.

– Bom dia, Kat – Grace cumprimentou a secretária.

– Bom dia.

A moça ficou parada olhando para Grace.

– Ele vai ficar comigo por algumas semanas, fazendo um trabalho de consultoria. Alguma ligação?

Kat pigarreou e folheou alguns papéis. Ela olhou para Smith novamente até que finalmente encarou a chefe.

– Ah... Sim. Sim, deixei os recados sobre a sua mesa. Ah, e vossa senhoria, o conde, ligou. Ele disse que tentou ligar na sua casa, mas não a encontrou. Ele pediu que você retorne a ligação e disse que você saberia onde ele está.

– Nós vamos ficar no meu escritório esta manhã.

– O conde disse que era urgente.

– Então eu espero que ele esteja prendendo a respiração – murmurou Grace, baixinho.

– O quê?

– Nada, Kat. Obrigada.

Quando as portas se fecharam e os dois ficaram sozinhos, Grace colocou a bolsa sobre a mesa e se jogou na cadeira que fora do pai.

Ela limpou a garganta, sem jeito.

– E então... O que você vai fazer o dia inteiro? Não quero que você fique entediado.

– Não sou um convidado, se lembra? – Smith sentou-se sobre uma cadeira junto à mesa de reuniões. – Estou trabalhando. Assim como você. Vou precisar das plantas do edifício, e da sua agenda para o mês que vem.

Grace abriu a boca para dizer algo, mas o interfone tocou.

– Lou Lamont está aqui e quer vê-la.

– Por acaso ele está com cara de quem vai pedir chá de novo? – perguntou Grace.

Kat riu e sussurrou:

– Não, parece que ele não está muito disposto a esperar por muito tempo.

– Anota aí o que vou falar. Ele vai receber um chá agradável como presente de Natal. Além disso, por favor, você pode imprimir minha agenda para as próximas quatro semanas e pedir à segurança as plantas do edifício?

– As plantas? Da diretoria?

– Não, do edifício inteiro.

– Ah, ok.

Grace estava se levantando quando Lamont entrou subitamente na sala.

Bastou olhar para Smith e ele parou imediatamente.

– Quem é você? – perguntou o homem, com um tom autoritário.

Smith se levantou da cadeira devagar e Lamont pendeu a cabeça para o lado, surpreso.

Com a voz calma, Grace apresentou um ao outro e lançou para Lamont a história de consultor de desenvolvimento organizacional.

– Sem querer ofender – disse Lamont para Smith, com um tom de voz sutilmente ofensivo –, mas você parece um segurança.

Lamont não percebeu o sorriso de Smith enquanto este voltava a se sentar na cadeira, sem responder. Smith parecia completamente despreocupado com o homem, e Lamont ficou aborrecido.

Ele olhou para Grace.

– Para que precisamos de um consultor de desenvolvimento organizacional?

– A Fundação está passando por uma grande mudança e precisamos de ajuda.

A repulsa marcou as palavras entrecortadas de Lamont.

– Isso é ridículo. Você me disse que não podemos contratar Fredrique, que poderia realmente fazer a diferença, só para trazer um jovem sentimental...

– Você acha que o sr. Smith tem cara de sentimental?

Os olhos de Lamont cintilaram na direção do homem, e depois se voltaram para Grace.

– E o que você espera conseguir com isso?

– Precisamos unir a nossa equipe.

– Unir a equipe... – ele sacudiu a cabeça. – Seu pai e eu comandamos esse lugar por anos. A Fundação não precisa de uma equipe, precisa de um líder no topo dela.

– Você e eu vemos as coisas de maneiras diferentes – antes que ele pudesse dar continuidade à discussão, Grace o interrompeu. – O que eu gostaria mesmo é de parar de brigar com você.

– Mas eu não estou brigando. Você está apenas na defensiva.

– Então essas conversas que você tem tido com os membros do Conselho de Administração pelas minhas costas são um apoio? Você tem de me mostrar o que estou perdendo – Grace sorriu calmamente enquanto Lamont tentava formular uma resposta. – Mas vamos encerrar esse assunto. Você não deveria estar na Virgínia?

Lamont enfiou as mãos nos bolsos e começou a matraquear.

– Este é o problema. Falei com Herbert Finn pela terceira vez hoje de manhã. Eles mudaram de ideia. Não vamos mais leiloar a coleção no baile de gala.

Grace disfarçou a decepção rapidamente.

Todos os anos, o baile de gala da Hall Foundation oferecia uma obra importante da cultura americana para o leilão. O vendedor concordava em ficar com a metade do valor e recebia um abatimento fiscal bem considerável. Em troca, a Fundação recebia uma doação generosa, e a noite do evento contava com uma agitação que fazia com que as pessoas se esforçassem para comprar os ingressos. Durante o leilão, os lances eram inevitavelmente rápidos, vorazes e, de uma maneira refinada, até mesmo cruéis. Nos anos anteriores, a Fundação vendera um rascunho do manuscrito do discurso do "sonho" de Martin Luther King, um material que continha os planos originais da União para a Batalha de Gettysburg e a primeira bandeira de Betsy Ross.

Perder a coleção de cartas de Finn era um golpe doloroso.

Grace deixou o corpo cair sobre a cadeira do pai.

– Isso é uma vergonha.

– Acho que eles recuaram porque estão esperando para ver se o baile de gala continuará sendo o grande atrativo da noite esse ano. Era exatamente isso que eu temia e é outro motivo pelo qual precisamos contratar Fredrique.

A voz de Lamont soou extraordinariamente contida e Grace percebeu que ele estava de fato decepcionado. Mas ela se recusou a abordar o assunto do organizador da festa de novo.

– Isso não vai ser um problema.

– Onde é que você vai encontrar alguma coisa que esteja à altura das doze cartas escritas e perfeitamente preservadas de Benjamin Franklin para Thomas Jefferson? Isso é o tipo de coisa que não cai simplesmente no colo. E, permita-me lembrá-la que foi o seu pai quem trouxe a coleção de Finn para nós, não você.

Ela sorriu com os dentes cerrados.

– Vou encontrar outra coisa.

– Mas enquanto você perde tempo aí com o seu consultor de desenvolvimento organizacional – pontuou ele de maneira obstinada –, o dia do baile se aproxima cada vez mais.

– Pois é.

Lamont parecia pronto para discutir, mas, de repente, marchou e saiu pela porta.

– Faça o que quiser.

Depois que o homem saiu, Grace, impaciente, arrastou alguns papéis que estavam sobre a sua mesa. Sem conseguir ficar parada, ela levantou-se abruptamente da cadeira e foi até as janelas. Colocou as mãos sobre os quadris e olhou para o arranha-céu do outro lado da rua.

Estava caminhando em direção ao banheiro quando Smith falou:

– Vá em frente. Pode falar.

Ela limpou a garganta.

– Falar o quê?

– O que você está pensando.

– Não estou pensando nada – na verdade, ela estava repleta de emoções desenfreadas que não queria demonstrar. Não queria parecer uma pessoa fraca, tendo em vista o extremo autocontrole que Smith demonstrava ter.

Esforçou-se para ir até a mesa e sentar-se.

– Mentirosa.

– O que diabos você quer de mim? – perguntou ela, enraivecida, olhando para ele. A curiosidade pacífica na expressão dele realmente a aborrecia.

– Por que é tão importante para você permanecer no controle? – indagou ele.

– Essa pergunta, vindo de você? – ela arqueou a sobrancelha. – Um homem que faz com que o Exterminador do Futuro pareça um cara relaxado e descontraído?

– Agora eu vi uma comparação bem original – disse ele com sarcasmo. – Nunca tinha ouvido essa antes.

Ela desviou o olhar.

– Acho que você está certo. Não precisamos conhecer um ao outro.

Ela sentiu que Smith continuava fitando-a.

Logo que a raiva passou, ela lamentou por ter descontado nele. Em circunstâncias normais, Grace não teria ficado aborrecida. Era evidente que o estresse estava a deixando muito mal.

O estresse e o fato de estar ao lado daquele homem. Mesmo que ele ficasse quieto, ela o achava agitado.

Grace respirou fundo.

– Sei que Lamont vai levar esse problema ao extremo. Provavelmente agora ele está ligando para Bainbridge. É como se eu não pudesse relaxar aqui.

Ela recostou-se na cadeira e olhou para o busto do pai. Será que as coisas tinham sido difíceis assim também para ele? Se foram, ele nunca demonstrara.

– E o pior de tudo é que Lou está certo. Este é um momento muito ruim. Não tenho a menor ideia de onde vou encontrar algo importante para ser leiloado.

O interfone tocou.

– Sim.

– Sua mãe ao telefone.

Contraindo o corpo, Grace sentiu como se estivesse recebendo um golpe de gravata.

– Ótimo – murmurou ela. Quando pegou o telefone, sua voz soou despreocupada e alegre. – Olá, mamãe. Hoje à noite. Claro, eu vou adorar. Sim. Às oito? Certo. Tchau.

Ela desligou o telefone. Ao olhar para cima, lançou um sorriso amargo para Smith.

– Você já sentiu uma vontade louca de gritar?

Antes que ele tivesse tempo de responder, Kat interfonou novamente.

O dia transcorreu com uma série de reuniões, documentos e pessoas que desejavam algo dela. Não havia nada de incomum nisso, exceto o agravante da presença de Smith.

Mesmo que permanecesse em silêncio, a presença dele afetava a ela e a todos os outros. Os homens ficavam calados, como se estivessem receosos diante dele. As mulheres tinham a mesma reação que Kat tivera. Bastava olharem para ele para ficarem inquietas e com os olhos arregalados. Chegou ao ponto em que Grace sabia exatamente qual era o momento em que o toque furtivo no cabelo aconteceria.

E ela sabia que era melhor se acostumar com o show quando a conselheira geral da Fundação, uma mulher que levava o termo *robusto* ao extremo, aparecesse para uma reunião. Sentada à frente de Smith, o modelo sisudo de comportamento sério deixou escapar uma risadinha adolescente – algo que ninguém jamais tinha visto sair da boca dela.

Francamente, foi difícil não olhar. Quem poderia imaginar que ainda havia estrogênio no corpo daquela mulher?

Mas a verdade era que Grace se sentiu um pouco incomodada ao ver as mulheres se rastejando para tentar atrair a atenção de Smith. Pelo menos ele, aparentemente, nunca notou e provavelmente era este o motivo pelo qual elas tentavam tanto. Os olhos de Smith nunca se prenderam por muito tempo ou inadequadamente sobre nenhuma delas, mesmo quando uma das contadoras da equipe tirou o casaco e empurrou os seios na direção dele.

Naquela ocasião, a ideia de ser tirânica e de demitir a aspirante a Bettie Page foi muito tentadora, mas Grace preferiu esquecer o assunto.

Além disso, ela se recusava a se debruçar sobre questões referentes aos seus impulsos passageiros. Investigar por que a mulher estava reagindo daquela forma não faria nenhum bem a ela. Grace tinha a sensação de que não iria gostar da resposta.

Felizmente, aquela tinha sido a última reunião do dia.

Capítulo 9

Ao retornar para o apartamento no início da noite, Grace rapidamente trocou de roupa e colocou um vestido preto curto. Pegou um roupão grosso e estava caminhando em direção à porta quando Smith a interrompeu segurando uma jaqueta de couro na mão.

– Para onde você está indo? – perguntou ela.

– Vou com você.

Ela começou a balançar a cabeça, determinada.

– Ah, não! Você não pode.

Smith franziu a testa e lançou um olhar de tédio.

– Como é que vou explicar para a minha mãe quem é você?

– Acho que eu tenho uma aparência excelente como ser humano – respondeu ele, com a voz arrastada.

Grace colocou uma mão sobre a testa.

– Perdoe-me, não quis dizer isso. Apenas não sei o que vou dizer a ela...

– Que tal dizer a verdade?

Grace sacudiu a cabeça com veemência.

– Eu não poderia.

– Você não poderia dizer à própria mãe que contratou um guarda-costas para mantê-la em segurança?

– Ela não sabe sobre... – Grace fez um gesto com a mão. – Nada disso. Minha mãe e eu não somos muito próximas.

Smith fixou o olhar sobre a aliança dela.

– E você também não contou a ela sobre o divórcio, contou?

Grace franziu o cenho. Desejava que ele não fosse tão observador nem tão incisivo. Aquilo a fez se perguntar quais outras pistas ele tinha conseguido a respeito dela. Será que Smith sabia a frequência com que ela pensava nele?

– Por que isso é importante?

– Não é.

– Então por que tocou no assunto? – o tom de voz de Grace começava a ficar ríspido, mas ela não se conteve. Smith tinha a capacidade de provocá-la mais rapidamente do que qualquer outra pessoa que conhecia. Era quase como se ele gostasse de vê-la de mau humor.

– É só uma observação – ele disse, encolhendo os ombros.

– Guarde para você – murmurou ela, bufando.

– E agora? O que há de engraçado nisso?

Ela olhou para ele e levantou as mãos.

– Ok, ok. Você e sua mãe podem jantar sozinhas.

– Obrigada – disse ela, a contragosto.

Ele foi até a porta.

– Onde você está...

– Vou sentar em uma mesa distante. Isso é o máximo que posso ceder – ele saiu para o corredor e apertou o botão para chamar o elevador.

Grace olhou para as costas dele, completamente eretas. Ela sabia que não haveria a menor possibilidade de maiores negociações.

Smith entrou na sala de jantar exclusiva para os sócios do Congress Club e sentiu como se tivesse sido levado de volta para a virada do século. Com o piso em mármore branco, paredes vermelho-sangue e cortinas coloridas e douradas, o lugar parecia o saguão de um banco.

Ou um bordel de alta classe, dependendo das suas raízes e dos seus vínculos sociais.

Nas paredes, havia retratos doados. Smith reconheceu alguns dos rostos, adornados por molduras douradas – os mesmos que estavam impressos nas cédulas que ele tinha na carteira e nas moedas que tiniam em seu bolso. Não se surpreendeu. O Congress, como o lugar era conhecido, era um ponto de referência da elite tradicional, dos governantes e do poder obstinado. Seus membros eram parte da longa história do país, fosse para melhorar ou para piorar, e continuavam exercendo tal influência.

Ao ser conduzido à sua mesa, Smith olhou para as pessoas que estavam sentadas ao redor. Os que estavam comendo olharam para ele; as expressões da nobreza não demonstravam nada além de cordialidade e acolhimento. Mesmo que os clientes não o reconhecessem, eles sabiam que Smith estava lá apenas porque conhecia algum deles.

O *maître* que o conduziu pelo restaurante curvou-se quando Smith sentou-se em uma poltrona de couro. Havia uma vela em um suporte de bronze na mesa disposta para duas pessoas, com pesados talheres de prata e muitos itens de cristal grosso. Ele imaginou que deveria haver uma viga de ferro suportando tudo que havia naquela mesa.

– Gostaria de uma bebida, senhor? – o garçom inclinou-se e com um floreio colocou o cardápio com capa de couro diante de Smith.

Smith balançou a cabeça.

Depois que o *maître* saiu, Smith puxou a gravata que o clube havia emprestado a ele e que ele odiara. A jaqueta azul-marinho que lhe deram estava extremamente apertada e também o incomodou.

Grace estava sendo recepcionada no salão. Enquanto ela cumprimentava os homens e as mulheres nas mesas por onde passava, mantinha um sorriso radiante e gestos elegantes e refinados. Ela aparentava estar totalmente à vontade, mas ele podia compreendê-la bem. Smith sabia que ela estava nervosa porque mantinha a mão sobre o pescoço e, na penumbra, seus olhos estavam sem brilho. Era evidente que ela estava no piloto automático social.

Logo que ela se sentou, um homem aproximou-se da mesa. Smith fez uma careta. O cara tinha provavelmente seus trinta e poucos anos e parecia tão polido quanto um Rolls-Royce. Tinha cabelos escuros penteados para o lado e seu rosto era bonito, embora tivesse uma expressão rude. Ele estava vestindo um terno caro. Um sangue azul, sem a menor dúvida.

Quando o homem abaixou-se e beijou a bochecha de Grace, a expressão dela se iluminou.

E Smith sentiu um desejo súbito de atravessar o salão e ajudar o cara a encontrar o seu caminho, seja lá qual fosse o destino do maldito.

Nos dez minutos seguintes, o homem falou e Grace sorriu. No momento em que ele saiu da mesa, ela parecia verdadeiramente relaxada. Enquanto o sr. Charmoso passeava pelo salão, Smith o encarou, imaginando todas as maneiras possíveis e divertidas de quebrar os ossos da perna dele.

Surpreendentemente, o homem parou ao lado da mesa de Smith.

– Eu te conheço? – ele perguntou, com o tom de voz sofisticado e com um sorriso agressivo, típico do decoro social.

De perto, Smith comprovou que o cara era realmente muito bonito. Com certeza fazia o tipo dela.

– Creio que não – Smith respondeu com o tom de voz seco.

– Não? – o cara ergueu um ombro. – Então por que está me olhando como se a minha morte fosse uma grande fonte de prazer para você?

– Talvez hoje eu não esteja com vontade de ser incomodado.

– Você tem um nível muito baixo de tolerância se acha que uma conversa civilizada pode te incomodar.

– Não, espere. Você está me lembrando porque sou um misantropo.

O sr. Charmoso sorriu e inclinou ligeiramente o corpo.

– Bem, odeio ter que desapontá-lo, mas minha saúde vai muito bem. Bom apetite para você, estranho!

O cara era corajoso, Smith admitiu, enquanto o flerte de Grace se afastava.

O segurança olhou para o outro lado da sala. Grace parecia ansiosa quando seu olhar cruzou com o dele, mas o contato foi rompido quando uma mulher mais velha e deslumbrante foi conduzida até a mesa da condessa. Smith observou que a expressão de Grace foi tomada por um falso estado de calma. As duas mulheres se cumprimentaram com um beijo na bochecha.

Então era essa a mãe dela.

A mulher era tão magra que Smith ficou se perguntando se alguma vez na vida ela havia feito uma refeição completa. As duas tinham as maças do rosto iguais, bem como o nariz empinado e um traço gracioso no pescoço. Assim como Grace, os cabelos claros da mãe estavam amarrados e ela estava usando um vestido preto. À medida que a mulher desenrolou o guardanapo e o colocou cuidadosamente sobre o colo, Smith avistou um diamante de tamanho considerável.

Um garçom aproximou-se da mesa de Grace, e Smith notou o olhar imperioso da mãe. A mulher disse algumas palavras. O garçom assentiu com deferência e, depois, olhou para Grace. Ela sorriu, algo que a mãe ainda tinha de fazer, e começou a falar. A mãe a interrompeu.

– Senhor – disse uma voz próxima à mesa de Smith –, qual é o seu pedido?

Sem tirar os olhos do que estava acontecendo do outro lado do salão, Smith respondeu:

– Nada.

– Desculpe. Não entendi.

O segurança franziu a testa.

– Apenas me traga um pouco de comida. Num prato.

O garçom de smoking limpou a garganta.

– Temos um excelente...

Com o olhar que Smith lançou a ele, o homem se calou imediatamente e saiu apressado.

Smith voltou a se concentrar na mesa de Grace. O garçom que as atendia já tinha se retirado, e a mãe dela estava falando. Enquanto os lábios da mulher se moviam, um sutil ar de desaprovação a rodeava como um mau cheiro.

– Sinto muito, senhor – disse outra voz próxima ao ouvido de Smith. – Mas, não há nada no cardápio que seja do seu gosto?

Ótimo. O garçom havia trazido reforços.

Smith não se preocupou em esconder a irritação.

– Não olhei o cardápio.

Os outros clientes começaram a observar o grupo de garçons ao redor da mesa de Smith.

Por Deus! Será que esses caras vão fazer um escândalo aqui?, Smith perguntou-se.

– Bem, talvez o senhor possa verificá-lo – sugeriu o novo garçom.

Smith inclinou o corpo e abriu o cardápio com a capa de couro.

– Oferecemos uma seleção variada de...

– Algum problema? – perguntou uma terceira voz.

Smith estava pronto para rugir quando viu que os outros dois garçons estavam em estado de alerta, como se alguém tivesse batido no traseiro deles com um rolo de jornal. O terceiro homem era o *maître*.

– Este cavalheiro... – o homem mais alto começou a falar.

– É convidado da condessa Von Sharone – concluiu o *maître*, com o tom de voz calmo. Os outros dois homens olharam para Smith com expressão de surpresa. Em seguida, lançaram sorrisos tão calorosos e sinceros que pareciam dois missionários.

Smith recostou-se na cadeira e cruzou os braços.

– Não me importo com o que vocês vão me servir, desde de que não seja carne.

– Claro, sr. Smith. Vamos providenciar agora mesmo – o *maître* curvou-se e os garçons saíram atrás dele imediatamente.

Smith voltou a olhar para Grace.

– Quem é aquele homem lá? – indagou a mãe de Grace.

– Que homem? – respondeu Grace, mesmo sabendo exatamente de quem se tratava.

– Aquele com Edward e os dois garçons. Não me lembro de o ter visto por aqui antes. Parece que ele está causando algum problema...

Grace tomou um gole do seu copo d'água.

– Como foi sua viagem para Newport?

A mãe dela continuou olhando fixamente para o burburinho ao redor de Smith, como se pudesse ouvir o que se passava.

– A viagem foi boa. Muito boa.

– E onde você vai se hospedar?

Para o alívio de Grace, a mãe finalmente tirou os olhos da mesa de Smith.

– Mercedes Walker está vindo de Boston, chega amanhã. Vamos nos encontrar.

– A propósito, Jack está aqui.

– Sério? – desta vez, quando a mãe examinou o salão, seu olhar foi mais afável. Ela acenou para Jack e ele assentiu.

Grace olhou para Smith, perguntando-se o que ele e Jack tinham conversado e qual teria sido o problema com os garçons. O olhar dele, quando encontrou o dela, foi tão penetrante que Grace teve um lapso de consciência. Ela franziu a testa. Se não tomasse cuidado, poderia compreender mal a atenção que Smith dispendia a ela e entendê-la como algo além do profissional...

O que só a levaria para um território muito perigoso.

Ela estava pagando-o para cuidar dela – fez questão de lembrar a si mesma. Era o trabalho dele. Smith não estava impressionado com sua mística feminina.

Principalmente porque ela não tinha nenhuma.

Ranulf tinha acertado, infelizmente. Quaisquer que fossem os atributos de Grace, ela não era uma dessas mulheres que detinham poder de sedução. Nunca foi. E a decepção óbvia e muito bem compartilhada sobre a vida amorosa do casal apenas enaltecia o que ela sempre pensou a respeito de si mesma.

Grace pensou nos beijos que ela e Smith trocaram. Tinham sido ardentes porque ele era um homem ardente. A reação dele tinha mais a ver com o seu próprio desejo sexual do que com qualquer qualidade especial que ela tivesse.

– Grace?

A voz estridente da mãe a trouxe de volta à realidade.

– Desculpe.

– Estava te contando sobre a minha viagem a Paris. Vou me hospedar com o Visconde...

Dessa vez, Grace tomou cuidado para prestar atenção enquanto a mãe lhe contava os mínimos detalhes dos seus planos. O único momento de silêncio aconteceu quando o garçom trouxe as entradas. Um filé de salmão foi posto à frente de Grace e ela disfarçou uma careta.

Odiava peixe.

– Você vai achar melhor do que a carne, querida – disse a mãe, enquanto um prato idêntico era posto diante dela. – Agora, me conte sobre o baile de gala.

– Acho que tudo está progredindo bem – Grace pegou o garfo. Ela detestava mentir, mas não tinha a intenção de falar a verdade.

– Seu pai sempre teve um talento enorme para esses eventos. Ele foi responsável pela segurança da primeira bandeira de Betsy Ross para o leilão. Lembra-se disso?

Grace deixou a história que já tinha ouvido inúmeras vezes passar por cima dela como uma onda. Lembrando a si mesma de assentir sempre que ouvia uma pausa, ela levou o garfo à boca com uma porção de salmão. Teve de se esforçar para não engasgar.

Seus olhos desviaram-se do rosto bem conservado da mãe e percorreram o salão que ela conhecia tão bem. O lugar a fazia pensar no pai. Adorava jantar sozinha com ele. A primeira vez tinha sido para comemorar um aniversário quando ela era menina e, depois que ela cresceu, os dois faziam isso com maior regularidade.

O pai a observava atentamente enquanto ela falava, e ficava o tempo todo passando o cabo de uma colher de chá de prata na toalha pesada de linho. Ela ainda podia ouvir o som áspero que aquele gesto provocava. Seu pai mexia a colher em círculos ao mesmo tempo em que a escutava. Quando ia falar, desenhava quadrados invisíveis e ressaltava os cantos ao emitir suas opiniões.

Esses momentos tinham sido a melhor parte do relacionamento entre pai e filha. A sensação de perda a fez levar as lembranças para outro momento. Um momento de maior privacidade.

Olhou para Smith novamente e enrijeceu o corpo. Ela percebeu que as suas maneiras e o seu sorriso forçado eram cuidadosamente observados por aqueles olhos misteriosos. Smith sabia, Grace imaginou, que ela estava exausta, tensa e solitária. Será que ele também sabia que ela tinha odiado aquele prato que a mãe pediu para ela?

– Grace – chamou a mãe com a voz ríspida.

Ela virou a cabeça.

– Desculpe. O que você estava dizendo?

– Perguntei de Ranulf.

Grace apertou o garfo.

– Ah, ele está bem.

– Seu marido é um homem maravilhoso. Você sabia que ele escreveu para mim?

– Quando? – ela tentou manter o rosto relaxado. Livre de qualquer expressão de raiva. Agradável.

Por dentro, perguntava-se por que diabos Ranulf tinha entrado em contato com a mãe dela. Agora que eles estavam separados, ele poderia voltar para a própria família. Fez um lembrete mental para conversar com o seu advogado sobre isso.

– A carta chegou na semana passada. Ele disse que estava indo para a cidade e que nós três poderíamos ficar juntos.

O tom de desaprovação, o mesmo que já tinha feito Grace comprimir os ombros como se estivesse com um torninho ao redor da coluna, regressou.

– Achei que você o traria hoje.

– Ele está ocupado.

– Bem, eu imaginei. Pode dizer a ele que mandei lembranças?

– Claro.

– Agora me diga, quando vocês vão ter filhos?

Grace engasgou com o peixe. Ao tossir, ela se atrapalhou para levar o guardanapo à boca.

A mãe não perdeu tempo:

– O aniversário de um ano de casamento de vocês está chegando. Está na hora de um bebê, você não acha? Seu pai perdeu a chance de conhecer os netos. Não quero que aconteça o mesmo comigo.

Grace tomou um gole d´água. Depois outro.

– Estou bastante ocupada com a Fundação agora. Não posso...

Uma mão impaciente interrompeu as palavras dela.

– Deixe Lamont cuidar dos negócios. Era isso que o seu pai queria.

Os olhos de Grace reluziram. Devagar, ela colocou o copo de volta à mesa.

– O que você disse?

– Sinceramente, você não pode achar que ele gostaria de ver você enfiada naquele escritório o tempo todo, triste. Foi por isso que ele preparou Lamont. Além disso, o que você pode saber sobre a administração da Fundação? Eu estava conversando com Charles Bainbridge outro dia e falando que você realmente estava sofrendo muita pressão pelo estresse. Você precisa cuidar de Ranulf agora e não se preocupar com os negócios. Charles concordou.

Grace sentiu o sangue correr pelas bochechas. Bainbridge era o presidente do conselho e o líder dos homens que estavam se virando contra ela na Fundação.

A mãe parecia preocupada.

– Querida, você não está comendo. O peixe não está do seu gosto? Vou chamar Edward.

Quando a mãe começou a levantar a mão, Grace interviu:

– Não, não, o salmão está ótimo.

No silêncio que se seguiu, Grace tentou manter o temperamento sob controle.

– Mamãe, como você pôde fazer isso? – perguntou ela, com calma.

A mãe a olhou com surpresa.

– Como?

– Como você pode me comprometer desse jeito?

– Meu Deus! Você está falando de Bainbridge? Eu lhe fiz um favor. Você realmente não pode assumir a responsabilidade...

– Eu sou a única que decidirá sobre isso.

Carolina Hall franziu o cenho. Enquanto a expressão da mãe se tornava gélida, Grace se esforçou para não ser absorvida pela censura da mulher.

– Acho esse comentário e a sua atitude muito indelicados.

Grace respirou fundo.

– Sinto muito, mamãe. Mas sei que posso ser o que a Fundação precisa e quero uma chance de provar isso. Falar sobre mim para Bainbridge pelas minhas costas não vai me ajudar a atingir os meus objetivos – enquanto a mãe a olhava fixamente, ela jogou a carta mais forte do baralho. – Além disso, você realmente quer ver alguém que não seja um Hall administrando a Fundação?

Aquilo fez a ficha cair. Devagar, ela abaixou a guarda.

– Você e o seu pai sempre foram iguais. Quando ele metia na cabeça que ia fazer alguma coisa, nada poderia detê-lo. Porém, ainda acredito que o seu foco deva ser Ranulf e a família que você deseja ter com ele. Era assim que eu agia com o seu pai, e veja como o nosso casamento foi bem-sucedido. Você não almeja esse tipo de realização?

Como se o casamento fosse um jogo a ser ganho, uma quadra onde se obtém a vitória sobre o adversário.

Se as coisas fossem assim, pensou Grace, ela preferiria ter apenas uma boa parceria a ter algo digno de um troféu social.

Grace fez um esforço para mudar de assunto.

– Mamãe, sabia que vamos fazer uma homenagem ao papai no baile desse ano?

– Ah, minha linda. Você sabe que foi seu pai quem começou a tradição do baile.

– Eu sei – Grace retrucou com a fala esgotada.

– Era 1962 quando ele teve a ideia. O primeiro baile aconteceu na nossa própria casa...

Quando os pratos foram retirados, o garçom perguntou se elas gostariam de sobremesa.

– Não, não queremos – respondeu a mãe. – Só café. Puro.

Grace desejou que tivessem pulado a parte do café quando sua mãe disse:

– Você não parece bem.

– Não? – ela pegou seu copo d'água novamente e racionou a quantidade que bebeu. Queria poupar o último centímetro de água ou mais para o caso da mãe lançar outra bomba e ela se sentir sufocada de novo.

– Não. E você parece muito distraída hoje. Não está dormindo direito, não é?

– Ando muito ocupada.

– Está sofrendo por causa da morte do seu pai?

As palavras foram ditas em som tão baixo que Grace quase não as ouviu.

Ela ergueu a cabeça, surpresa.

– Sim, estou. Sinto muita falta.

O café chegou com a conta. Carolina assinou cuidadosamente a parte inferior seguida de WH1[10]. Ela ficou um tempo com a caneta na mão, olhando para o pedaço de papel.

Depois, a mãe de Grace elevou o olhar e o repousou sobre a chama da vela que queimava e que estava entre elas na mesa.

– Vocês eram muito próximos. Você venerava o seu pai. Lembro que, quando você era uma garotinha, te encontrei escondida dentro do closet.

---

10 A sigla refere-se às iniciais do sobrenome Woodward Hall, e o número 1 à primeira titular. (N.T.)

Ele estava viajando havia uma ou duas semanas, a negócios. Você tinha ido até o closet dele, pegado umas roupas e vestido um dos ternos dele. Colocou uma gravata no pescoço que chegava quase até o chão. Acho que você tinha uns cinco ou seis anos.

Grace lançou um sorriso triste.

– Eu me lembro disso. Você ficou furiosa porque eu não podia entrar no quarto de vocês...

– Eu fiquei? Não me lembro. O que lembro é da sua explicação. Você me disse que, como ele estava viajando, precisava fazer o trabalho dele, mas não tinha uma roupa adequada para ir trabalhar. Aquilo foi muito emocionante.

Os olhos da mãe de Grace se encheram de lágrimas – uma mudança pequenina e fácil de deixar escapar. Grace estendeu a braço até o outro lado da mesa e segurou a mão de sua mãe. Ficou surpresa porque as duas permaneceram ali, segurando a mão uma da outra por alguns momentos.

– Você sempre respeitou muito ele – murmurou a mãe. – A confiança entre vocês era invejável.

Grace fez uma careta. Invejável? Que maneira estranha de se expressar, pensou ela. Sobretudo partindo da mãe, que passou sua vida inteira apoiando o homem.

Carolina se recompôs, colocou a caneta sobre a mesa e levou a xícara de café à boca. Em poucos segundos, ela piscou uma série de vezes.

– Você sente a falta dele? – perguntou Grace em voz baixa.

– Claro que sim. Vivi com aquele homem quarenta e seis anos. Você se acostuma a ter a pessoa sempre por perto. Como está o seu café? O meu esfriou um pouco.

Grace suspirou. Ela nunca tomava nada à base de cafeína àquela hora da noite e não tinha a menor intenção de experimentar o que estava na xícara à sua frente.

– O meu está bom – murmurou ela.

– Lembrei-me de uma coisa – disse a mãe. – Vamos fechar a Willings mais tarde esse ano por causa da morte do seu pai. Quero que você venha para o Columbus Day, que será num final de semana em Newport.

– Ok.

– Venha com Ranulf – os olhos da mãe penetraram a borda da sua xícara de café.

Grace tencionou o corpo.

Deveria apenas ouvir a frase e passar por cima daquilo, pensou ela. Não mudaria de ideia em relação ao divórcio e o tempo não mudaria a reação da mãe.

– Mamãe, preciso falar com você sobre uma coisa.

Uma voz masculina e familiar a interrompeu.

– Sra. Hall! Como vai?

– Jackson Walker! – exclamou Carolina, retribuindo o beijo na bochecha. – Estava esperando que você viesse falar comigo. Como você está?

– Estou bem – Jack sorriu e seu rosto de realeza pareceu menos austero.

– Como está Blair?

– Ótima, em vários sentidos.

Grace viu a mãe sorrir e deixou a conversa de lado. Aproveitou para olhar para Smith, que estava tomando café enquanto mantinha o olhar fixo sobre ela.

– Você ouviu isso, Grace?

– Desculpe. O quê?

– Jack e Blair também vão para o Columbus Day.

– Que ótimo!

Grace ofereceu um sorriso entusiasmado para o velho amigo, mas ao olhar nos olhos dele, ela sabia que não poderia enganá-lo.

Quando ele se virou para sair, colocou a mão sobre o ombro dela.

Ao inclinar o corpo para beijá-la, ele sussurrou:

– Pode me ligar se quiser conversar, ok?

Ela assentiu, colocando a mão sobre a dele.

– Obrigada.

Jack caminhou em direção à saída do restaurante, acenando para alguns dos outros clientes.

– Que cavalheiro esse Jackson – disse a mãe de Grace. – Sabe, se você não tivesse encontrado Ranulf, ele seria o homem perfeito para você se casar. Os Walker são uma família excelente e ele é muito bem-sucedido.

– Sim, ele é.

A mãe olhou para o relógio de pêndulo.

– Já está tarde. Preciso ir.

Enquanto caminhavam para a chapelaria, Carolina Hall perguntou:

– Você ia me dizer alguma coisa antes de Jack chegar?

– Não era nada, mamãe. Nada de importante.

Capítulo 10

Eddie soltou um grito de alegria quando Smith jogou um pacote com as sobras do jantar no banco da frente.

– Bônus! E então, o que vou comer? Lagosta Newburg? Filet mignon?

Os dois esperavam enquanto Grace se despedia da mãe em frente ao clube.

– Acho que é espaguete.

Eddie girou o corpo.

– Deixa eu ver se entendi. Você entra num lugar como esse e pede um maldito espaguete?

– Eu não pedi – Grace estava com o rosto tenso enquanto sorria e acenava despedindo-se da mãe. Smith surpreendeu-se porque a mãe não percebeu a apreensão da filha.

– Como assim não pediu a comida? Será que uma fada trouxe esse pacote com uma varinha de condão?

– Não sei de fada nenhuma, mas o pacote foi entregue por um pequeno capanga.

Eddie deu risada.

– Nunca vou entrar nesse lugar.

– Muito sábio de sua parte.

Depois que a mãe entrou em um carro preto, Grace se aproximou da SUV e Smith abriu a porta para ela. Enquanto Eddie dava a partida no carro, Smith olhou para o outro lado do assento. Embora tivesse com uma aparência de quem acabara de ser triturada num espremedor, Grace não exclamava por piedade. Não houve suspiros de exaustão, nem comentários ou piadas sobre o que estava acontecendo de errado entre ela e a mãe.

Havia apenas uma contenção silenciosa. Uma força delicada. Engraçado. Smith jamais pensou que essas duas palavras pudessem ser utilizadas juntas.

– Refeição indigesta? – Smith finalmente perguntou.

Grace inclinou a cabeça para trás, apoiando-a no assento do carro. Olhou para Smith com os olhos semicerrados.

– Poderia ter sido pior.

Ela virou-se.

O carro tinha percorrido três quarteirões quando Smith de repente ordenou a Eddie:

– Acho que estamos sendo seguidos. Encosta.

A cabeça de Grace movimentou-se para frente involuntariamente quando a Explorer parou de súbito. Um carro branco passou direto por eles.

– Parece o sedan que estava me seguindo no funeral do meu pai – disse ela.

– Siga esse carro – ordenou Smith a Eddie.

A Explorer disparou de volta à pista. Smith fez de tudo para conseguir enxergar a placa do carro, mas os outros veículos permaneciam à frente deles, dificultando a ação. Ao se aproximarem de um cruzamento, Smith imaginou que finalmente a sorte estava ao lado deles. A luz foi ficando laranja e havia apenas um carro que os separavam de sua presa.

Mas, numa abrupta explosão de velocidade, o sedan disparou e conseguiu se esquivar por um beco. Eddie acelerou atrás do carro, mas um táxi bloqueou a passagem no último momento. Smith observou as luzes da lanterna do sedan ficarem cada vez menores até desaparecerem.

– Conseguiu alguma coisa, Eddie?

– Não... Estava muito ocupado tentando chegar perto daquela droga.

Smith olhou para Grace, e ela disse:

– Nos leve para casa.

– Claro, chefe.

Depois que pararam em frente ao prédio dela, Smith deixou o carro e ajudou Grace a sair. Quando ela estava de pé ao lado de Smith, ele foi até o porta-malas e pegou uma mochila e algumas maletas de metal que Eddie havia trazido do hotel.

– Obrigado por trazer as minhas coisas – agradeceu ao amigo.

– Sem problemas. E o porteiro recebeu a entrega do supermercado há vinte minutos. Disse que deixaria no corredor. Que horas você precisa que eu venha amanhã?

– Sete e meia.

– Certo.

E então, apesar de parecer prestes a desabar, Grace inclinou-se até a janela dianteira do carro e sorriu para Eddie.

– Quando for esquentar a massa, use o fogão, se puder. Coloque água bem quente e mexa bastante. Assim os vegetais ficam mais crocantes. Acho que você vai gostar do sabor. O chef do restaurante veio da Toscana. Boa noite, Eddie.

Smith olhou para o amigo. O homem estava com a expressão confusa, como se estivesse completamente encantado.

– Boa noite, Eddie – despediu-se Smith.

– Falou, chefe! – disse o homem, meio distraído, e saiu com o carro.

No caminho até o edifício, Smith perguntou:

– Como você sabia o que eu pedi no jantar?

– Você não é o único observador por aqui.

Ao chegarem ao apartamento, as mãos de Grace tremiam enquanto ela tentava abrir a porta. Foram várias tentativas até ela conseguir e eles finalmente entrarem. Quando ela se abaixou para pegar as sacolas do supermercado, ele se apressou para ajudá-la e pediu para que não se preocupasse.

– Então estou indo para a cama – disse ela, desativando os alarmes e levando os alimentos para a cozinha.

Ele a seguiu até o corredor, jogou a mochila e as maletas próximas à cama onde havia dormido na noite anterior e continuou seguindo-a até o quarto dela. Quando Grace virou-se para ele com um olhar de curiosidade, Smith disse que estava apenas verificando os quartos.

Depois de fazer uma passagem rápida pelo quarto principal, Smith examinou o resto da cobertura, abriu as sacolas do supermercado e foi para o quarto dele. Estava tirando a jaqueta de couro quando ouviu pelo corredor o barulho de água corrente.

Jogou a jaqueta sobre a cadeira e imaginou o corpo nu de Grace, sem o vestido preto e com os cabelos soltos repousados sobre os ombros. As mechas terminariam exatamente sobre os seios e ele teria de empurrá-las suavemente para trás para poder beijar a pele dela. Smith imaginou também os cachos loiros cobrindo o peito dele e caindo sobre o seu rosto enquanto eles faziam amor.

De repente, o barulho de água corrente cessou.

Tudo o que ele tinha de fazer era sair por aquele corredor, pensou. Caminhar até o quarto dela e tomá-la em seus braços. Porque ele sentia que mesmo que tivesse concordado com a política de não intervenção, ela se deixaria levar pela paixão de novo.

Bastaria um beijo para tê-la novamente.

Enquanto o sangue pulsava com fervor pelo corpo, Smith parou de se movimentar.

O que diabos ele estava fazendo?

Balançou a cabeça.

O que *diabos* estava fazendo?

Com movimentos deliberados, tirou a arma e depois o coldre. Ficou olhando para o artefato de metal escuro cujo cabo encaixava-se perfeitamente entre a palma da mão e os seus dedos. A arma tinha sido feita especialmente para ele, para suas especificações particulares e havia mais duas idênticas a ela nas maletas da Kevlar.

O peso familiar de sua arma era reconfortante.

A preocupação dele com Grace, não.

Smith lembrou-se do homem no Congress Club, aquele que vestia terno, que a beijara na bochecha e a fizera sorrir. O segurança não tinha pensado muito nisso naquele momento no restaurante, mas agora a reação agressiva em relação ao cara o invadiu de tal forma que era como se estivesse a ponto de perder o controle. Estava se comportando feito um amante ciumento.

Reação totalmente contrária a de um guarda-costas.

Talvez ele só estivesse precisando de um pouco de férias. Um tempo de descanso em algum lugar quente, onde as bebidas fluiriam feito água e as mulheres seriam fáceis.

Sim, era disso que ele precisava.

Umas malditas férias.

Smith franziu a testa. E percebeu que, durante toda a sua vida, nunca tinha tirado férias.

Alguns dias depois, Smith notou que a sua fixação por Grace estava piorando. O resultado não era nada bom. A frustração sexual lhe tirava o sono e o deixava irritado.

Sem contar que ele já não era lá muito conhecido pelo bom humor.

Da cadeira onde estava sentado à mesa de reuniões, ele olhou ao redor do escritório. Grace estava com a cabeça enterrada em alguns documentos, e ele tentou não olhar para o fecho da blusa de seda que ela vestia e que estava um pouco mais aberta que o habitual, deixando a pele à mostra.

Sentindo-se excitado, ele se levantou da cadeira.

Ótimo. Trabalhando com o pau duro. Muito profissional.

Smith sentiu que seu humor estava ficando cada vez pior, então pegou o celular e discou o número do tenente Marks. Ele sabia que qualquer informação nova sobre a investigação manteria sua mente distante daquele maldito decote.

– Como vão as coisas, tenente?

– Ah, Deus, nada bem – o homem parecia cansado. – O chefe de polícia está me enchendo o saco porque o nome dessas mulheres estão estampados em todas as instituições culturais de Nova York. A imprensa está latindo feito cão raivoso, querendo a confirmação de que o artigo do *Times* foi encontrado junto ao primeiro corpo... Estou tentando descobrir quem foi o idiota que deixou escapar esse pequeno petisco. E não temos nenhum suspeito até o momento.

Smith manteve a voz baixa.

– Você falou com os porteiros desses prédios?

– Sim. Tanto os do turno da noite quanto os do dia trabalham no mesmo lugar há cinco anos. A ficha deles é limpa e todos me disseram que não viram nada de suspeito na noite do crime. Os registros de entrega e de visitantes também não mostram nenhuma pista. Todo mundo assinou a entrada e a saída. Não houve nenhum penetra.

– Algum nome aparece em ambas as listas?

– Alguns. Essas pessoas ricas geralmente contratam o serviço das mesmas pessoas. Pessoal de limpeza, fornecedores, alfaiates e paisagistas. Esses lugares são uma maldita porta giratória de ajuda. Estamos vasculhando os registros de entrada e saída de cada nome.

– Encontraram alguma ligação entre os maridos dessas mulheres? Negócios? Lazer?

– Não verificamos isso ainda. Boa ideia – Marks fez uma pausa.

– E então, me diga, como está a condessa?

Os olhos de Smith cintilaram ao olhar para o outro lado do escritório.

– Está segurando bem, levando em conta o estresse que está enfrentando.

– Boa mulher. Alguém com tanto dinheiro como ela poderia ser uma verdadeira pedra no sapato, mas ela parece uma pessoa surpreendentemente normal.

Os dois conversaram um pouco mais sobre os testes forenses realizados com amostras das cenas dos crimes. Quando Smith desligou, olhou novamente para o outro lado do escritório. Kat tinha entrado e Grace estava rindo de alguma coisa que a moça havia dito. E Kat também gargalhava.

As pessoas costumavam sorrir muito quando estavam ao lado de Grace, ele percebeu. Todos que entravam no escritório dela ou que a encontravam pelos corredores saíam mais leves e com a expressão mais alegre.

Surpreendentemente normal não era o suficiente para descrevê-la.

– Obrigada, Kat – disse Grace, ajeitando os papéis sobre a mesa. – Você me ajudou demais.

A assistente sorriu.

– Vou fazer as ligações agora.

– Não se preocupe. Já passou das seis, vamos para casa – Grace olhou para Smith e logo depois desviou o olhar.

– Bem, eu não estou com pressa – respondeu Kat.

– Não me diga... Outro encontro? – perguntou Grace à moça com um olhar amigável.

– Ah, é só um drink. Ele é o cara do TI. Espero que a gente converse sobre outra coisa que não seja programação em Java nem The Sims – Kat pegou o documento e caminhou até a porta.

– Boa noite, sr. Smith.

Smith assentiu sem olhar na direção da moça. Grace olhou para ele e, em seguida, para a secretária.

– Boa noite, Kat – disse ela com delicadeza, com a expressão ligeiramente preocupada.

Quando a porta se fechou, Grace fitou Smith.

– Você poderia ser um pouco mais educado com ela.

– Com quem?

– Kat.

Smith franziu a testa.

– Do que você está falando?

– Acho que ela tem uma quedinha por você.

Smith deu de ombros e começou a recolher os papéis que revisava. Ele estava consultando um caso de fraude para um amigo.

– Não é minha culpa.

Grace levantou-se.

– É verdade. Mas também não é culpa dela. Quando você a ignora dessa forma, acho que machuca os sentimentos dela.

Nem os olhos nem o tom de voz de Grace foram ofensivos, mas Smith se sentiu na defensiva. A ideia de que o comportamento dele não estava à altura dos padrões dela o irritava por algum motivo que ele não queria examinar de perto.

Porque ele não se importava com o que ela achava dele.

Smith sorriu sombriamente.

– Você quer que eu a convide para sair, ou algo assim?

– Por que você não tenta apenas ser um pouco educado?

Seu primeiro impulso foi de fazer um comentário que a fizesse deixar o assunto de lado, mas a bravata falhou quando ele percebeu que ela não estava tentando controlá-lo. Grace estava de fato preocupada com os sentimentos da garota.

Smith sentiu vontade de esbravejar. Era mais fácil discutir do que atender a um pedido consciente; ele teria preferido a primeira opção, considerando especialmente o atual estado da sua mente. A atração que sentia por aquela mulher, combinada à maldita frustração interna que ele sentia, estava tornando-o mais agressivo que o habitual.

O que revelava algo.

– Tudo bem – respondeu ele, meio contrariado.

Grace sorriu.

– Opa! Não foi tão ruim assim, foi? – ela disse, como se ele fosse uma criança que precisasse de consolo.

A repreensão delicada foi o suficiente para despertar sua raiva. Smith levantou-se e marchou em direção ao outro lado da sala. O sorriso de Grace desapareceu.

O que ele queria fazer, ao se aproximar dela, era beijá-la.

Em vez disso, ele disse:

– Estou disposto a fazer concessões. Mas não estou muito interessado em agir com resignação.

Os olhos perplexos dela percorreram o rosto dele e depois exploraram o seu tórax, como se ela estivesse se lembrando da sensação do seu corpo contra o dele. Ela entreabriu os lábios.

Meu Deus do céu.

Tudo o que ele queria fazer era beijá-la.

Então, antes de fazer alguma coisa estúpida, Smith pegou seu mau humor e o desejo por aquela mulher e voltou para o lugar onde estava sentado. Arrumou suas coisas e usou o resto do tempo para repreender a si mesmo.

Jesus! Por que é que ele estava tão apegado a ela? Odiava se meter em complicações e não havia nada mais complicado do que uma mulher bonita, rica e sua cliente, ainda por cima. Por que ele não podia simplesmente ignorar aquele sentimento? Ele tinha conseguido esquecer muitas mulheres ao longo dos anos. Quase todas com quem tinha estado, na verdade.

Mas e essa mulher? Ela simplesmente não sairia do seu pensamento.

Todas as noites, quando estava no auge de sua loucura, ele se convencia de que eles poderiam se jogar na cama assim que o trabalho acabasse e que tudo ficaria bem. Passariam algumas horas juntos, talvez um ou dois dias. E depois se separariam.

Aquilo parecia um bom plano enquanto olhava para o teto escuro do quarto, mas à luz do dia, Smith sabia que era uma péssima ideia. Se Grace fosse dormir com um homem, certamente ela desejaria todas as coisas que Smith não poderia lhe oferecer. Desejaria mais do que horas, mais do que dias. Ela desejaria um relacionamento. Sensação de segurança. Um pouco de estabilidade.

E havia ainda toda a pompa e circunstância. De acordo com os jornais, a condessa havia sido cortejada por alguns dos solteiros mais cobiçados do mundo. Homens que não tinham nada mais para se preocuparem a não ser agradá-la. Homens que, sem a menor sombra de dúvida, batiam à porta dela usando terno, sapato social e trazendo diamantes e pérolas para presenteá-la. Eram homens capazes de sussurrar palavras doces em um ouvido delicado e fazer com que essas besteiras parecessem, de certo modo, aceitáveis.

Smith não conseguiria ter atitudes como essas só para salvar a sua alma, mesmo se fosse para levá-la para a cama e assim poder tirar aquela mulher da sua corrente sanguínea.

Os dois pertenciam a mundos diferentes. Ele vivia à margem da sociedade, na fronteira entre criminosos e civis. Ela era um ídolo, um sonho romântico para todos os homens da nação. Passava os dias no arranha-céu e na propriedade da família, as noites em bailes de gala e os fins de semana em Newport, enquanto ele lidava com sequestradores do submundo e negociava balas com fascistas e malucos para ganhar pão.

Ela era de cetim e platina. Ele, de couro e bronze. Ah, que inferno! Agora ele estava começando a falar como um cantor de música country. Smith olhou para o quarto. Grace tinha levantado e estava olhando para a janela enquanto o sol se punha. Ele a mediu do topo da cabeça dela, onde o cabelo loiro estava bem preso, até a ponta dos sapatos de salto alto que calçava.

O desejo, ardente e carnal, era bombeado pelo corpo dele.

Smith vestiu a jaqueta e deu um riso forçado, pensando que os dois tinham muita sorte por ele ter conseguido se controlar.

Se não fossem os anos de treinamento militar e o fato de sua mente ser mais forte que seu corpo, ele estaria dentro dela neste exato momento.

Grace teve aquele sonho novamente algumas noites depois. Aquele em que o pai voltava para ela.

Acordou agitada e, aos poucos, percebeu que ele estava em pé na porta do quarto. Na penumbra, ela pôde ver os lábios dele se movimentarem, mas não conseguiu ouvir a sua voz. O som entrava e saía do ouvido dela como se fosse uma ligação ruim.

O que... ela perguntou a ele em sua mente. *O que você está me dizendo*?

Ele estava com a expressão apreensiva, e Grace observava enquanto ele falava ainda mais rápido.

Não consigo ouvir você.

E então, e pela primeira vez desde que ele morrera, ela conseguiu ouvir a sua voz.

Calla lily.

Grace acordou subitamente e impulsionou o corpo para frente, sentado-se na cama, com o coração batendo forte e a respiração presa em algum lugar dos seus pulmões. Afastou as cobertas para longe, colocou os pés no chão e concentrou-se antes de se virar. Olhou para a porta do quarto. O pai tinha ido embora.

Ele nunca esteve lá, corrigiu a si mesma.

No escuro, Grace caminhou tropeçando até o banheiro e tateou o ar ao redor à procura do copo vazio. Girou a torneira e deixou a mão esperando pela corrente de água fresca. Disse para si mesma que aquela pia era real, que o mármore debaixo dos seus pés era real e que a luz tênue que entrava pela janela era real.

Mas a imagem que viu do pai não.

Encheu o copo, tomou alguns goles e experimentou o sabor de metal da água. Depois de colocar o copo debaixo da torneira uma vez mais, respirou fundo e ficou imóvel.

O cheiro de tabaco invadiu suas narinas, fazendo-a sentir vontade de espirrar – como sempre acontecia quando o pai acendia um dos seus charutos.

E o copo de vidro, bem como a sua sanidade, escorregou da sua mão.

Smith tinha acabado de acender um charuto e estava olhando para o nada quando ouviu um estrondo. Atirou o charuto num cinzeiro, pegou a arma e saiu correndo pelo corredor.

Ao chegar abruptamente na porta do quarto de Grace, ele ouviu a voz dela vindo do banheiro.

– Estou aqui.

Ao acender a luz, Smith viu Grace equilibrando-se na ponta dos pés rodeada por cacos de vidro.

– Estou bem, estou bem – disse ela, piscando contra o brilho da luz. – Só deixei um copo cair e ele quebrou.

Quando ela finalmente conseguiu fixar o olhar e concentrar-se nele, viu seu tórax nu. Foi nesse momento que Smith se deu conta de que estava vestindo apenas uma cueca boxer. Grace arregalou os olhos; ele sabia que ela estava olhando para as suas cicatrizes.

– Tem certeza de que não se machucou? – perguntou ele, preocupado, correndo os olhos pelo corpo dela, tentando não demonstrar nenhuma emoção.

Mas fracassou. Exatamente como nas fantasias dele, ela não estava vestindo muita roupa, apenas um tecido fino de seda adornado por renda. A imagem dos seios dela transparecendo pelo tecido frágil fez despertar nele a vontade de cair de joelhos naqueles malditos cacos de vidro.

– Estou bem, de verdade. Desculpe por ter acordado você – Grace começou a olhar para o chão, como se estivesse procurando uma forma de sair dali.

– Nem pense em se mexer. Você vai se cortar – Smith colocou a arma em cima do balcão.

Grace olhou para a arma com receio.

– Acho que vou ficar bem se eu só...

– Ficar parada – ele complementou a fala dela. – Tem vidro por todos os lados. Espere um minuto.

Smith foi até o seu quarto, vestiu uma camiseta e calçou suas botas. Quando voltou para o banheiro, caminhou pelo vidro e a agarrou.

– O que você está fazendo? – gritou ela, enquanto ele a envolvia em seus braços. Smith não respondeu. O barulho do vidro em contato com as solas grossas de suas botas já dizia o suficiente.

Assim que chegou ao carpete, Smith a soltou imediatamente e ela cambaleou até firmar os pés. Ele sabia que era melhor soltá-la o quanto antes, pois do contrário algo poderia acontecer – como empurrá-la para a cama e cobri-la com o seu corpo.

Num clima tenso, Smith caminhou até a cozinha, voltou com uma vassoura e limpou a bagunça. Estava saindo para voltar ao seu quarto, quando fez uma pausa e olhou para ela.

Grace estava sentada na beirada da cama, vestindo um roupão grosso sobre a luz tênue do abajur do criado-mudo. Ela estava de costas para ele, aparentemente olhando para a escuridão do Central Park.

Deixe-a aí sozinha, disse para si mesmo. Seja lá o que estiver passando na cabeça dela, não é da sua conta. Você é pago para mantê-la em segurança, não para ser seu psicólogo.

– Você está bem? – perguntou ele, mesmo assim.

– Sim – ela respondeu em voz baixa.

Como Smith não se moveu para sair do quarto, ela continuou olhando para ele.

– Eu estou bem, de verdade.

– Quer que eu deixe a luz acesa?

Ela assentiu.

– Boa noite – disse ele. Grace retribuiu com um murmúrio.

Smith foi até a cozinha, guardou a vassoura e estava a caminho do quarto quando ouviu um ruído suave. Era quase impossível de ouvir, então ele esperou um pouco. Quando ouviu o som mais uma vez, percebeu que era um soluço.

Caminhou em silêncio até o corredor escuro e parou ao lado da porta do quarto dela. Grace estava com os braços ao redor do corpo e se movimentava para frente e para trás, sentada na ponta da cama.

– Grace? – disse, suavemente. Era a primeira vez que a chamava pelo nome.

Ela pulou num movimento rápido e enxugou os olhos.

– O que foi?

– Por que você está chorando?

– Não estou chorando – Smith observou que os ombros dela estavam tão duros quanto concreto.

– Me conte o que foi que fez você acordar de repente.

Ela acenou pedindo que ele saísse.

– Estou bem.

Smith respirou fundo. Mulheres choronas nunca exerceram muito poder sobre ele. Nenhum poder, na verdade. Sentia-se atraído pela força, não pela fraqueza.

Mas ele não poderia se afastar ao vê-la tão sozinha naquela cama grande, esforçando-se para manter a compostura.

– Você não está bem.

Ao virar-se para ele, seus olhos verdes estavam cobertos de hostilidade.

Ele quase sorriu, ao se dar conta de que conhecia muito bem aquele tipo de reação. Ela estava tentando afastá-lo.

– Pensei que não deveríamos conhecer um ao outro – afirmou ela com veemência.

Ele deu de ombros.

– Talvez eu estivesse errado.

Não, ele estava certo. Mas, apesar de seus instintos estarem gritando para que ele voltasse para o quarto, ficaria ali até que Grace se acalmasse.

Ela olhou para ele com firmeza.

– Ok, então você pode começar.

Com um suspiro de determinação, ela cruzou os braços. Como ele permaneceu em silêncio, Grace lhe lançou um olhar penetrante.

– E aí? Não há nada que você queria compartilhar comigo? Nenhum segredo profundo e obscuro que você queira me contar?

– Esta conversa não é sobre mim – respondeu ele com rispidez.

– Você nunca fala sobre você?

Nunca, jamais, pensou ele.

– Olhe – disse ele com ponderação –, você está sofrendo uma pressão terrível nesse momento. Colocar um pouco disso tudo para fora pode ajudar.

– Vá se danar – ela o fulminou com o olhar. – Que tal isso?

Smith sorriu, apreciando a determinação dela.

– Palavras bem fortes para uma condessa.

– Bem, agora não estou me sentindo nem um pouco parte da realeza. Estou cansada de estar desmoronando por dentro e ter de fingir que estou... que estou *bem* – respirou fundo e continuou. – Manter-se resoluta e calma o tempo todo pode ser exaustivo quando a sua vida está uma bagunça.

Smith observou enquanto ela puxava o lençol e levava a manta de renda até o queixo.

– Agora você se importa de sair? Quero dormir um pouco.

Ele aproximou-se da cama e ela arregalou os olhos quando ele se sentou ao seu lado.

– Vamos fazer uma coisa – lançou ele. – Vamos fazer um jogo olho por olho.

– O quê?

– Vou te contar alguma coisa sobre mim, mas você também tem que falar. Quer ouvir sobre os malditos Rangers? Que tal sobre o calor e o clima seco da Guerra do Golfo? Quer saber o que me dá indigestão? Não é comida mexicana.

Grace ficou olhando para ele por um longo período.

– Você está falando sério?

Que inferno! Ao que tudo indicava, ele estava mesmo.

– Sim, estou.

Grace ajeitou o corpo para se encostar na cabeceira da cama. Ela era, pensou ele, a tentação personificada. O cabelo dela, com as ondas recaindo sobre seus ombros, reluzia um brilho dourado. A beleza era a mesma de sempre, mas com os lábios entreabertos e o nariz um pouco vermelho de tanto chorar, havia uma vulnerabilidade atraente nela.

Smith se esforçou para não pensar no que o corpete da camisola estaria cobrindo.

– Quero saber sobre as cicatrizes – respondeu ela sem titubear.

Smith teve de se conter fisicamente para não recuar.

Merda. Não era isso que ele tinha em mente.

Estava preparado para explicar resumidamente como foi lidar com um comandante do batalhão que era osso duro de roer. Ou ainda contar alguma história com um final feliz, como quando ele salvara um idoso e sua família. E o fato de ser intolerante à lactose não era uma grande coisa.

Mas as cicatrizes? Ele nunca contava a ninguém sobre elas, nem mesmo para Tiny e Eddie.

Nem todas as feridas tinham sido adquiridas quando ele era adulto.

– Você disse que eu poderia escolher – murmurou ela. – E eu escolhi.

Smith limpou a garganta, vasculhou a mente à procura de palavras e não encontrou absolutamente nada.

Ela repousou a mão suavemente no ombro dele e Smith recuou. Através da camiseta, ele pôde sentir os dedos dela se movimentando vagarosamente pelas suas costas, explorando a pele de um lado e do outro.

Smith teria fugido, se pudesse. Mas seu corpo estava tão pesado quanto chumbo.

Ao aproximar a mão de uma cicatriz na lateral de seu corpo, uma das mais antigas que ele tinha, ela parou.

– Me conte sobre esta.

Uma imagem atravessou o pensamento dele com a terrível precisão de uma faca e Smith pôde ver coisas que tinham acontecido décadas atrás. Sentindo-se enjoado, disse a si mesmo para ficar quieto.

– Por favor.

A palavra suave soou como uma promessa de conforto que ele nunca havia tido. Algo que ele nunca quisera antes.

Smith respondeu antes que pudesse se conter.

– Queimadura de cigarro – ele não reconheceu a própria voz. Firme e um pouco rouca, ele se ouviu, longe. – Meu pai gostava de fumar. Ele sempre conseguia encontrar a caixa de fósforo. Mas com os cinzeiros a história era diferente. Finalmente consegui fugir dele, mas levou um bom tempo.

Smith escutou um assovio e percebeu que era dela.

Ele não continuou. Ela não precisava saber de mais detalhes.

– Sinto muito.

Isso foi completamente errado, gritou uma voz dentro dele.

Com todas as mulheres com quem já estivera, cujas mãos ele permitiu que o tocassem, ele nunca, nunca tinha deixado o assunto vir à tona. Mesmo as que também tinham suas próprias lacerações no corpo sabiam que não deveriam falar sobre o mapa de horrores dele. E agora, essa mulher belíssima, essa dama, que não podia saber nada do que tinha acontecido com ele, dos lugares por onde passou e das pessoas com quem ele lidava, essa mulher delicada, desejava saber sobre todos os pesadelos dele.

– Essas cicatrizes são todas de... – ela não terminou a pergunta.

Ele começou a pressionar os músculos da mandíbula e forçou um movimento despreocupado dos ombros.

– Vamos dizer que já estive em maus lençóis algumas vezes.

– Quero ver as cicatrizes. Todas.

Com um movimento súbito, ele se afastou dela.

– Isso já foi longe demais.

– Eu não acho – disse ela movendo-se na direção dele.

Smith era completamente incapaz de tomar qualquer ação racional enquanto os dedos dela entravam na parte inferior de sua camiseta. Ele agarrou a mão dela com força.

– Você não quer fazer isso.

– Sim, quero. Não tenho medo do seu passado.

– Mas deveria ter.

– Mas não tenho. Também não tenho medo de você.

Com gentileza, ela tirou a mão dele do seu braço e lentamente levantou o tecido fino da camiseta que ele usava. A respiração de Smith começou a ficar ofegante e o corpo dele, encurralado entre o desejo dela e seu próprio desejo, começou a estremecer em meio ao conflito.

Ao sentir o ar tocar sua pele, ele não pôde suportar mais. Arremessou o corpo inteiro em cima da cama e arrancou a maldita camiseta fora. Esticou bem os braços e sentiu seus músculos se expandirem.

– Aqui está o show completo – disse ele sem piedade. – Frente e trás.

Grace manteve os olhos fixos no rosto dele.

– Vamos lá, condessa. Você não quer olhar agora? É demais para você? – Smith começou a desdenhar, provocando-a. Ela conseguiu fazer com que ele se sentisse fraco diante de sua empatia e ele ficou ressentido por ter se exposto tanto.

Grace balançou a cabeça. Seu olhar era soturno, como se tivesse absorvido o passado dele e pudesse sentir o eco da dor em seu próprio corpo.

– Não está mais com pressa de me tocar? Agora você pode ver tudo.

Smith esperava que quando a abraçasse forte e a pressionasse contra o seu corpo, ela recuasse. As mulheres que tentaram se aproximar tanto assim fugiram quando ele demonstrou essa mesma raiva.

Mas Grace não fugiu.

Devagar, ela se levantou da cama e estendeu a mão delicada e esguia em direção a ele. Ao tocar a barriga de Smith, ele inspirou e segurou o ar.

Seu primeiro impulso era gritar. Estava furioso porque ela tinha o desafiado e o exposto. Porque ela estava perto o suficiente para fazê-lo sentir o cheiro dela. Porque ela estava oferecendo a ele compaixão, compreensão e carinho quando ele estava derrotado, machucado e feio.

– Acho você lindo – disse Grace, com a voz suave, olhando para ele.

– Então você está completamente cega.

Ela balançou a cabeça lentamente.

– O que eu vejo é você por inteiro. Claramente.

Grace roçou os dedos pela barriga dele e parou quando chegou ao elástico da cueca boxer que ele vestia. Smith começou a ficar excitado com o toque dela e logo percebeu que estava seminu, e que ela estava usando pouquíssima roupa, e que eles estavam sozinhos na penumbra.

Ele agarrou os braços dela e a empurrou contra o seu corpo. Com força. A única reação que ela teve foi inclinar a cabeça para trás para continuar olhando nos olhos dele.

– Acho que você vai preferir manter as mãos aí com você – Smith fez a sua voz soar a mais fria possível. – Você me toca assim e... eu não estou pensando que você é a corajosa Florence Nightingale[11], sabe.

– Então o que você está pensando?

Ele a afastou e ficou observando o cabelo dela balançar sobre os ombros diante da luz.

– Que droga! – ele rosnou. – Não faça isso.

O olhar de Grace era suave e luminoso. Caloroso. Smith sabia no que ela estava pensando e não tinha nada a ver com conversar. Naquele olhar misterioso, ela estava pedindo o que desejava: ele.

Mesmo com raiva. Mesmo com as cicatrizes na pele.

A única parte digna do corpo dele decidiu falar.

– Escute, condessa. Este meu corpo foi feito para foder. Você sabe o que isso significa? Apenas uma noite, quatro paredes, não sei o seu nome e nem me importa saber. Você não quer isso.

Ela ficou cabisbaixa, como se ele tivesse lhe roubado algo.

---

11 Florence Nightingale (1820 - 1910) foi uma enfermeira britânica que ficou conhecida pelo pioneirismo no cuidado aos feridos da Guerra da Crimeia. (N.T.)

– Inferno – ele disse.

Ele liberou parte de sua frustração com um suspiro profundo. Tudo que ele tinha sonhado nos últimos dias estava em seus braços, mas a única coisa que ele conseguiu fazer foi deixar a oportunidade escapar.

– Você não entende? Você merece algo melhor do que eu posso te oferecer. Você precisa de alguém que faça amor com você. Não de alguém que transe com você e que te deixe aqui com a cama toda bagunçada.

– Você não faria isso.

– Ah sim, faria – Smith não conseguia se afastar, mas não queria beijá-la porque sabia que, se o fizesse, estaria perdido.

Então ele colocou as mãos sobre as ondas do cabelo dela e as trouxe para frente. As pontas dos fios se estendiam até pouco abaixo dos seios, que subiam e desciam conforme a respiração dela. Smith pegou uma mecha do cabelo e a levou até seu nariz. Inspirou e sentiu cheiro de jasmim. Ao deixar a mecha solta, observou os fios encaracolados recaírem primeiro entre os seios e depois repousarem ao redor de um mamilo coberto pela seda.

Deus do céu! Ele a desejava.

Smith olhou para os lábios dela. Estavam entreabertos, no formato de um arco. Apetitosos.

– Não quero machucar você – disse ele com determinação. A verdade era uma surpresa.

– Eu sei – Grace estendeu o braço para tocar o rosto dele, roçando a palma da mão sobre sua barba grossa. – Mas eu não quero ser salva. Não é isso que eu quero. Não essa noite.

Lutar contra si mesmo era difícil. Recusá-la era... impossível.

Smith inclinou o corpo para frente e, num gesto suave, tocou a boca dela com a sua. Ao ouvir Grace gemer, ele colocou mais pressão no beijo e a tomou em seus braços. Quando deslizou a língua para lamber o lábio inferior de Grace, pôde sentir as mãos dela apertando seu corpo. Aproximando-se ainda, explorou sua boca, mergulhando cada vez mais profundo.

Levou os dedos até as alças da camisola. Devagar, retirou as fitas de cetim dos ombros até que ela ficou nua diante dos olhos dele e o corpete de seda escorregou totalmente ao redor da cintura dela. O sangue rugia em seus ouvidos e ele a levou para a cama, deitando-a sobre o edredom coberto por renda. Começou a beijar a pele dos ombros dela e continuou descendo, deliciando-se nos seios e depois no abdômen.

Cada vez mais excitado, as mãos dele percorreram a curva dos quadris de Grace e foram até as coxas. Adentrando o tecido fino da camisola, acariciou as pernas dela, empurrando a seda delicada que as cobria. Ao deslizar a mão pelo interior da coxa, Smith pôde sentir a pele macia e o calor que exalava dela. Enquanto subia, saboreou a sensação do movimento ondulante de seu corpo e olhou para cima. A imagem de Grace com o corpo arqueado e com a cabeça inclinada em um ângulo de onde era possível vê-lo foi a coisa mais erótica que ele já tinha visto.

Ele levou a boca até a barriga dela, logo abaixo do umbigo, e torceu para se controlar. Enquanto suas mãos se aproximavam cada vez mais da vagina dela, sua boca seguia os movimentos, beijando a pele de Grace por cima da seda. Ele tinha toda a intenção de conhecê-la intimamente. Com os dedos. Com a língua. Com seu corpo.

Smith estava tão excitado que, a princípio, não percebeu quando as mãos dela começaram a empurrar os ombros dele. Ela estava tentando se afastar, mas ele pensou que o movimento era resultado do desejo que ela também estava sentindo.

Ele estava errado.

– Não! Pare! – gritou Grace, erguendo o corpo subitamente.

Ela começou a ajeitar a camisola e, em seguida, agarrou um travesseiro para cobrir os seios. Estava pálida e trêmula.

Smith deslocou-se para a beirada da cama e colocou a cabeça entre as mãos. Estava lutando contra si mesmo para se controlar e diminuir a fome que consumia o seu corpo, repudiando-se a cada respiração entrecortada.

– Me desculpe... Me desculpe... – disse ele, com a voz suave. Ela estendeu a mão até ele e tocou-lhe o braço.

Ele puxou o braço de volta. A última coisa que precisava era da mão dela em contato com o seu corpo. Não naquele momento em que estava tentando convencer seu homem das cavernas interior a se tornar um homem civilizado.

– Não é que eu não queira...

– Mas o lado obscuro da trilha foi mais difícil de encarar do que você tinha imaginado, não é? – perguntou ele com a voz rouca.

– Por Deus, não... Não foi nada disso. É que... o meu marido...

– Não quero ouvir sobre ele agora, se você não se importa – Smith levantou-se. Precisava ficar bem longe dela. – Boa noite, condessa.

Smith saiu em disparada, caminhando de volta para o seu quarto a passos longos e furiosos. Queria fechar todas as portas entre eles. Fechá-las muito bem, pelo amor de Deus. Ele sentiu que precisaria de algo muito mais forte que sua vontade de mantê-los separados.

Capítulo 11

Na manhã seguinte, Grace se atrapalhou para desligar o alarme do relógio. A mão bateu ao lado da cabeceira, passou pelo diário, pelo abajur, por tudo. Menos pelo relógio. Abriu os olhos, desligou a coisa e desabou de volta nos travesseiros.

Caía uma tempestade lá fora e a chuva fustigava as janelas.

Olhou para baixo e viu a camiseta que Smith tinha arrancado do corpo. Um rubor percorreu as suas bochechas e logo ela se lembrou do que tinha acontecido. Ainda podia sentir a boca faminta dele sobre a sua, e as mãos dele acariciando a sua pele. Aquilo tinha sido um devaneio, da raiva dele até os beijos que trocaram, do limite da razão até a perda do controle. Ela sentiu como se estivesse sendo possuída por ele.

Afastar-se, recuar, pará-lo tinha sido um ato de autopreservação.

Algum tempo depois que o corpo dele estava por cima do seu, enquanto ele beijava-lhe a barriga e acariciava-lhe as pernas, levando-a cada vez mais a um tipo de frenesi que ela nunca havia experimentado, Grace se sentia extasiada e um pouco assustada. Ele não estava machucando-a, mas as coisas estavam caminhando tão rápido que ela não teve tempo para processar o que borbulhava em sua consciência. Inseguranças, perturbadoras e sem sentido, interromperam o desejo e trouxetam lembranças das quais ela não pôde escapar.

Já no final do casamento, sua vida sexual com Ranulf havia se desintegrado de tal forma que se transformara num exercício doloroso de humilhação para ela. À medida que ficava cada vez menos interessado e encantado pela esposa, o conde foi se tornando um amante cada vez mais agressivo, até que ela passou a temer a sensação do colchão pressionado para baixo quando ele caía na cama para se deitar ao lado dela à noite. O que antes havia sido uma experiência bastante agradável transformou-se em uma fonte de sofrimento, e a reação gélida dela diante dele tornava a situação ainda pior. Ele ficou impotente e atribuía a culpa da sua disfunção sexual a Grace. Cada vez que falhava, ele a condenava, afirmando que ela era frígida e que nem mesmo a considerava uma mulher. Ela o enfrentou uma vez, dizendo que toda mulher precisa mais do que um par de mãos ásperas para abrir as suas pernas e desfrutar do sexo. Aquela tinha sido a única vez em sua vida que ela temeu apanhar de um homem.

Embora soubesse que Ranulf, por ser uma pessoa cruel, a provocava porque se sentia humilhado e desiludido com ela e com o casamento, uma parte dela se perguntava se, no fundo, ele não teria um pouco de razão. Grace teve apenas um homem antes do marido e não descreveria a atração que sentia por nenhum deles como algo tão avassalador. Entre a sua experiência passada e a lembrança vívida do vocabulário utilizado por Ranulf, Grace tinha dúvidas se poderia satisfazer um homem. E até mesmo se ela poderia se sentir satisfeita.

Até que John Smith apareceu.

A reação que ela teve diante dele fechou as portas para a ideia de que ela era uma mulher frígida. Mas mesmo assim as dúvidas que ela tinha a respeito de si mesma não se dissiparam. Se havia um homem no mundo que ela queria satisfazer, esse homem era Smith. Ela só não tinha certeza de que conseguiria.

Conhecer os princípios básicos do sexo não era garantia de que todo aquele entra-e-sai fosse muito mais que um exercício cardiovascular moderado. Diabos! Ela aprendeu isso com Ranulf – antes dele se tornar uma pessoa vil.

Quando as dúvidas do seu pensamento cortaram o desejo do corpo, ela só quis tentar abrandar o que estava acontecendo entre eles. Precisava de um momento para respirar e se preparar para saltar em um território desconhecido.

Mas, como ele não parou, entrou em pânico porque o sufoco a fez lembrar-se de Ranulf.

Ela não condenou Smith pelo fato dele ter saído de mau humor.

Grace saiu da cama jogando as cobertas de lado. Em seguida, pegou a camiseta branca dele. Ela não queria que ele pensasse que ela tinha desistido porque não o desejava. Poderia ter perdido a coragem temporariamente, mas não o desejo por ele.

Vestiu seu roupão, saiu do quarto e foi até o dele. Encontrou-o sentado na espreguiçadeira ao lado da janela. Smith estava lendo um livro e ergueu os olhos no momento em que ela apareceu na porta. Ele estava com a expressão completamente fechada.

– Não vai correr hoje? – perguntou ele bruscamente.

Ela balançou a cabeça enquanto uma rajada de vento empurrou a chuva contra as janelas e a água escorreu pelos vidros fazendo um barulho.

– Eu... é... Trouxe a sua camiseta de volta – Grace colocou-a em cima de uma das camas e pigarreou. – Escute, sobre ontem à noite...

Ele fechou o livro e olhou para a manhã cinzenta.

– Eu te devo um pedido de desculpas.

Grace franziu a testa.

– Do que você está falando?

Ele lançou um olhar sombrio.

– Além do fato de que eu nunca deveria ter nos colocado nessa situação, eu não a soltei no momento que deveria. Eu não sabia que você queria parar. A única desculpa que posso oferecer é que eu não costumo ter esse tipo de... preocupação.

Grace ficou boquiaberta e surpresa. Não esperava que ele estivesse furioso porque não tinha conseguido o que queria. Aquela certamente teria sido a típica resposta do pai dela e de Ranulf.

Smith estava com os olhos cerrados quando a interrompeu antes que ela pudesse falar.

– Eu não quis assustar você. E não negue que eu tenha feito isso – disse ele, enquanto ela balançava a cabeça. – Não sei o que vi em seus olhos ontem à noite. Acho que foi medo.

– Mas eu quero que você sabia que eu não pude...

– Não é da minha conta e, para ser sincero, não quero ouvir os porquês. Não são relevantes. A última coisa que você precisa é ter medo dentro da sua própria casa. E de mim.

– Mas eu não estou com medo de você – Grace afirmou, com sinceridade na voz.

Ele chegou a considerar a fala dela, mas depois balançou a cabeça.

– Mesmo que isso seja verdade, não importa – Smith abriu o livro novamente. – Me avise quando o chuveiro estiver livre.

– John... – ele voltou a tirar os olhos do livro e observou-a com a expressão sombria. – Eu não me afastei porque não te queria...

– Francamente, eu queria que o motivo tivesse sido esse.

Ela franziu a testa.

– Por quê?

Smith não respondeu. Em vez disso, voltou os olhos para o livro. Grace não tinha outra escolha a não ser sair dali. Havia muito a ser dito, mas ela sabia que ele não falaria mais nada.

Quando chegou ao Hall Building, depois de um longo e silencioso trajeto pelo trânsito, Grace parou para conversar com algumas pessoas no átrio enquanto Smith foi falar com o segurança de plantão.

– É ele o consultor? – sussurrou uma das funcionárias, apontando em direção a Smith.

As notícias correm, pensou Grace, balançando a cabeça respondendo que sim.

– Ele não se parece muito com um cara de... desenvolvimento organizacional.

– Ele é um especialista – rebateu Grace, querendo encerrar o assunto.

– Aposto que ele é sim – uma outra mulher entrou na conversa ao medir Smith da cabeça aos pés.

Grace estava de mau humor quando entrou no elevador com ele.

Assim que ficaram sozinhos no elevador, Smith perguntou:

– Por que você está com essa cara?

– Que cara?

– Como se no pensamento você estivesse com as mãos ao redor do pescoço de alguém.

– Não sei do que você está falando.

– Claro que sabe.

As portas do elevador se abriram e ela lançou um olhar desafiador sobre ele.

– Você realmente quer continuar com isso? Porque, se bem me lembro, hoje de manhã era você quem estava com a boca fechada.

Smith lançou um sorriso forçado enquanto os dois caminhavam pelo corredor.

– *Touché* – disse ele em voz baixa quando chegaram até a mesa de Kat. A garota olhou para eles.

– A senadora Bradford ligou – ela avisou Grace e olhou receosa para Smith, esperando que ele a ignorasse mais uma vez. – Ela queria lembrá-la do compromisso no Plaza na sexta-feira. Às dezenove. Traje formal.

– Obrigada. Estarei lá sem a menor dúvida.

– Bom dia, Kat – Smith cumprimentou a moça.

– Bom dia – os olhos da secretária reluziram.

– Como foi com o cara de TI?

– Ele... é um cara legal – ela sorriu, hesitante. – Ele também gosta de beisebol e pode ser que a gente saia de novo.

– Certifique-se de que ele vai pagar o jantar.

Kat revirou ligeiramente os olhos, como se estivesse constrangida por toda a atenção.

– Você precisa de algo? Café?

– Café está ótimo, obrigado. Puro.

Depois que Grace e Smith entraram no escritório, ele foi até a mesa de reuniões, sentou-se e abriu uns arquivos que estava estudando atentamente. Quando começou a fazer anotações, Grace sabia que ele estava deliberadamente evitando confrontar o olhar de aprovação dela.

Ao entrar com o café, Kat fechou a porta.

– O que há de errado? – perguntou Grace.

– Tem um homem aí fora – explicou a garota, entregando uma caneca fumegante a Smith. – Ele não tem nenhum horário marcado e está pedindo para ver você. O nome dele é Fredrique.

Grace fez uma careta.

– É sobre o baile. Ele fez o planejamento e o bufê no ano passado, mas eu não o contratei esse ano porque seus serviços custam uma pequena fortuna. Provavelmente ele só quer tentar me convencer sobre o negócio dele, sendo que já recusei.

– Parece que ele não vai se importar se tiver de esperar.

– Sério?

– Ele trouxe um *cooler* e um jornal.

– Então mande-o entrar – solicitou Grace, aborrecida. – Não faz o menor sentido transformar a sala de espera numa lanchonete.

Ao entrar no escritório, Fredrique sorriu largamente. Vestido com o uniforme branco de um chef, o homem segurava em uma das mãos algo parecido com uma pequena cesta de piquenique. Aparentemente, ele tinha ganhado certo peso, pensou ela, embora essa aparência pudesse estar relacionada ao caimento do algodão sobre o seu corpo pequeno e bojudo.

Quando ele se aproximou para beijá-la, Grace aceitou o gesto com certo receio.

– Por favor, sente-se – disse ela, apontando para a cadeira à frente de sua mesa.

Ao sentar-se, o homem espreitou Smith.

– Quem é ele?

– Em que posso ajudá-lo? – o tom de Grace foi direto.

Fredrique a encarou relutantemente, como se tivesse apreciado uma apresentação.

– Trouxe algo para você provar. É da nova linha de *hors d'oeuvres* que estou desenvolvendo com Lolly Ramparr de NightWorx. Você conhece a Lolly, não conhece? Nós nos conhecemos há muito tempo.

Grace estreitou o olhar, duvidando que ele estivesse realmente trabalhando com Lolly. Depois de ter feito várias entrevistas com diferentes empresas, Grace decidiu contratar a NightWorx como fornecedora do bufê naquele ano porque a organização tinha uma boa reputação e um preço razoável, considerando sua popularidade. Lolly havia perguntado se Fredrique trabalharia no evento e Grace explicou seus motivos para não contratá-lo. Lolly, uma pessoa sincera, porém não indelicada, já tinha informado que ela estava deixando de contratar os serviços dele por razões semelhantes.

Fredrique colocou o *cooler* sobre a mesa de Grace, separou as alças e tirou a tampa.

– Entendo que você tenha contratado Lolly para o baile este ano. Ela é muito talentosa, mas você vai reconsiderar quando experimentar isso.

O homem pegou um prato branco com três pequenas porções de comida na cor pêssego decoradas com algum tipo de biscoito no topo.

– Chamo esse prato de torres de camarão – e entregou o prato a ela como se estivesse oferecendo uma joia preciosa. – Experimente e vai se apaixonar.

– Sinto muito, Fredrique. O prato parece maravilhoso, mas sou alérgica a frutos do mar.

Ele franziu a testa e retirou o prato. Olhou para Smith e disse:

– Talvez você possa fazer as honras da casa?

Smith, que tinha virado a cadeira e estava olhando para Fredrique, apenas balançou a cabeça recusando a oferta.

O homem levou um tempo para se recompor.

– Não tem problema, vou trazer outro prato para você. Talvez lombo recheado com gergelim e pita chips. Ah! Eu tenho um prato maravilhoso! Cordeiro recheado com cogumelos e...

– Gosto da ideia, mas permita-me lembrá-lo: não estamos interessados nos seus serviços.

Fredrique enrijeceu o corpo e colocou o prato de volta no *cooler*. Com movimentos precisos, colocou a tampa de volta e ergueu as alças do equipamento.

– Será uma vergonha para este baile não contar com as minhas contribuições. Mimi Lauer ficou encantada com o meu trabalho no evento de ballet.

Grace não concordava tanto com o que o homem dizia, visto que Mimi tinha ligado para ela há pouco tempo para falar da frustração que sentiu com os serviços prestados por Fredrique.

– Não sei o que dizer, Fredrique. Não vamos contar com um organizador para o baile deste ano.

De repente, o homem sorriu.

– Talvez não na Fundação, mas em algum evento particular? – ele começou a ganhar força de novo. – Como você bem sabe, faço festas particulares maravilhosas. Embora a minha agenda fique completa muito rapidamente, posso lhe assegurar uma data. Pretendo me reunir com Isadora Cunis esta semana para conversar com ela sobre as férias, mas posso lhe assegurar que você será a primeira a escolher uma data no calendário. Contanto que você faça o depósito hoje.

– Acho que não – Grace não queria dar mais corda para o cara e sabia que precisava ser clara. Ele era persistente e qualquer demonstração de educação só seria vista como uma abertura. – Mas agradeço a oferta.

Ela levantou-se, esperando que o homem se tocasse.

Fredrique a encarou e, em seguida, levantou-se devagar, ajeitando seu uniforme de *chef* com um movimento brusco. Grace ofereceu um sorriso forçado enquanto ele pegava o *cooler* e o levava até o outro lado do escritório.

– Obrigada por ter vindo – disse ela, desejando apenas empurrá-lo para fora da porta. Seu dia estava recheado e a última coisa que ela precisava era acariciar o ego de alguém cuja comida era de segunda categoria e que no ano anterior tinha cobrado abusivamente o montante de 20 mil dólares pelos serviços.

Contudo, Fredrique não estava com pressa. Com calma, olhou ao redor do escritório enquanto Grace permanecia em pé, em frente à porta.

– Que bela pintura – murmurou ele, olhando para o quadro pendurado na parede bem acima da mesa de reuniões.

– Obrigada. Agora, se você não se importar, tenho outro compromisso.

Ficou surpresa quando ele se aproximou dela.

– Você tem certeza de que vai fazer isso?

Grace fechou uma carranca, mas antes que ela pudesse responder, Smith colocou a mão sobre o ombro do homem.

– Acho que você precisa dar uma volta lá fora, Fredrique – o sorriso de Smith não foi nem um pouco caloroso.

O homem o olhou assustado e imediatamente se afastou de Grace. Arqueando ligeiramente o corpo, ele murmurou ao sair:

– Tenho certeza de que vou vê-la novamente, condessa.

Quando o homem se afastou, Grace deu um suspiro de alívio e fechou a porta.

– Obrigada por colocar um pouco de espaço entre eu e ele – ela agradeceu a Smith enquanto ele se sentava à mesa de reuniões.

– Não posso ser tão cuidadoso assim na frente dos outros.

Grace disfarçou um estremecimento.

– Talvez eu deva avisar Isadora que ele está em busca de trabalho, ela deve ser a próxima da lista.

Além disso, ela e Isadora tinham outros assuntos para conversar, lembrou Grace. As amigas que tinham perdido. O terrível artigo.

Grace passou o resto da semana aturdida. Aparentemente, havia uma fonte inesgotável de problemas que ela deveria enfrentar. Os convites para o baile de gala, que precisavam ser enviados imediatamente, voltaram da gráfica com um erro de digitação. A reimpressão custou uma pequena fortuna e, ao olhar para o produto final, era evidente a ausência da informação de que haveria um leilão. Ela esperava que ninguém mais notasse, mas sabia que todos perceberiam.

Lamont estava certo a respeito de uma coisa: tentar fazer o trabalho do pai e promover um evento de prestígio ao mesmo tempo era uma carga pesada para ela. Lidar com fornecedores, empresas de locação, de som, publicitários e produtores de filmagem exigia muito tempo. E quanto mais as demandas aumentavam e o evento se aproximava, ela começava a contar cada vez mais com Kat. Felizmente, a moça abraçou a responsabilidade extra.

Grace estava tão distraída com o trabalho e os acontecimentos entre ela e Smith que quase se esqueceu do perigo que estava correndo.

Até que o tenente Marks ligou para ela uma vez mais.

Ela e Smith tinham acabado de entrar na cobertura depois de participarem da abertura de uma galeria ao final da noite quando o telefone tocou. Logo que ouviu a voz do tenente Marks, o medo regressou. Vívido e intenso.

– Não se preocupe – o tenente a tranquilizou. – Só quero verificar se está tudo bem. Você viu alguma coisa de diferente nos últimos dias? Smith está com você?

Grace sentiu certo alívio enquanto se sentava no sofá.

– Sim, ele está. E não, de fato não vi nada de incomum.

– Posso falar com ele um pouco?

Grace chamou Smith.

– Marks quer falar com você.

Quando Smith pegou o telefone, Grace o observou, ansiosa. Não fazia a menor ideia do que os dois estavam falando, tudo o que pôde ouvir foram as respostas curtas de Smith. Ele desligou o telefone e ela ficou frustrada quando ele não lhe contou uma palavra sequer.

– Algum problema? – perguntou ela.

Ele balançou a cabeça.

– E então, sobre o que vocês falaram?

Smith deu de ombros e começou a andar pelo corredor. Ela correu atrás dele.

– Me conta! – ela exigiu, agarrando-o pelo braço. Sentiu a espessura e o calor do pulso de Smith e lembrou-se do que sentia quando seu corpo entrava em contato com o dele.

Quando ele olhou para a mão que o segurava, ela puxou o braço de volta, mas entrou na frente dele, bloqueando sua passagem para o quarto.

– Não esconda as coisas de mim – pediu ela, sem rodeios. – Prefiro encarar as notícias, por piores que elas sejam, a ter de lidar com o que a minha imaginação produz.

Smith a olhou antes de falar.

– A única coisa que eles sabem é que as vítimas foram mortas pela mesma pessoa. Eles têm amostras de DNA, fibras de cabelo encontradas nas cenas dos crimes e fragmentos de pele que estavam sob as unhas das vítimas. Isso é tudo. Fora isso, nenhuma outra pista. Nenhum suspeito. Nenhum motivo aparente.

Grace apoiou os quadris e os ombros na parede. Sentiu-se muito mal ao imaginar suas amigas arranhando o assassino. E o fato da polícia não ter obtido muito progresso nas investigações era assustador. Lá no fundo da sua imaginação, ela supunha que os policiais estavam coletando pistas que no final fariam algum sentido.

– Não acredito que não encontraram nada – lamentou ela, olhando para o belo carpete felpudo do corredor. Grace fez movimentos circulares com a ponta do salto de seu Manolo Blahnik, formando a imagem de uma meia-lua na superfície lisa do tapete de cor creme. Era uma tentativa de evitar olhar nos olhos de Smith e de encarar a dura realidade sobre a qual eles estavam conversando, mas evitar tocar no assunto só funcionava antes. – Eles procuraram o suficiente?

– Marks tem uma boa reputação e sei que ele conduz o trabalho e a equipe com muita disciplina. O maldito que matou aquelas mulheres só pode ter tido muita sorte.

– Ou ele sabe o que está fazendo.

– Ele é um amador – a voz de Smith soou severa.

Grace contraiu o corpo, pensando nas fotos do corpo de Cuppie.

– O que te faz pensar assim?

Como Smith não respondeu, ela olhou para ele.

– Você tem certeza que quer falar sobre isso? – perguntou ele com certa rispidez.

– Eu perguntei, não? – Grace rebateu a pergunta com uma dose de orgulho que despontou em meio ao medo. Não queria que Smith pensasse que ela era incapaz de discutir racionalmente algo que afetava a vida dela. Ao mesmo tempo, começou a sentir o estômago revirar com náuseas.

Smith ainda não tinha respondido e ela sentia seu corpo congelar.

– Fala comigo, pelo amor de Deus! Essa rotina de esfinge está me dando nos nervos.

Smith sorriu levemente.

– Pedi a Marks para investigar e procurar qualquer vínculo entre os maridos das mulheres que estão naquele artigo. Ele disse que, com exceção do vínculo social, aparentemente eles não têm nada em comum. Não fiquei surpreso.

– E então, o que você acha? Por que isso está acontecendo?

Uma pergunta pairava no ar. *Por que eu?*

– É pessoal. O vínculo está entre vocês, não entre os maridos. Olha, tudo o que posso te dizer é que Marks está fazendo o que pode com o que ele tem. Ele é um excelente policial. No final, alguma coisa vai aparecer. Com certeza.

– Mas e o que vai acontecer até lá? Quantas de nós vão...

Grace não conseguia pronunciar a palavra que estava dando voltas em sua cabeça. A morte nunca foi algo fácil sobre o qual falar, mas era quase impossível dizer a palavra *morte* quando o assunto era ela mesma.

Grace envolveu a caixa torácica com os próprios braços, sentindo falta da segurança que ela tinha vivenciado nos últimos dias.

– Grace, olhe para mim.

Ela levantou a cabeça.

– Você me contratou para protegê-la – ela assentiu quando ele fez uma pausa. – E é isso que eu vou fazer.

– Espero que sim. Por Deus, eu realmente espero que sim.

– Não espere – disse ele. – Acredite.

Grace olhou nos olhos de Smith e viu autoconfiança, poder e controle. Ao que tudo indicava, havia uma promessa de que a confiança nele seria recompensada.

Smith estendeu a mão em direção a ela, em um gesto inesperado.

– Vamos para a cama.

Grace arregalou os olhos, mas depois percebeu que ele não estava falando sobre sexo. A intenção despretensiosa das palavras dele era de incentivá-la a descansar.

Ela segurou a mão de Smith, sentindo os dedos fortes e quentes dele envolverem os seus. Os dois caminharam juntos pelo corredor até chegarem ao quarto dele. Em seguida, Smith permaneceu em silêncio e a deixou.

Grace vestia uma camisola e estava deitada na cama, com a luz apagada, quando ouviu Smith indo para o banheiro. O som de água corrente foi breve e quase silencioso. Alguns minutos depois, ele apareceu na porta do seu quarto.

– John?

– Sim? – a voz dele soou suave em meio à escuridão.

– Estou feliz por você estar aqui.

Em seguida, houve um silêncio e Grace imaginou que Smith tinha voltado para o quarto dele.

– Eu também – respondeu ele, com a voz baixa.

Surpresa com a resposta, ela virou-se na cama, mas descobriu que já estava sozinha.

Horas mais tarde, ela continuava acordada. Sentindo claustrofobia em meio a tantos travesseiros e edredons espessos, ela pegou o diário e uma caneta e foi para a sala de estar. Ao passar pela porta do quarto de Smith, viu que a luz estava apagada.

Sentou-se no sofá, cruzou as duas pernas, mas se percebeu pensando em vez de escrevendo. Quando Smith tinha estendido a mão para tocá-la, ela ficara surpresa e, ao se lembrar da sensação do toque da mão dele,

Grace pensou nas outras coisas que ele havia feito e que também tinham sido inesperadas.

Na manhã seguinte, depois de voltarem para a cobertura dela após uma sessão pesada de corrida, ela demorou mais para sair do chuveiro. Correu para a cozinha para dizer a Smith que era a vez dele de preparar o café. Mas ele entregou uma xícara quente na mão dela e apontou para um prato de torradas que havia preparado para ela.

Grace ficou perplexa.

– É comida – lançou ele. – Pode ser que não reconheça porque você não comeu muito na semana passada.

– Claro que comi. Eu...

– Aquela salada de ontem à noite não conta. Você está perdendo peso e não pode se dar a esse luxo agora.

Grace olhou para o seu corpo. Smith estava certo. As saias dela estavam um pouco mais frouxas na cintura.

– Coma – ele empurrou o prato com torradas na direção dela. Grace pegou uma fatia e percebeu que estava coberta com geleia de morango. – Faz anos que não como torrada com geleia de morango.

Assim que comeu alguns pedaços, seu apetite voltou. Depois de quatro torradas e de terminar o café, Grace suspirou, satisfeita. Estava passando por estresse há tanto tempo que tinha se esquecido até mesmo de se alimentar.

Lembrou-se de olhar para Smith. Durante todo o tempo em que estava comendo, ele ficou de pé no balcão, com os braços cruzados, observando-a.

– Gostaria de te agradecer por isso – disse ela com certo tom de ironia. – Se você permitir.

Smith deu de ombros, mas como não houve nenhum comentário por parte dele, Grace sorriu.

– Então... muito obrigada.

Os olhos penetrantes de Smith cintilaram diante do prato vazio.

– Só estou cuidando da minha cliente.

Grace sorriu ao se lembrar da imagem dele em sua memória. A ideia dele fazer o tipo acanhado era incongruente, mas era o que parecia. A simples gratidão que ela sentiu diante do gesto dele tinha sido algo difícil para ele aceitar, mas Smith também não tinha recusado a demonstração dela.

Era um sinal de progresso, pensou Grace. Bem como o gesto dele estendendo a mão para tocá-la na noite anterior. Mas um progresso em relação a quê?

Ao coração dela. Ela queria mais dele. Desejava-o por inteiro.

E o desejo tornava-se cada vez mais forte quando ela passou a conhecê-lo melhor.

No início, ela ficou se perguntando se ele teria outro lado, algo para oferecer além da agressividade. Agora ela sabia que havia características diferentes nele. Menos ríspidas e duras. Smith mantinha-as escondidas por trás da máscara de controle, mas elas transpareciam em suas ações e atitudes, como simples cortesias que demonstravam a sua preocupação com os outros. Preocupação com ela.

Aquele café da manhã foi apenas um exemplo do quanto ele poderia ser cortês. Smith nunca deixava bagunça no banheiro. Fez questão de ser mais agradável com Kat. Cozinhava suas próprias refeições, limpava a cozinha, e sempre dava um jeito de não deixar lama pelos carpetes, mesmo em dias chuvosos.

Eram coisas pequenas, mas que significavam muito para ela. Também eram coisas incomuns. Ter um homem em casa que não exigia atenção constante e que tampouco tinha uma lista de exigências era uma experiência nova. Ranulf esperava que ela organizasse a agenda dele, assegurasse o bom andamento do trabalho dos funcionários do apartamento, atendesse às suas necessidades (as pequenas e as maiores) e que entretivesse os convidados no jantar quase todas as noites, mesmo que ela estivesse trabalhando em tempo integral, mas ele não. E tudo isso era feito sem receber um agradecimento sequer por parte dele, pois, em seu pensamento, essas tarefas eram obrigações dela.

Grace nunca cairia nessa armadilha novamente.

Ela olhou para o seu diário e para a data que tinha escrito no topo da página em branco. No dia seguinte, Grace completaria trinta anos. Às 7h05, mais precisamente.

Num momento de capricho, ela escreveu: *tudo o que quero no meu aniversário hoje é John Smith. Na minha cama com um laço ao redor do pescoço, vestindo nada além disso.*

Rindo baixinho, Grace jogou o livro e a caneta de lado. Estava se sentindo ridícula, é claro, mas foi engraçado fantasiar. Aquilo era certamente muito melhor do que o que sua mente andava produzindo nos últimos dias. Olhando para o nada, ela imaginou coisas que fizeram suas bochechas corarem. Por fim, ela voltou para o corredor e parou na porta do quarto de Smith, que estava aberta. Pensou por um momento em assustá-lo entrando no quarto escuro dele, mas se controlou e se esforçou para voltar ao seu quarto.

Na manhã seguinte, Grace tomou um banho e depois foi procurar Smith. Os dois realizaram juntos a rotina matinal. Ela tomava banho primeiro e, enquanto se vestia, ele ia para o banheiro.

– Smith? – ela espiou o quarto dele.

A cama estava arrumada, como de costume, e não havia a menor bagunça pelo quarto. A herança de uma vida militar, pensou ela. Quando se virou, viu uma barra de ferro preta na porta do banheiro. Uma barra fixa. Então é assim que ele se mantém em forma.

Seguindo em direção à sala de estar, ela o encontrou apreciando a vista da manhã. Depois de dias de muitas nuvens cinzentas, o horizonte formava uma luz azul-clara e o sol começava a cobrir a cidade.

– O chuveiro está livre.

Smith não demonstrou surpresa ao ouvir a voz dela, mesmo que ela tivesse se aproximado sem fazer nenhum barulho. Grace estava se acostumando com a sensibilidade misteriosa dele e com o fato dele sempre saber onde ela estava. Agora ele estava olhando para o reflexo dela na porta de vidro.

Como ele não disse nada, ela limpou a garganta.

– É... o chuveiro?

Com o polegar, ela apontou para trás.

Ele não respondeu, só continuou olhando para ela através do vidro.

Grace sentiu a pele arrepiar diante do seu silêncio. Havia algo diferente nele naquela manhã, pensou ela.

Quando ele finalmente se virou, ela ficou chocada com a sua expressão. Havia desejo no rosto dele, na mesma intensidade daquela noite em que o tinha atrapalhado. Grace pensou no corpo dele contra o dela e em como tinha se sentido ao ser tocada por ele. Os olhos de Smith concentraram-se nos lábios dela como se ele estivesse pensando na mesma coisa.

Quando ele atravessou a sala a passos largos, ela se preparou para tocá-lo.

– Não vou demorar – disse ele ao se aproximar.

A decepção foi enorme. Ela tinha certeza de que ele a tomaria em seus braços. Tentou esconder a frustração ao sorrir calmamente.

Foi então que ele parou no meio do caminho e abaixou a cabeça em direção ao ouvido dela.

– Feliz aniversário, Grace.

A respiração dele roçou o pescoço dela e Grace sentiu o dedo dele acariciando o seu rosto.

Uma espécie de corrente elétrica sacudiu o corpo dela provocando uma respiração entrecortada.

No entanto, para a sua frustração, ele continuou caminhando pelo corredor.

Sentindo como se tivesse sido apunhalada pelas costas, Grace sentou-se em uma cadeira, perguntando o que diabos ele queria com aquilo, e por que ele não fazia o que os seus olhos lhe prometiam.

Ela fechou uma carranca. Como ele sabia que era seu aniversário?

Seus olhos inquietos vasculhavam ao redor da sala enquanto ela tentava processar aquela confusão. Então ela viu seu diário. Aberto, em cima do sofá.

Ah, meu Deus.

Ela se aproximou e olhou para a página que ele devia ter lido.

Sim. O pequeno desejo de aniversário dela.

Grace fez uma careta, sentindo-se como uma idiota.

Voltar no tempo, pensou, e fechar o diário. Era o que ela precisava. Assim, poderia voltar às três horas da manhã e lembrar-se de levar a maldita coisa de volta para o quarto com ela.

Uma volta no tempo e meia pitada de bom senso.

Capítulo 12

No chuveiro, Smith deixou a água escorrer pela cabeça e pelos ombros. Estava quente o bastante para queimar a sua pele, mas ele precisava de uma distração e a dor física sempre era uma boa opção.

Na noite anterior, Smith estava deitado na cama no escuro, olhando para o teto, quando ela saiu do quarto. Ao voltar para o corredor, ela fizera uma pausa em frente à porta do quarto dele, e isso tinha sido uma tentação a qual ele quase não resistiu. Smith ainda podia sentir o lençol da cama que ele tinha enrolado no punho no momento em que a deixou voltar para o quarto sozinha.

Assim que ela entrou, foi a vez dele de vaguear pela cobertura. Enquanto passava de um quarto para outro, Smith pensou no fato de que os dois estavam com insônia e nervosos, embora não fosse necessariamente pelo mesmo motivo. A hesitação de Grace diante da porta do quarto dele poderia ter sido só medo, mas ele queria acreditar que havia outro motivo. Queria acreditar que ela não estava conseguindo dormir porque estava tão frustrada sexualmente quanto ele.

Foi então que ele passou pelo sofá e encontrou um livro pequeno sobre a almofada. Ele inclinou o corpo, olhou para a caligrafia bonita e elegante e sorriu quando acabou de ler.

Ele adoraria ser o maldito presente de aniversário dela.

Smith deixou a água do chuveiro um pouco mais quente.

Deus do céu!, pensou ele. Ele a desejava. E, apesar de ter recuado antes, era óbvio que ela também o desejava. O que haveria de tão errado se eles se rendessem ao desejo que sentiam um pelo outro? Apenas uma vez?

Ok, isso violaria todo o padrão profissional que ele tinha estabelecido para si mesmo. Mas estava extremamente cansado da frustração que sentia e contra a qual tinha de lutar dia e noite.

Smith apoiou os braços contra a parede de mármore e inclinou-se, sentindo os músculos das costas alongarem e a água atingir a sua nuca.

Ele apreciava divisões claras. Seguras e perigosas. Inteligentes e estúpidas. Sempre acreditou que a vida era muito simples, desde que você cuidasse das coisas e fizesse as escolhas certas. Para ele, o certo e o errado não eram difíceis de discernir.

Por exemplo, dormir com uma cliente era ao mesmo tempo perigoso e estúpido.

Smith virou-se e deixou os jatos d'água caírem sobre as suas costas. Ele remexeu os ombros, tentando aliviar a tensão, mesmo sabendo que não funcionaria. Nada o fazia relaxar ultimamente. Sentia uma pressão que se alastrava pelo seu corpo e suspeitava que só uma noite na cama com Grace poderia aliviar essa tensão.

Ou talvez uma semana.

Pelo menos teria certeza de que ela estava a salvo do assassino, raciocinou.

Ao sair do chuveiro, o estrategista que havia dentro dele despertou. O que ele precisava fazer era analisar a situação friamente. Rever os ativos e passivos. Estabelecer um plano para o conflito.

Afinal, ele tinha sido um soldado Ranger, pelo amor de Deus! Foi treinado para usar a lógica nas situações em que não saía vitorioso.

Desligou a torneira e saiu do chuveiro. Pegou uma toalha e começou a se secar.

Ela o desejava. Ele sentia o mesmo por ela. Esses eram os ativos.

Tudo bem, talvez ativos não fosse a palavra certa. Mas era a realidade.

Passou para o ponto passivo. E a lista era muito mais longa.

Em primeiro lugar, havia um relacionamento profissional em questão. Acordar ao lado de uma cliente certamente nunca foi um objetivo da carreira dele. Smith sabia muito bem que o sexo sempre carregava consigo o risco de envolvimento emocional por parte da mulher, mas isso era particularmente verdadeiro quando se tratava de alguém cuja segurança era responsabilidade dele. Não que ele fosse um bom partido, mas as pessoas que estão em uma situação de vulnerabilidade podem se apegar facilmente ao seu protetor, e sexo só incentivaria esse tipo de vínculo inapropriado.

E também havia a maneira como ele levava sua vida pessoal. Depois que dormia com alguém, simplesmente sumia. Não havia nenhuma demonstração de carinho, nem de afeto e tampouco sussurros românticos no escuro. Geralmente, ele partia rápido porque tinha de embarcar em um avião, mas nas raras ocasiões em que não precisava ir embora com tanta pressa, preferia ficar bem longe das mulheres com quem mantinha relação para não se sentir preso. As consequências emocionais do sexo sempre simbolizaram algo forçado para ele. Smith simplesmente não tinha nada para dizer às mulheres.

Além de adeus.

Grace podia ser uma mulher extremamente sofisticada, mas estava claro que ela não estava brincando. Smith suspeitava que ela só se entregava a um homem com quem tivesse algum tipo de vínculo emocional e teria sido esse o motivo pelo qual ela o tinha recuado naquela noite. Quando tentou explicar, não quis ouvi-la. Ele sabia muito bem que confidências alimentavam a intimidade, e isso era algo que não queria fazer.

Com nenhuma mulher.

Smith deixou escapar um murmúrio.

Falar sobre um território novo e desconhecido. Ele nunca tinha pensado nas implicações do ato de dormir com uma mulher. Antes, era um exercício binário. Quando desejava uma mulher, ele a tinha.

E então seguia.

Smith amarrou a tolha na cintura e limpou o vapor do espelho com o antebraço.

Olhou para si mesmo com um olhar duro e inflexível.

E aí, qual é a resposta?

Tinha plena convicção de que poderia dormir com ela sem sentir nenhum comprometimento emocional. Principalmente porque ele era incapaz de forjar relações íntimas. O estilo de vida que escolhera o levou para diferentes partes do mundo num passe de mágica, para lugares que ele não poderia revelar. E o deslocamento constante não era um problema – sua linha de trabalho certamente era. Smith não queria voltar para alguém que ficaria um mês sem receber notícias dele, perguntando-se o tempo todo quando e se ele voltaria para casa.

Seria muita pressão.

Quando estava trabalhando, ele precisava pensar na segurança dos seus clientes e na sua própria segurança. Não havia espaço para se preocupar com uma mulher que poderia estar se lamentando por ele. Este era o motivo pelo qual, com trinta e oito anos, ele nunca havia se casado e nunca tinha passado mais que algumas noites com a mesma mulher.

Smith era sozinho no mundo, contava apenas com os seus homens da Black Watch e gostava das coisas dessa forma. Nunca sentia o efeito da solidão porque nunca parava no mesmo lugar. E, como ele não tinha família, não havia sentimento de culpa nos malditos feriados que apareciam de quinze em quinze minutos. Era um homem livre.

Mas e os sentimentos de Grace?

Se eles fariam amor, ela tinha o direito de saber o que esperar dele: nada, exceto um sexo excelente.

Smith vestiu-se com a eficiência que havia adquirido no Exército. Para se barbear, ele levava dez minutos a contar do momento em que pegava o frasco do creme até colocar a lâmina em cima da pia. Seu cabelo estava tão curto que ele nem sequer precisava penteá-lo.

Estava prestes a sair quando avistou o vulto da camisola de seda na cor lavanda pendurado na porta. Imaginou Grace vestindo a peça e ele despindo-a, retirando o material delicado de sua pele.

E se ele se envolvesse emocionalmente?, perguntou-se com indiferença.

Não acreditava que houvesse a menor possibilidade, mas não poderia ignorar o risco. E se ele fizesse amor com Grace e começasse a se preocupar com ela? Ele já tinha aprendido a respeitá-la. E a achava atraente em muitos aspectos.

Deus! Pela primeira vez na vida, ele estava de fato pensando em como o sexo poderia afetar a relação entre ele e uma mulher. E isso mostrava o quanto as coisas estavam diferentes.

Então, o que tudo isso significava para ele? Embora fosse melhor que ela não se envolvesse emocionalmente, era extremamente importante que ele não se apegasse. Nenhum dos dois poderia deixar de observar o descumprimento do seu objetivo e, com o coração envolvido, a mente poderia enfraquecer. Médicos não tratam pacientes da família exatamente pelo mesmo motivo.

Separar as coisas. Tinha de ser essa a resposta, pensou ele, passando os dedos sobre a camisola.

Felizmente essa era uma técnica que ele dominava. Sua capacidade de segmentar os pensamentos e as emoções assegurava que ele poderia adentrar em diferentes situações com a mente clara e com o corpo calmo e permanecer desse jeito mesmo depois que balas começassem a voar pelos ares. Tudo o que ele tinha de fazer era fechar os compartimentos de si mesmo e reprimir seus sentimentos.

Era uma questão de determinação.

Disse para si mesmo que não havia motivo para não conseguir se distanciar de Grace emocionalmente. Na hipótese improvável dele sentir alguma coisa por ela.

Smith agarrou a seda com firmeza.

Ele desejava Grace, mas não estava preparado para mentir com o intuito de levá-la para a cama. Deixaria a escolha a cargo dela. Seria sincero em relação ao que poderia oferecer – que não era nada além do contato físico –, e ela teria de escolher por eles.

Afinal, ela era uma mulher adulta. Ele tinha passado tempo suficiente com ela para saber que Grace era inteligente e honesta consigo mesma. Se havia alguém com a capacidade de tomar uma decisão consciente, essa pessoa seria Grace.

Ao abrir a porta, Smith sorriu.

– Smith?

Ele virou-se em direção a ela.

Grace estava de pé na entrada do closet, com o corpete de seda parcialmente escondido no cós da saia preta que ela usava. Era óbvio que Grace estava esperando por ele.

– Sobre o que você leu... lá no diário... – ela esforçou-se para manter os olhos sobre os dele, mas desviou o olhar ao sentir as bochechas coradas.

– Eu não sabia que era o seu diário. Quando descobri já era tarde demais – disse ele, sem conseguir esconder o sorriso.

– Sim, bem, é...

Smith aproximou-se e parou apenas quando pôde enxergar o reflexo amarelo da luz nos olhos verdes dela.

– Gostei da ideia do presente de aniversário – admitiu ele. O volume de sua voz estava mais baixo que o habitual.

Ela arregalou os olhos.

Smith inclinou a cabeça para poder falar ao ouvido de Grace.

– Mesmo sabendo que não deveria, eu quero que você me deseje.

Ele ergueu a mão e colocou a ponta do polegar sobre a garganta dela. A frequência cardíaca de Grace estava tão rápida que as batidas se sobrepunham umas às outras.

– Acho que eu estava errado em relação a nós – disse ele, movimentando os dedos em direção ao ombro dela. A pele de Grace estava quente e macia.

– Em relação a quê?

Os olhos de Grace cintilavam enquanto ela olhava para Smith, cheia de medo e expectativa.

– Me diga – sussurrou ele –, o que você quer de mim?

Grace soltou o ar pela boca numa expiração curta.

Smith colocou o cabelo dela para o lado e, devagar, mordeu o lóbulo de sua orelha.

– O que você quer?

Grace levou a mão até os ombros e o empurrou.

– John... – murmurou.

Ela pigarreou. Ao observá-la tentando dominar o fogo que havia em seu sangue, Smith pôde sentir que ela estava disposta a ser forte. E ele a respeitava por isso. Quando, por fim, ela disse algo, sua voz soou clara:

– Por que não me explica o que *você* quer dizer?

Smith deu um passo para trás e enfiou as mãos nos bolsos.

– Não acho que exista algum impedimento para nós... – ele ia dizer "fazermos sexo", mas pareceu direto demais. – Sermos amantes.

E que tal agora mesmo?, pensou ele. Vamos tirar a roupa. Mergulhar um no outro.

Grace levou a mão à garganta.

– O que fez você mudar de ideia?

Que maldita pergunta!, pensou Smith, sabendo que ela merecia uma resposta sincera.

– Porque desejo você como nunca desejei outra mulher – respondeu ele de maneira direta.

Antes que Grace pudesse responder, ele continuou, lembrando a si mesmo das outras coisas que precisava dizer a ela.

– Olhe, eu posso te dar prazer. Mas você precisa saber que quando o meu trabalho como segurança terminar, vou sumir da sua vida. Nada de ficar e sem final feliz – ele a fitou esperando que ela o levasse a sério e que ainda aceitasse ir para a cama com ele. – Até que isso aconteça, posso prometer que ninguém fará amor com você como eu.

Smith sentiu o desejo vibrando em sua própria voz.

– Pense nisso – disse ele, antes de se afastar. – E depois me fale qual é a sua decisão.

Grace o observou ir embora.

Ele não poderia tê-la surpreendido mais, mesmo que dissesse a ela que era o Super-Homem.

Ela presumiu que ele tinha esquecido o que havia acontecido no quarto dela naquela noite e que ele tinha tocado o cabelo dela com a mesma indiferença com que tratava a maioria das coisas. Mas era óbvio que ele não tinha feito isso.

A ideia de que ele a desejava era profundamente satisfatória. O que ele estava propondo não era tanto assim.

Será que ela conseguiria ter apenas um caso? Uma relação curta baseada no contato físico e nada mais?

Lembrou-se da voz dele penetrando o seu ouvido e pensou que sim, com certeza conseguiria.

Grace voltou para o closet, sentou-se à penteadeira e começou a pentear os cabelos.

Se fosse verdadeira consigo mesma, sabia que o contato com ele não seria apenas físico por parte dela. Sentia-se atraída por ele, mas também já estava envolvida emocionalmente.

Sem final feliz.

Deixou a escova de lado, enrolou o cabelo e fez o penteado de um coque.

Antes de se casar com Ranulf, ela acreditava em finais felizes. Ou, pelo menos, em um estilo-de-vida-consideravelmente-feliz-para-sempre. Agora, não acreditava mais.

A questão, ao que parecia, era se ela poderia ficar com Smith e, ao mesmo tempo, manter a cabeça no lugar. Ela teria que ter a capacidade de resistir não procurá-lo e não alimentar esperança de um futuro que ele havia deixado bem claro que nunca iria acontecer. Porque ela sabia muito bem que ele mudaria de ideia se ela estivesse apaixonada por ele. Se ele disse que iria embora para nunca mais vê-la, assim o faria. Grace não duvidou disso nem um só minuto.

Ela analisou o coque a partir de um ângulo diferente no espelho e colocou mais um grampo na parte de trás.

Se ela se machucasse, seria por sua própria culpa. Pensou nos beijos dele e quis lhe dar uma resposta de imediato. Ficou tentada a dizer sim e cair em seus braços naquele mesmo momento, ainda que tivesse de enfrentar as consequências mais tarde.

Mas aquele tipo de decisão impulsiva tinha sido a raiz dos seus problemas com Ranulf. Ele havia a pedido em casamento e ela aceitara, deixando de lado as dúvidas em relação a ele. Se ela tivesse parado para refletir um pouco, teria seguido a sua voz interior, que lhe dizia que os dois não combinavam.

Dessa vez, ela seria cautelosa ao tomar uma decisão. Mesmo considerando o quanto ela desejava ficar com John.

A partir de agora, ela faria a escolha com mais cautela.

No final do dia de trabalho, Grace olhou para a pilha de papéis sobre a sua mesa e sentiu como se estivesse diante de uma montanha. A pilha havia crescido, apesar dela ter delegado muitas coisas, jogado outras tantas fora ou ter pedido para Kat arquivar alguns dos documentos. Estava cansada e sem foco e a última coisa que queria fazer era ir para o Plaza para a festa que Bo estava preparando para ela.

– Não consigo... – murmurou.

Smith olhou para ela da mesa de reuniões.

– Não posso sair hoje à noite – disse ela em voz mais alta. – Sinto muito.

Ele deu de ombros.

– Por que você está pedindo desculpas para mim? Não estamos indo para um encontro romântico.

Embora tenha sido pragmático e direto, Smith estava certo. Os dois não estavam saindo juntos, como um casal. Eram apenas duas pessoas que estavam indo para o mesmo lugar.

E ela tinha mesmo pensado que seria capaz de fazer amor com ele e não se sentir envolvida emocionalmente?

Durante todo o dia, a resposta dela em relação à proposta tinha sido *sim, sem dúvida*. Sim e *agora*. Mas talvez ela tivesse enganando a si mesma.

Grace pegou o telefone, ligou para o Plaza e pediu para falar com a senadora Barbara Ann Bradford. Logo que Bo atendeu, Grace disse:

– Desculpe, aconteceu uma... – Bo riu e seu sotaque sulista e suave não abriu espaço para argumentação. – Nem tente fazer isso comigo. Estou na cidade há 48 horas para a sua festa de aniversário. Você vai vir para este jantar, vai se divertir muito e nós vamos fazer uma farra para comemorar os seus trinta anos.

– Estou exausta.

– Todo mundo que vem hoje à noite é amigo meu. Pessoas muito legais. Se você cair no sono durante o jantar, vamos te jogar num sofá. Você vai continuar elegante como sempre, só vai estar um pouco mais quieta.

– Talvez a gente deva se encontrar amanhã só para...

A voz de Bo ficou ainda mais gentil.

– Woody, você precisa da gente agora. Foi por isso que te enviei o presente.

Grace girou a cadeira que fora do pai e ficou de frente para a janela, desejando ficar sozinha. Ela não queria chorar na frente de Smith e sentia que as lágrimas poderiam surgir a qualquer momento.

– Ah, Bo, não sei o que dizer.

O presente era uma lembrança e uma relíquia da infância que tinham passado juntas – uma pequena porção de fios de cabelo trançados, loiros e ruivos. As duas haviam cortado o cabelo uma da outra e feito a trança quando tinham doze anos, durante o acampamento nas férias de verão.

Assim que Grace viu o fecho da caixa de porcelana, lembrou exatamente de onde estavam sentadas quando colocaram a tesoura para funcionar. Era uma doca, às margens do lago de Sagamore. O sol estava se pondo, o céu estava bem azul e a brisa tranquila. Era quase final do verão, ela se recordou, e a temperatura quente era bem-vinda porque os biquínis delas estavam úmidos. Ela ainda podia ouvir o barulho da água que corria debaixo da toalha e da estrutura de onde estavam sentadas.

Com um bom corte e algumas porções de cabelo, elas tinham se transformado, ansiosas para se tornarem logo adultas. Enquanto as mechas de cabelo caíam sobre a madeira descolorida da doca, elas estavam convencidas de que, com o cabelo mais curto, pareceriam pessoas mais velhas. Ficariam mais próximas do grandioso futuro que as esperava.

Com o cabelo mais curto, as coisas, de certo modo, seriam mais fáceis.

Quando terminaram, pegaram alguns dos fios e fizeram duas tranças, uma para cada. Jogaram o resto dos fios na água, que flutuou na superfície como uma teia de aranha, e depois sumiu. As duas riram ao se darem conta do quanto era bom se sentir livre do peso que carregavam nos ombros.

Em algum momento da vida adulta, Grace perdeu a sua trança, e a dor que ela sentia com essa perda teria a surpreendido da mesma forma se fosse mais nova. Como cresceu e atingiu a maturidade que tanto ansiava, foi uma surpresa para ela querer voltar para aquela vida mais simples, para aquele momento na beira do lago em que estava na companhia da amiga. Para aquele dia de verão que ela acreditava que duraria para sempre.

– Bo, como é que você sabe o quanto isso significa para mim?

– Porque eu estava com você e estou com você agora. Algum dia, quando eu estiver sofrendo, você pode enviá-la de volta para mim.

Grace sentiu lágrimas no canto dos olhos, e Bo sorriu.

– Pense nisso como uma sobremesa emocional. Vamos enviá-la uma a outra sempre que necessário.

– Não sei como te agradecer.

– Mas eu sei. Basta dizer que você e Ranulf estão vindo para o jantar.

Grace hesitou, mas foi vencida pela necessidade de reencontrar a amiga.

– Ranulf está... ocupado. Mas acho que vou levar outra pessoa.

– Ótimo. Quem é ela?

– É ele, na verdade. É... um amigo.

– Sério? Ele é solteiro?

– É... sim. Acho que sim.

– Você acha que ele se interessaria por uma mãe solteira e esgotada de trinta e oito anos? – Bo sorriu. – Veja que já tenho um anúncio pessoal para divulgar e quem sabe obter alguns resultados.

Grace não sabia bem ao certo como reagir à sugestão inocente da amiga. A ideia de John com outra mulher a fez se sentir enjoada.

Quando desligou o telefone, olhou para Smith e se perguntou se alguma vez ele teve uma mulher importante em sua vida. Grace não conseguia vê-lo casado, mas aquilo não significava que ele estava sozinho.

Isso deveria ser algo para analisar antes que ela tomasse a decisão final, ela pensou com certa preocupação.

– E então, devo vestir smoking? – o olhar penetrante de Smith lhe dizia que ele não deixou passar despercebida nenhuma das emoções que ela estava sentindo.

Ela assentiu lentamente.

– Bo não é uma dama de se jogar fora.

– Obviamente.

Eram quase seis e meia da noite quando Grace saiu do quarto.

Smith estava de pé na sala de estar vestido com seu smoking, segurando o paletó sobre o braço. Grace diminuiu o passo ao se aproximar dele, observando que a camisa branca fazia o cabelo dele parecer mais escuro.

Tudo desvaneceu quando ela percebeu que ele estava olhando para os seus lábios.

– Que vestido lindo – disse ele, com a voz baixa e com um tom de masculinidade.

Ela olhou para o vestido de chiffon na cor verde-limão. Era um tomara-que-caia longo e simples.

– Obrigada.

Ele se aproximou dela.

– O colar também.

Smith esticou o braço e tocou uma das pedras do diamante canário. Haviam seis pedras, cravejadas com grupos de diamantes brancos.

– Era da minha avó – Grace ficou sem ar quando a ponta dos dedos dele encostou em sua pele. Ela agarrou a bolsa com força.

Ele desceu a mão lentamente pelo braço dela. Grace observou que ele tinha deixado as emoções fervilhantes de lado.

– Podemos ir? – perguntou ele de repente.

Grace assentiu. Enquanto eles desciam pelo elevador, pensou que havia grande possibilidade dela se machucar ao se envolver com ele.

Eddie os levou até o Plaza. Ao pararem em frente ao hotel, o motorista desejou:

– Espero que vocês tenham uma noite esplendorosa!

Smith fulminou o homem com os olhos enquanto o porteiro se aproximou para atendê-los e para esfriar o clima tenso.

– Esta palavra é chique.

– Sim, não é? Estou gostando dos adjetivos. Você precisa trabalhar o seu vocabulário, é como um músculo. Humm... A propósito, feliz aniversário, Grace! – Eddie entregou a ela um presente pequeno, cuidadosamente embrulhado. – Sei que este não é o melhor momento, mas acho que... Ah! Resolvi te dar o presente agora.

– Nossa, Eddie! Muito obrigada!

– Não precisa abrir agora.

– Claro que precisa! Foi muito gentil de sua parte – Grace arrancou o papel do embrulho. – Ora, é uma... clava.

Ela sorriu para ele.

– Sei que é ilegal em Nova York, mas você deveria andar com uma dessas o tempo todo. Sabe como usar? Basta deslizar seu dedo aqui e apontar na direção do rosto da pessoa – Eddie mostrou-lhe o mecanismo de descarga e só ficou satisfeito quando ela praticou duas vezes. – Coloque na bolsa. E leve para todos os lugares que você for, ok?

– Ok, Eddie. Vou fazer isso – Grace colocou o objeto dentro da pequena bolsa de seda, depois inclinou o corpo e deu um beijo na bochecha do motorista. – Obrigada mais uma vez.

Eddie continuou sorrindo enquanto se afastava com o carro.

– Foi muito gentil da parte dele – disse Grace enquanto acenava para Eddie.

– É, foi. Ele gosta de você. Assim como a maioria das pessoas.

Grace olhou para Smith, mas ele estava analisando meticulosamente o estacionamento, a rua e os pedestres em frente ao hotel.

– Você parece surpreso – disse ela em voz baixa.

Smith repousou os olhos sobre o rosto dela.

– Tem muita coisa em você que me surpreende. Vamos.

Grace sentiu vontade de insistir e de pedir mais detalhes, mas levantou a bainha do vestido e subiu as escadas revestidas por um carpete vermelho. Quando passaram pela Palm Court, Grace parou para falar com algumas pessoas e depois os dois seguiram em direção aos elevadores.

Ao chegarem à suíte, Grace bateu na porta e sua amiga abriu imediatamente, envolvendo-a num abraço.

– Você veio! – exclamou Bo.

Grace retribuiu o abraço.

– Estou tão contente em te ver aqui na linha Mason-Dixon[12].

– Estou sofrendo um pouco com a altitude, mas fora isso está tudo bem.

Grace virou-se para apresentar Smith.

– Este é John... Smith. Meu amigo.

A senadora ofereceu um sorriso acolhedor e, enquanto os dois se cumprimentavam com um aperto de mãos, Grace perguntou-se o que Smith tinha achado de Bo. Ela era uma mulher alta, bonita, de cabelos ruivos, olhos castanhos e um sorriso contagiante. O terno vermelho-escuro que ela estava vestindo reforçava seu look dramático e estava adaptado para atender às suas curvas. De pé ao lado dela, Grace se sentiu sem forças, uma versão abatida do ar feminino que Bo exalava, que tinha a essência de um perfume exótico.

Quando se sentaram em uma sala elegantemente decorada, uma multidão de vinte pessoas emitiu um coro de saudações. Um copo de vinho foi posto na mão de Grace e ela tentou relaxar e se divertir quando Carter e Nick se aproximaram. Ficou muito feliz ao revê-los.

---

12 Para resolver uma disputa de terras entre Thomas Penn e Frederick Calvert, proprietários de áreas onde hoje se situam os Estados da Pensilvânia e Maryland – a Sociedade Real – enviaram à América o astrônomo Charles Mason e seu assistente, Jeremiah Dixon, em 1763. A dupla foi responsável por traçar a divisão das áreas coloniais em questão, chamada linha Mason-Dixon. (N.T.)

Durante todo o coquetel, Grace não perdeu Smith de vista. Ele permanecia bem próximo ao grupo de pessoas e parecia confortável diante delas.

Grace estava olhando para ele, pensando que ele se encaixava muito bem nos eventos sociais, quando seus olhares se cruzaram. Ele ergueu a sobrancelha e assentiu, balançando a cabeça.

E foi aí que ela se deu conta de que já era tarde demais.

Ao vê-lo do outro lado da sala, com a luz recaindo sobre os traços rígidos de seu rosto, ela se deu conta de que estava se apaixonando por ele.

Isso, mais do que o próprio desejo, era o motivo pelo qual ela decidiu ir para a cama com ele.

Grace desviou o olhar rapidamente, para o caso dele conseguir ler seus pensamentos. Aturdida, ela deixou o pequeno grupo de pessoas com quem conversava sob o pretexto de que ia retocar o batom.

Enquanto sua mente revirava os porquês e as circunstâncias, ela sabia que uma busca desenfreada seria apenas ginástica mental. Não importava saber quando tudo aquilo tinha começado, e saber o porquê não era a resposta de que ela precisava. A verdade estava em seu coração, não na sua mente.

Grave estava em um dos quartos, inclinando-se diante do espelho e segurando o delineador para lábios quando Mimi Lauer apareceu na porta.

– Desculpe, estou atrasada – disse a mulher, com um sorriso no rosto.

Grace congelou quando seus olhares se cruzaram no espelho. Ela pensou em Cuppie e Suzanna antes de se virar e abraçar a amiga. Mimi também estava naquele artigo.

– Mimi, estou muito feliz por você ter vindo! Achei que não nos veríamos, já que amanhã é o seu grande dia.

Grace não conhecia os Lauer há muito tempo, mas gostou dos dois desde o primeiro momento. Eles tinham se mudado da Costa Leste havia quatro anos porque o filho do casal sofria de um caso grave de artrite juvenil, e as opções de tratamento eram melhores em Nova York. A personalidade acolhedora de Mimi e o seu talento para o entretenimento ajudaram-na a se adaptar na nova cidade, e ela rapidamente subiu a escada social. Ela era a presidente de um evento anual de ballet há dois anos consecutivos.

Depois que se abraçaram, Mimi disse:

– A apresentação de amanhã vai ser esplêndida. As bailarinas vão fazer uma série das danças favoritas de Balanchine... Serão pequenas demonstrações de alguns dos melhores passos dele...

Grace franziu a testa.

– Sinto muito por não poder participar este ano.

Ela e Smith tinham conversado a respeito do comparecimento dela no evento. Smith considerou que não seria uma boa ideia permanecer em grandes aglomerações, sugerindo que ela as evitasse sempre que possível. Grace aceitou o conselho.

– Por favor, não se preocupe. Claro que sentiremos a sua falta, mas posso entender a pressão que você está sofrendo.

Mimi estreitou o olhar, como se estivesse tentando trazer à tona o assunto que estava rondando o pensamento de Grace. O assassino. As amigas que elas perderam.

Houve uma pausa desconfortante.

– E então, como você está? – perguntou Grace. – Imagino que tenha pensado nos mínimos detalhes.

Mimi balançou a cabeça.

– Pelo contrário. Está tudo uma bagunça.

– Meu Deus, por quê?

– Fredrique se transformou em um problema – aversão cintilou no olhar da mulher. – Está tudo muito ruim, estou pensando em dispensá-lo mesmo faltando menos de vinte e quatro horas para o evento. Ele queria colocar um tubarão em um aquário na festa. Um tubarão! O que um tubarão tem a ver com ballet?

Grace sorriu e colocou o batom de volta na bolsa.

– Sem dúvida ele quer fazer uma apresentação aquática em grande estilo.

– Bem, que ele faça isso em outro lugar. Talvez Long John Silver esteja procurando por um organizador de festas – Mimi respondeu enfaticamente. – Mudando de assunto, o que está acontecendo entre você e Lamont?

– Por que a pergunta?

– Ele me ligou hoje e disse que está tentando fazer uma mudança profissional.

Grace pressionou os lábios.

– Isso não me surpreende. Nós nunca nos entendemos e sei que ele tem abordado muitas pessoas...

– Bem, eu disse a ele que a princípio não tínhamos nada para oferecer, mas acho que ele entendeu o verdadeiro motivo. Você tem me apoiado muito. Nem eu, nem o ballet jamais tiraríamos de você um profissional que é uma peça-chave...

– Para ser sincera, eu não me importaria se ele saísse.

Mimi sorriu.

– Nesse caso, nós não nos interessaríamos por ele. Se não consegue se entender com você, ele deve ser uma pessoa impossível.

– Este é um voto de confiança – Grace agradeceu à amiga com um sorriso.

Houve uma pausa enquanto Mimi ficou cabisbaixa.

– Grace... Posso te perguntar uma coisa? – sussurrou.

– Claro.

– O que você está fazendo para se manter... segura?

Grace sentiu o peito apertar quando a amiga elevou o olhar em sua direção. Havia muito medo em seus olhos, o mesmo que Grace sentia toda vez que ela pensava no que aconteceu com as suas amigas.

– Contratei um guarda-costas – Grace segurou a mão da amiga. – E você, está se protegendo?

– Tenho um detetive me acompanhando, e Marks tem me dado muito apoio, mas não sei. Ted e eu estamos pensando em voltar para São Francisco por um tempo até tudo isso passar, a menos que realmente não possamos mudar... Nosso filho precisa ficar com os fisioterapeutas... – Mimi fez uma pausa.

– Você sabe se a Suzanna estava contando com a ajuda de alguém?

– Marks tem sido muito evasivo em relação aos detalhes. Tenho me perguntado se este assassino está seguindo a sequência do artigo.

– Então você tem sorte, porque é a última a aparecer.

– Então Isadora é a próxima.

Bo apareceu na porta.

– Estou interrompendo alguma coisa?

Grace sorriu forçosamente.

– Nem um pouco.

Mimi também lançou um sorriso estranho.

– Não quero monopolizar a convidada de honra. Melhor eu ir cumprimentar o resto do pessoal.

– Eu te ligo – disse Grace. – Vamos marcar um almoço e você aproveita para me contar sobre o sucesso que vai ser a noite de amanhã.

– Vou adorar. Mesmo.

As duas trocaram um olhar expressivo enquanto Mimi saía. Grace tinha comparecido à festa pela insistência de Bo e as duas sabiam disso.

– Então, tenho de perguntar – disse Bo com um sorriso sombrio. – O que Ranulf acha de você andar pendurada no braço de um homem lindo como esse que está lá fora?

– John é só um conhecido da área profissional.

– Negócios? Sério? Para mim, ele parece mais com um militar. Ele tem o mesmo olhar rápido e os braços largos que meu pai tinha. E meu pai, como você sabe, era general.

Grace tentou disfarçar um sorriso espontâneo e dizer algo que não fosse uma mentira. Antes que pudesse responder, no entanto, as duas foram interrompidas por um dos garçons avisando que o jantar estava pronto.

Bo sorriu.

– Bem, espero que você não se importe, coloquei ele sentado bem ao meu lado. Parece justo, já que faz muito tempo que não fico perto de um homem desses. Geralmente eles são fracos no corpo e na cabeça.

Grace lançou um sorriso amarelo e Bo fechou uma carranca.

– O que há de errado?

– Vou te contar tudo depois – o rosto da amiga estava coberto por uma expressão obstinada, e Grace teve a nítida impressão que, com jantar ou sem jantar, Bo estava preparada para trancá-las no banheiro e só sair de lá quando soubesse de toda a história.

– Não fique me olhando desse jeito como se fosse a minha mãe – rebateu Grace. – Guarde essa preocupação maternal para o seu menino. Temos vinte pessoas lá fora prontas para jantar e até eu estou com muita fome.

Bo lançou-lhe um olhar.

– Vamos terminar essa conversa depois, ouviu?

– Sim, senhora.

As duas voltaram para a festa, Grace aceitou mais uma taça de vinho e ingeriu a bebida logo que chegaram à sala de jantar. Ela estava sentada próxima a Bo e Smith e, quando o jantar chegou, observou os dois. Bo era uma tagarela e, embora Smith não fosse de falar muito, aparentemente estava se divertindo.

Ou pelo menos foi o que Grace julgou. Ver Smith olhando nos olhos da amiga era uma experiência difícil de testemunhar.

O homem que há apenas algumas semanas era um estranho e que tinha flechado o seu coração.

Mas ele só desejava o corpo dela.

Quando Bo deixou cair o guardanapo e Smith inclinou-se para pegá-lo, Grace pediu mais uma dose de vinho.

Capítulo 13

Smith franziu a testa ao ver o garçom servindo mais um pouco de vinho na taça de Grace. Ele nunca a tinha visto beber muito e já era a terceira taça que ingeria. Quando Grace se virou para a direita e sorriu para Nick Farrell, Smith sentiu que a tensão começava a incomodá-la. Ela começou a empurrar a comida do prato e seu sorriso demonstrava a sobrecarga física e mental.

Com certeza, a proposta de irem para cama aumentou a confusão da vida dela, pensou Smith. E ultrapassou todos os padrões profissionais dele.

Em um incrível exercício de alucinação. De alguma forma, ele conseguiu deixar de lado todos os detalhes dos treinamentos que fizera e toda a razão que ele tinha, para chegar à conclusão de que fazer sexo com ela seria aceitável. Tinha de se perguntar por que aquilo fez sentido para ele nas doze horas anteriores. Agora, ao ver a exaustão que mantinha os músculos faciais de Grace tensionados e ao observá-la bebendo, ele estava se sentindo...

Arrependido.

O que para uma pessoa acostumada a correr riscos era tão comum quanto encontrar água no deserto.

– Então, Grace nunca me contou como vocês dois se conheceram – comentou a senadora Bradford. Ela levantou o guardanapo e enxugou os lábios. Seu olhar era muito direto.

Ele deu de ombros.

– Numa festa.

Considerando o olhar seco que recebeu em troca do que disse, a resposta evasiva não satisfez a senadora. Ela estava preparada para continuar. Smith teve a sensação de que as boas maneiras da mulher escondiam um desejo obstinado – o que o fez se lembrar de Grace.

– Você conhece o marido dela?

A menção àquele homem fez Smith sentir vontade de esbravejar porque o lembrou uma vez mais que Grace não apenas era sua cliente como também uma mulher legalmente casada. Normalmente, ele não tinha nenhum receio de se envolver com uma mulher casada, considerando que, se ela queria trair, não era da conta dele. A constatação de que Grace era casada o irritou, mas não porque ele estava preocupado em ferir os preciosos sentimentos do conde.

Ele a queria inteira só para ele.

Ao surpreender-se com a própria reação, Smith disse a si mesmo que deveria ter pensado melhor. Tudo em Grace fugia dos padrões, assim como as reações dele em relação a ela.

– Perguntei se você conhece Ranulf – insistiu a senadora, gentilmente.

– Não, não conheço – respondeu Smith, pousando o garfo e a faca sobre o prato e inclinando o corpo para trás. – E não tenho o menor interesse em conhecê-lo.

A senadora ergueu uma sobrancelha.

– A maioria das pessoas deseja conhecê-lo. Ele é uma figura internacional.

– Com base em quê? Por ter ganhado a loteria hereditária? Isso é sorte, não uma realização.

Bo analisou Smith e disse baixinho:

– Algumas pessoas ainda se perguntam o que ele tem de atraente. Mesmo assim, é uma figura elegante, e só o fato de ter um estilo galante e um título real são suficientes para chamar a atenção. Para ser sincera, fiquei surpresa quando Grace se casou com ele, embora eu entenda que os pais dela tenham ficado muito satisfeitos.

– Sem querer ofender, senadora, mas o casamento dela não é da minha conta. Somos apenas colegas de trabalho.

– Sério? Ela não consegue tirar os olhos de você e você passou a maior parte do tempo retribuindo o gesto. A menos que vocês dois estejam desenvolvendo negócios oculares, posso supor que algo mais profundo está acontecendo.

Ele olhou nos olhos de Bo, que sorria calorosamente. Embora ela estivesse irritando-o com um maldito falatório a respeito de Grace, ele não pôde deixar de simpatizar com a mulher.

– Acho que você está tirando conclusões precipitadas, senadora.

– Venho de uma família de fabricantes de uísque, senhor Smith. Acredite em mim, conheço muito sobre o amor – ela olhou diretamente para Grace, que estava tomando outro gole de sua taça de vinho. – Os assuntos do coração têm mantido os negócios da minha família por gerações. O amor, de certa forma, faz com que as pessoas busquem consolo, e a variedade de bebidas parece funcionar muito bem nesses casos. Acredito que seja por isso que a nossa Grace está se embebedando agora.

– Melhor repensar esse pronome que usou.

– Tudo bem. *Sua* Grace – ela refez a frase com uma piscadela.

Bo tocou a campainha de prata que estava ao seu lado na mesa e os garçons uniformizados se aproximaram. Enquanto os pratos eram retirados, a senadora inclinou-se na direção de Smith e sussurrou:

– Vou te dizer uma coisa. Acho que você é amante dela.

Smith arqueou uma sobrancelha.

– Não, não sou.

Mas desejava ser. Desesperadamente. E, evidentemente, sob o pretexto de fazer o trabalho para o qual ele havia sido contratado. Bo lançou a ele um olhar cúmplice enquanto dobrava o guardanapo e o colocava sobre o colo.

– Bem, vou deixar você guardar os seus segredos, mas só porque a minha mãe me ensinou a ser uma mocinha educada.

Smith sacudiu a cabeça num gesto de ironia.

– E essa educação incluiu de alguma forma exercícios de técnicas de interrogatório?

– Ah, não. Essas lições recebi do meu pai – respondeu ela, com um sorriso cheio de satisfação.

Bo fez um gesto com a cabeça para o garçom, que começou a colocar taças altas e finas diante de cada um dos convidados. As taças tinham aproximadamente 80 centímetros de altura, 25 centímetros de diâmetro e estavam preenchidas por um líquido âmbar.

A senadora esticou o braço e repousou elegantemente a mão no braço de Smith.

– Apenas não a machuque, ok? Ela já sofreu bastante. Embora ela tente manter a pose, por acaso percebi que o conde não é tudo o que aparenta ser. Ele tentou me cantar na noite do jantar de ensaio do casamento deles. Tentei desfazer a imagem que ele tem de si de homem irresistível dando-lhe uma joelhada no meio dos testículos, mas ele é um merda e sempre será. Ela merece algo melhor.

– Por que está me contando tudo isso?

– Porque gosto do jeito que ela olha para você.

Smith sorriu devagar.

– Você é uma grande amiga, não é mesmo?

– Pode apostar que sim.

– Não sabia que os senadores podiam falar palavrões.

– Não deixe aqueles ali saberem. Tenho que mantê-los lá fora enquanto estou por aqui – a mulher se levantou e a mesa ficou em silêncio.

Smith olhou para Grace enquanto a senadora falava.

– E agora, gostaria de propor um brinde. Se todos puderem pegar uma taça do melhor vinho de Bradford, vamos brindar para a nossa querida amiga, Grace. Tudo de melhor para você nesse trigésimo aniversário, querida!

Enquanto um bolo de aniversário repleto de velas era trazido, Smith colocou a taça de volta à mesa sem nem ter experimentado o vinho. Estava pensando no que Bo havia dito sobre o álcool e sobre o amor e sobre o fato das pessoas encontrarem alívio passageiro no fundo de uma garrafa. Smith era tão contido; ele poderia ter tomado uns goles, mas nunca bebia em serviço.

Essa, pelo menos, era uma regra que ele ainda seguia à risca.

Uma hora depois, a festa estava terminando. As pessoas foram se dispersando até que restaram apenas Bo, Grace e Smith no saguão da suíte.

– Obrigada – agradeceu Grace, levando uma das mãos em direção à têmpora. Ela pressionou as pálpebras e olhou para o lustre, como se estivesse incomodada com a luz. – Tudo foi maravilhoso.

– Acho melhor você ir para casa – a senadora sorriu. – Você não deveria ter tomado tanto vinho.

– Não acho que tenha tomado tanto assim.

– Tanto é um termo relativo, querida.

Depois que as amigas se abraçaram e se despediram, Smith estendeu a mão para a senadora.

– Prazer em conhecê-la.

– Digo o mesmo – respondeu ela. – Leve-a a salvo para casa, ok?

Smith assentiu e se deu conta de que ele não era o único que estava protegendo Grace.

Quando saíram do hotel, Grace fez uma pausa e olhou para o céu, envolvendo a echarpe ao redor do corpo. Lá em cima, uma lua nebulosa pairava sobre a cidade, e seu brilho era ofuscado pelas lâmpadas da rua e dos arranha-céus.

– Está quente hoje – disse ela, respirando fundo. – Vamos caminhar um pouco.

Smith se manteve entre a rua e Grace e fez um gesto a Eddie, que estava na Explorer, pedindo para ele esperar.

Caminharam em direção à Fifth Avenue com passos em sincronia na calçada, mantendo o som rítmico e lento dos sapatos sobre o chão. Os táxis passavam com as lanternas vermelhas brilhando e um ou outro pedestre atravessava a rua. Uma brisa suave soprava sobre as suas costas, trazendo o cheiro suave do perfume dela até as narinas dele.

– Sempre gostei da forma como a cidade fica à noite – murmurou Grace, olhando para os edifícios.

De repente, ela prendeu a ponta do salto em uma fenda e caiu para frente.

Smith a agarrou pela cintura e sentiu o corpo dela relaxar sobre o seu. Ela estava com a pele quente e macia, e os dedos dele pressionavam a cintura dela. Ele não queria deixá-la cair, mesmo que envolver o braço ao redor dela não fosse uma atitude muito inteligente. Tudo o que precisavam era de uma fotografia dos dois juntos e haveria ainda mais complicações na vida dela.

– Melhor não ficarmos tão perto um do outro – murmurou ela um instante depois.

Quando afastou o corpo dele, ele a deixou livre.

– Além do que – acrescentou ela em voz alta –, sou uma mulher casada. Uma droga de uma mulher casada.

Smith olhou para ela. Grace estava com uma expressão de raiva.

– Bo não é, você sabe... Casada. É isso.

Smith verificou a rua e a calçada e disse:

– Ela comentou que o marido tinha morrido.

– Há três anos – Grace fez uma pausa. – Parece que vocês dois se entenderam muito bem no jantar. Ela é linda, você não acha?

Smith levantou uma sobrancelha, perguntando-se se ela estava levando a conversa a sério.

– Sim, ela é.

– Me diga, Smith – ela ajeitou a echarpe num movimento brusco –, o que torna uma mulher bonita para você? O que faz Bo ser bonita?

Enquanto passavam por debaixo de uma lâmpada que iluminava a rua, a luz recaía sobre as feições delicadas de Grace. Smith sabia bem qual era a sua definição de beleza. Antes que pudesse pensar numa resposta apropriada, ela o interrompeu:

– Ah, não responda – Grace bateu a mão sobre o ar como se quisesse apagar a pergunta. – Não sei por que perguntei isso. Provavelmente para me torturar.

Grace pareceu surpresa com a própria admissão e disse apressadamente:

– O marido de Bo era um homem maravilhoso e ela o amava muito. Aquele era um casamento de verdade. Pena que tenha terminado tão cedo.

O instinto de Smith chamou-lhe a atenção.

Ele olhou para trás e sentiu, depois viu, um vulto desaparecer na escuridão. De maneira despreocupada, ele abriu um botão do paletó caso precisasse pegar a sua arma.

– Acho que é hora de voltarmos – observou ele, segurando o braço de Grace com firmeza. Ela olhou para ele. Sem querer assustá-la, ele acrescentou: – Está ficando tarde.

– Tem alguém seguindo a gente, não é? – sussurrou ela.

– Talvez.

Smith poderia dizer que Grace estava assustava com toda a tensão que envolvia o seu corpo e com a força que ela agarrou o seu bíceps, mas ela não mostrou nenhum sinal de medo. Apenas continuou caminhando com a cabeça erguida.

Boa menina, pensou ele.

Smith olhou ao redor novamente, procurando uma forma de tirá-la da rua imediatamente. Os dois aproximaram-se de um restaurante bastante animado.

– Vamos entrar aqui – disse ele, puxando-a para dentro do elegante estabelecimento. Logo que entraram, ele pegou o celular e ligou para Eddie.

No meio do emaranhado de pessoas que estavam esperando um lugar, o *maître* veio direto na direção de Grace com um sorriso largo.

– Seja bem-vinda, condessa. Vai nos fazer companhia essa noite?

Enquanto Grace conversava com o homem, Smith permaneceu ao lado dela e procurou por Eddie através das janelas que tinham vista para a rua. Quando a Explorer preta parou na calçada, ele agarrou o braço dela e a levou para fora. Os dois tinham acabado de colocar os pés na calçada quando um homem saltou na frente deles. Smith cobriu Grace com seu corpo enquanto o homem disparou o flash de uma câmera.

Num movimento rápido e antes que a luz desaparecesse, Smith a empurrou para dentro da Explorer, bateu a porta e saiu atrás do paparazzo. Pegou o homem depois de dar três passos e o arrastou para um beco ao lado do restaurante. Quando o cara começou a gritar, Smith agarrou a câmera dele, retirou o filme e o jogou contra a parede.

– Desculpe, o que você estava dizendo? – o segurança pressionou o antebraço contra a garganta do homem e sorriu ironicamente.

– Vou te processar. Este é meu filme...

– Tome, pegue – Smith socou os negativos no bolso do cara.

– Me solta!

– Não até você prometer que vai deixá-la em paz.

– Este país é livre! Você não pode me machucar. Se fizer isso, vou processá-la!

O homem continuou tentando se soltar, com o rosto vermelho de raiva. Smith o mantinha preso com muita facilidade, perguntando-se quanto tempo levaria até que o cara se cansasse.

– Ela é propriedade pública! – zombou o fotógrafo. – Apesar de que quem poderia se interessar em saber com quem uma princesa fria como ela está transando?

Smith parou de sorrir.

– O que você disse?

– Eu disse que...

Smith pressionou o braço com mais força, apertando a garganta do homem a tal ponto que as palavras mal saíam.

– Pensando bem, não acho que seja do seu interesse repetir o que disse. Eu poderia ficar chateado e aí as coisas ficariam feias.

– Ah, é? – pronunciou o homem, mesmo engasgado. – O que você vai fazer?

Smith aproximou o rosto do fotógrafo e o homem ficou completamente imóvel.

– Você não vai querer saber do que sou capaz.

O homem começou a ficar preocupado e moveu os olhos de um lado para o outro do beco, como se estivesse à procura de ajuda. Não havia ninguém por perto.

Smith o manteve preso contra a parede para que o fotógrafo tivesse tempo de sobra para imaginar todos os tipos de ferimentos que ele ganharia. O segurança estava, de certo modo, esperando que o paparazzo dissesse alguma coisa, algo que servisse como desculpa para bater nele. Com força.

Ouvir um discurso imoral sobre Grace realmente o tirou do sério.

– Já está de bom tamanho ou quer mais?

O cara assentiu com pressa e fúria.

– Estou presumindo que você e eu estamos de acordo em relação à condessa. Se eu te ver circulando de novo, vou fazer algo muito pior que rasgar o filme da sua câmera. Entendeu?

Quando Smith soltou o cara, o fotógrafo escorregou pelo muro segurando a garganta. Smith virou-se e começou a se afastar.

– Não tenho medo de você! – gritou o homem quando já havia uma boa distância entre os dois.

Um simples olhar de soslaio fez o cara calar a boca.

Quando Smith entrou na Explorer, Grace olhou para ele em silêncio. Ela parecia em estado de choque e ele não a repudiou por isso.

– Você é muito rápido – murmurou ela, enquanto Eddie deu a partida no carro.

– Quando preciso. Eddie – chamou ele –, vamos dar uma volta antes de parar no prédio. Apenas para o caso do nosso amiguinho do flash ter chamado algum dos colegas dele.

Um dia antes, a pedido de Smith, Eddie tinha examinado a entrada do edifício. Havia uma passagem que começava no porão e levava até o saguão. Ao que tudo indicava, eles teriam de começar a usá-la.

Enquanto o carro ganhava cada vez mais velocidade no trajeto, Smith percebeu que Grace estava olhando para ele.

– O fotógrafo... Você machucou ele? – indagou ela em voz baixa.

– Não.

Houve uma pausa.

– Tem certeza?

Então era este o motivo pelo qual ela estava olhando para ele como se fosse um estranho. Grace nunca tinha visto alguém encurralar uma pessoa num beco e sair sozinho de lá.

– Sim, ele vai ficar bem.

Enquanto ela envolvia os braços ao redor do próprio corpo, Smith ficou satisfeito por ela não saber o que ele queria ter feito com aquele cara.

Dez minutos depois, Eddie parou o carro atrás do edifício e Smith a acompanhou pelos fundos, passando pelo corredor que cheirava a mofo e que levava até o saguão. O porteiro estava meio sonolento em seu posto e Smith deu um tapa no ombro dele.

– Acorda. Não estão pagando você para dormir – repreendeu o homem com um tom áspero.

O porteiro balançou a cabeça, fosse por vergonha ou apenas para acordar. Smith não teve certeza.

Ele apertou o botão do elevador e pediu desculpas para o porteiro.

– Se não consegue ficar acordado, tente trabalhar num outro turno ou em outro emprego.

A voz de Grace soou muito mais delicada ao oferecer ao homem um sorriso suave.

– Tudo bem, sei que o seu bebê recém-nascido deve estar atrapalhando o seu sono.

Os dois conversaram sobre a família até que o elevador chegou.

Enquanto Smith e Grace subiam para a cobertura, ele observou que os olhos dela continuavam assustados, mas não a censurou por estar abalada. Ser atacada por um fotógrafo raivoso e observar o seu guarda-costas maltratar o cara não era divertido para ninguém.

Smith lembrou-se do que tinha acontecido naquele beco.

Ele estava pronto para acabar com o fotógrafo, machucá-lo seriamente. Certificar-se de que a fotografia jamais viria à luz do dia não pareceu o suficiente, considerando que o homem tinha assustado Grace e a insultado depois.

Ao fazer uma retrospectiva, teve uma reação perturbadora. Defender um cliente era uma coisa, vingar a honra de Grace era algo completamente diferente. Lembrou a si mesmo que ela estava lhe pagando para protegê-la, não para ser um assassino selvagem.

Quando entraram na cobertura e ela desligou o alarme, Smith sabia que os dois teriam problemas. Grace estava enxergando tudo muito turvo e a clareza dos pensamentos dele era uma fatalidade que nenhum deles poderia evitar.

Ela merecia tê-lo em sua melhor forma. Ele devia isso a ela.

E não aceitaria oferecer nada menos que ele mesmo.

Grace ouviu o barulho da porta fechando quando chegou à sala de estar.

– Precisa de alguma coisa? – perguntou ele.

Ela virou-se. Smith estava de pé; uma sombra alta e escura iluminada pela luz do corredor, esperando que ela dissesse algo.

Grace não conseguiu se livrar da imagem do fotógrafo e continuou imaginando o final da história de uma maneira diferente e violenta. Quando Smith tinha avançado para protegê-la com o próprio corpo, só Deus sabia se o que estava apontando para ela era uma arma ou uma câmera. Ainda assim, ele estava preparado para enfrentar o que fosse – uma bala, uma faca, um canivete ou o flash de uma câmera.

Grace pensou sobre como o resultado poderia ter sido fatal. E como, naquele momento em que ele se jogou na sua frente, John estava disposto a dar a vida por ela. Sentiu-se grata e com raiva ao mesmo tempo porque, se ele estava disposto a fazer isso por ela, com certeza ele colocava sua vida em risco pelos outros clientes. Será que ele não se importava em colocar a própria vida em risco?

De repente, a visão do futuro pareceu um exercício de otimismo inútil. Ele estava com ela agora. Naquela noite eles estavam juntos.

E ela o desejava.

Que o final feliz fosse para o inferno!

Tomou coragem e com a ajuda dos efeitos nefastos do vinho, Grace se aproximou dele devagar e deixou a echarpe cair dos seus ombros. Na penumbra, ela observou os olhos dele seguindo o movimento da seda deslizando pelos seus braços, passando pela sua cintura e caindo no chão. Quando ele voltou a olhar para o rosto de Grace, seus olhos brilharam.

Grace estendeu a mão e tocou a lapela de cetim do smoking dele, deixando os dedos deslizarem pelo material. Encostou o corpo sobre o dele, de modo que seus seios ficaram pressionados contra o tórax de Smith. Esticou o corpo em direção à orelha dele.

– Faz amor comigo – sussurrou ela no pescoço de Smith.

Ele sentiu um arrepio percorrer seu corpo.

A hesitação que se seguiu não foi nada animadora.

– O que foi? – perguntou ela.

– Isso não está certo – respondeu ele, afastando as mãos dela. – Sinto muito Grace.

Confusa, ela fechou uma carranca, desejando tocá-lo novamente.

– Você me disse que eu podia escolher. E eu escolhi.

– Nunca deveria ter colocado você nessa posição – ele afastou-se totalmente dela.

Grace olhou para Smith sem compreender o que ele estava dizendo.

Enquanto ele a olhava friamente, ela enraiveceu.

– Maldito seja você! – como ele permaneceu em silêncio, ela indagou: – Por que você fez isso comigo? Você só queria me ver implorando?

– Claro que não.

– Então por quê? Se eu soubesse que isso era só uma espécie de jogo...

– Nunca foi um jogo – afirmou ele com firmeza.

A frustração a fez partir para o ataque.

– Bem, nunca te imaginei como um covarde. Se você realmente é o "rei de uma noite só", qual é o problema em fazer um pouco de sexo?

Você já fez isso antes e conseguiu sobreviver à experiência, mantendo intacta a sua fama de pedra.

Tão rápidas quanto um relâmpago, as mãos de Smith agarram o braço de Grace com tanta força que ela sentiu dor.

– Não me provoque. Não estou no clima para isso hoje.

– Então vamos entrar num clima melhor. Me beija – murmurou ela, olhando nos olhos dele.

– Pare com isso.

– Não.

Num impulso e com força, ele prendeu os braços ao redor dela e a empurrou contra a parede.

– Por Deus, é isso que você quer? – perguntou ele pressionando o pênis ereto sobre o corpo dela.

Ela o olhou com ousadia.

– Essa noite? Sim.

Ele fechou os olhos por um momento. Depois os abriu e levou os lábios até os dela. O beijo foi intenso e ela desejava que fosse assim. Smith deixou os braços dela livres, então Grace agarrou o paletó pelos ombros dele e sentiu suas mãos tocarem o corpete do vestido. O movimento que ele fez ao puxar com força o laço delicado de cetim emitiu o ruído de um tecido sendo rasgado. Ele cobriu os seios dela com as palmas das mãos.

A boca dele estava quente e sedenta sobre Grace, e ele empurrava a língua para dentro dela ao mesmo tempo em que pressionava seu corpo. Cravando as unhas nas costas dele, ela soltou um gemido.

Diante do gemido rouco, Smith congelou. Olhando nos olhos dela, ele a empurrou de repente. Passando uma mão sobre o cabelo curto, ele abaixou-se e pegou a echarpe dela.

– Vá para a cama – disse ele, jogando a echarpe em direção a ela.

Grace pegou o pedaço de pano, mas se recusou a cobrir-se, ciente de que estava com os seios descobertos e que ele estava evitando olhar para eles.

– Você me quer.

Smith voltou-se para ela num movimento rápido e jogou as mãos contra a parede na direção da cabeça, fazendo um ruído alto. Ao inclinar-se na direção dela, Grace não sentiu nenhum medo enquanto os olhos dele percorriam seu corpo.

– Sim, eu quero você. Quero tanto que até dói. Satisfeita?

– Nem um pouco – respondeu ela, com palavras pretensiosas e com a voz baixa. Estendeu a mão e acariciou a bochecha dele.

Smith concentrou o olhar nos lábios dela, mas então fechou os olhos e permaneceu assim por um longo tempo.

Ao abrir os olhos e olhar para ela novamente, estava tão frio quanto gelo. Afastou-se dela calmamente.

– O que mudou? – indagou ela num sussurro.

– Você não está pensando direito agora. E hoje de manhã quem não estava era eu.

Ele virou-se e foi para o quarto. Ela ouviu a porta se fechar silenciosamente e percebeu que foi a primeira vez que ele a deixava sozinha do lado de fora.

Em silêncio, a realidade ressurgiu e golpeou Grace tão forte que ela sentiu uma vontade imensa de chorar. Ela abaixou a cabeça em estado de choque e olhou para a camisola rasgada. Com as mãos desajeitadas, puxou o corpete para trás para cobrir os seios e foi para o quarto.

Não teve coragem de olhar para a porta dele enquanto passava pelo corredor.

Na manhã seguinte, o primeiro pensamento de Grace foi de que talvez tudo aquilo tivesse sido um grande pesadelo. Então ela olhou para o lado e viu a camisola rasgada pendurada numa cadeira.

Meu Deus. Ela tinha mesmo tentado seduzi-lo e ele tinha *mesmo* a rejeitado.

Grunhindo, ela entrou no banheiro e pegou duas aspirinas. Depois de tomar banho, vestiu seu roupão grosso e saiu para o corredor.

A porta dele estava entreaberta.

– Smith? – ela o chamou suavemente. Como não houve resposta, entrou no quarto.

Os lençóis da cama estavam parcialmente desfeitos. Se ele não dormiu, pelo menos se sentou ali. Dois travesseiros estavam encostados na parede e um livro aberto estava sobre a cama. A outra cama estava perfeitamente arrumada. A jaqueta de couro e o smoking estavam dobrados sobre o pé da cama.

Estava quase saindo do quarto quando avistou a carteira dele sobre a cômoda antiga. Ao lado, a arma, o coldre e um molho de chaves.

– Procurando algo?

Smith lançou o olhar até o espelho que ficava acima da cômoda. Estava em pé no batente da porta com uma xícara de café na mão.

Ele estava incondicionalmente belo, vestindo apenas uma camiseta branca e calças pretas. Grace ficou com a boca seca quando pensou em beijá-lo, e sentiu vontade de praguejar. Parecia que não haveria fim para a sua imaginação fértil e para a vontade de atirar-se nos braços dele. Depois da noite passada, ela deveria ter aprendido uma ou duas coisas.

– O chuveiro está livre – disse ela.

Ela saiu rapidamente, tentando não olhar para o espaço que ele deixou no meio do caminho ao vê-la passar por ele. Quando foi para o quarto e começou a se vestir, chegou à conclusão de que tinha partido de um extremo para o outro. De uma rainha gélida para uma prostituta.

O que não significava necessariamente uma melhora, concluiu ela com pesar.

Quando Grace e John entraram no escritório na segunda-feira de manhã, Kat olhou por cima da mesa do escritório com um riso forçado.

– Este lugar está pegando fogo hoje. O sr. Lamont já veio aqui duas vezes. Há dez recados para você. Ah, e os fornecedores do bufê ligaram. Disseram que Fredrique apareceu lá para falar sobre o cardápio do baile de gala. Eles pareceram um pouco confusos, mas vão mandar uma prévia do cardápio, de qualquer forma. Acho que tiveram a impressão de que Fredrique não foi contratado neste ano.

– E não foi mesmo – Grace engoliu a irritação.

– Ah, mais uma coisa. O tenente Marks ligou do NYPD[13]. Disse que você sabia qual era o assunto.

O telefone de Smith tocou e ele atendeu imediatamente.

Grace sentiu o estômago revirar.

13 Sigla em inglês do New York City Police Department (Departamento de Polícia da cidade de Nova York). (N.T.)

Quando pisaram dentro do escritório dela e fecharam as portas, ela o ouviu dizer:

– Sim, estou com ela agora.

Enquanto se sentava, Grace observou Smith com ansiedade. Ele já estava ao telefone havia alguns minutos, mas ela não conseguia entender nada pelas respostas monossilábicas dele.

Logo que Smith desligou, ela perguntou com a voz hesitante:

– Quem era?

Ele deu a volta ao redor da mesa, aproximando-se dela mais que o habitual. Seu olhar foi gentil, o que a aterrorizou ainda mais.

– Quem? – questionou ela novamente.

– Não vão divulgar o nome porque ainda estão tentando notificar a família. Aconteceu ontem à noite. A empregada encontrou o corpo.

Grace fechou os olhos.

Ela sentiu as mãos dele sobre as dela e pensou que era a primeira vez que ele a tocava assim desde a cena terrível na noite do seu aniversário.

– É melhor não irmos para Newport neste fim de semana, não é? – disse ela, com uma falsa tranquilidade. – Parece que todas elas morrem quando estão em Nova York.

Grace tentou sorrir espontaneamente, mas não conseguiu. Preocupada, olhou para as janelas para que Smith não se desse conta do medo que estava sentindo.

– Olhe para mim. Grace? – contra a própria vontade, ela voltou os olhos para ele. – Não vou deixar nada acontecer com você.

– Quero acreditar nisso.

Quando Kat interfonou avisando que a pessoa havia chegado para a primeira reunião, John foi para a mesa.

Grace pressionou o botão do viva-voz e disse que precisava de um momento.

Ela estava pensando em Mimi Lauer quando pegou o aparelho telefônico. A ideia de que Isadora pudesse estar morta era aterrorizante, e ela precisava conversar com alguém que de cara soubesse exatamente o quanto ela se sentia triste e transtornada.

Quando o correio de voz atendeu, ela deixou uma mensagem.

Ao desligar o telefone, sentiu uma leve camada de suor sobre a testa. Uma onda de tontura, seguida de um calor súbito lhe percorreram o corpo, deixando sua visão turbulenta, como se estivesse diante de um tabuleiro de xadrez. Tentando respirar pelos pulmões, que tinham se transformado em pedras, disse para si mesma que não ia morrer. Ninguém morria por ansiedade. Qualquer um preferiria estar morto.

Ela estremeceu, pensando no assassino e na mulher que tinha acabado de ser morta.

Aquela era uma expressão que ela não usaria mais.

Capítulo 14

Naquela noite, Grace não conseguiu dormir. Depois de tentar pegar no sono por uma hora, foi para a cozinha.

Mais cedo, ela tinha conseguido uma boa quantidade de prováveis doadores do Congress para o baile, na esperança de garantir parte do leilão. Tentar se concentrar nos negócios tinha sido impossível, e talvez fosse esse o motivo pelo qual os Stafford tinham rejeitado o pedido dela para cederem a sua coleção de bordado americano. As amostras seriam um belo item para o leilão. Mesmo que não chamassem tanto a atenção quanto as cartas de Franklin e Jefferson, as peças ainda tinham muita notabilidade por serem raras e pelo excelente estado de conservação.

Grace abriu a geladeira e pensou em Smith. As prateleiras estavam cheias de legumes frescos, carnes, caixas de suco de laranja e leite se soja. Imaginou que o eletrodoméstico provavelmente sentia-se grato ao deixar de ser utilizado como um cemitério de condimentos.

Estava no caminho de volta para o seu quarto depois de ter comido um sanduíche quando o telefone tocou. Smith apareceu na porta no momento em que ela atendeu ao telefone forçosamente na sala de estar.

– Grace? – a voz era masculina. A voz atordoada e trêmula de homem.

– Sim?

– É Ted Lauer.

Ela sentiu o sangue pulsar pela cabeça.

– Ah, meu Deus, não...

– Mimi está... ela se foi, Grace... – Ted engasgou e pigarreou.

Grace deixou escapar um grunhido baixo e curto enquanto deixava o corpo recair sobre a cadeira, pensando em Mimi no momento em que havia deixado a suíte de Bo. A ideia de que a amiga já estava morta quando Grace tentou ligar para ela naquela manhã foi assustadora.

Tentou imaginar Ted tendo de contar ao filho que a mãe dele não voltaria para casa nunca mais.

– Tem alguma coisa que eu possa fazer por você? – perguntou Grace.

– Não há nada que ninguém possa fazer.

Quando finalmente desligou o telefone, depois de oferecer palavras de condolências e de se sentir lamentosamente insubstancial face ao sofrimento do homem, ela olhou para Smith.

– A vida daquela família está arruinada. O filho dela... – ela levantou-se e, desolada, sacudiu a cabeça. – Não podemos ir para Newport. O funeral será neste fim de semana.

– Não quero que você vá.

– Para o funeral? – ela franziu a testa. – Como é que eu não vou?

Smith balançou a cabeça.

– Não estou te dando escolha.

– Mas eu vou estar em perfeita segurança. Você vai ficar comigo...

– Vai haver uma aglomeração. Eu te disse, precisamos evitar grandes aglomerações.

– Mas ela era minha amiga... – Grace cruzou os braços, lutando contra as lágrimas de raiva, frustração e medo.

– Grace, precisamos ser racionais.

– Haverá muitos policiais por lá. Você consegue proteger figuras políticas, certo? Pessoas como o embaixador – concluiu ela. – Então por que seria diferente comigo?

– Naquela noite, o Plaza estava completamente vigiado pelos meus homens.

– Então traga-os, pode me cobrir com eles feito um casaco maldito, eu não me importo.

Smith ficou com o olhar frio.

– Temos um acordo. Você vai fazer o que eu disser que é melhor para você.

Grace começou a sacudir a cabeça.

– Isso não é justo. Tenho que ir.

– Não tem nada a ver com ser justo ou não. Estamos falando de um risco, e ir a um funeral é inevitavelmente um risco. Os *serial killers* adoram ver o resultado do seu trabalho. Há uma grande possibilidade de ele estar em meio à multidão e não quero você perto dele.

– E depois? Vai dizer que não posso ir ao baile de gala da Fundação? – diante do silêncio dele, ela manteve sua posição. – Eu vou para o baile de gala da Fundação, John. Não importa o que você diga.

– Então poderemos ter um problema.

– O que diabos isso quer dizer? Está ameaçando abandonar o posto?

– Eu te disse desde o começo. Estou aqui executando o meu trabalho desde que siga as minhas condições.

Grace estava pronta para contra-argumentar quando um fio de esperança rompeu a raiva.

– Mas talvez esse cara seja pego até lá. Talvez tudo isso acabe dentro de algumas semanas.

– Talvez.

O tom de voz de Smith estava mais para *talvez* não.

– O baile será daqui três semanas – acrescentou Grace. – Podemos pelo menos discutir isso depois?

– Você não pode negociar comigo.

Ela praguejou em voz alta.

– Ótimo! Posso gritar com você então? Porque estou ficando enjoada e muito cansada de receber nãos na minha vida.

Grace sentiu certa umidade nas bochechas, e foi aí que se deu conta de que tinha começado a chorar. Impaciente, enxugou os olhos.

– Deus do céu! – murmurou ele, estendendo os braços. – Venha aqui.

Grace hesitou por um momento, mas em seguida correu para abraçá-lo num gesto rápido, apoiando o rosto sobre o tórax largo dele. Smith a manteve sobre o seu peito por um longo tempo, acariciando-a com suas mãos grandes.

– Eu te odeio – disse ela contra o peito dele.

– Eu sei.

Smith a segurou em seus braços por um tempo, tentando aliviar um pouco da frustração e do medo que Grace estava sentindo. Antes mesmo da morte de Mimi Lauer, ele havia decidido que deveria tentar tirar Grace do baile de gala e sabia que a conversa não seria nada fácil.

Ela estava certa. Ele já havia protegido pessoas como o embaixador, pessoas que estavam sendo perseguidas por assassinos que tinham prazer em derrubar suas vítimas em público. E o assassino que estava perseguindo Grace tinha gosto em executar o trabalho de maneira privada. Provavelmente ele preferiria um ambiente íntimo, motivo pelo qual matava as vítimas em suas próprias casas. Ainda assim e, embora Smith confiasse nos seus olhos e em si mesmo, quando se tratava de Grace, a menor exposição parecia inaceitável.

Enquanto a segurava firmemente contra o seu corpo, não conseguia suportar a ideia de vê-la machucada e sentiu verdadeira compaixão pela mulher de Lauer. Descobrir que a sua esposa teve a garganta cortada e que sangrou até a morte na própria sala de estar. Por que diabos aquilo tinha de acontecer com um cidadão comum? A morte era algo bastante difícil de se lidar mesmo quando se era treinado para isso e quando ela levava seus colegas e os seus inimigos. Mas uma esposa?

Senhor!

Lembrou-se do que Marks tinha dito a ele por telefone naquele mesmo dia. O assassinato ocorrera na mesma linha que o das outras duas mulheres. Nenhuma entrada forçada. Nenhuma facada. Nenhuma impressão digital. E as roupas da mulher tinham sido cuidadosamente postas em ordem, depois de uma provável luta corporal. O crime se encaixa nos padrões da investigação, embora tivesse sido cometido fora de ordem. Isadora Cunis deveria ter sido a próxima se o criminoso estivesse seguindo a sequência do artigo, mas Smith sabia que aquilo não significava que a mulher estava fora de perigo. Marks havia dito que Cunis e o marido tinham saído da cidade e não voltariam até a data do evento que ela promoveria ao final do mês.

A falta de disponibilidade tinha, sem a menor dúvida, feito o assassino pular a ordem para Mimi Lauer, tragicamente em desvantagem.

Smith perguntou-se como o assassino tinha chegado até a mulher. Ela estava sendo protegida por bons policiais. Homens de Marks permaneciam no edifício e nas calçadas.

Mas não ficavam na maldita casa dela, era evidente. Sentiu Grace afastando-se. Os olhos dela cintilavam por causa da névoa de lágrimas, e a voz era um mero sussurro quando ela disse algo.

– Não quero ficar sozinha hoje à noite. Fica comigo?

Smith sufocou um gemido e tencionou os músculos do corpo. Dormir ao lado dela não seria exatamente um tipo de apoio que ele poderia oferecer. Não importava o quanto ela estivesse se sentindo mal nem o quanto merecesse a preocupação dele, nada mudaria a forma como ele se sentia quando seu corpo estava próximo ao dela. Ele desejava aliviar o sofrimento dela, mas se deitar ao seu lado durante toda a noite não o manteria num estado de espírito compassivo.

– Você tem certeza? – perguntou dele diretamente.

Quando ela assentiu e os dois começaram a caminhar pelo corredor, Smith disse para si mesmo que existiam provas mais difíceis para testar a sua força.

Claro, a maioria dessas provas envolvia o movimento de máquinas pesadas ou de aparelhos eletrodomésticos de grande porte. Com um braço amarrado nas costas e as pernas presas por malditas algemas.

Ainda assim, ele não acreditava que conseguiria resistir a ela.

Depois que ela foi para a cama, ele se deitou por cima dos lençóis. Smith imaginou que a experiência não seria tão ruim assim, já que ele se deitaria no lado oposto ao dela, mas então Grace se lançou sobre os braços dele enrolando-se sobre seu peito feito um caracol. Aos poucos, a respiração dela foi se acalmando e a tensão do seu corpo se diluiu até que ela ficou num estado que era exatamente o que ele temia.

Macia, quente. Entregue.

Smith pôde sentir a respiração dela contra o seu antebraço, os quadris e o bumbum encolhidos e encaixados nas pernas dele e o peso da cabeça dela sobre o seu ombro.

Deus do céu.

Ele era um cara durão. Tinha passado pela Ranger School sem o menor problema – só teve de encarar um pouco de lama, suor e privação de sono. Levar um tiro? Recuperou-se muito bem, obrigado. O mesmo com facadas, golpe na cabeça com barra de ferro e atropelamento.

Tudo bem, ele precisou de certo tempo para se recuperar do atropelamento e até agora seu joelho doía um pouco quando chovia. Mesmo assim, tudo isso não significava nada em comparação à sensação de passar uma noite ao lado de Grace.

Smith perguntou-se quando fora a última vez que ficara deitado com uma mulher em seus braços. Sem fazer sexo. Não conseguia se lembrar há quanto tempo não fazia isso. Talvez nunca.

Grace remexeu o corpo, esfregando-se nos quadris dele.

Smith cerrou os dentes, pois sabia que não conseguiria dormir. Ele imaginou que, se ficar deitado ao lado dela separados pelos cobertores, pelo roupão dela e pelas roupas dele já era difícil, fazer amor com aquela mulher causaria as mesmas consequências que o atropelamento: ficaria aturdido e com o traseiro no chão.

Smith fechou os olhos e pensou que era uma pena que eles não tivessem se conhecido em circunstâncias diferentes. Mas ele não tinha certeza se circunstâncias diferentes poderiam tê-los aproximado.

Na tarde de sexta-feira do final de semana do Columbus Day, Grace esfregou os olhos cansados e esticou o corpo sobre a cadeira do pai. Smith estava na mesa de reunião, falando ao telefone. Era algo que ele fazia com frequência enquanto estavam no escritório e Grace havia se acostumado a ouvir o bramido profundo da voz dele.

Ela o observou disfarçadamente, pensando na noite que tinham passado juntos. Algum tempo antes de amanhecer, ela despertou com a sensação de braços fortes segurando-a firmemente e de um corpo grande pressionando o seu. Virou-se com cuidado, tentando não perturbar o sono de Smith porque queria observá-lo enquanto ele dormia.

Mas os olhos dele estavam alertas e cintilavam quando Grace olhou para eles. A luz da manhã ressaltava os traços do seu rosto e ele ficou observando-a por um longo tempo. Por um momento, ela se perguntou se ele iria beijá-la, mas então Smith arrastou o corpo para fora da cama em um movimento suave e saiu do quarto sem sequer desejar bom dia.

O barulho suave do fax atrás da escrivaninha trouxe-a de volta para a realidade. Distraída, estendeu o braço e pegou as páginas que acabavam de chegar pelo aparelho.

Desde aquela noite, ele evitava ficar muito perto dela. Foi difícil não se sentir feito uma leprosa enquanto ele se esquivava dela ao se encontrarem no corredor ou quando se trombavam entrando e saindo do banheiro. Grace tentou não levar para o lado pessoal, mas isso também não ajudou muito.

Enquanto o aparelho de fax continuava atirando páginas e mais páginas, Grace olhou para a lista de assinaturas e franziu a testa.

– São para mim.

Ela deu um pulo ao ouvir a voz dele. Smith conseguiu atravessar o escritório sem fazer o menor barulho, e Grace se perguntou se alguma vez ela tinha de fato se acostumado com a maneira silenciosa com a qual ele se movimentava.

– O que são? – ela entregou as páginas a ele.

– Registros de entrega e de visitantes – Smith voltou para a mesa de reuniões.

– De onde?

Como Smith não respondeu, Grace deduziu que os papéis se referiam aos assassinatos.

– Me conte sobre a investigação – pediu ela em voz baixa.

Ele a olhou.

– Não quero incomodá-la com isso.

– Já te disse que me sinto melhor se souber o que está acontecendo.

– Não tenho tanta certeza disso – murmurou ele. Como ela continuou olhando-o de maneira incisiva, ele deu de ombros. – Estou verificando os registros de entrada e saída dos edifícios. Como é a primeira vez que os vejo, vou procurar informações que talvez tenham passado despercebidas por Marks e sua equipe.

Grace aproximou-se dele, inclinando o corpo até o ombro de Smith para verificar as colunas com assinaturas, datas e horários. Ela viu uma porção de nomes repetidos e reconheceu muitos deles.

– Não está na hora de ir para o aeroporto? – perguntou ele.

– Sim, acho que sim.

Mas ela não teria se importado se perdesse o voo. Grace ainda sentia que deveria ir ao funeral de Mimi e não estava nem um pouco ansiosa para encontrar a mãe. A conversa que havia tido com Carolina no dia anterior, quando explicara por que Ranulf não compareceria, não tinha terminado bem. O tom de desaprovação na conversa ao telefone ficou ainda pior quando Grace mencionou que iria acompanhada por um "amigo" homem.

Quando Grace e Smith saíram do escritório, ela desejou que o tempo voasse. Grace amava a mãe, assim como a mãe também a amava, mas às vezes Carolina exagerava.

Eddie os levou de carro até o Teterboro Airport, onde o avião da família Hall estava esperando, abastecido e reluzindo na pista de decolagem. O jato da Gulfstream fora utilizado com frequência pelo pai, mas Grace estava pensando em vendê-lo, pois sentia que a despesa elevada superava a conveniência. A viagem não foi longa. O voo durou pouco mais de uma hora partindo do Green Airport, localizado em Providence, Rhode Island. Quando saíram do avião, ela avistou uma Mercedes preta que lhe era familiar parada em uma entrada especial, ao lado do campo.

– Olá, Wilhelm – Grace cumprimentou o motorista ao se aproximarem do carro. Um porteiro uniformizado colocou a bagagem deles num carrinho.

– Senhorita Grace – respondeu o homem, tirando o chapéu de motorista. O sotaque alemão era evidente.

– Como está Marta?

Enquanto o homem abria a porta, respondeu:

– Ela está bem. Tão bem quanto sempre. Está ansiosa pela sua visita, mesmo que seja só por um fim de semana.

– Wilhelm, este é John Smith. Um amigo meu.

O homem, mais velho que Smith, encurvou-se por alguns instantes.

– Senhor.

Smith assentiu.

Levaram uma hora para chegar a Newport e, à medida que percorriam a majestosa ponte em direção à ilha, Grace sentiu uma pontada de ansiedade no estômago. A casa em Newport era seu verdadeiro lar, o lugar que ela amava como se fosse um membro da família. As lembranças dos dias de verão e as noites quentes de sua juventude à beira-mar estavam mais claras em sua mente do que o que tinha acontecido no dia anterior no escritório.

Considerando a forma como as coisas estavam caminhando em relação ao baile de gala, a amnésia cronológica era um bom sinal. Ela ainda não tinha conseguido um item adequado para o leilão e havia alguns problemas graves com a comida.

Graças à interferência de Fredrique, o fornecedor apareceu com um cardápio estranho de comida asiática que era tão excêntrico e exagerado que ela teve de pedir para começarem tudo de novo. Servir baiacu no baile não era exatamente o que ela tinha em mente – era caro e poderia ser mortal se não fosse preparado de forma correta. Grace desejava servir pratos excelentes aos seus convidados, não um ingresso para a sala de emergência de um hospital.

Colocou a pesada responsabilidade da bagunça no cardápio sobre si mesma. Ao saber da intromissão de Fredrique, imaginou que uma ligação para o homem seria suficiente para que ele se afastasse, mas era óbvio que estava errada. De acordo com Lolly Ramparr e com a sua equipe do NightWorx, Fredrique tinha aparecido na loja e se recusara a sair quando disseram que, de acordo com as informações que haviam recebido, ele não tinha sido contratado para o baile de gala daquele ano. Como ele continuou a disparar ordens, Lolly tentou ligar para Grace, mas a amiga estava em uma reunião, então ela não obteve sucesso. Assim, Fredrique ordenou que ligassem para Lamont e Lou prontamente atestou a autoridade que homem já tinha tomado para si. E Lolly fez o que o homem pediu.

Obviamente, Grace teria que falar com o homem uma vez mais. Talvez por escrito.

Era uma droga de uma inconveniência ter de dispensar os serviços de alguém que você nunca contratou, ela pensou.

Grace abriu a janela, colocou a cabeça na direção da brisa fresca do mar e respirou fundo. O turbilhão de problemas parecia se afastar aos poucos enquanto ela olhava para o mar e agradecia pela trégua que a natureza lhe dava.

– Você gosta muito daqui, não é? – perguntou Smith.

– Amo tudo aqui – murmurou, observando um veleiro que navegava pelas ondas.

– Essa casa é praticamente no oceano, certo?

Ela balançou a cabeça afirmativamente.

– Willings[14] não é a maior das propriedades, mas tem uma bela vista para o mar e um jardim maravilhoso.

– Nome interessante.

Ela sorriu, lembrando-se da história.

– Minha bisavó, de Grosse Pointe, Michigan, odiava a ideia de passar o verão em Newport depois que se casou. A família dela sempre passava os meses de julho e agosto nas montanhas Adirondacks e, para ela, a falta de ar frio e fresco na beira do oceano era um insulto respiratório.

– Consigo pensar em coisas piores – comentou Smith em tom seco.

– Ela era uma mulher com um padrão de vida elevado – Grace olhou para Smith, satisfeita ao se dar conta de que os dois estavam conversando sobre outro assunto que não a logística do trabalho que ele estava executando. Desde aquela noite que ele passara ao seu lado, Grace teve a sensação de que ele estava mantendo as conversas estritamente profissionais. – Depois de muita bajulação e de um planejamento arquitetônico grandioso, meu bisavô a presenteou com um novo conjunto de plantas. Ela disse que se o lugar realmente se transformasse no que estava projetado, aceitaria morar à beira-mar. Dois anos depois, em 1879, a construção terminou e ela de fato sentiu desejo de morar aqui, então é por isso que a mansão tem esse nome.

Eles viraram na Bellevue Avenue, passaram pela Marble House e pela Breakers, a antiga casa de férias da família Vanderbilt, agora aberta para visitação do público por meio da Preservation Society of Newport County. Quatrocentos metros depois, Wilhelm passou por uma rotatória e parou o carro na frente da mansão de três andares.

Grace hesitou antes de olhar para a casa branca e imponente com seus terraços, colunas e varandas. Era a primeira vez que ela voltava lá depois do funeral. Na ocasião, estava arrasada e manteve-se ocupada enquanto os hóspedes ofereciam os pêsames à família. Agora, no silêncio, poderia sentir a ausência do pai com muito mais intensidade.

– Sua mãe está ansiosa esperando você – disse Wilhelm, abrindo a porta do carro para Grace.

---

14 Do inglês, *willing* é um adjetivo cujo significado remete a algo que se deseja, que desperta vontade e disposição, de bom grado. (N.T.)

Ela saiu com passos lentos aproximou-se da entrada principal da Willings. Cinco degraus de mármore levavam até portas duplas de ferro maciço e vidro que ficavam em um pórtico de colunas. Acima das portas, pendurada no teto com uma corrente grossa preta, havia uma antiga arandela colonial ainda iluminada por velas de cera de abelha. Duas plantas de buxo trabalhadas em topiaria e postas em vasos de pedra decoravam as portas. Grace se lembrou de tê-las decorado com fitas vermelhas, azuis e brancas no dia 4 de julho, quando era menina.

Whilhelm caminhou segurando algumas das malas e olhando constantemente por cima do ombro. Smith caminhava bem ao lado do homem, carregando o resto das coisas com facilidade, rompendo assim a etiqueta rigorosa do mordomo. O velho homem nunca se sentia confortável com hóspedes autossuficientes e por muito tempo desaprovou a própria independência de Grace. Ele considerava o hábito dela desfazer as malas sozinha e o fato de ir para a cidade dirigindo para comprar seus próprios mantimentos um erro na ordem natural das coisas. Os hábitos do Velho Mundo de Whilhelm eram uma das razões pelas quais ela o amava.

Grace seguiu o homem pela porta da frente e, enquanto o som dos seus passos ecoava pelo hall de entrada, ela tentou enxergar a casa através dos olhos de Smith. A reação típica das pessoas ao entrarem pela primeira vez era de espanto e admiração – os arquitetos tinham trabalhado exatamente para isso. Havia lareiras de mármore nas duas extremidades do corredor com espelhos dourados enormes pendurados acima delas. Portas de bronze maciço levavam à sala de jantar e à sala de visitas, mas nem as portas nem o lustre brilhante pendurado no teto eram a atração principal. Mais à frente, elevando-se como as asas de um pássaro enorme, havia uma escadaria de mármore bifurcada. Entre todos os detalhes da casa, a escada, com os corrimãos intercalados que levavam ao segundo andar, era o que mais chamava a atenção.

Grace olhou para Smith. Ele não estava observando a arte nem os detalhes arquitetônicos; estava marcando portas e janelas. Ela sorriu. Com todo o interesse que ele estava demonstrando diante da decoração, os dois poderiam ter entrado numa caverna escura, e ele teria a mesma reação. Grace gostou de ver que ele não estava impressionado.

Enquanto tirava o casaco, ela avistou o suporte de bengalas do pai no canto da parede. Havia uma variedade de formatos e tamanhos, algumas finas feitas de marfim, outras mais grossas e retorcidas como raízes de árvores. Lembrou-se do pai levando as bengalas em suas caminhadas ao redor da casa, utilizando o objeto como um acessório elegante para mostrar as flores de que gostava e apontar para os barcos no horizonte.

Wilhelm pegou o casaco dela no exato momento em que Carolina chegou à sala de estar. A mãe de Grace estava usando um terno bege claro e parecia tão elegante quanto uma rosa chá.

– Querida, como foi a viagem? – enquanto elas se abraçavam, Carolina concentrou sua atenção em Smith.

– Grace, você não vai nos apresentar?

– Este é John Smith. E... John, esta é minha mãe, Carolina Woodward Hall.

A mãe de Grace ofereceu a Smith a mão delicada e um sorriso discreto.

– Não conheço muitos Smiths. É s-m-i-t-h, certo?

Ele assentiu.

– Sim, tive a impressão que não era com "y" e "e" – murmurou ela. – Não vi você no Congress Club há alguns dias?

– Talvez.

– Você era convidado de quem?

Grace interrompeu.

– Quando Jackson e Blair chegam?

Virando-se para a filha, Carolina respondeu:

– Eles devem estar chegando. Para o jantar de hoje, estamos em dez pessoas. Sr. Cobith, os Raleigh e os Blankenbaker. Marta está preparando um rosbife maravilhoso.

Houve uma pausa e Carolina olhou de relance para Smith, fixando os olhos na jaqueta de couro dele.

– Aqui nós nos vestimos a caráter para o jantar.

Como ele não desviou o olhar nem demonstrou nenhuma reação, Carolina ergueu uma sobrancelha.

Grace interviu novamente:

– Acho que é melhor nos ajeitarmos por aqui. Por que não mostramos a Smith o quarto dele?

– Ele está na suíte *green*.

Com Wilhelm e Smith atrás dela, Grace se dirigiu até a escada. No andar superior, ela pediu a Wilhelm para levar suas malas até o quarto e conduziu Smith para o corredor na direção oposta.

Abriu a porta de um quarto masculino repleto de tons verdes, com a decoração toda de madeira; Smith nem se incomodou em verificar a mobília.

– Onde você vai dormir? – perguntou ele.

– Na outra extremidade da casa. Esta é a ala dos hóspedes.

– É longe?

– No final do corredor à esquerda, depois das escadas. Estou no quarto do canto, com vista para o mar.

– Me mostre.

Grace percebeu que Smith manteve a bagagem dele consigo enquanto os dois dirigiam-se para o quarto dela.

– Quem vai dormir no quarto de frente para o seu? – perguntou ele ao abrir a porta.

– Não sei. Provavelmente ninguém.

– Então vou ficar nele.

– Mas você não pode...

A sobrancelha arqueada de Smith a fez calar-se.

– A não ser que você queira que eu durma no chão do seu quarto.

Quando ela balançou a cabeça com veemência, ele entrou no outro quarto, de frente para o dela.

As malas caíram no chão numa pancada, e Grace tentou transformar a ansiedade num covil de cobras razoável. Era muito pouco provável que sua mãe se aventurasse a sair da suíte master do primeiro andar para verificar exatamente quem estava dormindo onde.

Embora não fosse algo completamente fora de cogitação.

Grace foi para o quarto, sentindo-se frustrada com a mãe. E com Smith. Acima de tudo, consigo mesma. Em meio a tantas coisas, ela tinha de saber por que estava tão assustada com o fato de ceder outro quarto para um convidado dela dormir. Pelo amor de Deus, ela já tinha trinta anos. Quando seria adulta o suficiente para enfrentar a mãe?

Se continuasse daquele jeito, logo estaria comendo papinha de bebê e usando um andador antes que encontrasse seu próprio alicerce.

Grace olhava ao redor e sentia o tempo correr. Ela tinha passado alguns – se não todos – os verões em Newport, e o quarto não tinha mudado nada nesses trinta anos. As cortinas e o papel de parede ainda eram o amarelo-claro de sempre, e a mobília continuava no mesmo lugar desde quando tinha saído do berçário para o "quarto de menina", aos três anos. As janelas, com vista para o mar e para o jardim, ainda permitiam a entrada da luz por todo o piso. E as portas francesas que levavam até o terraço permitiam que o som reconfortante e incessante da brisa marítima adentrasse toda a casa.

Grace abriu uma das portas e saiu para a varanda do segundo andar, que circulava toda a área externa da casa. Lá em baixo, em frente aos jardins e ao gramado, as águas do mar se aproximavam e se afastavam da costa. Era um som familiar, que ela associava à casa e ao seu quarto. Aos momentos felizes.

Ao ouvir o som de passos, ela tencionou o corpo.

– Só queria que você não fosse tão extravagante...

Ela virou-se.

– Jack!

Grace sorriu largamente e jogou os braços ao redor do corpo do amigo. Já estava se afastando com um amplo sorriso no rosto quando avistou Smith observando-os do corredor com o olhar fixo.

– É... John – disse Grace, dando um passo de volta para o quarto. – Gostaria de apresentar um velho amigo meu, Jack Walker.

Jack sorriu na direção da porta, mas em seguida arqueou uma sobrancelha.

– Bem, que prazer. Como vai, estranho?

A tensão aumentou quando Smith saiu do corredor e os dois se cumprimentaram com um aperto de mãos. Enquanto os dois se encaravam, Grace lembrou-se daquela noite no Congress e perguntou-se o que poderia ter provocado tal atrito entre eles.

– Onde está Blair? – perguntou ela, na esperança de dissipar a testosterona que pairava no ar.

Se bem que, se fosse esse o objetivo, ela provavelmente teria mais sorte se providenciasse uma manicure, um cabeleireiro e um maquiador para os dois.

Jack olhou para ela.

– Blair quebrou um molar e precisou de um tratamento de canal. Ficou para trás para passar por uma experiência íntima com o endodontista e para tomar uma boa dose de novocaína. Amanhã, com a ajuda de Motrin, ela vai estar aqui.

Grace fez uma careta.

– Sinto muito por isso.

– E Ranulf?

– Não virá. Está ocupado – as palavras saíram apressadas de sua boca. – Ele anda muito ocupado. Está na Europa.

Ah, aquilo até que soava como algo verdadeiro, pensou ela, lembrando com ironia que houve uma época em que ela era uma pessoa articulada.

Jack piscou para Grace e, num gesto casual, colocou o braço ao redor dos ombros dela.

– É melhor assim. O que os olhos não veem, o coração não sente.

Grace olhou para Smith enquanto ele saía do quarto.

O fim de semana ia ser longo, pensou ela.

Capítulo 15

Até as bebidas serem servidas na biblioteca, a noite já tinha se acalmado e a temperatura tinha caído. Para quebrar o gelo, Wilhelm acendeu o fogo da lareira e Grace ficou de costas para as chamas, tomando alguns goles de chardonnay.

O quarto era um dos seus favoritos na casa, porque, ao contrário da maior parte dos outros, não era cavernoso. As paredes eram cobertas de estantes repletas de livros com capas de couro e Grace sempre apreciou a maneira como as letras douradas das lombadas brilhavam diante da luz do fogo da lareira. As poltronas e os sofás, revestidos de seda vermelho-escura, ficavam estrategicamente posicionados debaixo das janelas – um convite à leitura –, e cortinas pesadas de veludo varriam o chão. Um carpete vermelho-escuro oriental complementava a decoração de esquema de cores vibrantes.

Quando era menina, Grace se convencera de que aquele quarto era de algum mágico que tinha se mudado para algum lugar fantástico.

Jack aproximou-se dela. Estava lindo de terno preto. Ao observar suas características de nobreza, Grace perguntou-se por que ela nunca se sentiu atraída por ele. Muitas mulheres se sentiam. A maioria das mulheres, na verdade.

Ele sorriu para ela.

– Seu amigo não é de falar muito, não é?

Grace olhou de relance para Smith, encostado no batente da porta do outro lado da sala. Smith estava todo de preto, embora não estivesse usando terno e, na penumbra, seus olhos ficavam especialmente escuros.

Ela sorriu para Jack.

– Você não o conhece.

– E nem estou com pressa. Como companhia para o jantar, aquele cara faz o alistamento militar parecer algo bem atraente.

– Sabe, estou ansiosa para ver Blair amanhã – disse Grace, afoita para pôr um fim na conversa sobre Smith. – Me conta, quando é que vocês vão juntar as escovas de dente?

Jack sorriu e tomou um gole do seu uísque.

– Você está mudando de assunto. Boa manobra defensiva e um tema particularmente bem escolhido. Vamos falar sobre o tempo agora?

Grace deu risada.

– Você vai pedi-la em casamento, não vai?

Ela concentrou o olhar no copo que Jack segurava enquanto fazia movimentos circulares.

– Vou tocar no assunto em algum momento. Quem sabe? Talvez aconteça antes do que esperamos.

– O que você está esperando?

Um encolher de ombros do amigo foi seguido por um sorriso malicioso.

– Os planetas precisam ser devidamente alinhados. Minha lua precisa ser ascendente, mas nos últimos trinta anos ou mais, ela não tem feito outra coisa que não se pôr. Ou talvez seja o contrário.

– Ela é uma mulher adorável.

– Eu sei. Ela me atura e isso faz dela uma santa – Jack elevou o olhar. – Não vai me encher com aquela conversa que a rotina do casamento é maravilhosa. Minha mãe tem me falado tanto sobre isso ultimamente que já está enchendo o saco.

Grace levou sua taça à boca e permaneceu em silêncio, pensando que aquilo seria a última coisa que ela diria a alguém.

Quando Marta avisou que o jantar seria servido, Jack ofereceu o braço e Grace apoiou-se nele. Enquanto caminhavam em direção à sala de jantar, ela notou o olhar penetrante de Smith em suas costas. Grace teve de lutar contra a vontade de virar-se e dizer que ele estava exagerando e deixando-a nervosa. Por Deus! Ela estava em sua própria casa, entre amigos. Hugh Blankenbaker não correria atrás dela com o garfo da salada ou algo do tipo.

Porém, logo que se sentaram à mesa, Grace tinha outras coisas com que se preocupar.

No meio do jantar, a mãe de Grace cortou a conversa feito uma foice.

– Agora me diga, sr. Smith, o que você faz?

Todos pararam de falar e os olhos voltaram-se para Smith, exceto os de Grace. Ela olhou para o próprio prato, tentando pensar em alguma maneira de desviar a atenção da mãe.

Poderia trazer à tona seu divórcio que estava prestes a se efetivar, pensou ela com certa ironia.

– Trabalho no setor de serviços – respondeu John, demonstrando certo aborrecimento.

– Que tipo de serviço?

Grace respondeu antes que ele se manifestasse.

– Ele ajuda no desenvolvimento organizacional de empresas. Pedi a ele que viesse para a Fundação para trabalhar na união da equipe depois da morte do papai.

Carolina desviou o olhar para a filha e a fitou por um longo tempo.

– Bem, se é necessário... Mas eu ainda não consigo entender por que não deixar o sr. Lamont cuidar das coisas. Seu pai tinha muita confiança nele.

Talvez fosse verdade, por isso Grace segurou a vontade de rebater o comentário. De qualquer forma, seu pai não tinha deixado o cara no comando, tinha?

Ela segurou a resposta e lançou um sorriso gracioso, porém forçado.

– Mais uma vez, obrigada pela sugestão.

Quando a conversa foi retomada, os olhares de Grace e Smith se cruzaram.

Jack cutucou o braço dela.

– E então?

– Desculpe?

– O que você vai leiloar no baile este ano?

Antes que ela pudesse responder a Jack – e só –, as outras pessoas na mesa fizeram silêncio uma vez mais e olharam para ela. Grace estancou um sorriso no rosto e incorporou o discurso do relações públicas.

– Mudamos o evento este ano. Ele vai acontecer no átrio do Hall Building em vez do Plaza. Vai ser um evento espetacular, considerando que conseguiremos a acústica apropriada.

O sr. Blankenbaker inclinou o corpo para frente, empurrando os óculos e aproximando-os do seu pequeno nariz.

– E qual é a peça do leilão?

– Estamos tentando decidir – respondeu ela.

E será uma escolha difícil. Entre coisa nenhuma e nada.

– Você teria interesse no retrato de Nathaniel Walker, feito por Copley?

Grace repousou lentamente a colher sobre o prato, certa de que tinha entendido errado.

– Desculpe, não entendi.

– A pintura de Nathaniel Walker, trabalho de John Singleton Copley. Foi feita em 1775, creio eu. Pouco antes da batalha de Concord em Massachusetts, onde Walker foi capturado pelos britânicos, desapareceu misteriosamente e foi parar em Fort Sagamore. Certamente você se lembra da história.

– Claro que lembro. E a Fundação tem interesse absoluto na pintura.

O sr. Blankenbaker assentiu para Jack e disse:

– Seu ancestral paira sobre a nossa lareira há muito tempo. Minha esposa o comprou do seu pai.

Havia um tom sutil de desprezo na fala do homem, como se ele não conseguisse entender como um tesouro familiar teria escapado das mãos de Walker.

– Eu me lembro de quando ele o vendeu – murmurou Jack, e era evidente que ele compartilhava do mesmo sentimento de Blankenbaker.

O homem balançou a cabeça, reconhecendo que os dois tinham a mesma opinião sobre o assunto.

– Bem, Walker está ótimo na parede da nossa sala de estar, mas minha esposa não para de adquirir obras de arte e as paredes da nossa casa estão sempre preenchidas. Creio que ela vai concordar com a ideia de doar o retrato para a Fundação. Especialmente se você encontrar um comprador.

– Se ele for à venda, vai voltar para casa comigo. Seja qual for o preço – o sorriso de Jack não atenuou a determinação dos seus olhos.

Blankenbaker virou-se para Grace.

– Amanhã, venha para Edge Water para ver a pintura. Mas devo dizer que ela precisa de uma limpeza. Está bastante escura, mas é um exemplo excelente dos primeiros trabalhos de Copley antes dele atravessar o lago e tornar-se famoso em Londres.

Enquanto Grace agradecia o homem, Jack inclinava-se e sussurrava algo no ouvido dela:

– Será que isso significa que você não quer aquelas ceroulas que eu tenho no meu guarda-roupa? Dizem que elas foram usadas por Benedict Arnold.

Revirando os olhos, Grace deu uma cotovelada no amigo e, em seguida, voltou o olhar para a mesa. Smith estava fitando-a, quase sem piscar. Ela sentiu como se ele estivesse ofendido de alguma forma e pensou que talvez sua mãe fosse a responsável por aquilo. Só Deus sabia o quanto Carolina Woodward Hall já tinha feito isso com as pessoas.

Enquanto tomava um gole de água, Grace ficou se perguntando se o pai dela e Smith teriam se entendido, e chegou à conclusão que provavelmente sim. Cornelius gostava de pessoas fortes – e Smith certamente fazia o tipo dominante. No entanto, duvidou que o pai aprovasse a atração que a filha sentia por aquele homem.

Quando confessou ao pai como o casamento ia mal alguns meses antes de sua morte, a reação dele foi enfática. Ele a aconselhou a ir imediatamente para casa se acertar com o marido. O pai dela ainda fez um grande esforço para salientar a importância internacional da família Von Sharone e apontou todas as vantagens de ter um título de realeza. De ter filhos da realeza. Quando ela o pressionava, explicando o quanto estava infeliz, ele ignorava o fato de que ela não amava o homem que dormia ao lado dela todas as noites. Pelo olhar, o pai demonstrava que, se a filha tinha assumido um compromisso com um homem digno, era melhor que o cumprisse até o final.

O pai a decepcionou naquele dia. Mas ela voltou para Ranulf.

Grace olhou para o retrato de Cornelius pendurado na parede atrás do principal lugar da mesa. Olhou para a moldura com firmeza. O cabelo do pai era ruivo, liso, a franja recaía sobre a testa autoritária e o olhar velado demonstrava que estava sempre pronto para julgar.

Não, ele não teria aprovado o sentimento dela em relação a Smith. De forma alguma.

Depois que o jantar terminou e as pessoas se dispersaram, Smith viu Grace se dirigindo para o quarto, atravessando o corredor. Andando de um lado para o outro no quarto que escolhera, Smith não estava feliz.

Observar Grace e o sr. Encanto durante o jantar tinha de fato o aborrecido muito. E aquele sorriso Pepsodent[15] e generoso do homem ao desejar boa noite para ela tinha sido um golpe. Smith não pôde deixar de imaginar que o motivo daquela maldita alegria era porque o cara estava planejando passar a noite com Grace.

Enfurecido, passou a mão pelos cabelos e viu o próprio reflexo no espelho. Estava parecendo um cão enjaulado e se perguntou o que diabos havia de errado com ele.

Você está com ciúmes, seu idiota.

– Não, não estou – murmurou ele, virando-se.

Advertiu a si mesmo para cair na real. Ele não tinha nenhuma pretensão em relação a Grace. Não tinha nenhum motivo para se importar com o que ela fazia no escuro. E com quem fazia.

Smith a recusara, então ela seguiu em frente. Mas por que ela tinha de ter um caso com um sósia insignificante do Hugh Grant? Ela era bonita, vibrante, uma mulher jovem e livre para fazer o que quisesse.

Ele praguejou em voz alta, pensando que aquela era uma lógica racional e real. Pena que o golpeou feito um soco inglês. Imaginá-la com Jack Walker o fez se sentir como um soldado pronto para fazer um ataque surpresa. Smith queria encontrar Walker, arrastá-lo para fora da casa e dar uma nova posição para os seus dentes brancos e brilhantes. O que era completamente ridículo.

Mesmo assim, esmurrar algo lhe pareceu muito atraente.

Smith olhou para o outro lado da sala, avaliando o armário alto no canto da parede e resistindo à tentação. O móvel seria um ótimo oponen-

15 Marca famosa de creme dental nos Estados Unidos. (N.T.)

te por ser um objeto inanimado, mas Smith se sentiria idiota destruindo o armário. Ele não era uma estrela do rock, pelo amor de Deus!

Não, ele era apenas um homem sexualmente frustrado, que teria de tentar dormir no mesmo corredor onde estava a mulher que ele desejava... enquanto ela fazia amor com outra pessoa.

Inferno! Ela não era o problema. O problema era esse sentimento possessivo que tinha tomado conta do seu ser. Depois de anos sem dar a mínima para o que outra pessoa no planeta estava fazendo, muito menos com quem estava dormindo, Smith não conseguia acreditar que estava interessado na vida amorosa de alguém.

Mas que saco! Ele conseguiu escolher um mau momento para essa transformação.

Smith soltou um gemido quando teve uma ideia. Ele precisava entregar a Grace um plano de emergência para o caso de algo acontecer no meio da noite. Embora estivessem fora da cidade, hospedar-se em Willings não era garantia de segurança.

Caminhou até sua mala. Quando encontrou o que estava procurando, treinou um discurso consigo mesmo. Não desperdiçaria um segundo sequer no quarto dela. Entregaria o que estava em sua mão e, em seguida, sairia o mais rápido possível de lá.

Não tinha o menor interesse em esbarrar em Walker.

Afinal, ele tinha confiança em seu autocontrole. Mas não brincaria com a sorte.

Grace estava sentada na penteadeira, no banheiro do seu quarto, quando teve a impressão de ter ouvido alguém bater à porta. Colocou a escova sobre o móvel e fez uma pausa para escutar.

Ao ouvir outra batida, trocou a toalha que estava ao redor do corpo por um robe de seda e foi até a porta. Ficou surpresa ao ver Smith em pé no corredor.

A julgar pela expressão facial, o humor dele não tinha melhorado nada.

– Se importa se eu entrar?

– Por favor – ela deu um passo para trás, ciente de que estava sem nenhuma outra peça de roupa além do robe.

Ao fechar a porta, os olhos de Smith repousaram sobre o cabelo úmido dela, mas sua voz estava ríspida e esquiva.

– Pegue isso – Smith estendeu uma caixa preta pequena do tamanho de um pager. – É um botão de pânico. Basta pressionar e eu virei.

– Obrigada – respondeu ela, examinando o objeto.

Smith virou-se para sair.

– Smith? – Grace não tinha a intenção de chamá-lo, mas o nome dele simplesmente saltou de sua boca. Quando ele olhou para trás, o coração de Grace começou a bater mais rápido.

Havia muitas coisas que ela queria dizer a ele. Nenhuma delas era fácil. Poucas faziam sentido. E aparentemente ele não estava com vontade de conversar.

– Não é nada – murmurou ela.

Houve um longo silêncio entre eles. Então Smith virou-se para ela, lançando um sorriso forçado.

– Você pareceu surpresa quando me viu na porta. Estava esperando outra pessoa?

Grace fechou uma carranca.

– Não.

– Tem certeza?

– Você quis dizer... Jack?

– Ele parece o tipo de cara que consegue se relacionar com duas mulheres muito bem. Ele deve ser muito discreto também. Ótima escolha, se estiver procurando por um *affaire*.

Grace puxou as lapelas do robe.

– Não estou procurando um *affaire*.

– Tem certeza, condessa?

Os olhos de Smith brilhavam enquanto ele a encarava e Grace ficou confusa, porém interessada na mudança de comportamento dele. Ele exalava uma energia sexual em ondas de calor.

– John? – sussurrou ela, ciente de que aquilo poderia soar como um convite.

Ele sacudiu a cabeça, e Grace não conseguiu identificar se era um sinal de que ele estava rejeitando-a ou que estava decepcionado consigo mesmo.

– Você é linda demais – disse ele, passando os olhos por todos os traços do rosto dela, depois sobre o pescoço e o corpo. – Eu quase chego a te odiar por isso.

– Não quero que me odeie.

– É... seria mais fácil lidar com isso do que com o que estou sentindo agora.

– O que você está sentindo? – Grace começava a ficar ofegante.

– Sinto que quero você nua e debaixo do meu corpo.

Num movimento involuntário, Grace deu um passo em direção a ele. Em um instante, Smith a tomou em seus braços. Levou os lábios até a boca dela e a beijou. Um beijo intenso e cheio de desejo. Ao abrir a boca, permitindo que ele a adentrasse, Grace gemeu. Era isso que ela desejava há muito tempo, desde aquela noite em que eles quase tinham feito amor.

Naquela noite, ela não recuaria.

Grace sentiu as mãos dele desamarrando o robe e deslizando pela sua pele. Enquanto ele acariciava seus seios, ela moveu o corpo para se aproximar. Depois, agarrou a camisa dele e se atrapalhou com os botões.

De repente, alguém bateu à porta.

– Você está vestida? Espero que não – disse Jack, escancarando a porta. – Eu trouxe vinho...

Grace e Smith afastaram-se, ofegantes. Tentando ajeitar o robe no corpo, sentiu o sangue correndo pelo rosto. No momento embaraçoso que se seguiu, Grace pensou no pessoal da obra que certa vez já tinha os interrompido.

Ela e John não estavam com sorte, pensou ela. Ou talvez o resto do mundo fosse o problema. De qualquer maneira, era de enlouquecer.

Jack penetrou Smith com os olhos.

– Eu não queria...

– Eu já estava de saída – rosnou Smith. Quando ele passou feito um raio, Jack saiu do caminho.

Depois que Smith fechou a porta, Jack olhou para Grace com tristeza.

– Não sabia que você e ele eram... é... Com certeza isso explica muita coisa.

Grace pigarreou e se perguntou o que deveria fazer. Sentiu vontade de sair correndo atrás de John para desfazer a conclusão que provavelmente ele tinha assumido. Porém, levando em consideração o semblante dele ao sair do quarto, a última coisa que ele desejaria seria uma visita dela.

Enquanto isso, o amigo dela esperava por uma explicação.

– É... Nós não estamos juntos. Ou pelo menos não é o que parece... o que parecia – Grace fez uma pausa. – Ai, que droga!

Grace foi até a janela e olhou para o mar. A lua refletia sobre as ondas e dançava em meio ao marulho.

– O que está acontecendo, Grace?

Ela entregou os pontos, sentindo que não conseguia mais manter a aparência de que ainda estava feliz no casamento.

– Ranulf e eu nos separamos.

Jack soltou um assobio.

– Sinto muito. Quando isso aconteceu?

– Há um mês. Vou apresentar o pedido de divórcio.

– Por causa do homem que acabou de sair daqui?

Grace sacudiu a cabeça.

– Não, não tem nada a ver com John. Ranulf e eu nunca deveríamos ter nos casado.

– Nossa, sinto muito mesmo, de verdade – houve um momento de silêncio, e depois Jack soltou um sorriso discreto. – Tudo bem se eu disser que nunca gostei de Ranulf? Com toda aquela camuflagem e pose, ele não era bom o suficiente para você.

– Muito gentil da sua parte – ela virou-se para o amigo com um sorriso triste no rosto.

– Então quem é esse tal de Smith?

– É complicado. Mas não há nada... acontecendo entre nós – ela lançou um olhar seco. – Apesar do que você viu aqui.

– Tem certeza disso? Acho que entendo agora porque ele estava olhando para mim como um touro e como se estivesse com sete pedras na mão. Ele está defendendo o território. E o território dele é você.

Grace balançou a cabeça.

– Olha, não quero falar sobre ele, se você não se importa. É...

– Complicado. Posso imaginar.

Grace sorriu.

– Escute, a minha mãe não sabe sobre Ranulf. Ainda. Então, por favor, mantenha segredo. Vou contar a novidade antes de eu ir embora.

Jack balançou a cabeça.

– Este vai ser um final de semana longo.

– Estive pensando nisso desde o momento em que atravessei a ponte.

Jack hesitou.

– Mas preciso te dizer mais uma coisa sobre John Smith.

– O quê?

O amigo fez uma cara séria enquanto se despedia.

– Tome cuidado com aquele homem. Dá para ver nos seus olhos que está apaixonada por ele.

Grace sentiu um arrepio percorrer o seu corpo. Era óbvio que Jack tinha percebido o que ela sentia pela sua expressão e por suas pequenas mentiras.

– Não foi assim com Ranulf – sussurrou ela. – Nunca foi assim com ninguém.

Jack colocou a garrafa de vinho e as taças sobre um móvel e aproximou-se dela.

– Não escolhemos por quem vamos nos apaixonar.

Grace deu um suspiro de tristeza.

– Não estou apaixonada por ele.

Jack pousou o braço em volta da amiga e ela apoiou a cabeça no ombro dele por um longo tempo. Quando levantou a cabeça, Jack sorriu e levou uma mecha de cabelo dela para trás da orelha.

– Por que não poupamos o vinho e o guardamos para outro momento?

– Obrigada, Jack. Você é um ótimo amigo.

Ele inclinou-se e beijou-a na bochecha. Enquanto Jack se afastava, seu celular tocou. De alguma forma, ele conseguiu atender o celular, pegar a garrafa e as taças e sair sem deixar cair nada.

Grace apagou as luzes e foi para a cama. Seu último pensamento foi a expressão de raiva de Smith no momento em que saiu do quarto. Ela lhe daria algum tempo para se acalmar para depois falar com ele.

Quando Smith fechou a porta do seu quarto, sentiu-se como um idiota. Um completo idiota.

A imagem dela vestindo aquele maldito robe o perturbava com o que ele havia negado para si mesmo.

Que Walker e ela estavam juntos naquele momento e...

Estava tendo dificuldades para encontrar as palavras certas.

Jesus.

E ele pensando que participar do jantar era ruim o suficiente... Ficar enfiado num quarto do lado oposto ao quarto onde ela estava numa cama e fazendo muito bom uso dela era intolerável.

Ele tentou desarmar-se com movimentos bruscos, pensando que a última coisa que precisava naquele momento era ficar perto de uma arma.

O que ele precisava era de ar fresco.

Usando a porta no final do corredor, saiu e deu a volta no terraço até que teve uma visão completa do mar. Ao ouvir o barulho das ondas e sentir o ar frio e úmido em seu rosto, respirou fundo algumas vezes, tentando se lembrar de quando havia se sentido tão fora de controle como estava.

Fazia algum tempo.

Tinha uma facilidade excelente de permanecer sempre no topo do jogo. Até conhecer Grace. Por um maldito capricho do destino, Smith sentia uma porção de coisas, mas se manter o controle não era mais uma de suas habilidades. Ele estava frustrado. Excitado além dos limites. Repleto de agressividade.

Apoiou as mãos no parapeito e inclinou o corpo. Observando a longitude da escuridão e o horizonte repleto de estrelas, percebeu que estava à procura de algum tipo de resposta dos céus e isso o surpreendeu. Ele normalmente não era o tipo de homem que tinha momentos de reflexão, e o desejo ardente que ele sentia era tão estranho quanto a dor em seu peito.

Afastando-se do silêncio dos céus, olhou para a casa e se deu conta de que estava em frente ao quarto de Grace. Através do vidro, avistou Grace conversando com Jack e depois a viu cair nos braços do homem.

Uma dor latente e gélida percorreu o seu corpo.

Seu primeiro instinto foi de derrubar a porta e separar os dois. Para afastar a ideia de agir por impulso, deu um passo para trás e agarrou com força a madeira do corrimão até sentir as palmas das mãos arderem.

Quando ela levantou a cabeça que estava apoiada sobre o ombro de Jack Walker e o olhou nos olhos, Smith absorveu a imagem como se fosse uma mancha. Com uma nitidez terrível, viu Grace arqueando o corpo em direção a Walker, deixando as ondas loiras do cabelo recaírem sobre as próprias costas e repousando os braços sobre os ombros dele.

Walker acariciou o rosto dela e depois se inclinou em direção aos lábios de Grace.

Smith virou-se e voltou para o seu quarto.

Não quis ver mais nada por medo de reação que poderia ter.

Capítulo 16

Na manhã seguinte, Grace foi até o jardim à procura de um pouco de paz de espírito. Enquanto vagueava por entre os canteiros de flores que tinham sido preparados para a vinda do inverno, lembrou-se de como o jardim ficava na época em que todas as flores desabrochavam. Plantadas de maneira planejada, as rosas chá, as dedaleiras, as peônias e os lírios eram a mistura de flores que seu pai adorava cultivar e todas elas floresciam em abundância de cores e de vida nos meses de verão.

À medida que continuou descendo o gramado, o barulho das ondas do mar tornou-se mais intenso. No alto, algumas gaivotas sobrevoavam o oceano e os raios do crepúsculo se espalhavam pelo céu azul-claro. Fazia frio e Grace sentiu-se satisfeita por ter vestido uma blusa grossa.

À margem da propriedade, com vista para o mar, havia uma sauna revestida de branco e com telhado coberto por seixos verdes. Havia uma pequena varanda com duas cadeiras de vime brancas. Grace sentou-se sobre uma das cadeiras, ouvindo o ranger do móvel à medida que se sentava. Ela tirou os sapatos baixos, esticou as pernas e repousou os calcanhares sobre o gradil.

Esticando os dedos dos pés sob a luz do sol, avistou uma gaivota voando no céu. O pássaro mudou de direção e pousou a alguns metros de distância dela. Estava prestes a dizer ao animal que ela não seria uma boa opção caso ele estivesse faminto em busca de alguma comida quando percebeu que não estava sozinha.

Grace remexeu-se na cadeira e viu Smith em pé do outro lado da propriedade, debaixo de uma acerácea antiga. Estava encostado no tronco, olhando para o mar. Grace perguntou-se como ele sabia que ela tinha saído da casa, afinal tinha sido muito discreta.

Percebendo que não tinha nada a perder, levantou-se e caminhou até ele. Como ele não percebeu a presença dela, sentiu-se tentada a deixá-lo sozinho.

– Oi – Grace não se surpreendeu diante da reação de Smith. Tudo o que ele fez foi acenar para ela. Ele vestia uma camiseta preta por debaixo da jaqueta de couro e calças jeans claras. Embora distante e inflexível, Smith estava lindo sob a luz do amanhecer.

– Jack é só um amigo – desabafou ela.

Ele franziu a testa.

– Não é da minha conta saber com quem você dorme.

– Não estou... – ao lançar um olhar de desconfiança sobre ela, Grace soltou um suspiro exasperado. – Sabe, me sinto uma estúpida me defendendo de algo que não fiz.

Como ele não se manifestou, Grace entrou num estado de plena frustração.

– Vamos lá, John. Por que não admite que está chateado? E, já que tocamos no assunto, por que não podemos falar sobre o que está acontecendo entre nós?

Smith pareceu desinteressado enquanto Grace falava.

– A menos que você queira mudar os termos do nosso contrato, não há nada para conversarmos.

– Jack não é meu amante. Ontem à noite...

Smith a interrompeu com uma risada irônica.

– Isso pode soar como uma grande surpresa para você, condessa, mas o mundo não gira ao seu redor. Pode ser que você queira reviver as suas façanhas noturnas, mas considero o assunto uma chatice.

E voltou a olhar para o mar.

Talvez ela estivesse abordando o assunto de forma errada, pensou Grace.

Ela colocou a mão sobre o braço dele.

– Queria estar com você.

Smith remexeu os ombros, impaciente.

– Isso aqui não é um clube de mulheres, é? Agora que você está se livrando do seu marido...

Grace prendeu a respiração.

– Não acredito que você disse isso.

Smith empurrou o tronco da árvore e aproximou-se dela.

– Você quer conversar? Tudo bem, então vamos ser realistas. O sr. Encanto tem muito a te oferecer, não tem? Aposto que ele é o top, te dá flores e joias depois que consegue o que quer. Que inferno! Ele deve mesmo se sair muito bem como segundo marido. Tudo o que posso te oferecer é só uma noite. Sou uma pessoa da classe mais baixa da sociedade. Colocando na balança as suas opções, acho que você fez a escolha certa.

– Desculpe-me – Grace interviu com firmeza –, não sei se está lembrado, mas foi você quem me recusou na noite do meu aniversário. E eu não dormi com Jack!

Smith olhou para Grace.

– Está gastando a sua saliva com essa mentira, condessa.

– Não me chame assim! – retrucou ela.

– Tudo bem. Que tal prostituta?

Grace sibilou, cega de raiva. Com um movimento brusco, ela ergueu o braço, pronta para bater na cara dele.

– Quer me bater? – rosnou ele. – Vá em frente.

Grace ficou ali, tremendo, incapaz de compreender o que estava fazendo.

Smith inclinou o corpo aproximando-se mais dela, empinando o queixo.

– Que inferno! Como você é supostamente uma dama, vou amenizar as coisas para você. Mire para o alto e siga em frente.

Grace piscou e, lentamente, abaixou o braço. Com a voz ríspida e enfurecida, ela sussurrou:

– Deus me ajude. Queria nunca ter conhecido você.

Com o coração na garganta, correu em direção à casa.

Grace fechou a porta de seu quarto e caminhou de um lado para o outro, esperando que seu corpo parasse de tremer. Ela não conseguia se lembrar de ter sentido tamanha raiva por alguém. Além disso, ela sabia que a força de suas emoções estava muito além das palavras que ele tinha dito e do tom que tinha usado. Grace tinha a sensação de que os dois estavam dando voltas ao redor do que desejavam para evitar a verdade. Era claro que estavam enlouquecendo.

Estava convencida de que Smith começava a se importar com ela. Era a única explicação para o comportamento dele em relação a Jack. E ela sabia muito bem como se sentia em relação a Smith. O fato de que simplesmente não conseguiam admitir o que estava havendo entre eles era o que mais a perturbava.

Sentada em sua cama, ela viu o botão de pânico e o pegou, lamentando o motivo real da presença de John na vida dela. Era difícil separar seus sentimentos por ele da realidade – Smith trabalhava para ela. E iria embora, em breve. Não conseguia imaginar como seria viver sem vê-lo. Mesmo quando ele a decepcionava, ela desejava tê-lo por perto.

Ao ouvir uma leve batida na porta, ela jogou a pequena caixa preta em cima do travesseiro e ajeitou as roupas.

– Sim?

Quando John entrou, ela levantou-se, surpresa.

– Não vou demorar – disse ele, fechando a porta e encostando-se nela. A expressão dele era de indiferença.

Grace ofereceu-lhe um sorriso torto. Sentiu-se satisfeita pelo fato dele ter vindo procurá-la.

– Não se preocupe se demorar. Não tenho nenhum plano para antes do café da manhã.

– Escute, sinto muito por tudo que eu disse lá embaixo – disse ele com a voz rouca. – O que eu disse foi completamente inapropriado e antiprofissional. Eu deveria ter ficado de boca fechada.

– Não acho que essa seja a melhor estratégia – Grace colocou um travesseiro entre os braços e olhou para os lençóis e os cobertores desarrumados. A prova viva da relação profunda que ela tivera com a insônia, pensou. – Não sei se posso continuar vivendo sob essa pressão.

Grace ouviu Smith soltar um longo suspiro, como se estivesse procurando os tópicos em seu pensamento.

– Eu não culpo você. Prometo, a polícia vai descobrir quem matou aquelas mulheres...

– Não. Estou falando sobre você. Sobre nós – ela levantou a cabeça. – Não gostei do que acabou de acontecer. Não gosto de agir como uma pessoa tão enfurecida. Mas ficar perto de você com tantas coisas não ditas e não explicadas está me matando. Sinceramente, acho que está matando nós dois.

Smith cruzou os braços. A postura, pensou ela, era típica dele.

– John, não podemos ignorar o que está acontecendo entre nós. E não se atreva a me dizer que não está acontecendo nada. Ontem à noite, pareceu que você queria matar Jack quando ele entrou por aquela porta.

– Me desculpe se te incomodei – ele virou-se, impaciente, e Grace teve a impressão que ele estava ansioso para sair do quarto.

Afoita, Grace tentou começar de novo:

– John...

– Olha, apesar do que eu te disse lá embaixo, não é da minha conta com quem você dorme... e o que você faz com a sua vida pessoal.

– Você pode pronunciar essas palavras, mas não sei se acredito nelas.

Pela primeira vez, Smith foi quem desviou o olhar. Enfiando as mãos nos bolsos, aparentemente ele se debatia consigo mesmo. Quando voltou a falar, as palavras foram firmes:

– Eu vi ele te beijar. Eu estava no terraço.

Grace fechou uma carranca.

– Não sei o que você pensa que viu. Mas Jack não fez nada além de me dar um beijo na bochecha.

Smith começou a sacudir a cabeça, como se estivesse frustrado consigo mesmo.

– Que droga, não deveríamos ter esse tipo de conversa.

Ele fez um movimento em direção à porta.

– John, *precisamos* conversar sobre isso. Não vá.

– Tenho que ir.

– Do que você tem tanto medo? – perguntou ela pontualmente.

– De você.

Era a última coisa que ela esperava que ele dissesse.

– Mas por quê? Você precisa saber o que eu sinto por você – Grace apertou o travesseiro. – Acho que estou me apaixonando por você.

– Meu Deus! – Smith passou a mão pelos cabelos.

Grace encolheu-se, envergonhada.

– Essa não é exatamente a resposta que eu estava esperando. Da próxima vez que uma mulher fizer uma declaração para você, tente fazer algo que se pareça menos com uma repreensão.

– Era exatamente isso que eu queria evitar – disse ele em voz baixa.

– Por quê? – Grace exigiu uma resposta. – O que há de tão errado em amar você?

Smith fez um sinal com as mãos, negando as palavras dela.

– Em primeiro lugar, você não me ama.

Grace franziu a testa.

– Não me diga o que eu sinto.

– Você está em perigo. Além disso, está no meio de um divórcio. Neste momento, está vulnerável. Se tivéssemos nos conhecido em outras circunstâncias, você nunca teria se envolvido.

– Como se atreve a dizer isso? – Grace jogou o travesseiro para o lado e levantou-se da cama.

– É verdade – insistiu Smith. – E quando eu partir, você vai perceber isso também.

– Quem foi que transformou você em um especialista nas minhas emoções?

– Quanto mais cedo você reconhecer a realidade da situação, será melhor para nós dois.

Grace sacudiu a cabeça com veemência.

– Me recuso a permitir que você reduza os meus sentimentos... meu coração – ela bateu no peito – a algum tipo de teoria de... recuperação.

– Não é uma teoria – disse ele, mantendo o olhar penetrante sobre ela. – Isso já aconteceu comigo antes. Você não é a primeira cliente que pensa estar apaixonada por mim, Grace.

Essa fala a acalmou por um momento.

Enquanto media a extensão dos ombros dele, Grace perguntou-se quantas outras mulheres teriam se apaixonado por ele.

– E o que aconteceu? – perguntou ela, preparando-se para receber a resposta. – Você...

– Dormi com elas? Não, não dormi – Smith lançou um riso discreto. – Nunca me senti tentado a isso... até que conheci você.

– Bem, pelo menos isso já é um começo – murmurou ela.

– Não, com certeza não é.

– Por quê? Como você disse, a ameaça que paira sobre mim não vai durar para sempre. Você não vai trabalhar para mim para o resto das nossas vidas.

– Por Deus, Grace, não estou falando sobre trabalho. Passei os últimos vinte anos sozinho. Por opção. Não construo relacionamentos e você não é o tipo de mulher que aceita fazer sexo apenas por uma noite. Não vamos chegar a lugar nenhum.

– Como é que você pode saber o que eu aceito e o que não posso aceitar exatamente?

– Pense quando eu levei você para a cama naquela noite que você quebrou o vidro. Você nos interrompeu, condessa, afastou-se muito rápido quando as coisas estavam esquentando. Este não é o tipo de coisa que uma mulher faz quando se sente confortável com sexo casual, é?

Grace pôde sentir a adrenalina percorrer o seu rosto, corando.

Smith praguejou em voz baixa.

– Olha, não estou mais conseguindo pensar direito e você não está me pagando para me distrair. Temos um problema e estou tentando resolvê-lo, não deixar as coisas piores.

– Não temos um problema – respondeu Grace, obstinada.

– Então você está se iludindo. E você é a única que vai se machucar com isso.

Grace envolveu os braços ao redor do próprio corpo.

– Não estou certa disso, nem você.

Ele a fitou.

– Se o meu cérebro ficar embaralhado na situação errada, você pode acabar morta. Eu ainda posso sair vivo desse trabalho. Você quer escolher entre os dois finais?

– E quem disse que essas são as únicas opções?

– Não existe um final feliz para essa situação. Já te falei isso antes.

– Ah, dane-se! Talvez haja!

Smith passou a mão pelos cabelos novamente.

– Grace, não... por mim.

– Por quê? Você está preocupado que o meu coração te incomode? – retrucou ela.

– É para o seu próprio bem.

Grace colocou as mãos sobre a cintura e olhou para Smith com firmeza.

– Vamos deixar uma coisa bem clara, seu filho da puta arrogante. Sou capaz de sobreviver a coisas muitos piores que a um caso de amor com um *fantasma*. A verdade é que, quando você cair na estrada, não vai ter muito a perder porque quase nada de você esteve aqui. Você me dá nos nervos quando fica aí dizendo o que é melhor para mim. Você é um covarde debaixo de todos esses músculos aí. Você – disse ela, apontando o dedo para ele – está tão ocupado tentando proteger a si mesmo que parece um milagre que tenha tempo para cuidar dos seus clientes. Para o meu próprio bem... – murmurou ela. – Por que não cuida de si mesmo primeiro? Depois vai poder bancar o dr. Phil[16] para outra pessoa.

John amaldiçoou com tanta força que Grace recuou.

– Como você acha que vai ser a sua vida se eu ficar? – perguntou ele. – Acha que vai se divertir até altas horas imaginando onde estou e se vou voltar para casa um dia? Acha que vai conseguir ficar sem notícias minhas por semanas ou talvez até por meses? Você é forte o suficiente para aguentar isso? Ou você espera que eu me transforme numa maldita companhia para festas, alguém em quem você possa segurar o braço como uma bolsa e levar para todas as festas chiques que você vai?

Grace sacudiu a cabeça e tentou responder com mais ênfase.

– Não gostaria disso. Jamais esperaria que você fosse algo que não é. Tudo o que quero é nos dar uma chance.

– Então você quer encenar essa coisa de relacionamento? Beleza – Smith fitou-a com o olhar afiado, avaliando-a. – Você não consegue contar para a sua mãe que está se divorciando de um homem que você não ama. Como é que você vai dar a notícia de que nós dois estamos dormindo juntos? Eu sou o pior pesadelo dela.

Grace empinou o queixo.

– Você não precisa se preocupar com a minha mãe. Ela é problema meu. E, quanto à sua profissão, este é o único trabalho que você consegue executar? Duvido disso.

Ele lançou lhe um riso forçado.

---

16 Famoso psicólogo nos Estados Unidos. Participou dos programas de TV de Oprah Winfrey como consultor de comportamento e relações humanas. (N.T.)

– Alguém sem um número de segurança social, alguém que tem três passaportes diferentes? Uma pessoa como eu simplesmente não entra em nenhum escritório para se candidatar a um emprego.

– Não se esconda atrás da logística – rebateu ela com desprezo.

– Logística? O que diabos você acha que eu faço para sobreviver?

Grace o olhou para ele com irritação.

– E então? – insistiu ele.

– Você é guarda-costas – ele balançou a cabeça em sinal de desaprovação, e ela continuou: – Ora, Smith, sei que você é um cara durão, mas até mesmo os militares mais condecorados conseguem ter uma vida social quando não estão em serviço. Você pode escolher outro caminho.

Grace ficou surpresa quando ele simplesmente a olhou, e ela teve a sensação de que poderia estar errada.

– Não é verdade? – sussurrou, em dúvida.

– Aqui vão algumas palavras de ordem para você – disse ele. – Especialista em combate corpo-a-corpo. Especialista em munições. Atirador de elite. Agora, pode me dizer qual é a classificação desse tipo de trabalho no seu mundo?

– Se você nos der uma chance, podemos descobrir juntos.

– Não se engane, Grace.

A frustração aumentou.

– Não estou me enganando. Você é o único que não quer ver...

– Desculpe.

– Vá se danar! Não peça desculpas se você pode fazer as coisas diferentes – os olhos dela encheram-se de lágrimas. Falar com ele era como conversar com uma estátua. – Ah, que droga. Talvez seja melhor você sair.

Enquanto Grace caminhava para abrir a porta, Smith segurou a mão dela. Ela puxou a mão de volta com um olhar zangado, mas parou quando enxergou emoção nos olhos dele.

– Pense em todas as cicatrizes que chamaram a sua atenção, condessa. Como você acha que elas vieram parar no meu corpo? Com certeza não foi porque fiquei sentado atrás de uma mesa.

Grace desviou o olhar.

– Tenho inimigos, Grace – confessou Smith, com a voz extremamente calma. – Do tipo que não usam advogados para defenderem suas causas.

Do tipo que não hesitariam em te matar só porque você está dormindo ao meu lado.

Grace arregalou os olhos enquanto ele soltou a mão dela e começou a caminhar pelo quarto.

– Mesmo que eu deixasse a Black Watch, não posso simplesmente apagar a lousa e começar de novo. Essas pessoas não têm memória curta e o fato de você ser uma figura pública é um problema. Não quero a minha cara ou sua casa estampadas nas primeiras páginas dos jornais. Nunca tive uma casa porque não quero ser facilmente encontrado. Com você, o menor grau de anonimato seria impossível e isso não só me colocaria em perigo, como também colocaria você em risco.

Grace respirou profundamente.

– Meu Deus, John! O que você fazia?

Houve um silêncio longo.

– Operações de cobertura.

– E pode me dizer por que saiu?

Smith hesitou. Grace teve a sensação de que ele estava vasculhando a verdade para limpá-la antes de contar.

– Fui ferido. Depois de umas semanas no hospital, decidi que precisava escolher uma profissão. Eu queria ficar no comando, não recebendo ordens. Nas forças armadas, por mais alto que seja o seu cargo, sempre há alguém acima de você, a menos que seja o presidente. Logo que me recuperei, comecei a fazer alguns trabalhos como terceirizado. Quando já tinha uma quantidade de trabalho que não dava conta de executar sozinho, roubei Tiny e mais um punhado de outros caras que eram muito bons. Estamos trabalhando juntos há cinco anos.

– Deve ser uma vida difícil – Grace abaixou o rosto. – E você vai conseguir levar essa vida para sempre?

– Sei que consigo permanecer assim hoje e amanhã. É tudo no que penso.

– Mas você não se sente só? Não tem vontade de ter alguém em sua vida?

– Não.

– E a sua família? – tinha de haver alguém na vida de Smith, alguém com quem ele pudesse contar. Uma mãe. Irmã. Irmão.

– Não tenho ninguém.

– Ninguém?

Como ele não respondeu, Grace tentou imaginar como seria para ela ser uma pessoa tão sozinha.

– Acho difícil acreditar que você possa viver sem... ninguém.

– Tenho a Black Watch.

Mas isso era um negócio, pensou ela.

– Você nunca pensou em se casar? Ter a sua própria família? Nunca quis ter uma relação mais séria com alguém?

– Se quero sexo, procuro por ele. E depois vou embora. Vínculos permanentes consomem tempo, são desgastantes... São algo que não quero para mim.

Grace sentiu o coração partido ao imaginar como se sentiria ao vê-lo sair por aquela porta e nunca mais voltar.

– Você nunca teve vontade de ficar com alguém por mais tempo?

Smith balançou a cabeça.

– Não consigo me lembrar quando foi a última vez que acordei ao lado de uma mulher.

– Bem, acho que foi comigo, não foi?

Contra a própria vontade, Smith assentiu.

– Sim, acho que foi.

– Quando me virei na cama e olhei para os seus olhos naquela manhã, eu sabia que você me queria – Grace falou baixinho e olhou para ele.

– Claro que eu queria você. Ainda desejo você. Mas não posso mudar toda a minha vida por você e isso seria o preço para ficarmos juntos.

Grace aproximou-se dele e tocou o seu rosto.

– Você não pode proteger o meu coração, John, e nenhum de nós pode prever o futuro. Estou de fato me apaixonando por você. Se não quer ficar comigo, tudo bem. Mas não tome decisões por mim por medo de me machucar.

Com a voz baixa e rouca, Smith confessou:

– Nunca pensei que encontraria alguém como você.

Ele segurou a mão dela, levou-a até os lábios e em seguida a colocou contra o seu peito.

Então ele afastou-se.

– Mas sabendo você ou não, você está à procura de amor recíproco, Grace. E eu não posso te dar uma coisa que não tenho dentro de mim.

Antes que ela pudesse responder, Smith já tinha atravessado a porta e saído.

Capítulo 17

Ao descer as escadas para o café da manhã, Grace teve de forjar um sorriso. Ela preferia comer sozinha, mas as refeições na Willings eram um espetáculo à parte e ausentar-se do café da manhã traria conflitos entre ela e a mãe. Como estava esforçando-se para manter a pequena dignidade que lhe restava, Grace queria evitar qualquer tipo de inconveniência.

Só mais dois dias, pensou ela, caminhando para a sala de jantar.

Surpreendeu-se ao ver Jack acompanhado da namorada à mesa comprida.

– Blair! – Grace exclamou. – Quando foi que você chegou?

A outra mulher levantou-se e as duas se abraçaram.

– Ontem, de madrugada.

Blair, uma mulher alta e magra, que tinha os cabelos louros curtos e olhos cinzentos deslumbrantes, era o par perfeito que complementava a brandura de Jack. Os dois, com suas roupas caras e os looks clássicos, formavam um belo par.

Depois que abraçou a amiga, Grace avistou Smith logo no momento em que ele entrou na sala.

– E como está o dente?

– Estou com um pouco de dor – Blair sorriu, esfregando o queixo. – Mas estava me sentindo melhor, então por isso vim ontem à noite.

– Ela é um verdadeiro soldado de combate, não é? – lançou Jack.

A mulher olhou para ele.

– Em compensação, vou perder o passeio de barco hoje. Não estou tão bem para sair pelo mar com você e Alex.

– Engraçado, você conseguiu se livrar do passeio da última vez que ele nos convidou – Jack sorriu. – Tem certeza de que não planejou esse tratamento de canal?

– Alex está na cidade? – Grace perguntou, sentando-se na cadeira que Jack havia puxado para ela.

Alex Moorehouse tinha sido um dos melhores velejadores da America's Cup e era um velho amigo de Jack. Grace teve a oportunidade de encontrar o homem algumas vezes e gostou dele.

– Sim, e vou perder a chance de sair para o mar aberto com Moorehouse. Aquele homem é adrenalina pura.

Carolina entrou na sala e todos se levantaram. Estava vestida com um terno de *tweed*, o cabelo precisamente preso num coque, no penteado que ela costumava fazer há anos. Quando os olhos da mãe a percorreram, Grace tocou seu próprio cabelo, que estava solto e recaído sobre os ombros.

Carolina olhou com desprezo para a calça jeans de Smith antes de sorrir para sua mais nova convidada.

– Blair, querida, como você está? Sentem, sentem, podem se sentar.

Jack puxou a cadeira para Carolina e, em seguida, ela tocou a campainha. Marta entrou com uma bandeja grande de prata cheia de ovos mexidos e de frutas cortadas. Parou diante de cada convidado, segurando a bandeja com muita facilidade. Quando chegou a sua vez, Grace não se serviu muito.

– Está tudo muito bonito, Marta. Obrigada – disse ela. – Mãe, hoje vamos até a casa do sr. Blankenbaker. Gostaria de nos acompanhar?

– Não. Vou almoçar com Harrington Wright. Mas antes vou encontrar Stella Linnaean, que não está se sentindo muito bem. E, em seguida...

Grace deixou o recital de atividades da mãe passar por cima dela feito uma névoa. Enquanto isso, pensou no que John e ela tinham conversado mais cedo naquela manhã. Ela ficou espantada diante de tantas revelações que ele tinha feito sobre si mesmo, embora fosse uma pena que muito pouco do que ele dissera trabalhasse a favor dela. Ela reproduziu a conversa entre os dois mentalmente, tentando encontrar uma maneira de fazê-lo enxergar as possibilidades em vez dos obstáculos entre eles.

O passado de Smith era uma das coisas mais difíceis de contrapor. Grace não havia duvidado dele ao ouvi-lo dizendo que tinha inimigos perigosos, mas ela tinha de acreditar que havia uma maneira de contornar a situação, apesar desse impedimento.

– Grace? – a mãe a chamou com rispidez.

Grace remexeu o corpo para desligar-se do seu devaneio e olhou para a mesa. A mãe dela havia dobrado o guardanapo no formato perfeito de um quadrado e o colocado ao lado do prato. Em seguida, ficou em pé. Era evidente que o café havia terminado.

– Desculpe. O que foi?

– Gostaria de conversar com você um momento.

Grace agarrou um pedaço de torrada e, contra a própria vontade, seguiu a mãe, atravessando o saguão e chegando até o salão que Carolina utilizava como escritório.

A sala fora pintada de azul pastel e estava repleta de antiguidades francesas delicadas. Grace nunca se sentira confortável com aquela decoração. Tudo parecia pequeno, delicado, frágil. Cheio de armadilhas. Era como se cada uma das cadeiras tivesse sido feita para comportar o peso corporal da mãe – o mesmo de um pássaro – e qualquer coisa mais pesada que isso desmoronaria, causando constrangimento e broncas.

Carolina fechou as portas duplas e Grace sentiu o peito contrair. Era difícil imaginar que um espaço tão iluminado e elegante pudesse parecer uma masmorra, mas era assim que se sentia lá. Como se estivesse numa masmorra.

– É bom ver como Blair está bem – disse Carolina, fazendo uma pausa para inspecionar um vaso de flores que estava sobre uma das delicadas mesas laterais.

A mulher pegou duas pétalas de uma rosa branca e as jogou em um pequeno cesto de lixo completamente vazio.

– Apesar da terrível dor de dente.

– Sim, é verdade.

– Ela é simplesmente adorável, você não acha?

– Sim, é.

Grace sabia muito bem que a mãe não havia a chamado para conversar a portas fechadas sobre a namorada de Jack, e esperou que o motivo real da conversa viesse à tona.

Carolina caminhou devagar até sua escrivaninha, uma obra-prima de Louis XIV cuja superfície intacta continha apenas algumas coisas. No canto do móvel, havia uma caixa revestida de seda que armazenava alguns papéis pessoais, com o nome dela no topo e o endereço da Willings na parte inferior. Sobre algumas folhas, havia uma caneta de ouro tão fina quanto a haste de uma flor, e uma pequena agenda de couro.

– Sente-se, Grace.

Ela abaixou-se cuidadosamente na cadeira ao lado da cadeira da mãe. A luz do sol que entrava por uma janela reluzia sobre os olhos dela, dificultando a visibilidade. Grace piscou.

– Estou surpresa em ver o seu cabelo desse jeito. É um pouco rebelde, você não acha?

Houve um longo silêncio.

– Mãe, o que você quer me falar?

Carolina cruzou as pernas na altura dos tornozelos e alisou a saia perfeitamente lisa num gesto escrupuloso das mãos.

– Tenho medo que você tenha me colocado numa situação bastante desconfortável.

– Como assim?

– Vi você hoje de manhã. Com aquele homem.

Grace sentiu todos os músculos do corpo tencionados.

– Que homem?

– Você sabe exatamente a quem estou me referindo.

– E?

– Você estava discutindo com ele. No gramado. Eu te vi da janela do meu quarto.

O tom da mãe sugeriu que ela preferia ter acordado com um indígena da tribo Winnebago em putrefação no gramado.

Grace lutou contra o impulso de olhar para seus próprios dedos, que era o que ela teria feito quando era menina diante da mesma condenação refinada. Lembrando a si mesma que era adulta, tentou olhar nos olhos da mãe o tempo todo. Sentindo-se incomodada com a luz do sol que refletia sobre seus olhos e com suas costas por conta da cadeira que não era nem um pouco macia, Grace teve uma visão clara de si mesma com cinquenta anos de idade e ainda bancando a filha arrependida. Sentiu o estômago embrulhado.

– E então? – perguntou à mãe com a voz baixa.

– Grace, damas não discutem daquela maneira. E menos ainda em público – houve uma pausa significativa – com um homem que não seja o seu marido.

Grace deslocou o corpo na cadeira, sentindo um estremecimento. Percebeu que estava farta. Pela primeira vez em sua vida ocorreu-lhe que ela não tinha de aceitar o desagrado empertigado da mãe.

Era uma epifania poderosa.

Ela só não sabia ao certo como reagir àquilo.

– E então? – Carolina exigiu uma resposta. – O que você tem a dizer sobre isso?

Que tal virar as costas e ir embora?, pensou Grace.

Ela levantou-se da cadeira, saiu da luz do sol e olhou para o outro lado da sala, mais precisamente para as portas fechadas.

– Aonde você pensa que vai? – indagou a voz frágil da mãe.

Para qualquer lugar, pensou Grace. Qualquer lugar longe de você.

– Quero uma resposta – insistiu Carolina, com rispidez. – Por que você estava discutindo com aquele homem?

– Não tenho uma resposta para você, mãe – Grace murmurou, afastando-se.

Grace estava com a mão muito próxima da maçaneta da porta quando a mãe continuou:

– Me diga que ele não é seu amante.

A filha olhou por cima do ombro e viu que, apesar da voz de ferro, sua mãe estava com o rosto pálido.

Grace respirou, longa e profundamente e falou com clareza.

– Mesmo que ele fosse, isso não seria da sua conta.

Carolina levantou-se da cadeira.

– Você é uma mulher casada. Como pode provocar a sua própria desgraça por causa de uma... farra com aquele...

– Com aquele o que, mãe?

– Gigolô!

Grace esforçou-se contra o impulso de cair na risada diante daquela palavra totalmente inadequada.

– Não seja ridícula – murmurou Grace.

– Ele usa calça jeans para tomar café da manhã.

– Pelo amor de Deus, mãe! – retrucou Grace. – Esta é uma propriedade privada, não um consulado. Ele pode vestir o que bem quiser.

– Ele não se porta adequadamente como um convidado e não entendo por que você insistiu em trazê-lo aqui. Posso lembrá-la que você é casada com um homem de descendência real...

– Poupe-me da reprodução do anúncio de classificados, ok? Ranulf não faz jus a nenhum desses classificados. Se ele fosse metade do homem que Smith é...

Carolina arfou.

– Não diga isso!

– É verdade.

– Você, você... – e então, como se um interruptor tivesse sido desativado, Carolina fechou a boca. Depois de um suspiro profundo, ela disse: – Acho que não tenho mais nada a dizer no momento.

– O que é muito bom, porque eu já estava de saída.

Quando Grace saiu e fechou a porta, não teve certeza se tinha ganhado ou perdido a discussão e percebeu que não fazia diferença. Pelo menos ela tinha conseguido se controlar.

Uma hora depois, enquanto Grace estava do lado de fora jogando *croquet* com Blair, sua mãe chegou e anunciou que a festa da noite havia sido cancelada e que ela jantaria em outro lugar. Sem maiores explicações e sem olhar para a filha, Carolina voltou para dentro da casa.

Contudo, ela deixou a sua marca ao lançar um olhar fulminante sobre John.

Passaram a tarde na casa do sr. Blankenbaker verificando o retrato. Grace ficou emocionada com a obra-prima, embora estivesse chateada porque Jack não fora à visita. O sr. Blankenbaker concordou em preparar os documentos para oficializar a doação e enviar a pintura ao Hall Museum a tempo de ser leiloado no baile de gala.

Retornaram a Willings quando o sol estava se pondo e o mar se acalmava com a chegada da noite. Ao entrar no saguão, Grace decidiu que ficar de molho em água bem quente era tudo o que ela precisava para relaxar.

Ou isso ou um transplante de cérebro.

– Onde você está indo? – perguntou John.

Ela olhou para trás. Smith tinha ficado em silêncio durante a maior parte do dia, mas sempre perto dela. Depois de tudo o que ela dissera a ele quando estavam no quarto, ficar tão perto dele tinha se tornado um tormento agridoce.

De repente, ocorreu-lhe uma ideia. Quando ela havia conversado com John, ele estava usando a cabeça. A razão. A lógica.

Talvez ela só precisasse fazê-lo parar de pensar tanto.

Grace ofereceu-lhe um sorriso discreto.

– Vou tomar banho.

Ele assentiu e a seguiu até as escadas.

Ela nunca tinha seduzido um homem, pensou Grace ao chegar ao segundo andar. E agora era hora de tentar.

Smith tinha dito que a desejava. Talvez o corpo pudesse mudar o pensamento dele.

Smith parou do lado de fora do quarto de Grace, dizendo para si mesmo que ia aproveitar enquanto ela estava na banheira para fazer um pouco de exercício, algumas flexões e abdominais. Precisava liberar energia do corpo.

– Vou ficar do outro lado do corredor – disse ele. – Aperte o botão de pânico se precisar.

– Não posso.

– Por que não?

– Acho que está quebrado.

Ele franziu a testa.

– Mas eu testei antes de te entregar.

Ela deu de ombros e atravessou a porta.

– Não sei. Talvez eu esteja enganada.

E então fechou a porta na cara dele.

Ele bateu na porta.

– Grace? Tenho que verificar o que há de errado com esse maldito botão.

Grace permaneceu em silêncio.

– Ah! Por Deus! Grace?

Ele abriu a porta e congelou.

Grace estava tirando a calça. Já tinha tirado o suéter. Tudo o que ele viu foi uma pele macia e algumas tiras de seda.

Ele piscou como se tivesse levado um soco.

Deus do céu!, pensou ele.

Movimentando-se naturalmente e sem a preocupação de se esconder, Grace dobrou a calça e colocou-a sobre a cômoda.

Enquanto a imagem do corpo dela penetrava seu cérebro, Smith tentou mais que tudo voltar-se para a realidade.

O que era quase impossível, já que estava a um metro de distância da sua maior fantasia, vestida de sutiã e calcinha.

– Onde está o botão de pânico? – rosnou ele.

Grace deu de ombros.

– Não sei. Estava por aí, na minha cama.

– Jesus Cris...

De costas para ele, Grace soltou o fecho do sutiã. Com movimentos lentos, tirou uma alça de cetim e depois a outra. Quando os bojos rendados caíram no chão e Smith olhou para os seios dela sobre a luz do sol, sentiu seus joelhos estremecerem.

– O que diabos você está fazendo? – perguntou ele.

– Estou me preparando para tomar banho.

Ela virou-se, deixando à mostra seu bumbum perfeito, e entrou no banheiro. Ele a observou enquanto ela se agachava e abria as torneiras da banheira.

Era o tipo de visão que poderia cegar um homem, pensou ele, atordoado.

Smith soltou o corpo contra a porta. Tentou pensar em suas opções, que eram bastante limitadas, já que ele não conseguia fazer o próprio corpo sair do quarto. A única coisa que lhe passava pela cabeça era pegá-la e carregá-la até a cama.

Grace passou um bom tempo certificando-se de que a água da banheira estava na temperatura adequada e então se virou para ele. Mesmo que estivesse se comportando de maneira provocativa, os olhos dela revelavam um nervosismo completamente afetuoso.

Ela não tinha ideia do que estava fazendo, pensou ele, sentindo vontade de sorrir.

Foi então que ela colocou os polegares sob o cós da calcinha.

E Smith ficou extremamente sério.

Ela tirou a camisola de seda, abaixando-a até os quadris e as coxas e, em seguida, jogou a peça de lado com um dos pés. De pé, próxima à banheira e rodeada pelo vapor da água quente, era evidente que Grace estava esperando por ele.

Caia fora desse maldito quarto agora!, pensou ele. Antes que não consiga voltar atrás.

Foi necessário encontrar cada pitada de determinação que ele tinha para conseguir se virar e sair.

Seguindo em direção ao terraço, ele caminhou até ficar de frente para o banheiro dela. Quando conseguiu vê-la, Grace já estava na banheira, coberta pela água.

Smith praguejou em voz alta, sentindo o desejo fervilhando e percorrendo seu corpo.

Pegou um charuto e ignorou o fato de que suas mãos estavam ligeiramente trêmulas.

Levou um tempo para que pudesse reorganizar os seus pensamentos.

Enquanto recostava-se sobre o parapeito e fumava, pensou na declaração de amor que Grace havia feito. Poderia ser verdadeira? Uma mulher como ela poderia realmente amá-lo?

E o que ele estaria disposto a sacrificar para tê-la em sua vida? Pensou na Black Watch, no seu trabalho e nos seus clientes. Inúmeras imagens lhe passaram pela cabeça: quartos de hotel, aviões e jatos particulares de pessoas que olhavam para ele com medo nos olhos e esperança nos corações.

Grace o desafiara com algo que ele começou a questionar a respeito de si mesmo. Quanto tempo aquilo poderia durar? Sua vida sem raízes tinha sustentado-o por muitos anos e foi a única maneira que ele encontrou de ganhar a vida. Mas e se houvesse outra forma?

E se essa forma envolvesse Grace?

Ele estreitou o olhar quando ela inclinou-se para trás na borda da banheira de porcelana e fechou os olhos. O cabelo dela estava enrolado no topo da cabeça e algumas mechas estavam soltas sobre o seu rosto em meio ao calor e à umidade. A silhueta dela era uma composição perfeita de linhas planas e de ângulos somados a uma beleza inigualável, mas não foi isso o que prendeu a atenção dele. Smith percebeu que estava analisando muito mais que a perfeição física dela. Ela era muito mais interessante pelos pontos fortes e fracos do seu interior.

Smith observou o momento em que ela tirou a mão da água e acariciou a própria bochecha. Ao fazer isso uma vez mais, Smith percebeu que ela estava chorando.

– Ah, Grace... – disse para si mesmo em voz baixa.

Ela estava certa. Os dois estavam separando um do outro. Smith a observou até que ela começou a se levantar da banheira. Antes que saísse totalmente da banheira, ele voltou para dentro da casa e estava esperando ao lado da porta do quarto dela quando Grace saiu vinte minutos depois, vestida para o jantar. Ela permaneceu em silêncio enquanto eles caminhavam pelo corredor.

Antes de chegarem às escadas, Smith estendeu a mão e agarrou o braço dela.

Em seguida, ele levou os lábios até a orelha dela.

– Você é a mulher mais sensual que já vi. Vou levar a imagem de você de pé de frente para aquela banheira para a minha sepultura.

Os passos de Grace vacilaram e ela soltou um sorriso triste e autodepreciativo.

– Duvido disso. Sou conhecida por muitas coisas, mas ser uma pessoa sexy não é uma delas.

Ele a interrompeu.

– Do que diabos você está falando, mulher?

Ela deu de ombros e seu semblante mostrava uma espécie de derrota que ele não associou a ela.

– Você não entrou naquela banheira comigo, entrou? O quer era minha única motivação para me comportar... Enfim, eu já deveria saber. Ranulf sempre me disse que eu era bonita, mas que não era uma mulher sedutora. Essa provavelmente foi a única coisa que ele acertou em relação a mim.

– O que foi que ele te disse?

Quando Grace recusou-se a olhar nos olhos dele, Smith pensou na noite em que ela tentou se afastar dele e entrou em pânico quando ele não a soltou. Talvez houvesse algo a mais na história além dela não querer fazer sexo casual.

– Grace? O que ele fez com você?

Ela hesitou.

– Digamos que ele não estava muito satisfeito com o meu desempenho como mulher. E ele fazia questão que eu soubesse disso.

Um sentimento de fúria cega atingiu Smith. Enquanto tentava se acalmar, ele perguntou-se o que diabos havia de errado com o homem e como poderia colocar as mãos no traseiro daquele playboyzinho filho da puta.

– Deixa eu te dizer uma coisa – começou Smith com a voz determinada. – Ranulf tem merda na cabeça. Você é incrivelmente sexy.

Grace revirou os olhos.

– Você não precisa dizer isso.

Smith aproximou-se dela, segurou-lhe a mão e colocou-a sobre o seu pênis excitado. Ela arfou.

– Estou falando muito sério – Smith abaixou a cabeça, de modo que a sua boca ficou a dois centímetros dos lábios dela. – Tudo o que preciso fazer é pensar em você.

Grace encostou a cabeça no peito dele.

– Eu queria que você tivesse ficado – sussurrou ela.

Por Deus! Ele também.

– Eu sei disso – respondeu Smith, prontamente. – O motivo que me fez sair não tem nenhuma relação com o quanto eu te desejo. Estou tentando fazer a coisa certa por você. Estou tentando com todas as minhas forças.

Ele beijou-a de maneira intensa e rápida. Em seguida, ofereceu-lhe o braço para ela se apoiar.

Juntos, os dois desceram a escadaria.

Smith afastou o corpo enquanto Marta retirava seu prato. Quando a bandeja com a sobremesa passou por ele, ele sacudiu a cabeça recusando o prato, sem se preocupar com qual era o doce nem com a cobertura dele.

Cruzou os braços e olhou para Grace através da luz da vela cuja chama reluzia sobre a taça de vinho que bebia. Os olhos dela estavam concentrados sobre o cristal facetado quando sorriu por causa de algo que Walker havia dito.

– Claro que te deixei de lado hoje – disse ela. – Blair precisava mais de companhia do que você, e Alex precisava de um companheiro para o passeio de barco.

– Ah, fala a verdade, você disse "não" por força do hábito. Você começou a me rejeitar desde o jardim de infância e eu não dei trégua. Felizmente, o meu ego falou mais alto – Walker sorriu num gesto de gentileza, colocando mais uma dose de vinho em sua taça. – Só porque me acostumei com isso.

Jack empurrou sua cadeira para trás, jogou as pernas para o lado e apoiou um pé em cima do outro. A taça de vinho pendeu sobre a mão enquanto ele reclinou o corpo.

– Pelo menos você me ama – disse ele a Blair.

A mulher inclinou-se e beijou a bochecha dele.

– Sim, amo.

– Há quanto tempo estamos juntos mesmo?

– Cinco anos, mais ou menos.

– Sabe, estive pensando na gente...

Blair revirou os olhos enquanto sorria para ele.

– O que você andou pensando? – ela olhou de relance para Grace. – No inverno passado, ele me levou até um avião, sugeriu que eu tirasse um cochilo e, quando acordei, estávamos sobrevoando o Atlântico, indo para Porto Fino. Foi lindo, mas fiquei bastante desorientada.

Walker sorriu e colocou a taça de vinho sobre a mesa.

– Bem, meu plano dessa vez não envolve viagens de avião e espero que você não durma com ele – Jack enfiou a mão no bolso interno do paletó, de onde tirou uma pequena caixa de veludo. – Quero que seja a minha esposa. Quer casar comigo?

Smith fitou Grace. A expressão dela era de alegria; ela apertava uma mão contra a outra.

Walker abriu a caixa e a estendeu em direção a Blair.

Jack lançou um sorriso discreto enquanto Blair, sem palavras, olhava para o diamante que tinha um tamanho considerável.

– Sabe, adoro surpreender você, Blair.

A mulher arregalou os olhos diante do anel de noivado.

– Você está falando sério?

Houve uma pequena pausa.

– Está na hora de a gente firmar o nosso compromisso – Jack sorriu. – E fiz isso na frente de testemunhas para você saber que não tenho nenhuma intenção de recuar.

Blair tirou o anel da caixa e colocou-o no dedo.

Em seguida, ela respirou fundo e sorriu.

– Ok. Aceito.

Walker inclinou-se e beijou a noiva. Enquanto os dois sussurravam palavras um ao outro, Smith observava Grace. Ela estava olhando para a chama de uma das velas, com um leve sorriso no rosto. Um pouco depois, a pequena comemoração terminou e cada um foi para o seu quarto. Smith estava caminhando bem atrás de Grace quando ela chegou à porta do quarto.

– Posso entrar? – perguntou ele.

– Claro.

Enquanto a acompanhava, Grace foi até a cômoda e começou a tirar os brincos.

– Acho que me enganei em relação a você e Walker, não é?

Grace virou-se, mexendo na rosca de um dos brincos de diamante. Sua voz parecia cansada.

– O que foi que fez você finalmente acreditar em mim?

– A maneira como você olhou para ele hoje à noite. Você teria de ter gelo correndo nas veias para fingir uma alegria tão verdadeira com o noivado deles. Especialmente porque os dois estavam ali, de frente para você.

Grace assentiu e começou a tirar o brinco da outra orelha. Na penumbra, sua pele era translúcida. Smith sentiu vontade de tocá-la.

Depois de colocar o outro brinco sobre a cômoda, Grace sentou-se na beirada da cama e começou a tirar os sapatos.

– Bem, obrigada por dizer alguma coisa.

Smith balançou a cabeça, observando-a tirar um dos sapatos e desatar o fecho do outro. Ele firmou o olhar na curva graciosa da panturrilha dela e no arco do seu pé.

– E você está certo – murmurou ela. – Estou muito feliz por Jack. Espero que dê tudo certo para eles. O casamento, mesmo sob as melhores circunstâncias, é um desafio. Exceto para os meus pais, claro. Que formavam um casal perfeito.

– Tem certeza disso? – perguntou Smith, tranquilamente. – A perfeição é algo muito difícil de encontrar nesse mundo.

– É verdade – concordou Grace –, mas os meus pais chegarem perto dela. Ele era a estrela dos negócios e da filantropia. E ela, sua assessora social. Uma coisa muito típica dos anos 1950, mas os dois se encaixavam perfeitamente um ao outro.

– Era isso que você pensou que teria quando se casou com o conde?

O olhar de Grace demonstrou certa surpresa, mas logo ela balançou a cabeça.

– Não. Nunca quis ser a líder de torcida de ninguém. Sempre quis ficar no meu campo. Pensei que Ranulf tinha entendido isso, e até certo ponto ele de fato entendeu. Ranulf estava feliz o suficiente por gastar tanto o dinheiro que eu tinha como o dinheiro que eu ganhava.

Smith imaginou Grace em seu escritório, trabalhando por longas horas. Para muitas pessoas, ela era como uma rocha.

– Você merece algo melhor – a voz de Smith soou baixa, porém intensa.

Grace olhou para ele e balançou a cabeça.

– Estou começando a descobrir isso.

Mesmo sabendo que não deveria, Smith foi até ela. Estendeu a mão e roçou um dedo sobre a pele sedosa do rosto de Grace.

– Que bom para você – afirmou com a voz suave. – Até amanhã, Grace.

Capítulo 18

Depois que John saiu, Grace trocou de roupa e foi até a janela. Enquanto olhava para o mar, sentiu-se arrependida de tê-lo deixado sair do quarto. No momento em que ele acariciou o seu rosto, ela deveria tê-lo puxado para perto.

Aliás, ela deveria atravessar o corredor e beijá-lo.

Afinal, o striptease tinha funcionado melhor do que ela havia imaginado, concluiu ela. Talvez ela tivesse uma mulher fatal dentro de si.

Apoiando-se na sua coragem, colocou a cabeça para fora da porta e não ouviu um barulho sequer pela casa. O silêncio pairava por todas as direções, então Grace imaginou que Jack e Blair provavelmente tinham saído para comemorar o noivado. Sua mãe também não estava em casa.

Grace bateu à porta de Smith suavemente e esperou pela resposta, prendendo a respiração.

Ele não respondeu.

Ela franziu a testa e bateu com um pouco mais de força.

Uma vez mais, não houve resposta. Abriu a porta e enfiou a cabeça pela fresta.

– John? – ela o chamou em meio à escuridão do quarto.

Grace atravessou a porta. Enquanto seus olhos se ajustavam à escuridão, Grace pôde ver sombras dentro do quarto: a cama, a cômoda, algumas das coisas que ele tinha na bolsa e a jaqueta dele. A porta do banheiro estava aberta e ela viu, pelo brilho da lua, uma toalha amontoada no balcão de mármore e outra pendurada na porta do chuveiro. Havia uma lâmina e uma lata de espuma para barbear próximas à pia.

Sentindo-se uma intrusa, voltou para seu quarto e deixou a porta aberta para poder ouvi-lo quando ele voltasse. Depois de vinte minutos, como ele não retornou, Grace começou a ficar preocupada. Ela pegou o botão de pânico.

Com o aparelho em mãos, perguntou-se se deveria utilizá-lo ou não. Com um murmúrio, colocou o objeto sobre a cômoda ao lado dela. Afinal, ela não estava em perigo. Só queria saber onde ele estava.

Meia hora depois, Grace estava impaciente e ainda mais preocupada, imaginando se algo poderia ter acontecido com ele. Era difícil pensar que algo pudesse derrubar um homem como John, mas alguma coisa havia acontecido.

Ela pensou em Cuppie, Suzanna e Mimi.

Com elas, coisas terríveis certamente aconteceram.

E ele tinha deixado claro o tipo de pessoas que poderiam machucá-lo, e elas não fariam isso com palavras cruéis nem com insinuações ameaçadoras.

Grace repreendeu a si mesma dizendo para não ser ridícula. Que tipo de bandido procuraria por John em Newport, Rhode Island? E quem saberia que ele estava em Willings?

O tempo passou. E seu lado racional ficava cada vez mais perturbado com as imagens que lhe passavam pelo pensamento.

Grace olhou para o botão de pânico. Se ela o ativasse e ele não viesse, ela saberia que John estava em apuros.

Sim. Mas e então, o que ela faria? Armar-se com uma escova de cabelo e sair procurando por ele vestida de camisola?

Não, era melhor procurar Jack, pensou. Os dois saberiam o que fazer.

Então Grace pegou o botão de pânico e apertou o botão vermelho.

Em um milésimo de segundo, Smith disparou contra as portas da varanda, deixando lascas de madeira sobre o chão ao quebrar a fechadura. Ele empunhava a arma e seus olhos estavam mais enegrecidos que nunca ao analisarem o quarto dela. Quando Grace o olhou, soube que, sem a menor sombra de dúvida, Smith tinha uma força mortífera.

E que ela havia cometido um grave erro.

– Ah... – Grace vacilou nas palavras. – Merda.

Depois que ele vasculhou os arredores da sala e o corpo dela, perguntou:

– O que aconteceu?

Grace se sentiu mal. E uma imbecil.

– É... nada.

– Por que diabos você apertou o botão de pânico, então?

– Desculpe, sinto muito. Eu não sabia onde você estava e...

– Jesus! – Smith murmurou, colocando a arma no coldre. – Esse aparelho não é um pager.

– Eu sei. Eu realmente não deveria ter usado a menos que estivesse numa emergência – Grace sorriu, envergonhada. – Acredite. Nunca mais vou tocar nessa coisa de novo.

– Não, quero que você o utilize. Apenas tenha certeza de que há uma boa razão para isso – ele aproximou-se e verificou a porta. – Isso aqui vai precisar de um bom reparo.

Balançando a cabeça, Smith fechou as portas e colocou uma cadeira encostada sobre elas.

– O que você estava fazendo na varanda? – indagou Grace.

– Você precisava de alguma coisa?

Houve uma longa pausa. Seus olhares se cruzaram.

Vá em frente, ela pensou. Basta dizer.

– Preciso de você.

Antes que Smith pudesse dizer algo, ela aproximou-se dele.

– Você me disse que nós poderíamos passar uma noite juntos. Sei que se arrependeu de ter feito o convite, mas você tem de admitir que estamos nos deixando loucos. Se está preocupado em perder o foco do seu trabalho ou se vou me machucar, você acha, de verdade, que as coisas podem ficar ainda mais complicadas? Queira admitir ou não, estamos envolvidos, John. Acho que devemos parar de falar. E começar a fazer amor.

Com movimentos bruscos, ele arrancou a jaqueta que tinha usado no jantar como se de repente a temperatura do quarto estivesse ficado insuportavelmente quente.

– Você sabe que estou certa – acrescentou ela, com a voz suave.

Smith fixou o olhar na porta do corredor e, quando finalmente se moveu, Grace teve a certeza de que ele iria embora. Mas, em vez disso, ele aproximou-se dela e a envolveu em seus braços.

– Que Deus nos ajude – disse ele.

Grace abriu a boca esperando pelo beijo dele, mas Smith jogou a cabeça para trás.

– Se passarmos a noite juntos, nada vai mudar no final – Smith fez questão de enfatizar. – Quando o nosso acordo acabar, eu irei embora.

Olhando em seus olhos, Grace disse:

– Eu sei. Mas você está aqui agora, não está? Então cala a boca e me beija.

Com um sorriso sarcástico, Smith murmurou:

– Está ficando brava comigo?

– Sim – ele levou a boca até a dela.

Enquanto os lábios se tocavam, Grace ouviu Smith gemer de tanto desejo. Ele deslizou a língua dentro da boca dela e ela retribuiu o beijo com muita paixão. Rapidamente, o beijo transformou-se em uma carícia selvagem.

Num impulso repleto de desejo, ele tirou a camisola dos ombros dela. Grace sentiu a peça escorregar pelo seu corpo e cair no chão. Sentindo a corrente de ar frio, ela envolveu os braços ao redor dos ombros de Smith, mas parou ao sentir a arma dele contra o seu corpo. Smith afastou-se, tirou o coldre e, em seguida, a camiseta. Enquanto ele se despia, não tirou os olhos dela, e Grace aproveitou para apreciar o tórax extenso e a barriga bem torneada. Estendeu a mão e tocou a pele dele, quente e cheia de virilidade.

– Quero ver você – disse ele, levando-a para a cama, onde pairava um fecho de luz. Ao olhá-la, Smith sibilou e Grace pôde ouvi-lo, enxergando o desejo desenfreado em seu rosto. Ele sentou-se, ou talvez desmoronou na cama.

Ele estendeu as mãos e segurou os seios dela, esfregando os polegares sobre os mamilos, que já estavam enrijecidos. Com o toque dele, ficaram ainda mais intumescidos e Grace jogou a cabeça para trás, deixando escapar um gemido de prazer. Inclinando o corpo, Smith colocou a aréola de um dos seios dentro da boca e Grace agarrou os ombros dele, depois o pescoço e, em seguida, a cabeça. Ele deslizou a boca para baixo, foi até a superfície plana da barriga dela até chegar aos quadris, mordiscando suavemente sua pele.

E então, como se não pudesse mais aguentar, ele a puxou para cima dele. Seus braços a agarraram com força, e seu pênis, grosso e duro, a pressionou. Grace levou as mãos até a calça dele, procurando pelo cinto, enquanto ele continuava a beijá-la. Com um movimento flexível, ele rolou por cima dela, ergueu as costas e tirou a calça. Logo que o viu totalmente nu, por cima dela, Grace sentiu uma onda de calor muito semelhante a uma dor.

O tempo parou enquanto ele acariciava o corpo dela, beijando-a no pescoço, nos seios e cobrindo a pele dela com as mãos. Grace pensou vagamente que nunca ninguém havia tido a preocupação de excitá-la antes da penetração. Sentiu-se viva.

– Preciso que você me toque – rosnou Smith contra a boca dela.

Com uma confiança que ela mesma jamais havia pensado que teria, Grace começou a acariciá-lo, começando pelos ombros largos, depois descendo para o tórax, para a barriga e para os ossos dos quadris. Quando foi mais para baixo, pegando-o nas mãos, ele segurou-se na cabeceira da cama e todos os músculos do seu corpo se contraíram. Admirada ao ver que ela era o que ele precisava tanto, Grace começou a dar prazer a ele.

Ela não foi muito longe. Num movimento rápido, ele a agarrou e a puxou contra o seu corpo, empurrando a língua para dentro da boca dela, deslizando as mãos por cima de suas costas sem parar. Grace sentiu que Smith estava tentando ser gentil, mas que a necessidade e o desejo deixavam-no agressivo. Não estava com medo. Só queria mais dele.

– Não posso aguentar mais – pronunciou ele, com um gemido contra a boca dela.

Ele rolou por cima dela e seus olhos a penetraram enquanto o peso do seu corpo a pressionava contra o colchão. Arqueando o corpo debaixo dele e sentindo o inchaço e a pulsação da necessidade em sua vagina, ela flexionou os joelhos. Ele ajeitou-se entre as pernas dela com uma expressão muito semelhante à de angústia.

De repente, John afastou-se e a olhou nos olhos:

– Você tem certeza?

Ela assentiu com a cabeça e o puxou em direção à sua boca.

Com um movimento lento e doloroso, ele a penetrou, preenchendo o corpo dela com uma espessura vigorosa que a levou ao delírio. Ela gemeu alto e Smith acreditou piamente nas palavras incompreensíveis que ela pronunciou, começando a se movimentar dentro dela. Ele a adentrou cada vez mais rápido e com mais força, até que os corpos se uniram e os dois explodiram com gritos roucos, agarrando firmemente o corpo um do outro.

No silêncio que se seguiu, Grace sentiu um fulgor interno, mas não teve certeza de qual era o sentimento de Smith. Ela o olhou sorrateiramente. Os olhos de Smith estavam fechados e os traços agressivos do seu rosto estavam surpreendentemente relaxados.

– Você está bem? – perguntou ele.

Grace sorriu.

– Sim, estou.

Ele olhou para ela, afastando uma mecha de cabelo que estava sobre o seu rosto.

– Você é uma mulher maravilhosa.

– Sério?

– Sim, sério – ele a beijou. Longa e intensamente.

Grace estendeu as mãos e agarrou as costas dele.

Ainda dentro dela, enquanto Smith ficava excitado novamente, ela suspirou e entregou-se ao prazer.

Grace acordou sozinha e teve a impressão de que já eram altas horas da manhã. A luz do sol, entrando pelas janelas e espalhando-se lentamente pelo chão do quarto, chegava até o final da cama. Ela espreguiçou-se, sentindo todos os tipos de sensações. Sorriu para si mesma, olhando para toda a bagunça que eles tinham feito na cama.

Depois de ter feito amor com John durante a noite toda, ela sentia-se como uma nova mulher. Ele agiu da maneira como ela esperava. Foi amoroso, sensível e definitivamente sabia como usar aquele corpo másculo dele. Aquela tinha sido a única e mais gratificante noite de toda a vida dela.

Olhando para a cadeira do outro lado do quarto, apoiada contra as portas fechadas, Grace se perguntou como explicaria aquele estrago.

Estava levantando-se e tirando o robe quando ouviu uma batida na porta. Ficou surpresa ao se deparar com a sua mãe do lado de fora do corredor.

– Não está cedo para você? – perguntou Grace, tentando ajeitar os cabelos. Ela sabia muito bem que os fios deveriam estar todos emaranhados.

– Não, não está. Você dormiu durante todo o café da manhã.

Carolina deu um passo adiante, forçando Grace a sair do caminho. Os olhos da mulher seguiram diretamente para a porta quebrada.

– Pensei ter ouvido alguma coisa aqui na noite passada. O que aconteceu?

Grace deu de ombros.

– Eu me tranquei no terraço por engano.

– Por que não usou a porta no final do corredor?

– Ela também estava trancada.

A mãe de Grace aproximou-se da porta e inspecionou a maçaneta quebrada.

– Vou ter de pedir a Gus que conserte isso.

– Você precisa de alguma coisa?

Carolina virou-se.

– Por que o quarto que ofereci ao sr. Smith está vazio?

Grace hesitou.

– Porque ele não está se hospedando lá.

– E onde é que ele está ficando?

– Do outro lado do corredor.

Houve um silêncio terrível. Grace ajeitou os ombros enquanto o olhar da mãe tornou-se frio.

– Há algum motivo em especial para ele não ter gostado do quarto que ofereci?

– Mãe...

– Você mentiu para mim, não foi? – embora sussurradas, as palavras foram ditas ferozmente.

– Sobre o quê?

– Sobre... sobre... Este homem ser o seu amante!

Não exatamente, pensou Grace. Ontem, ele não era.

– Mãe, você está exagerando.

– Estou? – Carolina apontou para o casaco de Smith pendurado no encosto da cadeira. – Então deve haver outra explicação para a bagunça que está a sua cama e para a jaqueta dele.

Grace rezou para que o rubor do seu rosto não estivesse tão evidente quanto ela sentia.

– Saímos para uma caminhada. Estava muito frio e ele me deu o casaco.

– E você espera que eu acredite nisso? – havia desgosto nas linhas de expressão da testa bem cuidada de Carolina.

– Sabe, a nossa conversa de ontem não foi muito boa. E não vai ser melhor desta vez.

– É pedir demais que você cumpra as suas obrigações como membro dessa família e que se comporte como uma dama?

Grace suspirou, exasperada.

– Pelo amor de Deus, não estamos mais na Era Vitoriana!

– O que é uma pena – Carolina lamentou. – Naquela época, as pessoas entendiam a importância das boas maneiras e das aparências.

– Quem é que você acha que devo impressionar, mãe? Além de você, é claro.

– Não discuta. Você sabe que as pessoas estão sempre observando. E posso garantir a você que não há nada de exótico nem de nostálgico em romper os votos de casamento – Carolina apontou para a porta, pela qual era possível enxergar o quarto de Smith.

– Quero aquele homem fora dessa casa.

Grace arregalou os olhos.

– Não posso fazer isso.

– Sim, pode.

– Mãe, John Smith trabalha comigo.

– Não me importo se ele é seu médico, seu advogado ou o lixeiro. Não quero ele debaixo do teto do seu pai.

– Então terei de ir embora também.

Essas seis palavras levaram a conversa a uma pausa.

– Desculpe, não entendi.

Grace levou uma das mãos à têmpora, tentando afastar um pouco da tensão que percorria sua espinha e ia até a cabeça.

– Olha, não quero aborrecê-la.

– É um pouco tarde para isso.

– Mas acho que vai ser melhor se formos embora mesmo.

Carolina fungou, com desprezo.

– Não há nenhum motivo para fingimento, Grace. Estou apenas defendendo os seus interesses.

– No entanto, parece que tudo que está fazendo é me acusar.

– Melhor eu do que a imprensa – Carolina estreitou o olhar de maneira astuta. – A notícia pode se tornar pública diante de qualquer indiscrição que você cometer. Você sabe disso, não sabe?

Grace assentiu diante da frustração da mãe.

– Claro que sei.

– Podemos ter perdido o seu pai, mas ainda temos o poder do nome dele. Não quero que nada aconteça com a reputação da nossa família.

Grace tencionou os músculos do corpo ao ouvir as implicações que a mãe fazia questão de destacar.

– Esta seria a maior tragédia para você? – sussurrou Grace. – Maior que a dor de ter que suportar a perda dele?

Carolina ignorou a pergunta.

– Você é a única herdeira do legado dele. Não quero que você jogue tudo fora por causa de um... homem. Você se casou com um homem da realeza...

– Para com isso, mãe! – Grace a interrompeu. – Por favor.

Afastando-se, Grace foi até o guarda-roupa e pegou sua mala.

– Você vai embora mesmo?

Grace considerou o estado de choque da mãe muito aborrecedor.

– Sim, vou.

– Mas, o que eu vou dizer aos convidados? Depois de já ter remarcado a festa para hoje à noite devido às suas... explosões?

Ela sacudiu a cabeça num gesto de resignação e murmurou:

– Tenho certeza de que você vai pensar em alguma coisa.

Enquanto a filha começou a tirar as coisas do guarda-roupa, a mãe retrucou com desdém:

– Bem, se é isso que você quer, talvez seja melhor que você vá mesmo – Carolina parou em frente à porta. – Pode pelo menos me fazer a gentileza de se despedir das pessoas? É o mínimo que você pode fazer.

Assim que ficou sozinha, Grace caiu na cama e olhou para as roupas que tinha acabado de jogar dentro da mala. As ideias de que nunca mais se sentiria confortável em Willings e de que a distância entre a mãe e ela seria ainda maior agora que não havia mais a influência do pai, a frustraram.

Mas talvez ficar longe da propriedade fosse a única opção. Havia algo em sua mãe que sugava sua vontade de viver ao lado dela, pensou. Toda aquela elegância fria e censura incansável pareciam um buraco negro.

Ao ouvir o toque suave do relógio de pêndulo do avô, ela se deu conta de que era melhor dizer a John que eles iriam embora.

Ela atravessou o corredor e bateu no batente da porta.

– John?

Ele saiu do banheiro vestindo uma camiseta e calça preta. Smith estava com uma toalha pendurada no pescoço e segurava ambas as extremidades, o que deixava os seus bíceps em evidência.

Grace sentiu um calor percorrer o seu corpo, mas quando seus olhos se cruzaram e ele não demonstrou a menor reação, ela relaxou os ombros, decepcionada.

– Bom dia – disse ela.

Ele assentiu.

– Dia.

Certamente ele poderia ter sorrido. Ter feito alguma demonstração de carinho. Tocar em sua mão. Mas, em vez disso, Smith pareceu recuar para dentro de si mesmo, e ela lembrou-se da primeira vez em que o viu, perguntando-se se haveria algo por trás de toda aquela dureza.

– Humm... Houve uma mudança nos planos. Estamos indo embora – anunciou Grace.

– Tudo bem.

Ela franziu a testa. Na noite anterior, ele havia a segurado firmemente contra o seu corpo, sussurrado o nome dela com a voz rouca e a penetrando. Ao olhar para a expressão inflexível dele, Grace pensou em tudo o que acontecera como se tivesse sido um sonho.

Um sonho dela. Não dele.

Ela hesitou.

– Certo. Vou fazer as malas.

– Em dez minutos estarei pronto.

Quando ele virou-se, Grace manteve os olhos concentrados nas costas dele.

– John, o que há de errado?

– Nada – respondeu ele ao olhá-la de relance, enquanto caminhava para o banheiro.

Grace ouviu o barulho de água corrente na pia e o ruído suave da lata de creme de barbear.

Ela o seguiu.

– Por que você está agindo assim?

Smith manteve os olhos fixos no espelho enquanto passava a lâmina de barbear sobre uma parte da barba branca, coberta pelo creme que ele havia usado.

– De que forma, exatamente?

– Fale comigo, por favor.

– Não tenho nada para dizer.

– Nada?

Smith arqueou a sobrancelha enquanto limpava a lâmina. Depois, voltou a passá-la sobre a barba.

– Quer que eu faça alguma coisa?

– Só para você saber – disse ela com firmeza –, se o seu objetivo é provar que não há um final feliz para nós dois, sua missão foi cumprida.

Ao voltar para o seu quarto, Grace percebeu que tinha cometido um erro e que havia se precipitado ao supor que as coisas poderiam ser mais fáceis depois que eles fizessem amor.

Capítulo 19

Quando o jato começou a se aproximar da pista para aterrissar em Teterboro, Smith olhou para o solo pela janela oval ao lado do seu assento. Ele tinha passado toda a viagem com os olhos fechados, mas não dormiu.

Desde o dia em que tinha acordado ao lado de Grace naquela manhã, Smith tentava se convencer de que não estava apaixonado por ela. O discurso interno não estava funcionando muito bem, apesar de se basear em princípios completamente racionais. Que droga! Ele, mais do que ninguém, deveria saber que uma noite não significava nada. Eram apenas dois corpos no escuro de um quarto, cumprindo a diretiva máxima da evolução humana.

Então por que ele se sentia fora do centro da gravidade?

E por que diabos ele se comportava como um idiota em relação a ela?

Lembrou-se de como ela estava em pé na porta do banheiro enquanto ele se barbeava. As palavras dela antes de sair do quarto fizeram com que ele se sentisse uma pessoa desprezível.

Deus do céu, como ele tinha sido hipócrita! Dissera a Grace que ela merecia algo melhor após saber a forma como o marido a tratava, apenas para cair no silêncio depois que... tinham feito amor.

Tinham feito amor. Essas eram as palavras certas, percebeu Smith.

A noite anterior havia sido muito mais que uma boa noite de sexo e ele estava se esforçando para enfrentar suas reações. Coisas como querer ficar por perto ou até mesmo desejar passar mais uma noite com a mesma mulher depois de já ter transado com ela não era normalmente o que pairava em sua mente no dia seguinte.

Smith queria falar com Grace. Queria muito. Sentia apenas que precisava colocar a cabeça no lugar. Precisava dizer a ela algo que fizesse sentido para ele.

Bem, pelo menos ele sabia por onde diabos começar. Precisava pedir desculpas por não conseguir lidar com a sua própria confusão. Um pouco de introspecção era uma coisa. Ignorá-la completamente era inaceitável.

Quando o avião aterrissou na pista e os propulsores reversos começaram a deslizar devagar, Smith olhou para o corredor. Grace estava verificando seus relatórios mensais e havia papéis espalhados por toda parte: no assento ao seu lado, no chão e na mesa à direita acoplada ao seu assento. Grace estava vestida com roupas informais, um suéter bem ajustado ao corpo e calças de lã leve, mas ainda assim era uma pessoa elegante.

Smith nunca imaginou que pudesse se sentir atraído por uma mulher tão refinada. Ou que usava roupas tão caras.

Ele tentou pensar por que ela era tão diferente das outras mulheres que ele havia conhecido. Todos os tipos de imagem lhe ocorreram. O momento em que ela tocara as suas cicatrizes, o queixo empinado em meio a tanto medo e os olhos tímidos que o fitavam. Grace era pura contradição: assertiva porém vulnerável, majestosa porém com os pés no chão, intensa e ao mesmo tempo reservada.

E ela era extremamente sexy. Smith só conseguia pensar em tirar a roupa dela para senti-la novamente contra o seu corpo.

O avião girou e um raio de sol iluminou a cabine. À medida que o avião se movimentou, a luz do sol reluziu o anel de safira de Grace, símbolo do casamento com o conde. A gema cintilava.

Joias sofisticadas de um homem rico, pensou Smith. No dedo da esposa sofisticada de um homem rico.

Smith queria arrancá-las do corpo de Grace, mas sabia que não tinha o direito de ser possessivo. Especialmente depois da maneira como a tinha tratado.

– Grace?

Ela não olhou para ele e sua voz soou ríspida.

– Sim?

– Me desculpe.

Smith observou enquanto ela circulava um parágrafo e escrevia algo ao lado, na margem.

– Pelo que?

– Pelo o que eu fiz hoje de manhã.

Grace levantou a cabeça e olhou para a frente do avião, como se tivesse acabado de perceber que eles tinham aterrissado.

– Não se preocupe.

E começou a pegar os papéis, amontoando-os em pilhas e colocando--os em pastas.

– Grace, olhe para mim – como ela não olhou, Smith soltou o cinto de segurança e foi até ela. – Estou muito arrependido de ter te magoado hoje de manhã. De verdade.

Ela aquietou o movimento das mãos. Houve uma longa pausa.

– Você não me magoou. Fui eu quem magoei a mim mesma porque sabia quais eram as regras – ela olhou para ele com o olhar triste. – Você deixou bem claro o tempo todo o que queria e o que poderia me dar. O meu ego fez com que eu olhasse muito além do que deveria.

– Grace...

– Você vai embora, não vai?

– Não – ele franziu a testa. – O que faz você pensar que eu iria embora?

– É meio óbvio, não é?

– Eu ainda vou proteger você – disse ele, olhando-a bem fundo nos olhos. – Nada mudou.

Grace respirou fundo e soltou o ar devagar.

– Infelizmente, imagino que isso seja verdade.

O avião parou.

– Eu não estava preparado para o que aconteceu ontem à noite – disse ele com firmeza.

– Olha, você não me deve nada. Nem desculpas, nem explicações.

Grace ofereceu-lhe um sorriso demasiadamente alegre.

– Sou uma mulher bem crescida, posso cuidar de mim mesma. Você deve esquecer o nosso acordo.

Ela jogou o cinto de segurança para o lado, estendeu a mão para pegar a bolsa, juntou suas pastas, segurou-as num braço e correu para fora do avião como se estivesse ansiosa para se livrar dele.

Deus do céu.

Smith sabia que se envolver com ela traria grandes complicações. Agora ele estava agindo feito um louco, ela estava magoada e os dois estavam de volta a Nova York, onde o assassino provavelmente tinha passado o final de semana afiando as facas.

Na pior das hipóteses, pensou Smith, a essa hora alguém estaria morto e caído no chão.

Eddie estava aguardando-os em frente ao terminal e ajudou a guardar a bagagem na Explorer. O motorista estava muito bem-humorado.

– Fiquei surpreso porque vocês voltaram tão cedo – disse ele, entrando no carro. – Ainda mais com o tempo tão bom...

Smith grunhiu e Grace ofereceu um sorriso discreto ao homem.

– E aí? Como vão as aulas de escrita criativa? – perguntou ela.

Eddie sorriu pelo espelho retrovisor enquanto dava a partida no carro.

– Estão indo muito bem. Estamos estudando tensão dramática agora.

Bem oportuno, pensou Smith.

O trajeto pela cidade foi silencioso e tenso. Quando pararam em frente ao edifício da cobertura, Smith saiu do carro primeiro e olhou ao redor, enquanto Grace colocava o pé na calçada.

O fecho do porta-malas se abriu e Smith deu a volta ao redor do carro para pegar a bagagem. Quando ele pegou a mala de Grace e a tirou do carro, ela se apressou para tirá-la das mãos dele e acabou tropeçando na guia da calçada. Smith movimentou-se rapidamente e conseguiu segurá-la, envolvendo-a em seu braço no exato momento em que eles ouviram alguém chamá-la.

Ambos olharam em direção à voz. Dentro de um carro, um fotógrafo posicionado para fora da janela começou a tirar fotos. Com os flashes disparando como se fossem uma luz estroboscópica, o carro saiu apressado.

Smith praguejou e quase correu atrás do cara, mas não queria sair do lado de Grace. Mesmo mantendo os olhos concentrados na placa do carro, ele sabia que era tarde demais. As fotos tinham sido tiradas e não havia muita coisa que pudesse ser feita.

Ao olhar nos olhos de Grace, percebeu que ela estava exausta.

– As fotos vão aparecer por toda a parte – admitiu ela, com a voz cansada.

Era mais de onze horas quando Grace decidiu tomar um banho quente, na esperança de estimular o sono. Estava a caminho do banheiro quando o telefone tocou. Ela deixou o aparelho tocar até cair na caixa postal. Não havia ninguém com quem ela quisesse falar àquela hora.

Se fosse o tenente Marks com mais um anúncio terrível, ele ligaria para John. Se fosse a mãe, ela definitivamente não queria atender a ligação. Tinha deixado um recado na Willings avisando sobre as fotos, mas não queria discutir a situação. Não naquela noite.

Quando tirou o roupão, sentiu o estômago revirado, embora não tivesse jantado. Smith tinha cozinhado alguma coisa cujo cheiro despertava o apetite, mas ela tinha recusado o convite dele para jantarem juntos. Se estava tentando se livrar dele, não estava tendo muita sorte. Ele dominava a mente dela.

Smith dissera que estava arrependido e Grace acreditou no arrependimento dele. Era evidente tanto em seus olhos quanto no seu pedido de desculpas que ele estava de fato arrependido. Grace disse a si mesma que não poderia se sentir surpresa. E que pelo menos ele tivera a decência de se preocupar com o fato dela estar magoada. Grace teve a sensação de que ele não tinha feito esse esforço com as outras mulheres com quem tinha transado.

Grace gemeu ao se lembrar mais uma vez do que sentiu ao tê-lo por cima do seu corpo, beijando-a e tocando-a.

Que Deus a ajudasse, mas ela queria ficar com ele de novo. Sim, mesmo que isso significasse se sentir desiludida na manhã seguinte.

Era difícil não se decepcionar com a sua libido, e Grace perguntou-se por que não poderia se sentir atraída por alguém mais razoável. Afinal, Eugene Fessnick, o contador, era solteiro. Ela poderia até mesmo isentar-se das taxas de declaração de imposto de renda se os dois namorassem.

Mas não, ela tinha que escolher alguém que nunca sossegaria em um só lugar. Alguém que não era carinhoso nem apaixonado e que conseguiu transformar a sua vida em um caos. O El Niño dos homens.

Estava claro que o seu senso de autopreservação precisava de uma revisão.

Grace estava enxugando o corpo quando uma sombra apareceu na porta. Ela cobriu-se rapidamente e reconheceu a sombra da silhueta de John. No silêncio profundo, ele estava imponente e ela pôde sentir a tensão no seu corpo.

Será que aquela ligação era do tenente Marks?

Grace lambeu os lábios, nervosa.

– Aconteceu alguma coisa?

A voz de Smith soou profunda e rouca.

– Só quero ter certeza de que você está bem antes de ir dormir.

– Estou bem – como ele não saiu, ela ajeitou a toalha no corpo, cobrindo-se ainda mais e enfiou uma ponta que estava solta para dentro. Grace não conseguiu ver o rosto dele claramente, mas sentiu que havia algo incomodando-o.

Ela franziu a testa.

– Você está bem?

Ele passou a mão pelo cabelo.

– Não, não estou não.

– Qual é o problema?

– Quero fazer amor. Com você. Agora.

Grace prendeu a respiração ao ouvir aquelas palavras.

– Sei que estraguei tudo hoje de manhã. Sou inexperiente nessa história de... – Smith mexeu a mão para trás e para frente, como se estivesse procurando as palavras certas. – Homem e mulher. É um pesadelo maldito. Estou puto comigo mesmo e passei a noite toda pensando em como pedir desculpas... tipo uma novela. Estou me perguntando onde diabos foi parar a minha lógica, não consigo me livrar dessa dor no meu peito e se houvesse uma maneira de voltar para hoje de manhã e fazer tudo de maneira diferente, eu faria. Toda vez que fecho os meus olhos, vejo você nua nos meus braços, olhando para mim com os olhos cheios de confiança, e sinto vontade de esmurrar a parede.

Smith começou a andar.

– Isso está me deixando louco. Deus do céu! Deve haver uma maneira mais fácil de lidar com isso. Como as pessoas lidam com essa confusão, quando finalmente encontram alguém com quem se importam? É como ser jogado em uma caverna sem nenhuma luz. Nunca me senti tão desorientado na vida, e devo dizer que já me meti em encrencas bastante cabeludas.

Sem voz, Grace o observou enquanto ele continuava a falar. Ela nunca o ouvira dizer mais que algumas frases de uma vez, e certamente Smith nunca tinha sido tão sincero em relação aos seus sentimentos.

– Isso é terrível. Eu me sinto mal. Muito mal. Tudo o que quero fazer é segurar você nos meus braços. Não sei o que está acontecendo comigo. Só sei que quero você e que não queria ter te machucado nunca. E...

Ele respirou fundo enquanto tentava organizar o pensamento.

Grace balançou a cabeça e sorriu, surpresa.

– Nossa, você disse um bocado de coisa!

– É, pensei em tudo isso durante o jantar.

– Imaginei.

Seria difícil não perdoá-lo diante da sinceridade a respeito de si mesmo e Grace sentiu um calor percorrendo seu corpo. Mas se lembrou de que, embora ele estivesse pedindo desculpas pelo o que tinha acontecido, aquilo não era uma promessa de que ele permaneceria em sua vida depois que o trabalho como guarda-costas chegasse ao fim.

Porém, eles tinham aquela noite, pensou ela. E amanhã de manhã. Depois que ele fosse embora, restariam apenas as lembranças dele.

– Vem aqui – disse ela, estendendo os braços na direção dele.

Smith arregalou os olhos, como se o gesto de Grace fosse totalmente inesperado, e o corpo dele encheu-se de adrenalina à medida que se aproximava dela.

Grace colocou a mão sobre o tórax dele. Ela sentiu o calor do corpo dele através da camiseta e o coração batendo contra a palma da sua mão.

– Estou feliz que você tenha me contado tudo isso.

Smith manteve os olhos fechados, como se estivesse revivendo a frustração que sentiu consigo mesmo.

– Você tem que acreditar em mim, a última coisa que quero fazer é te machucar.

Grace levantou o rosto para beijá-lo e puxou a cabeça dele em direção ao seu rosto.

O toque dos seus lábios foi suave, uma carícia surpreendentemente gentil, e Grace sentiu a mão dele tocando a sua mão esquerda.

– Você vai tirar esses anéis hoje? – perguntou ele.

Ela não hesitou. Num movimento brusco, tirou o anel que tinha uma safira e outro com um diamante e atirou-os no balcão de mármore.

John segurou-a no colo e levou-a para a cama. Ao repousá-la sobre o colchão e deitar sobre o seu corpo, apoiando seus braços fortes ao lado dela, Grace sentiu uma onda de desejo percorrer as suas veias como se fosse uma droga. Quando a boca dele se aproximou dos seus lábios, Grace rendeu-se ao desejo.

Ela estava dormindo nos braços de John quando o telefone começou a tocar às seis e meia da manhã. No terceiro toque, ela atendeu.

– Por onde você andou? – indagou a mãe dela, antes que Grace tivesse tempo de balbuciar um "Alô". – E por que você não atendeu o telefone ontem à noite?

– Era você? – Grace sentou-se, empurrando o cabelo para trás.

John remexeu-se na cama e se aproximou de Grace, envolvendo o braço ao redor de sua cintura. Ela sentiu alívio ao ver que ele não tinha se afastado dela.

– Claro que era eu – respondeu prontamente a mãe. – Pensei que você ia gostar de saber que estou cuidando do seu pequeno problema. Ontem à noite, passei a maior parte do tempo atendendo a telefonemas de Cameron Brast. No meio da minha festa, devo acrescentar.

Grace fez uma careta. Brast era o editor de um dos principais jornais de Nova York.

A mãe continuou.

– A foto daquele Smith com os braços ao redor do seu corpo não vai aparecer nos jornais hoje. Gastei todo o meu poder de persuasão para bloquear essa publicação, e graças à sua indiscrição agora estou em dívida com aquele homenzinho desprezível.

– Sinto muito que você...

– Igualmente chocante é o fato de que o seu marido me ligou para dizer que algum repórter o abordou em Paris pedindo que ele comentasse o caso. Ranulf estava praticamente inconsolável ontem à noite. Ele tentou ligar para você e, como não conseguiu encontrá-la, me ligou. Você não tem vergonha?!

Grace fechou os olhos.

– Mãe, Ranulf e eu estamos nos divorciando.

A respiração rápida de Carolina emergiu na ligação como uma rajada de vento.

– Meu Deus do céu! É por causa daquele homem, não é? Você está se divorciando de Ranulf por causa de um...

– Ranulf e eu nos separamos logo depois da morte do papai. Antes mesmo de eu conhecer John.

– Meu Deus... Mas por que ele quer se separar de você?

Grace quase conseguiu disfarçar a frustração em sua voz.

– Fui eu quem pediu o divórcio.

Ela praticamente pôde ouvir a paralisação das engrenagens do cérebro da mãe.

– Mas por que você pediu o divórcio?

– Temos diferenças impossíveis de aceitar.

A começar pelo fato de que nunca amamos um ao outro, pensou Grace.

– Mas como vocês dois podem ser tão diferentes? A família dele é muito respeitada. Talvez vocês só precisem tentar novamente.

– Isso foi exatamente o que meu pai me disse – respondeu Grace.

Houve uma pausa.

– Você conversou com ele a respeito disso?

– Sim. No verão. Ele me aconselhou a voltar com Ranulf e eu voltei. As coisas só pioraram.

– Não entendo. O que aconteceu? Você dois pareciam tão felizes juntos.

– As aparências enganam, mãe.

Houve um longo silêncio na ligação.

– Ah, Grace, não posso suportar essa ideia. Primeiro foi o seu pai, agora o seu casamento. Quando é que isso vai acabar?

– Sinto muito em decepcioná-la – foi difícil tomar a decepção da mãe para si mesma. Ela poderia esperar apoio da mulher, mas sabia muito bem que a relação entre elas nunca tinha funcionado dessa maneira.

– Você sabe, seu pai e eu tivemos momentos difíceis – disse Carolina, com um traço de esperança na voz. – E nós superamos. Isso é possível.

Para Grace, era difícil acreditar que seus pais tinham enfrentado alguma coisa mais difícil do que ter de se vestir para o jantar.

– Mãe, a verdade é que eu nunca deveria ter casado com Ranulf. Desde o começo, sempre tive dúvidas. Até mesmo na nossa festa de noivado.

Enquanto Smith levantava-se da cama e caminhava nu até o quarto dele, Grace esqueceu momentaneamente a mãe.

– Mas o que você vai fazer? Vai ser uma mulher solitária?

– Vou conseguir administrar isso de alguma forma – respondeu Grace, com certo sarcasmo. – É incrível o que as mulheres têm o poder de fazer agora. Você sabia que temos o direito de votar?

– Não vejo motivos para brincadeiras. E, devo dizer, estou extremamente angustiada ao ver que, com o fim do seu casamento, seu primeiro impulso é se atirar nos braços de um troglodita... como esse tal Smith.

– John é meu guarda-costas.

A mãe ficou em silêncio.

– Seu guarda-costas?

– Foi por isso que ele teve de mudar de quarto. Ele precisava ficar perto de mim.

– Deus meu! Por que você precisa de um segurança? Você está bem?

– Eu... eu estou bem – Grace soltou uma expiração frustrada. Tinha acabado de consolar a mãe sobre o seu divórcio, mas não se sentia confortável para acalmar a mulher em relação aos assassinatos de suas amigas. – É melhor eu ir, mãe. Está na hora de ir trabalhar.

– Mas hoje é feriado. Dia de Colombo.

– Eu sei que é feriado, mas ainda tenho coisas para fazer. Converso com você mais tarde.

Tentando afastar a conversa do pensamento, Grace desligou o telefone e saiu para o corredor. Estava prestes a perguntar para Smith se ele aceitaria tomar banho com ela quando ouviu a voz dele no outro quarto.

– Não sei quando vou estar livre. Pode ser daqui a algumas semanas, antes de eu sair de Nova York, o que significa que eu não conseguiria ir para o Oriente Médio até o início de novembro.

Grace virou-se e voltou para o quarto, sentindo uma dor no estômago. O incômodo era uma demonstração do quanto ela estava enganando a si mesma. Em algum lugar lá no fundo, ela alimentava a esperança de que ele ficaria ao seu lado. Ouvir a logística da partida dele foi como um tapa na cara.

Tomou um banho rápido e, antes de se trancar no closet, ela o chamou avisando que o banheiro estava livre.

Sentada em frente ao espelho da penteadeira, Grace sentiu vontade de chorar. Ao ouvir o barulho da água do chuveiro caindo, decidiu o que ela precisava fazer, em vez de ficar se lamentando e com pena de si mesma: sair da cobertura. Ela se deu conta de que havia dias que ela não saía para praticar uma corrida, e a ideia de se sentir um pouco livre lhe pareceu irresistível. Tudo que precisava era algo curto e rápido, o suficiente para esvaziar a mente e ajudá-la a enfrentar o dia, sem se debulhar em lágrimas na frente dele.

Ela só precisava de algo que a fizesse se lembrar de sua força.

Pegou uma calça de moletom, seu tênis de corrida e, em poucos minutos, estava na rua. Quando saiu do edifício, ainda debaixo da entrada principal, olhou para cima. O céu estava cinzento e caía uma chuva fina, mas a umidade do ar não a incomodou quando ela começou a caminhar com passos rápidos.

Por força do hábito, Grace seguiu pela rota habitual, subiu o Central Park West e depois foi para o parque. Pegou uma das trilhas de cooper que a mantinha perto da rua, porém distante do barulho e da poluição do tráfego.

Enquanto corria, passou por poças d'água que molharam sua calça. Grace pôde sentir o suor da sua pele em contato com a umidade da calça. Então começou a correr um pouco mais rápido.

Tinha corrido quase meio quilômetro quando percebeu que a alguém seguia.

Seu primeiro pensamento foi que deveria ser John, e por isso sentiu vontade de praguejar ao perceber o que ela havia feito. Ele ficaria extremamente irritado pelo fato dela ter saído sozinha. Com todo o direito.

O que diabos ela tinha pensado?

Não tinha pensado em quase nada, concluiu, enquanto diminuía a velocidade e virava-se.

Não era Smith.

Grace sentiu o medo percorrer seu corpo, deixando-a com a sensação de que estava anestesiada, paralisando até mesmo sua audição e tudo mais. Logo avaliou a pessoa que estava atrás dela. Não conseguiu enxergar o seu rosto porque quem quer que fosse estava usando uma capa de chuva com capuz. Ficou afoita para conseguir identificar o rosto.

Grace começou a correr mais rápido e olhou para os lados na esperança de avistar outros corredores. Por causa da chuva, ela era a única na pista de cooper.

Correndo o mais rápido que podia, Grace se enfiou entre as árvores e o gramado, tentando lembrar o caminho para chegar até a rua. Seu coração batia muito forte e suas pernas estavam dormentes por conta do esforço, mas ela seguiu adiante.

Olhou para trás. Quem quer que fosse a pessoa, continuava mantendo o ritmo.

Imagens de Mimi, Suzanna e Cuppie e dos seus corpos com as gargantas retalhadas vieram ao seu pensamento. Grace estendeu as mãos em direção às suas pernas em busca de mais velocidade. Procurando um caminho para sua casa, tentou tranquilizar-se afirmando para si mesma que conseguiria.

Mas não estava certa de que conseguiria.

Seria o assassino? Aqui, no Central Park? Em um momento de pânico, Grace lembrou-se do que Smith havia dito sobre seus clientes que tinham vida longa porque seguiam as orientações dele.

Ela tinha quebrado uma de suas regras mais simples.

De repente, junto ao som do vento que corria por seus ouvidos, ela ouviu uma voz rouca chamando. Grace percebeu que a pessoa que a seguia estava gritando alguma coisa.

E então, uma palavra que ela jamais pensou que ouviria acabou com todo o seu medo.

– Estrela do mar!

A voz do pai pairou em seu pensamento. *Ânimo, estrela do mar! Quero ver o seu sorriso!*

Surpresa, Grace interrompeu os passos largos e tropeçou. Caiu sobre o chão e deslizou. Sentiu a perna e o joelho arranhados, mas essa era a menor das preocupações. Enquanto o estranho se aproximava dela, Grace dobrou os braços como se fosse se defender de golpes.

– Eu... eu não quero machucar você – Grace ficou ainda mais surpresa ao ouvir a voz de uma mulher, ofegante de tanto correr. – De verdade...

Quando a pessoa que a perseguia não fez nada além de apoiar as mãos sobre os joelhos e tentar recuperar o fôlego, Grace pensou que ela deveria estar poupando-a.

Logo que conseguiu falar, Grace perguntou:

– Quem é você? E como você sabe o meu nome?

A desconhecida tirou o capuz e Grace franziu a testa.

Havia algo familiar sobre o rosto da mulher, como se a conhecesse ou tivesse visto-a em algum lugar.

Ah meu Deus!, pensou Grace, sentindo o corpo gelado.

O pai dela.

A estranha tinha a mesma cor de pele que ele, o mesmo formato do rosto, e olhos profundamente azuis como os dele.

Ao pressionar as pálpebras, com dificuldade de identificar quem era aquela mulher por causa da chuva, Grace se perguntou se estava perdendo os sentidos.

– Eu sou... sua... meia-irmã. Callie – disse a mulher, ainda respirando com dificuldade.

Capítulo 20

Smith saiu do banho lamentando profundamente o fato de Grace não estar debaixo daquele chuveiro com ele. Mesmo que os dois tivessem feito amor três vezes durante toda a noite, ele queria mais. Não conseguia acreditar que tinha pensado que uma única noite com ela teria sido suficiente. Ele precisava de meses, talvez até anos com ela.

Era uma pena os dois não terem esse tempo juntos.

Acordar ao lado dela tinha sido outra surpresa. Depois de anos deixando as mulheres sozinhas na cama logo que voltava a vestir as calças, Smith tinha rolado na cama ao lado de Grace, sem o menor interesse de ir para qualquer outro lugar. Ele a observou enquanto ela dormia, apreciando os cílios repousados na bochecha, os lábios ligeiramente abertos e os cabelos que cobriam os travesseiros.

Smith tirou a toalha do corpo, colocou algumas roupas e saiu, esperando que ela ainda estivesse em seu closet. Como não estava, ele olhou para a cama e lembrou-se do que ela havia feito com ele durante a noite. À medida que se sentia mais confortável e confiante diante dele, Grace se tornava ousada, exigente... criativa. Smith sentiu seu corpo fervilhar.

Amanhã de manhã ele tomaria banho com ela, definitivamente.

Estava prestes a sair do quarto, certo de que a encontraria na cozinha, quando avistou os anéis dela em cima da cômoda. Smith pegou a aliança.

A joia era pesada e continha uma pedra azul-escura, gloriosa e brilhante, e os diamantes das laterais cintilavam como fogo.

Que tipo de anel ele daria a ela? Com certeza não seria nada como aqueles quilates e mais quilates de safira que estava segurando. Seria algo simples. Ardósia, talvez...

Balançou a cabeça. Não compraria anéis para ninguém.

Nem para ela, certamente.

Afinal, era um jovem delinquente convertido, ex-militar e ex-espião. Com certeza não era o cara certo para se tornar o segundo marido de Grace Woodhard Hall, conhecida como condessa Von Sharone.

Fim da história e ponto final.

Smith deixou a safira escapar por entre os dedos e observou enquanto a joia balançava sobre a mesa até parar.

Ficou abismado porque nunca tinha chegado a pensar em casamento, nem hipoteticamente. Em sua profissão, esposas eram algo ainda mais impossível do que uma namorada; uma família era a maior ameaça para a clareza do pensamento. Quanto mais laços você tivesse com as pessoas, quanto mais almejasse estabilidade, mais chances você teria de ser vulnerável.

Smith sempre considerava um erro o fato das pessoas pensarem que, de certo modo, ao ter um lar, uma esposa e um casal de filhos, o mundo se tornaria um lugar seguro. Muitas dessas pessoas acreditavam que, só porque tomavam uma xícara de café sentadas à mesa com a mesma pessoa todos os dias, estariam seguras de alguma forma. Smith sabia que era o oposto. Como todo mundo, essas pessoas estavam negociando com o destino o tempo todo. Elas só não sabiam que já estavam na mesa de negociações.

Ele sabia que ficava melhor sozinho; como operador solo, tudo com o que tinha de se preocupar era com a morte. E essa era uma força da natureza que não o assustava. Depois de morto, nada mais importaria.

A clareza dos seus pensamentos quando o assunto era família sempre foi motivo de orgulho, mas agora ele não se sentia tão satisfeito consigo mesmo. Conhecer Grace estava fazendo com que suas ideias sobre o lar mudassem. Pela primeira vez, ele pôde entender a atração entre duas pessoas que dependem uma da outra. A verdade era que ele gostava de ouvi-la remexendo-se durante a noite. Gostava de vê-la com o roupão de banho de manhã, com o cabelo todo bagunçado. E gostava do jeito que ela roncava baixinho enquanto dormia, apoiada nas costas dele. Gostava também do calor do corpo dela ao seu lado...

O instinto de Smith chamou-lhe a atenção.

Ele ouviu atentamente o silêncio pela cobertura por um instante e então correu para o corredor. Olhou na sala de estar e de jantar e depois saiu depressa em direção à cozinha. Quando chegou ao corredor da frente, uma voz dentro de sua cabeça começou a gritar.

Ao olhar para a mulher, Grace piscava enquanto os pingos da chuva caíam sobre os seus olhos. Sentiu o chão duro debaixo do bumbum, o moletom frio e molhado sobre os ombros e uma dor pungente na perna.

Então isso tinha de ser verdade, pensou ela.

– Eu não tenho nenhuma irmã – sussurrou ela, embora seus olhos estivessem dizendo o contrário. A semelhança com o pai era sutil, porém inegável e, de repente, um sentimento de traição começou a percorrer o seu corpo.

– Como é que você sabe que meu apelido era estrela do mar? – indagou ela, com rispidez.

A resposta foi calma e cheia de pausas, como se a moça não tivesse certeza de qual seria a reação de Grace.

– Quando eu era pequena, vi uma foto sua e do meu pai no jornal e perguntei a ele quem era você. Ele respondeu que você era a outra filha dele e eu quis saber qual era o seu nome. Foi aí que ele me disse "estrela do mar". Sempre pensei em você como uma estrela do mar. Mesmo depois, quando soube seu verdadeiro nome.

Grace sentiu uma pontada de ciúmes ao ver que aquela outra pessoa, essa estranha, sabia qual era o apelido carinhoso que o pai lhe dera.

Como ele ousa estar morto agora?, pensou Grace, num momento de irracionalidade.

Enquanto tentava se recompor sobre os próprios pés, a mulher lhe ofereceu a mão, mas Grace recusou o gesto.

A estranha deixou o braço repousar lentamente ao lado do corpo.

– Eu deveria ter escrito para você antes, mas achei que você poderia pensar que sou alguma maluca. De qualquer maneira, provavelmente você está pensando isso agora. Eu só precisava conhecer você pessoalmente. Vi fotos suas por muitos anos. Era como se você não fosse real. Tão bonita e glamorosa... Eu costumava fingir que... – a mulher esboçou um sorriso discreto. – Eu só queria conhecer a outra parte dele. A parte maior... do meu pai.

Grace olhou para a mulher. A chuva estava deixando o cabelo vermelho dela ainda mais escuro, molhado e pesado. Seus olhos azuis pareciam abrigar velhas sombras.

– Qual é seu nome mesmo? – indagou Grace.

– Callie. Na verdade, é Calla Lily.

Grace sentiu um arrepio percorrer seu corpo. O nome. O nome que ela tinha ouvido o pai pronunciar no sonho que ela teve.

Ela balançou a cabeça, sentindo a realidade mudar e girar em seu cérebro enquanto ele lutava para reorganizar a sua vida.

Grace voltou a se concentrar na mulher.

– Você se parece com ele.

– Eu sei. Acho que é o cabelo vermelho.

– Sim, e os seus olhos também – Grace pôde sentir a raiva em sua própria voz.

Ela queria dizer à mulher que fosse para o inferno, acusando-a de calúnia. Queria, pelo menos, nunca ter saído para correr naquela manhã, como se isso pudesse magicamente ter impedido o encontro.

– Sei que isso deve ser um choque.

Agora era o momento de atenuar as coisas.

Grace começou a vasculhar a memória em busca de indícios da vida dupla do pai. Ele passava boa parte do tempo ausente. Era um homem muito bem-sucedido, então é claro que aparentemente estava sempre a caminho de alguma reunião ou voltando de algum compromisso de negócios. Será que essas viagens eram uma desculpa para a outra vida que ele tinha? Ela pensou no quanto os dias em que trabalhava na Fundação tomavam o seu tempo. Antes de morrer, ele tinha feito tudo o que ela estava fazendo agora, bem como cuidado dos grandes investimentos da família. Onde ele encontrava energia?

Bem, era óbvio que essa energia vinha de algum lugar, pensou ela. De alguma forma, ele tinha encontrado tempo para levar uma outra vida. Para criar outra vida.

Callie levantou o braço e tirou um pouco de cabelo do seu rosto.

– Agora que estou aqui com você, não sei dizer o que eu esperava com esse encontro...

Grace olhou profundamente nos olhos da mulher.

A filha do seu pai.

– Era você – disse Grace abruptamente, concentrada na capa de chuva que a moça usava. – Me vigiando enquanto eu entrava e saía do trabalho, esperando por mim do lado de fora dos restaurantes... Você me seguiu no funeral do meu pai, não foi?

– Sim – Callie desviou o olhar. – Foi difícil me aproximar de você. Eu ficava pensando que poderia simplesmente ir até você, mas você nunca estava sozinha e eu não queria criar nenhuma cena... Quanto ao funeral, eu precisava assistir ao enterro porque uma parte de mim se recusava a acreditar que ele tinha partido. Os jornais não anunciaram onde a cerimônia seria realizada, só a data. Eu segui você porque não havia outra forma de poder dizer adeus a ele.

Grace sentiu o estômago revirar e sacudiu a cabeça de novo.

– Preciso ir – murmurou ela.

Quando começou a caminhar com passos vacilantes, sentiu a chuva escorrer pelo rosto. Ou teria sido algumas lágrimas.

Calla Lily.

A voz do pai ecoou em seu pensamento.

Grace tinha caminhado alguns metros quando parou e olhou para trás.

A mulher estava olhando para ela e parecia minúscula debaixo da capa de chuva.

A capa não era muito cara, pensou Grace. Apenas uma capa de chuva simples, barata e de plástico. E seus sapatos eram velhos, gastos. A moça não estava vestida como alguém que tinha dinheiro.

Será que ela tinha aparecido para exigir os seus direitos do testamento? Estaria só interessada em dinheiro?

Grace pensou em John. Ele poderia descobrir exatamente quem era a mulher e investigar se ela tinha segundas intenções.

– Está frio aqui – disse Grace. – Você mora aqui perto?

– Não exatamente. Meu apartamento é no Chelsea.

Mantenha os seus amigos perto de você e os seus inimigos ainda mais perto, pensou Grace. Malditas palavras.

– Então venha comigo para se secar.

Os olhos azuis da mulher ficaram arregalados e demonstraram certo receio.

– Tem certeza?

Não, ela não tinha.

De qualquer forma, Grace assentiu com a cabeça e Callie aproximou-se com cautela.

– Você está sangrando – disse ela, apontando para o ferimento.

Grace olhou para si mesma. Viu o arranhão na perna através do moletom rasgado. O sangue tinha manchado seu tênis de corrida.

Aquilo deveria estar doendo, pensou ela. Curioso. Ela não sentiu absolutamente nada.

– Tem certeza de que consegue caminhar? – perguntou Callie. – Posso pedir um táxi para a gente.

– Vou ficar bem.

Quando esse filme de terror em que se transformou a minha vida parar de inserir novas cenas. E novos personagens.

As duas foram para a rua juntas, vagarosamente, porque Grace estava mancando.

– Você realmente não sabia, não é? – perguntou Callie com a voz suave. – Sempre me perguntei se você poderia ter adivinhado. Deve ser muito difícil descobrir... Faz 27 anos e eu ainda acho muito difícil lidar com tudo isso...

Ouvir a idade de Callie disparou mais um punhado de raiva. Vinte e sete anos. Seu pai tinha sustentado uma mentira por mais de um quarto de século. Ele tinha feito com que todos à sua volta vivenciassem uma mentira.

Com amargura, Grace voltou a lembrar daquela conversa sobre a importância do casamento dela com Ranulf. O pai tinha vomitado uma fala sobre o significado dos votos do casamento – um comentário que agora era mais difícil de ser digerido do que seus recitais a respeito da posição de destaque da família Von Sharone. Graças à perseguição de Callie, as palavras do pai fediam a hipocrisia e Grace sentiu vontade de voltar no tempo e, de alguma forma, recuperar os três meses que ela tinha passado ao lado de Ranulf.

Bem como todos os anos que ela tinha acreditado que o pai era um homem honrado.

Quando entraram na cobertura do prédio de Grace, Callie parou e sacudiu a capa de chuva e o cabelo. Aparentando certo desconforto, ela acompanhou Grace entrando no prédio e movendo os olhos de um lado para o outro diante do porteiro uniformizado que abriu a porta para elas, do luxuoso hall de entrada e do elevador envidraçado.

– É um belo edifício – murmurou ela, enquanto subiam pelo elevador.

Ao saírem, Grace franziu a testa. A porta de entrada estava aberta e um homem loiro, desconhecido, vestido de preto, tão grande quanto um jogador de futebol americano, estava em pé no hall de entrada. Quando o olhou, o homem esboçou um sorriso nada amigável.

– Acho que sua condessa está de volta – disse ele em tom seco.

John apareceu de repente na porta. Num movimento involuntário, Grace deu um passo para trás. O homem estava coberto de raiva.

– Onde diabos você estava? – ele perguntou com a voz alta.

Grace teve de se esforçar para não ceder à vontade de voltar para o elevador e desaparecer de novo.

Limpando a garganta, ela respondeu com muita calma:

– Saí para uma corrida. Desculpe por não te levar...

– Que porra você estava pensando? – ele apontou o dedo para ela. – Você não pode ir a lugar *nenhum* sem mim. Esse é o nosso acordo. Quer me dizer que porra estava passando na sua cabeça?

Grace olhou de relance para Callie, que aparentemente estava com vontade de derreter e sumir pela parede. Grace não a censurou.

– Você precisa se acalmar – sussurrou para John. – Está tudo bem.

– Sim, está tudo bem. Vou ligar para a polícia agora e vou dizer para todos os meus homens que podem voltar para casa porque está tudo bem. Não tem o menor problema, condessa – enquanto marchava em direção à sala de jantar, Smith colocou o telefone no ouvido e começou a disparar palavras curtas e enfurecidas.

– Talvez este não seja o melhor momento – disse Callie com a voz suave.

– Não, ele vai se acalmar.

Assim espero, pensou consigo mesma.

Enquanto Grace entrava na cobertura, ela avistou três homens em sua sala de estar, todos altos, de ombros largos, com roupas escuras. Eles pareciam uma espécie de esquadrão militar, embora não estivessem usando uniformes. Quando todos a fitaram ao mesmo tempo, Grace se sentiu como uma criança que tinha violado o castigo.

Ou um ativista político que precisava ser expurgado.

– Olá – disse ela ao grupo.

O homem que estava na porta quando elas chegaram, o belo loiro, só abaixou a cabeça. Os demais não esboçaram nenhum tipo de reação.

John desligou o aparelho celular e se dirigiu a eles.

– Marks e os caras dele estão voltando para os seus postos. Obrigado por virem.

– Que bom que ela apareceu – disse o loiro. Ele lançou um sorriso sarcástico para John. – Do contrário, a gente teria que amarrar você em uma cadeira antes que você se machucasse.

– Vá se foder, Tiny.

Tiny arremessou o braço musculoso ao redor de John e agarrou-o por trás do pescoço, sacudindo o colega. Com a voz mais baixa, o homem perguntou:

– Você está bem?

John sussurrou algo e Grace observou enquanto os dois homens cruzavam olhares.

– Ok, vamos embora, meninas – disse Tiny aos demais. Enquanto passavam por Grace, ele fez uma pausa e disse: – Nos faça um favor, condessa. Por favor, fique perto de casa, ok?

– Tchau, Tiny – disse John, advertindo o homem.

O homem revirou os olhos e sorriu ao olhar para trás discretamente.

– Se eu continuar falando com ela, você vai me chamar de "minha pequena"?

Tiny acenou por cima do ombro enquanto levava os outros homens até a porta.

Grace olhou para John. Ele estava com as mãos na cintura, olhando para o chão. E com os dentes cerrados, aparentemente.

Callie se pronunciou.

– Olha, eu realmente acho que devo ir embora.

John virou a cabeça em direção à moça.

– Quem é você?

– Esta é Callie – interviu Grace. – Minha... ir... meia-irmã.

John concentrou o olhar na mulher.

– Eu não sabia que você tinha uma irmã.

– Nem ela sabia – respondeu Callie.

– Bem, seja bem-vinda a essa maldita família. Converso com você depois – disse John a Grace antes de sair para o corredor.

– Você vai me perdoar? – perguntou Grace a Smith enquanto saía atrás dele.

Ela estava a poucos milímetros de distância dele quando Smith parou em frente ao quarto dele.

– Você precisa ficar bem longe de mim até eu me acalmar.

Depois que disse isso, fechou a porta na cara dela.

Grace soltou um suspiro.

Enquanto voltava para a sala, arrependeu-se de ter trazido Callie, principalmente porque sabia que John deveria estar muito chateado com ela.

Ela estava dando uma bola fora atrás da outra naquele dia.

– Quer tirar o seu casaco? – perguntou ela à mulher.

Callie manteve o olhar sombrio enquanto tirava a capa dos ombros. Ela manteve a jaqueta sobre o seu braço, apertando-a contra o corpo, mesmo com a peça molhada.

– Aqui, me dê isso – Grace percebeu que as roupas de Callie, embora úmidas, estavam limpas, mas não eram da moda, e a moça não usava joias de nenhum tipo.

Quando Grace se virou em direção ao closet, Callie estava de pé em frente à fotografia de Grace com o pai. No momento em que a moça pegou o porta-retratos, Grace sentiu uma pontada no peito.

Maldito seja, pensou ela.

– Ah... Vou tomar banho – disse Grace com a voz tensa. – Você quer algumas roupas para poder se trocar?

Callie colocou a foto de volta ao seu lugar e olhou para si mesma.

– Seria ótimo.

Pouco tempo depois, Grace sentou-se à beira da cama vestindo o roupão de banho, esperando Callie sair do closet. Quando a moça saiu, Grace ficou admirada com a transformação. O cabelo ruivo da mulher estava quase seco, repleto de cachos. Vestindo uma calça e uma jaqueta estilosa de Grace, a moça estava com uma aparência sofisticada, diferente do visual anterior de uma criança abandonada e encharcada.

Usamos o mesmo tamanho de roupa, pensou Grace.

– Essa roupa é linda – disse Callie, acariciando o tecido fino.

– O vermelho cai muito bem para a sua cor de pele – opinou Grace, inclinando a cabeça para o lado. – O que você faz?

– Sou conservacionista de arte, mas atualmente trabalho como recepcionista em uma galeria. Preciso encontrar outro emprego, mas nos últimos anos, as coisas têm sido... difíceis.

Houve um momento de tensão.

– Como posso entrar em contato com você? – perguntou Grace, dirigindo-se até a cabeceira da cama para pegar um pequeno bloco de anotações. Enquanto os olhos de Callie brilharam com o que parecia uma demonstração de felicidade legítima, Grace sentiu um espasmo de culpa. A moça parecia estar à procura de um amigo, mas Grace não acreditava que as duas pudessem ter esse tipo de relacionamento.

Callie anotou o número no bloquinho e Grace ficou impressionada ao perceber que ela era canhota. Assim como ela. E como o pai.

– Sabe, você não precisa ligar – disse Callie, devolvendo o bloco de anotações. – Eu só queria mesmo conhecer você. Te ver de perto pelo menos uma vez. Me certificar de que você era real.

Grace olhou para o número anotado no papel.

– Podemos te levar para casa? – ofereceu Grace, perguntando-se em que lugar do Chelsea a moça morava. – Estamos de saída para o centro daqui a pouco.

Callie olhou para a janela e percebeu que ainda chovia.

– Vai ser ótimo. Obrigada.

Quando Callie saiu para aguardar na sala de estar, Grace aproximou-se da porta do quarto de John com cautela. Ela deu uma batida leve e abriu a porta ao ouvir a resposta curta, que mais soou como um murmúrio.

Smith estava fazendo flexões na barra de ferro que ele mesmo tinha instalado na porta do banheiro. Num ritmo contínuo, ele levava o corpo para cima e para baixo, fazendo os músculos do braço sobressaltarem como resultado do esforço. Grace perguntou-se há quanto tempo ele estava se exercitando ali.

– Sinto muito por ter saído daquele jeito – disse ela timidamente, enquanto fechava a porta. – Eu só precisava sair um pouco. E não pensei muito bem nas consequências.

Smith parou e soltou a barra.

– Foi uma grande merda o que você fez.

– Eu sei. E não vou fazer de novo.

– É melhor que não faça mesmo. Nem vou encher os seus ouvidos com o que poderia ter acontecido – Smith estendeu a mão para pegar uma toalha e enxugou o rosto. – Vamos para a Fundação?

Como ele se recusou a olhar para ela, Grace desejou que houvesse uma maneira de voltar ao momento em que ela colocou o tênis para começar a correr.

– Sinto muito por ter te aborrecido.

– Não estou aborrecido – ele caminhou até a cômoda e começou a checar sua arma. Grace ouviu o som do clique de metal.

– Sim, você está.

Ele virou-se para ela com os olhos cheios de raiva.

– Vá se vestir, Grace.

Em vez de se encolher com medo dele diante daquelas palavras duras, Grace pôde perceber o medo que Smith escondia.

– Eu voltei. E estou bem – como ele não respondeu, ela continuou: – John, eu estou bem.

Ele colocou a arma de volta na mesa e pôs o relógio no pulso.

– Você por acaso achou que a polícia tinha capturado aquele maluco que está eliminando as suas amigas? Porque, você sabe, eles ainda não pegaram o cara. Você poderia muito bem não ter voltado para casa depois de uma falha dessas.

– Mas eu voltei.

John praguejou.

– Você deve ser inteligente o bastante para não acreditar na sorte.

Ela tentou se aproximar dele, mas Smith se afastou.

– Você me contratou para ter a certeza de que vai sair dessa viva. Não me coloque na posição de fracassado de novo, ok?

Smith dirigiu-se até a porta e a abriu.

– Condessa? – murmurou ele, gesticulando com o braço.

Ela esperou que ele a olhasse. Mas ele não olhou.

Ao aproximar-se dele, ela disse bem baixinho:

– Por favor, não use isso como uma desculpa para me afastar.

Grace não esperou pela resposta.

Assim que Eddie parou atrás do edifício, os três entraram na Explorer. Callie passou o endereço de sua casa no Chelsea e Grace observou o contraste entre a região luxuosa repleta de arranha-céus e a vizinhança repleta de conjuntos habitacionais de arenito. Quando pararam em frente a um prédio que não era tão mal conservado quanto os outros, Callie abriu a porta do carro.

– Obrigada pela carona – disse ela. – Vou mandar devolverem o seu terno.

– Não se preocupe com isso – respondeu Grace.

A moça balançou a cabeça.

– Obrigada, mas não posso ficar com ele.

Com um aceno de despedida, ela fechou a porta e desapareceu em meio ao prédio lúgubre.

Grace virou-se para John quando o carro avançou. Ele estava olhando para a janela com uma expressão pensativa.

– John? – ele ergueu as sobrancelhas, mas não olhou para o lado dela. – Será que você pode verificar o passado dela?

– Já comecei.

Grace olhou para o corpo dele de perfil e ficou com a terrível sensação de que algo havia mudado entre eles. Talvez de uma forma irreparável.

Dez minutos depois, os dois caminharam até o saguão do Hall Building. Havia poucos funcionários no local em virtude do feriado, mas havia muitos turistas visitando o museu. Depois de uma breve pausa para falar com o segurança da recepção, os dois entraram no elevador.

Quando chegaram ao andar do escritório, Grace ficou surpresa ao ver Kat em sua mesa e um homem de pé na frente dela. O homem estava com as mãos na cintura e tinha uma expressão facial de petulância.

– Não sabia que você viria hoje – disse Grace a Kat com a voz calma. Em seguida, examinou o homem com um olhar rápido.

Terno refinado, cabelo liso e uma gravata horrorosa.

Devia ser advogado, pensou ela, perguntando-se como o homem tinha conseguido passar pelos seguranças da recepção.

Kat sorriu firmemente.

– O sr. Lamount me ligou e disse que precisava que eu viesse hoje. Acho que mais uma assistente dele desistiu. Este homem... er... não vai sair.

O homem lançou uma piscadela para Grace enquanto oferecia-lhe a mão.

– Sou Fritz Canton. Acho que você sabe quem eu sou.

– Ah, claro que sei. O advogado de Ranulf. Tínhamos um horário marcado? – perguntou ela, já sabendo que os dois não tinham marcado nada.

– Não, mas eu gostaria de ter uma palavrinha com você – o homem desviou o olhar para John. – A sós, se for possível. Não vai demorar muito.

Quando Smith concordou desde que a porta ficasse entreaberta, Grace respondeu:

– Ok, vamos lá.

Conduziu o homem até seu escritório e sentou-se à escrivaninha que fora do pai.

Canton olhou à sua volta e sorriu.

– Que pintura maravilhosa você tem aqui.

– Obrigada – Grace inclinou o corpo um pouco para a frente. – Não gostaria de apressá-lo, mas pode me dizer qual é o objetivo da visita?

O homem sentou-se à frente dela, juntou as mãos e levou-as até o queixo, repousando os cotovelos sobre a mesa.

– O meu cliente não está satisfeito com a quantia em dinheiro que você está propondo.

Grace fechou uma carranca.

– Considerando no quanto do meu dinheiro ele já passou a mão, não acho que um só centavo a mais seja cabível. E, francamente, fico aborrecida de ter de pagar a ele para ter o privilégio do divórcio.

– Ele só está pedindo o que é justo.

– Então vou deixá-lo sair com o que ele trouxe. Vou devolver o anel que ele me deu.

Canton correu os olhos pelo anel e Grace sabia que o homem estava tentando estimar o valor da safira.

– Você e eu sabemos que não é tão simples assim.

– Sr. Canton, se você veio aqui para tentar negociar, precisa ligar para o meu advogado – Grace levantou-se. – Agora, se você me der licença...

O homem sorriu.

– Acho que você vai querer ouvir o que tenho para dizer.

– Por quê?

– Sei que você foi fotografada ontem à noite com um homem. Do lado de fora do seu edifício. Meu cliente recebeu uma cópia da foto – Canton levantou-se. – Seria bastante prejudicial para você se essa foto fosse parar na imprensa e se sua mãe não tivesse a chance de acobertá-la novamente. Adultério nunca é bom, especialmente para uma mulher, e posso imaginar o quanto é importante para você manter a sua aparência de cidadã íntegra agora que o seu pai faleceu e você está assumindo o comando dessa instituição admirável. Seria um mau momento para estourar um escândalo. Um momento terrível.

Enquanto caminhava até as janelas, Grace lembrou-se de uma piada sobre advogados, que dizia que colocar uma centena deles no fundo do mar seria um bom começo. Ela sentiu a urgência de assumir o controle da situação.

– Você está me chantageando? – disparou ela.

– Nem um pouco – o homem virou-se em sua direção. – E, claro, nem o meu cliente está.

Como ela permaneceu em silêncio, o homem arqueou as sobrancelhas.

– E então, o que me diz, condessa? Se chegarmos a um acordo agora, essa confusão pode chegar ao fim o mais breve possível. Vocês dois podem emitir uma declaração conjunta à imprensa indicando que tudo está acontecendo de forma muito amigável e ninguém nunca verá a foto que sugere a possível traição ao seu marido. Ranulf e eu pensamos que uma quantia com oito dígitos seria suficiente.

O primeiro pensamento de Grace era que ele e o cliente dele poderiam ir para o inferno.

Em vez de consumar tal pensamento, ela sorriu calmamente.

– Obrigada por ter vindo.

– Você não tem nada para me dizer?

Dizer ao cara para se ferrar provavelmente não seria a melhor opção, pensou ela.

– Acredito que você já tenha deixado bem clara a sua posição e eu não vou negociar nada sem a presença do meu próprio advogado.

Grace caminhou até a porta e esperou que o homem saísse.

Enquanto atravessava a porta, o advogado disparou:

– Não brinque com isso.

– Obrigada pelo conselho – respondeu ela, em tom seco.

Capítulo 21

Naquela noite, Smith ligou para Eddie. Já estava ficando tarde, eram quase onze horas da noite.

– A...lô? – saudou Eddie, com a voz grogue.

– Vamos sair cedo amanhã.

Eddie soltou um grunhido.

– Estamos falando de que horas, chefe?

– Seis.

Outro grunhido.

– Você deve ficar lindo observando a moça dormir com toda aquela beleza dela. Nós vamos pra algum lugar em especial?

– Ela tem um café da manhã do outro lado de Connecticut.

– Ok. Estarei lá em ponto e sem falta. Mas pode ser que eu vá de pijama.

– Eddie?

– Sim, chefe?

– Peça pra Tiny me ligar quando ele aparecer amanhã.

– Para quê?

Smith passou uma mão pelo cabelo, que tinha crescido bastante depois que ele começara a trabalhar para Grace. Precisava de um corte urgente.

– Estou pensando em desistir desse trabalho.

– Por que quer sair fora? – como Smith não respondeu, Eddie continuou: – O que está acontecendo?

Enquanto se manteve em silêncio, Smith estava relembrando como havia se sentido ao descobrir que Grace não estava na cobertura. Parte do horror que sentia em relação ao que tinha acontecido era seu próprio fracasso. Quando saiu do banheiro naquela ocasião, ficou distraído, remexendo aqueles anéis, pensando em casamento, pelo amor de Deus. Como não estava concentrado no trabalho, Smith levou muito mais tempo do que deveria para descobrir que ela tinha saído, e essa demora era a evidência nítida de que a objetividade dele tinha escorrido pelo ralo.

A primeira regra no serviço de um segurança era algo muito, muito simples: sempre saiba onde o seu cliente está. Grace tinha arriscado a vida ao sair sem ele, mas Smith tinha agravado o risco ao dormir no ponto. Era exatamente isso que ele temia: uma tempestade perfeita de maus pensamentos de ambas as partes.

– Chefe? Ainda está aí?

– Sim, estou – Smith sentou-se na beirada da cama.

– Ela não precisa mais de você?

Smith desviou o foco.

– Descobri que ela estava sendo perseguida por uma meia-irmã.

– Ela tem uma meia-irmã?

– Agora tem. Estou fazendo uma investigação sobre a mulher, mas até o momento ela realmente é quem demonstra ser.

– Mas por que você vai abandonar o trampo? Encontraram o assassino?

– Não.

– Chefe, quer que eu diga o que está acontecendo?

Como o chefe não respondeu, Eddie acrescentou:

– Você tem medo de estar envolvido com ela?

Smith abriu a boca para negar, mas a mentira perdeu a força quando estava bem na ponta da língua.

– Que droga! Está tão óbvio assim?

– Não, só que eu te conheço faz tempo. Ei, não que você tenha me perguntado, mas está do lado de uma boa mulher. E ela está de olho em você. Como se o endereço da casa dela fosse o seu peito, entende o que eu quero dizer?

– Você está ficando poético demais para a sua idade – respondeu Smith, sentindo-se desconfortável com a conversa.

– É o curso de escrita criativa.

– Bem, vejo você amanhã.

– Ei, chefe?

– Sim, Eddie.

– Tá na hora de você sossegar o facho.

– Homens como eu não sossegam o facho. Você sabe disso.

– Nunca pensou nisso?

Não até pouco tempo, disse Smith para si mesmo.

– Você sabe – Eddie continuou –, a Black Watch pode continuar sem você. Tiny está tão por cima dos caras como um martelo na cabeça de um prego.

– Agora está usando metáforas?

– Isso foi uma símile, chefe.

Depois que desligou o telefone, Smith começou a vaguear pelo quarto, percebendo que, de alguma forma, em meio a toda a sua disciplina e autocontrole, ele tinha perdido a própria direção.

Durante anos, ele tivera apenas um objetivo. Desejava juntar uma grana para poder fazer o que lhe desse na telha sem ser assassinado. Era um tipo de vida simples e direto, se você soubesse manejar uma arma – o que ele fazia muito bem. Mas, depois de anos de muito sucesso, Smith estava confuso e aturdido. A Black Watch – e tudo o que a envolvia – parecia arbitrária agora.

Ter Grace em seus braços, não.

Smith tentou se lembrar de seu balanço do que queria ou precisava como homem e pensou em algo que Grace lhe dissera certa vez, em uma discussão. Ela disse que ele era um fantasma. Que ela não sentiria a falta dele porque ele nunca tinha de fato feito parte da vida dela.

Ela estava certa, pensou ele, com o lado prático e talvez de uma maneira mais profunda e mais preocupante. O que ele realmente tinha oferecido a ela além de prazer? E algumas mágoas? Ela nem mesmo sabia qual era o nome verdadeiro dele, pelo amor de Deus.

Aliás, parando para pensar nisso, ele não usava seu verdadeiro nome há anos.

Um fantasma.

Ocorreu-lhe que talvez ele tivesse desaparecido algum tempo atrás e só agora estava se dando conta disso. Talvez ele estivesse se escondendo por trás desse impulso para ter sucesso nessa linha de trabalho tão peculiar, violenta e perigosa. Afinal de contas, o que podia distraí-lo mais do que proteger a vida de outras pessoas, se você não estava disposto a pensar a respeito de si mesmo?

Smith perguntou-se onde a dissolução havia começado. Quando ele escapara da brutalidade do pai? Durante a sua passagem pelos Rangers? Ou foi depois de ter saído do serviço militar, quando passou a usar pseudônimos e artifícios durante os anos em que mudava de casa em casa para que os seus inimigos não o encontrassem?

Era mais provável que fosse um acúmulo de todas as sombras que ele usava como máscaras.

Que porra de ironia, pensou ele. O objetivo final do seu trabalho era fazê-lo desaparecer.

Smith voltou a pensar no que Eddie havia dito sobre aquietar o facho, começar de novo. A ideia lhe pareceria ridícula se viesse de qualquer outra pessoa, com exceção de Tiny. Mas se ele se desligasse da Black Watch, o que aconteceria? O que ele faria com as suas horas, os seus dias? Será que ele e Grace conseguiriam levar uma vida juntos? Enquanto contemplava a imensidão do tempo que tinha pela frente, sentiu que as suas opções eram como uma facada no peito.

Que símile maldita, pensou ele.

Enquanto praguejava contra Eddie e sua candura, Grace apareceu na porta do quarto. Ela estava vestindo uma daquelas camisolas que pendiam sobre seus ombros delicados como uma nuvem de névoa, uma peça do tipo que era quase, mas não completamente, transparente. Os olhos de Smith percorreram o contorno dos quadris e da cintura dela e seguiram até os seios.

– O que foi? – perguntou ele, com a voz áspera.

– Está tudo certo para amanhã?

– Sim.

O silêncio pairou entre eles e Smith pôde sentir a mudança no clima quando seus olhares se cruzaram. O tempo começou a correr lentamente. Bem devagar. Até parar de uma vez.

Ele aproximou-se dela, pensando que não haveria nada que o impediria de protegê-la.

Mesmo que isso significasse ter de ir embora.

Smith estendeu o braço para tocá-la, roçando os dedos atrás de seu ombro, percorrendo a seda e as rendas da camisola. Ele parou o movimento da mão ao tocar no corpete, bem acima do coração. Pôde sentir o batimento acelerado.

Envolvendo os braços ao redor dela, Smith a puxou contra o seu corpo e levou os seus lábios até os dela. Grace soltou um suspiro profundo, que ele engoliu com mais vontade que o ar, e o enviou para os pulmões.

Smith a levantou do chão e a levou para a cama dele. Fez uma pausa antes de se deitar e vislumbrou a imagem dela com a cabeça inclinada para o lado, as costas arqueadas e o cabelo repousado sobre o tecido fino da fronha. Era exatamente assim que ele desejava vê-la, durante vários dias e semanas, quando ela lhe mostrara a casa pela primeira vez. Era dessa forma que ele sempre se lembraria dela.

Uma dama inesquecível.

Ao arrancar a camiseta do corpo, sentiu as mãos dela tocando a sua pele com desejo. Smith estremeceu quando ela percorreu o tórax e a barriga dele. A necessidade de penetrá-la era tão grande que ele sentiu as próprias mãos tremerem enquanto tirava a camisola dela e arrancava o resto das roupas. Ele a satisfez inúmeras vezes com a boca antes de penetrá-la num impulso tão forte que os levou para o outro lado do mundo.

Depois que voltou para a realidade, Smith virou-se e segurou-a de uma forma que Grace se esparramou sobre o corpo dele.

– Nunca vou me separar de você – sussurrou ele contra a pele do pescoço dela coberta de suor.

– Você promete? – perguntou ela com a voz rouca.

Smith assentiu, sentindo-se amaldiçoado.

Porque ele sabia que teria de ir embora.

Rolando na cama uma vez mais, ele ficou ao lado dela.

Quando Grace adormeceu, Smith pensou que não era certo torturá-los ao adiar o inevitável. Quanto antes a transação fosse feita, melhor. Ele pediria a Tiny que viesse imediatamente.

E quanto ao futuro deles a longo prazo, depois que ela não estivesse mais em perigo, Smith considerou que não seria justo voltar para a vida dela. Ela merecia uma vida normal, com as provações e as tribulações inerentes a qualquer ser humano. Grace não tinha de ser exposta a toda a bagagem que ele carregava sobre o seu passado. A última coisa que ela teria de enfrentar seria um maluco aparecendo do nada com uma arma em seu quarto, pronto para atirar na cabeça do parceiro dela.

Quando teve certeza de que ela estava dormindo, Smith deslizou devagar pela cama, pegou o telefone e foi para a sala de estar. Não esperaria a ligação de Tiny.

Seu amigo mais antigo era o melhor entre os caras da Black Watch, quase tão bom quanto o próprio Smith. Na verdade, muito melhor, nesse caso, porque ele passaria a lidar com a situação com a mente limpa e com o corpo forte.

Se ele tinha de confiar a segurança de Grace nas mãos de alguém, essa pessoa seria Tiny.

Logo que ouviu a voz do homem, Smith disse:

– O que você esta fazendo agora?

Tiny deu risada.

– Estou tentando enfrentar aranhas, para dizer a verdade. Deus do céu, odeio esses detalhes tropicais. Sempre tem alguma coisa rastejando nas suas roupas, e raramente são mãos femininas.

– Preciso que você assuma um projeto.

– Quando?

– Agora – disse Smith prontamente.

– Desculpe. O quê? – Tiny deixou escapar um ligeiro assovio.

– Jesus, você está dando o fora na condessa. O que diabos essa mulher fez com você?

Smith deixou as perguntas de lado.

– Quando você consegue chegar aqui?

– É... Vou ver o que posso fazer. Isso significa que você vai estar livre para cobrir o senador Pryne na viagem dele para o Oriente Médio? Flat Top disse que cobriria, mas é melhor que ele fique aqui.

– Se você conseguir chegar a Nova York, eu vou.

– Ok. Te ligo amanhã pra avisar o horário previsto de chegada.

Smith desligou o celular.

Olhou para frente sem realmente enxergar nada. Até que, pouco tempo depois, percebeu que estava olhando para o piano.

Caminhou até o instrumento. Toda vez que se deparava com um piano, fazia questão de tocar um pouco. Smith tinha tido poucas oportunidades de tocar, e elas aconteceram quando ele ainda estava no Exército, mas sempre que estava fora, tocava em salões de hotel, casas particulares e, em ocasiões eventuais, em bares.

Ergueu as mãos e olhou-as. Estavam treinadas para fazerem muitas coisas das quais poucas eram realmente inspiradoras.

A habilidade de tocar, no entanto, tinha despontado naturalmente.

Grace acordou no momento em que ouviu a música. Soou suave e baixa, potente, porém tranquila.

Ela pegou a camisola do chão, vestiu-a e saiu para o corredor. Fez uma pausa antes de entrar na sala de estar, fascinada pelo som, mas receosa porque se John percebesse que ela estava ouvindo, provavelmente pararia de tocar. Encostada na parede, inclinando a cabeça para o lado, ela fechou os olhos. Ele era bom. Ótimo.

Enquanto Smith tocava, Grace permitiu-se algumas fantasias tentadoras. A permanência dele em sua vida. Vivendo com ela. Tendo filhos com ela.

Quando a música parou, ela correu para dentro do quarto. Ele estava sentado no banco, olhando para baixo, com os dedos longos ainda nas teclas. Smith estava vestindo apenas cueca boxer e, diante de sua pele nua em contraste com o piano brilhante, Grace sentiu-se atraída.

– Há quanto tempo você está aí escutando? – perguntou ele, sem olhar para cima.

– Há algum tempo.

Ele virou a cabeça. Na penumbra, seus olhos reluziam.

– Não queria te acordar.

– Fico feliz que tenha me acordado. Você toca muito bem – enquanto Smith levantava-se e fechava a tampa do piano, ela perguntou: – Você treinava em algum lugar?

– Eu só toco quando tenho a chance – ele a olhou e colocou as mãos sobre a cintura com uma expressão séria.

Na noite anterior, quando se aproximara dele para dizer boa noite, Grace tinha se surpreendido e se sentido aliviada quando ele a beijou porque Smith tinha passado o dia inteiro muito distante dela. Como ele fizera amor com ela, era tentador acreditar que tudo havia sido perdoado, mas depois Grace tivera as suas dúvidas.

A maneira intensa como ele a abraçara quando ela adormeceu tinha sido curiosamente preocupante. Tinha sido quase uma despedida.

– Temos que conversar – disse ele.

Grace sentiu o estômago revirar.

– Sobre o quê?

– Liguei para um dos meus homens hoje. Quero que ele assuma este trabalho.

Grace respirou fundo e expirou devagar.

– Não me importo quantos caras da Black Watch você precisa para te ajudar. Especialmente se isso significar que poderei ir ao baile de gala.

– Não é isso que tenho em mente.

Instintivamente, ela colocou os braços ao redor do próprio corpo.

– E então, o que você quer dizer?

– Estou indo embora.

Grace ouviu as palavras, mas as rejeitou imediatamente.

– O que você quer dizer? Você não pode ir embora. Eu... nós... eles não descobriram ainda quem matou...

– Tiny é um bom homem. Confiaria a minha vida nas mãos dele. E a sua.

– Não quero Tiny. Quero você.

– Eu assumi outro trabalho.

Grace ficou boquiaberta e, em seguida, sorriu amargamente.

– Está desistindo de mim?

– Mudando de trabalho.

– Mas é a mesma linha de trabalho, não é?

– Outro... – ele fez uma pausa – cliente.

Ele deu a notícia somente depois que já tinha colocado o plano em prática, pensou ela. Somente depois de ter planejado tudo. Não haveria maneira de argumentar.

Grace virou-se e ficou de costas para ele, enquanto lágrimas brotavam em seus olhos. Ao piscar sem parar, ela recusou-se a deixar as lágrimas rolarem.

– Grace – disse ele com a voz áspera –, eu tenho que ir.

Ela virou-se para ele novamente.

– Não, você não tem.

– Não consigo mais confiar em mim na sua presença. Não sou o homem certo para este trabalho.

– Você não acha que sou eu quem deve decidir isso? Sou eu quem está pagando.

– Você não está qualificada para julgar as minhas habilidades.

Grace cravou os olhos nele.

– Obrigada pelo voto de confiança.

– Você não é mais objetiva que eu neste ponto.

Impaciente, Grace empurrou o cabelo, jogando-o sobre os ombros.

– E quando foi que você decidiu tudo isso?

– Essa noite.

– Você... você fez amor comigo e agora me fala que está indo embora? – exclamou ela. – O que? Ficou preocupado em não ter a chance de transar com alguém antes da sua próxima missão?

Smith franziu a testa e as sobrancelhas.

– Você sabe que as coisas entre a gente nunca foram assim.

– Ah, sério? Então talvez você gostaria de me contar o que vai acontecer depois que você for embora. Nunca mais vou te ver de novo?

O silêncio de Smith foi a resposta.

– Ah, meu Deus – exclamou ela.

– Não quero que seja assim.

– Então faça diferente – ela retrucou.

Quando ele a olhou em um silêncio fúnebre, ela balançou a cabeça.

– Não consigo acreditar que você está preparado para virar as costas, simplesmente.

Ele respondeu em voz baixa.

– Sinto muito, Grace. Mas estou sim.

Grace levantou o queixo e passou por ele, seguindo em direção à sua escrivaninha e pegando o talão de cheques.

– Acho que você deve sair agora – com uma caneta de ouro, Grace começou a rabiscar o cheque apressadamente. Ela retirou o cheque do talão e o estendeu em direção a Smith. – Vá em frente. Pegue. Vamos acabar com isso agora.

– Não até Tiny chegar aqui.

– Você disse que queria sair, então arrume a sua mala e dê o fora. Não tenho o menor interesse em ser passada para a mão de um dos seus homens feito uma mercadoria.

A tensão pairou no ar com um cheque pairando entre eles. Smith aproximou-se para pegá-lo, tirá-lo da mão dela e colocá-lo sobre a escrivaninha.

– Não vou a lugar nenhum até Tiny chegar.

– Acho que você não me entendeu – disse ela, apontando para a porta da frente. – Você e a Black Watch estão demitidos. Saia.

A voz de Smith soou tranquila, mascarando nessa suavidade o imenso desejo que ele estava sentindo.

– Não vou sair daqui enquanto não souber que você está segura.

A fúria, a explosão de dor e de frustração deixaram as lágrimas dos olhos dela caírem.

– Isso é muito cruel da sua parte. Dizer que está indo embora e me forçar a...

– Você não tem ideia do que aconteceu quando você desapareceu.

Grace levantou os braços.

– Me desculpe. Eu disse que estava arrependida – Grace juntou as mãos na altura dos punhos. – E eu voltei.

Ele a interrompeu.

– Eu já vi a morte de perto antes, Grace. Imaginar a sua quase me fez chorar. Em trinta anos.

Grace fechou a boca, atordoada.

– Não sei o que eu faria – disse ele enfaticamente – se alguma coisa acontecesse com você. A profundidade do meu medo me diz que eu tenho de deixar você sob a proteção de outra pessoa. E que não posso vê-la de novo.

Num impulso, ela pegou as mãos dele.

– Não, você está errado. Se você se importa tanto assim comigo, não deveria ir embora.

– Grace, não se iluda. Essas três mulheres que foram assassinadas não tiveram o cuidado necessário. Você precisa ser muito cruel em relação à sua segurança, tão cruel quanto este homem que está eliminando as suas amigas. Você não vai querer que eu fique te observando o tempo todo nem que eu fique rondando a sua vida. Confie em mim.

– Então deixe Tiny ou seja lá quem for no seu lugar. Mas isso não significa que você precisa ir embora. Podemos descobrir o que o futuro nos reserva, juntos.

Smith sacudiu a cabeça.

– Um rompimento claro é o único caminho.

Grace abaixou as mãos e afastou-se, sentindo que não existia nenhuma forma de negociar com ele. Smith estava indo embora e não havia nada que ela pudesse fazer a esse respeito. Como uma onda, uma sensação de dormência percorreu todo o seu corpo, levando um pouco da dor.

– Não quero Tiny – enfatizou ela. – Não quero ele.

Porque ele só vai me lembrar de você, pensou ela.

– Grace, não deixe a sua raiva prejudicar a sua opinião sobre deixar alguém cuidar de você. Você sabe que não é seguro para você ficar sozinha agora.

Ela pensou nas três amigas.

Por mais que ela estivesse enfurecida com John, não podia tratar com estupidez sua própria vida. Nenhum homem, nem mesmo ele, era digno de ser assassinado.

Mas por Deus, com a dor que ela estava sentindo no peito naquele momento, Grace sentia como se já estivesse meio morta.

Ela ajeitou os ombros.

– Quando Tiny chega?

– Em vinte e quatro horas, se tudo correr bem.

– E o baile? Você sabe que é nesse fim de semana. Ainda tenho a intenção total de comparecer.

– Se ele conseguir alguns homens para dar cobertura para ele e você autorizar que Marks e a equipe dele fiquem no edifício o dia inteiro e durante o evento, os riscos podem ser menores. Parece que o assassino não gosta de ver esses caras em casa. Mas a decisão é de Tiny. Eu, particularmente, não abriria essa brecha.

Até parece que a escolha seria de Tiny, pensou ela.

Grace estava disposta a admitir que John estava certo. Ela ainda precisava de um guarda-costas. Mas não um da Black Watch. Ela tinha vinte e quatro horas para encontrar outra empresa.

E um dia para nunca mais ver John novamente.

Ela empinou o queixo.

– Quero deixar algo claro – disse ela. – Acho que você está cometendo um grande erro ao passar por cima de mim desse jeito, e tenho de me questionar se você realmente sente tudo aquilo que diz que sente. Para mim, se você realmente estivesse preocupado com o meu bem-estar, você moveria céus e terras para ficar ao meu lado.

– Grace, eu...

– Pare de me dar sermões. E, enquanto está nessa, pare de ter tanta convicção de que você tem todas as respostas, e me escute. Acho que você me ama, John, e para um homem que sempre viveu sozinho, isso provavelmente está assustando você demais. Não posso deixar de torcer para que você encontre a força necessária para ficar, mas não vou ficar aqui mendigando a sua presença. Se você me deixar agora, saiba disso. Não vou esperar por você. Vou seguir em frente com a minha vida. E nunca mais vou abrir o meu coração para você.

Grace sacudiu a cabeça com pesar e depois se afastou dele.

Capítulo 22

Quando Grace se remexeu na cama às cinco da manhã do dia seguinte, sentiu o cheiro de café fresco e sabia que John já estava de pé.

Encará-lo era algo para o qual ela sabia que precisava estar preparada, então foi para o banheiro, tomou um banho revigorante e colocou um dos seus melhores ternos. O conjunto era preto, ficava bem justo ao corpo e continha lapelas delicadas de corte refinado na cor vermelho--sangue. Grace sentiu-se mais forte ao vesti-lo. Com sapatos de salto alto e um batom vermelho vibrante nos lábios, ela sentiu como se estivesse blindada para encarar o que o dia lhe reservava.

Quando chegou ao final do corredor, John estava ao celular, andando de um lado para o outro entre as salas de estar e de jantar. Com a expressão sombria, ele levantou a cabeça e olhou para ela.

– Não, deixa que eu faço isso – disse ele em voz baixa e desligou o aparelho.

Grace lançou um olhar frio sobre ele.

– Isadora Cunis foi atacada ontem à noite.

Grace sentiu um nó na garganta.

Sua pose defensiva desmoronava, e ela começou a tremer.

– Pensei que ela e o marido tinham saído do Estado. O que aconteceu?

– Ela voltou para se preparar para o evento. Foi encontrada no saguão do prédio dela. Com certeza, foi atacada em casa e de alguma forma conseguiu se arrastar para dentro do elevador. Considerando o tamanho dos seus ferimentos, essa manobra foi um milagre. Ela está em coma no Lenox Hill.

Grace estendeu o braço para se apoiar na parede e sentiu a superfície gelada sob a palma de sua mão.

– Como ele chegou até ela?

John encolheu os ombros.

– Só há uma explicação. Ela o conhecia e o deixou entrar.

Grace manuseou desajeitadamente os botões do seu casaco e o tirou, jogando-o no braço do sofá. Sobre o tecido delicado de cor creme do móvel, o toque de preto da peça pareceu violento.

– Meu Deus! – sussurrou ela, sentando-se. Grace cruzou as pernas na altura dos tornozelos e cruzou as mãos sobre o colo.

Como se ao recompor o corpo ela pudesse de alguma forma organizar a mente.

– Eu... eu acho que não vou pra Connecticut – disse ela.

– Vou ligar para Eddie.

Grace ouviu o som do telefone de Smith enquanto ele discava e, logo depois, o estrondo da voz dele.

Ela imaginou Isadora deitada sobre a cama do hospital e lamentou pelo sofrimento da amiga.

– Grace?

Ao ouvir o seu nome, ela levantou a cabeça e viu Smith ajoelhado à sua frente.

– Grace? Você quer que eu avise Kat que você não vai hoje?

Ela começou a balançar a cabeça respondendo que sim, mas, em seguida, olhou ao redor da cobertura. O fato de as mulheres serem atacadas em suas próprias casas fez com que ela sentisse como se a própria casa estivesse contaminada.

– Não. Acho que prefiro ir para o trabalho.

Grace começou a se levantar e John ofereceu a mão para ajudá-la.

Ela se esforçou para não a aceitar.

– Preciso de um tempo para mim – disse ela, dirigindo-se para o seu quarto. – Se você me der licença...

Grace não esperou pela resposta.

No final da manhã, quando caminhou até a mesa de Kat, Grace esboçou um sorriso firme, que aparentemente não convenceu a moça.

– Você está bem? – perguntou a secretária.

– Bem, muito bem.

– Como foi em Connecticut?

– Tive de remarcar – antes que Kat pudesse fazer mais perguntas, Grace acrescentou: – Pode me fazer o favor de cancelar todos os meus compromissos de hoje? Tenho que cuidar de todos os preparativos do baile e preciso fazer isso sem interrupções.

– Claro. Sem problemas.

Com a agenda livre, Grace passou o resto da manhã em transe. Tentou trabalhar um pouco, mas não conseguia se concentrar em nada do que lia, e nada do que escrevia fazia sentido. Num esforço desesperado para tentar executar alguma tarefa, tentou terminar o mapa de assentos para o baile de gala.

Depois de passar vinte minutos olhando para o papel, ela o empurrou e olhou para o busto do pai. Em seguida, apertou o botão do interfone.

– Kat? Você pode, por favor, chamar o pessoal da manutenção? Gostaria de mandar uma coisa para o museu. Ah, e diga a eles que quero mudar algumas das pinturas que ficam aqui. As da minha sala já estão aqui há muito tempo.

Grace soltou o botão e olhou para John, que estava falando ao telefone. Ele passou a manhã inteira fazendo e recebendo ligações – obtendo informações, imaginou ela, sobre o que havia acontecido com Isadora. Ela sentiu vontade de perguntar sobre os detalhes, mas não tinha certeza se isso faria com que se sentisse melhor. As más notícias vindas de Smith pareciam um golpe duplo.

Grace voltou a olhar para o busto, depois para a bomboniere e o para o porta-charutos. Ela estava pensando que deveria se livrar deles também quando a imagem de Callie veio à mente.

Quando John desligou o telefone, Grace perguntou:

– O que você descobriu sobre Callie?

Ele terminou de escrever algum tipo de anotação e, em seguida, olhou para a frente.

– Ela mora no prédio onde paramos em frente naquele dia. Tem 27 anos, nunca se casou, mora sozinha e não tem nada no banco. Trabalha em uma galeria, era uma excelente aluna na escola. Terminou a faculdade com o mérito de uma das melhores alunas na New York University e depois se destacou no programa de mestrado em Conservação de Arte. A mãe dela morreu.

Grace ergueu as sobrancelhas.

– Quando?

– Há dois anos. De esclerose múltipla.

Grace estava prestes a perguntar se Callie tinha algum irmão quando Kat interfonou:

– O sr. Lamont deseja vê-la.

Aborrecida, Grace pressionou os lábios e sentiu vontade de mandar o homem ir embora. Como restava apenas um dia para o baile de gala, ela considerou que não deveria arriscar. Ele poderia ter algo relevante para dizer.

– Ele pode entrar, mas não pode demorar mui...

Lamont abriu as portas duplas.

– Nossa, olá, Lou – Grace o cumprimentou com o tom seco.

Enquanto ele marchava até a escrivaninha dela, ela olhou para o terno elegante e para a gravata exótica dele. Percebeu vagamente que o lenço dobrado no bolso do paletó era do mesmo tipo que o pai usava.

– A sua peça para o leilão chegou – disse o homem, com um sorriso sem graça. – Acabaram de desembalar. Aquela coisa é tão escura que só Deus sabe do que se trata.

Grace lutou contra a vontade de rebater ao comentário dele com o mesmo tom.

– Acredito que a documentação dessa pintura fala por si, Lou. Ou talvez você queira discutir com os estudiosos de Copley que a autenticaram...

Lou soltou um suspiro de raiva.

– É melhor você se preparar para amanhã à noite porque vai parecer uma idiota. Essa coisa toda do baile tem sido uma bagunça do início ao fim. Os convites estavam errados, você levou semanas para definir o menu e eu ainda não vi nem mesmo a retrospectiva sobre o seu pai.

Aquele retrato é um pesadelo e só Deus sabe como é que você vai preparar o palco da festa no átrio lá embaixo. Vou te dizer, Bainbridge está se sentindo muito desconfortável.

– Fique longe do Conselho de Administração – disse Grace com firmeza.

– Só estou tentando te salvar de você mesma.

Grace teve de morder o lábio para não retrucar mais uma vez. Ela estava cansada de ver o homem arrumando problemas, com uma censura que nada mais era do que indiferença velada. A frustração endureceu a voz dela.

– Obrigada, mas não preciso ser resgatada por você.

Um rubor de raiva deixou o rosto do homem vermelho.

– Ah, sinto muito, eu me esqueci. Você tem um senso de equilíbrio incrível nessa cidade que vive na corda bamba. Terei de lembrá-la que os nossos doadores vão querer saber por que o evento mais importante do ano acabou em nada mais do que um jantar ruim e uma exposição constrangedora de uma pintura que ninguém teve o interesse de comprar.

Ela massageou um nó de tensão que se formou na base do seu crânio.

– Lou, não posso continuar discutindo assim.

– Não teríamos de discutir se você tivesse feito o que eu disse – ele levantou as mãos e começou a gesticular. – Você ainda tem tanta inveja da relação que eu tinha com o seu pai que não consegue nem mesmo me respeitar.

– Como é? – Grace estava sinceramente surpresa. Ela não gostava de Lou como pessoa, mas isso não tinha nada a ver com a proximidade que ele tinha com o pai dela.

– Você sempre odiou a maneira como ele me valorizava e me orientava.

Grace sacudiu a cabeça.

– De fato, meu pai gostava muito de você, mas eu não me sentia ameaçada por isso. Você era um passatempo para ele, Lou, nunca um filho substituto. Não deixe o seu ego encobrir a realidade.

Lamont fincou os braços na mesa que tinha sido pai de Grace e inclinou-se em direção a ela, cheio de raiva.

– Sua pequena...

Uma mão segurou o ombro dele.

– Quer relaxar um pouco, garotão? – Smith estava sorrindo ironicamente atrás do homem.

– Tire suas mãos de mim!

– Assim que você se acalmar.

Lamont olhou de relance para Smith e depois afastou-se bruscamente.

– Você realmente é um grande consultor de desenvolvimento organizacional, sabe? Eu vim para comunicar Grace que o conselho está insatisfeito com o desempenho dela e você me ataca – Lamont ajeitou o terno e alisou a gravata. – Não me diga que você foi para a escola para isso?

Grace começou a sacudir a cabeça.

– Lou, talvez seja a hora de você sair.

– Você está certa. Tenho uma reunião com a minha equipe em dez minutos para avisá-los que todos eles precisam comparecer ao baile de gala este ano, até mesmo as malditas secretárias. Você sabe, apenas para o caso de precisarmos preencher os assentos vazios das mesas.

– Não, você não entendeu. Quero dizer sair mesmo. Da Fundação.

Lou ergueu as sobrancelhas até quase a altura do couro cabeludo.

– Você está me demitindo?

Grace levantou-se da cadeira pesada. Ela estava com medo de demitir Lamont, mesmo sabendo que ele era um problema, porque tinha receio de que ele realmente estivesse certo. Havia uma parte dela que se questionava se ela realmente sabia o que estava fazendo e que esperava que Lou pudesse finalmente se juntar a ela para ajudá-la.

Mas, ao olhar para o rosto dele, Grace sabia que era hora de desistir.

– Sim, Lou, estou demitindo você. Não queria isso, mas está mais que óbvio que não podemos trabalhar juntos.

– Você vai se arrepender se me demitir – disse ele, em um tom suave de ameaça. – Tudo o que fiz nessa vida foi ser leal a este lugar e ao seu pai.

– Sei que você já falou com várias pessoas e que está à procura de um novo emprego.

– Não, não falei.

– Falou sim. Porque Suzanna van der Lyden e Mimi Lauer me contaram depois de terem recusado o seu pedido.

Lamont pressionou os lábios com força enquanto tentava distorcer a própria mentira.

– Lou, estamos num impasse. Você não está feliz trabalhando para mim e eu não vou renunciar. Sugiro que você permita a quebra do nosso contrato. Desde que você saia de uma maneira civilizada, posso assegurar que você vai analisar o comunicado que será transmitido à imprensa e eu vou lhe dar uma referência satisfatória.

Lou estreitou o olhar, mas Grace não conseguiu mensurar se ele estava somando os zeros da quantia que receberia pela demissão ou se estava calculando a distância entre a cadeira e a mesa para poder atingi-la.

Ele apontou um dedo para ele.

– Prometo que o que você está fazendo vai voltar para perturbá-la.

Logo que o homem saiu, Grace interfonou para Kat.

– Peça ao segurança para escoltar Lou até ele sair do edifício. Certifique-se de tirar o crachá e as chaves dele, ok?

A última coisa que Grace precisava era que Lamont roubasse a sua lista de doadores, supondo que ele ainda não estivesse feito isso.

Quando ela voltou a se sentar na cadeira, começou a pensar em quem poderia chefiar o Departamento de Desenvolvimento. Grace precisaria começar a procurar naquele exato momento, porque preencher uma vaga como aquela poderia levar meses.

Sentado à mesa de reuniões, Smith estava impaciente balançando uma caneta contra o bloco de anotações que ele estava usando.

Por Deus, por que diabos Tiny não tinha chegado ainda?

Ele pegou o telefone e tentou ligar uma vez mais. Quando finalmente escutou a voz do homem, disparou:

– Onde diabos você estava?

A ligação falhava e era como se Tiny estivesse debaixo d'água.

– Estou tentando sair da América do Sul. Flat Top finalmente chegou para me substituir e eu tentei te ligar três vezes hoje de manhã. Mas não consegui contato.

– Quando é que você vai chegar aqui?

– Estou tentando pegar o avião agora.

– Não perca tempo.

– Alguma vez já perdi?

Smith desligou o telefone e discou o número particular do tenente Marks. Logo que o cara atendeu, ele perguntou:

– O que você conseguiu?

– Ela ainda está inconsciente. Mas eles acham que ela vai sobreviver, o que significa que talvez a gente consiga uma identificação positiva. A cena do crime está sendo montada, mas não estou esperando algo muito esclarecedor não. Deus! Gostaria que a gente soubesse mais sobre esse cara.

– Todas as mulheres do artigo foram atacadas em momentos próximos a eventos sociais que elas estavam organizando, e você sabe que essas festas grandes são exercícios de exclusão. Quem entra e quem sai geralmente não é algo importante. Devemos nos concentrar em quem está sendo rejeitado, alguém que teve a entrada negada no círculo íntimo ou alguém que estava dentro das festas, mas que agora está sendo excluído.

Ele olhou para Grace. Ela pegou o telefone e começou a falar com uma expressão séria no rosto. Smith ficou se perguntando com quem ela estava falando.

– Faz sentido – disse Marks –, mas no nível que estamos falando, as manobras sociais são tão agressivas que um boxeador pensaria duas vezes antes de comparecer a um evento desses. Quem está aceitando ou deixando de aceitar esse cara e em que momento?

– Aquelas seis mulheres no mesmo artigo... São elas. São mulheres que estão no topo. Elas são os árbitros do gosto nesta cidade, o que significa que são elas que tomam as decisões de quem deve ser cortado da lista vip. Posso te dizer que o cara que está cometendo esses crimes está sendo rejeitado, seja nos eventos ou na maneira como tem sido tratado por elas. E cada uma dessas mulheres o conhece pessoalmente. É assim que ele está conseguindo entrar na casa delas.

– Mas não encontramos nenhuma brecha nas investigações. Você já verificou os registros desses edifícios. Do que foi verificado até o momento, não há nenhuma irregularidade na saída de ninguém. Todas as pessoas tinham um motivo para estarem nesses lugares naqueles dias e, mais precisamente, todas saíram antes do momento do assassinato. Dentro e fora.

Smith pensou na entrada dos fundos do edifício de Grace.

– Talvez ele entre pelos fundos.

– O que você quer dizer?

– E se esse cara faz o registro de entrada e, quando está dentro do edifício, abre uma porta de serviço ou uma janela... E, quando sai, ele faz o registro de saída, se certifica de que o porteiro o veja saindo, mas depois volta pelos fundos ou por essa janela. Esses edifícios antigos são verdadeiros labirintos. Pode ser que ele fique esperando por horas se souber o lugar certo onde se esconder. Isso explicaria por que não houve nenhuma entrada forçada e porque não há nenhuma discrepância nos registros de entrada e saída.

Marks ficou em silêncio por um momento.

– Por Deus, pode ser que você esteja certo.

Quando Smith desligou o telefone, percebeu que Grace estava observando-o. Ela estava assustada, pensou ele. Havia uma sombra por trás dos olhos verdes dela e sua boca estava entreaberta. Era como se a luz que havia dentro dela tivesse sido ofuscada.

– Vou sair para almoçar – disse ela em voz baixa.

– Tudo bem. Onde?

– Chelsea. Vou almoçar com a minha meia-irmã.

Depois de conseguir atravessar um engarrafamento causado pelo rompimento de um duto d'água, Eddie os deixou em frente a uma galeria de arte moderna muito bonita. Enquanto Grace observava a fachada de vidro, Callie apareceu. Com o cabelo amarrado para trás, ela parecia menos com o seu pai, e Grace teve de admitir que sentiu certo alívio.

– Oi. Onde você quer ir? – perguntou Callie.

Grace sugeriu um lugar pequeno e afastado onde elas poderiam ter um pouco de privacidade.

Enquanto caminhavam, o barulho da força do vento as rodeava e as folhas coloridas das pequenas árvores plantadas nas calçadas balançavam. John ficou próximo a elas, apenas a dois passos de distância.

O silêncio causava estranheza.

– Fiquei surpresa quando você ligou – Callie murmurou. – E fiquei feliz também.

– Eu também – Grace não tinha certeza da veracidade de suas próprias palavras, mas não sabia bem ao certo o que dizer. A única coisa que elas tinham em comum era o pai, e ele não era exatamente um bom tópico para um bate-papo.

Quando estavam sentadas no café, John não se sentou na mesma mesa para permitir que as duas tivessem um pouco mais de privacidade, mas ficou em uma mesa próxima.

Depois que fizeram o pedido, houve um silêncio ainda mais constrangedor.

Grace estava tentando não olhar nos olhos da moça, ao mesmo tempo em que uma série de perguntas percorria o seu cérebro. As respostas que desejava saber só poderiam partir do pai, e a morte dele a fez se sentir irritada. Mesmo assim, independentemente do quanto ela estivesse frustrada, Grace sabia que não seria justo descontar a sua raiva em Callie. A moça não havia pedido para nascer em meio a tal bagunça.

Enquanto o garçom enchia os copos com água, Grace ficou pensando sobre o que as duas conversariam, mas então, de repente, a conversa começou a fluir. Iniciaram com algo banal: a decoração do restaurante. Callie fez comentários sobre o chão, que era uma *découpage* massiva de imagens de dançarinos. Grace apontou para uma jovem dançarina dos anos 1920, algo de que ela sempre gostou, e Callie apontou para uma menina que estava dançando cancã. O tópico levou à discussão sobre a reprodução de litografias francesas nas paredes e à visita mais recente de Grace a Paris. Com certo receio no início, mas depois com maior naturalidade, as duas compartilharam as suas histórias. Por meio de um acordo implícito, elas deixaram de lado memórias sobre a infância e concentraram-se nos anos mais recentes. Porém, o passado permanecia sempre entre elas.

Mais particularmente nas pausas das conversas.

– Fui para a New York University para cursar a graduação e o mestrado – Callie estava falando enquanto os pratos eram retirados pelo garçom. – Queria ter tido a oportunidade de ficar com a minha mãe quando ela estava doente.

– Você cuidou dela por muito tempo? – perguntou Grace, tentando imaginar a pressão que Callie deve ter sentido na época.

– Fiquei alguns anos, mas o mais complicado foram os últimos quatro meses. Ela recusou a ajuda do meu... do nosso pai – Callie lançou um olhar receoso a Grace. Quando a irmã assentiu, ela continuou: – Ele queria que ela fosse para um hospital particular, mas ela estava determinada, mais para irritá-lo do que qualquer outra coisa. Ela era uma mulher muito independente. A perda do controle que a esclerose múltipla trouxe foi algo muito difícil para ela enfrentar. Esses últimos meses foram os mais longos da minha vida. E da dela. A morte foi um alívio doloroso para nós duas.

Grace observou enquanto Callie pegava uma colher de chá e começava a fazer linhas ilusórias sobre a toalha de linho. Uma imagem do pai delas veio à sua mente e ela teve de se esforçar para não desviar o olhar. Ao observar aquele movimento suave da mão de Callie e ouvir o barulho leve, ela teve uma sensação terrível de perda. E um sentimento estranho de alívio.

Embora o começo da refeição tivesse sido estranho, Grace ficou feliz por ter ligado para a irmã. A moça era inteligente, honesta, parecia muito sincera e havia alguma coisa nela que poderia sugerir que ela era uma oportunista à procura de um homem rico. Mas o que Grace sentiu, depois, foi que a moça parecia alguém que havia tido uma vida dura. Houve pistas aqui e ali do que Callie teve de enfrentar, não apenas com a doença da mãe, mas também com o fato de não ter sido reconhecida como filha.

Quando o café chegou à mesa, Grace sentiu que Callie não queria mais falar sobre a mãe.

– Então você gosta de conservação de arte?

– Sou apaixonada por isso e gostaria de poder trabalhar na área, em vez de ficar atendendo ao telefone na galeria. Tenho uma grande experiência por causa do projeto do mestrado, mas, no mundo real, conseguir uma oportunidade é difícil. As vagas para trabalhos de conservação são muito concorridas e, como a minha mãe estava doente, eu não quis procurar por oportunidades fora da cidade – a moça encolheu os ombros. – Provavelmente seja a hora de eu me candidatar a vagas fora daqui. Agora que estou sozinha, posso ir para qualquer lugar do país. Ou do mundo, na verdade.

– Para onde você gostaria de ir?

Callie sorriu e tomou um gole do seu café.

– Não tenho ideia. Sempre quis várias opções, mas agora que tenho a chance de escolher, estou sobrecarregada e acho que quero mesmo é ficar onde estou.

Grace pensou no departamento de conservação da fundação. Uma parte dela não queria Callie em nenhum lugar perto do Hall Building. E se alguém percebesse a semelhança física entre elas? Ela fitou a moça. A semelhança com o pai dela era sutil. Provavelmente apenas perceptível se alguém estivesse à procura disso. Mas quem o faria? Ninguém sabia dessa outra vida que Cornelius levava.

Grace hesitou, mas decidiu que não havia nenhum motivo para se recusar a ajudar alguém só por medo de uma remota consequência.

– Callie – disse ela –, talvez você queira conversar com Miles Forsythe. Ele é o conservacionista do nosso museu e pode te orientar a respeito de algumas posições. Pelo menos ele pode te dar o nome de algumas pessoas com quem você pode conversar.

Devagar, Callie repousou a xícara de café sobre o pires. A moça estava com o olhar assustado, como se jamais esperasse qualquer tipo de ajuda da parte de Grace. Ou de qualquer outra pessoa.

A julgar pela reação dela, era impossível acreditar que a moça estava interessada em dinheiro, pensou Grace.

– Eu ficaria muito grata – respondeu Callie.

Depois que terminaram o café, voltaram para a galeria e despediram-se na calçada.

– Vou falar com Miles e marcar um horário para vocês se falarem.

– Obrigada – Callie ajeitou a pequena bolsa sobre o ombro. – E você não tem que pagar pelo almoço.

– Eu sei.

Quando a mulher virou a cabeça e olhou para o motorista de táxi que estava buzinando, a luz do sol caiu sobre o seu rosto e ressaltou as maçãs do rosto elevadas que Grace sempre tinha admirado no pai.

Callie olhou para trás.

– Eu teria trazido o seu terno hoje, mas não sabia que você ia ligar e...

– Tudo bem. Não tem pressa.

Callie sorriu. De pé, com suas roupas modestas e uma jaqueta leve e larga em seu corpo, a moça pareceu vulnerável, mas ainda assim não estava à procura de esmolas.

– Eu vou te ver quando encontrar o sr. Forsythe? – perguntou Callie.

– Sim – respondeu Grace. – Vai sim.

Capítulo 23

No dia seguinte, Grace foi para o trabalho exausta. O baile de gala seria dali a vinte e quatro horas e a grande noite pairava sobre ela feito uma avalanche.

Mas era a partida iminente de Smith que realmente não lhe saía da cabeça.

– Bom dia – disse Kat ao entregar alguns papéis a Grace. – Miles Forsythe deu uma passada aqui. Ele está disponível para atender aquela moça hoje à tarde. Ah, e Jack Walker ligou. Ele perguntou se poderia ver a pintura de Copley hoje à noite e eu disse que sim. Imaginei que você não se importaria.

– Tudo bem.

– E Fredrique está de volta.

Grace olhou-a com surpresa.

– Ele voltou?

– Ele foi atrás do pessoal do bufê novo. Eles disseram que se você não tirar o homem do pé deles, vão ter que desistir do trabalho.

– Melhor eu cuidar disso.

Grace entrou no escritório e telefonou para os fornecedores do bufê. Depois de trinta minutos tentando acalmar os ânimos, eles concordaram em continuar o trabalho.

Mesmo assim, Grace praguejou ao desligar o telefone, sentindo como se a persistência de Fredrique fosse mais um problema que ela poderia muito bem viver sem.

Do outro lado do escritório, Smith tirou os olhos de algo que ele estava escrevendo.

– Desculpe – murmurou ela.

Ele deu de ombros e levantou-se. Quando começou a esticar o corpo, ela olhou para a sua escrivaninha. Mesmo que sua mente tivesse começado a aceitar a perda dele, o corpo dela não reagiu com o mesmo pragmatismo. Ela o desejava, mesmo agora.

Mesmo depois dele ter partido o coração dela. Mesmo que ele estivesse indo embora para nunca mais voltar.

Grace imaginou que, em alguma parte de si, ela sempre o desejaria. Sempre o amaria.

– Tenho algo para você – disse ele rapidamente. Smith aproximou-se dela e entregou-lhe um envelope.

Franzindo a testa, Grace o abriu e tirou um maço de papel grosso que estava dobrado. Ela desdobrou os papéis e começou a folheá-los. Eram contas de um cassino em Las Vegas, mais precisamente de um hotel em Monte Carlo e outro na Riviera Francesa.

– O que é isso? – ela olhou para ele.

– Tomei a liberdade de fazer uma pesquisa a respeito do seu marido. Essas são despesas de hotel que não foram pagas e dívidas de jogo. Ele caiu na farra desde que você deu um fora nele e está usando o nome da família e o seu para obter crédito. Além de ser péssimo nas mesas de cassino, é evidente que ele tem um apetite voraz e um gosto especial pelas melhores bebidas alcóolicas. Mas não parece se preocupar muito com o pagamento.

Grace olhou para o total das contas.

– É uma quantia alta, mas não para um Von Sharone.

– Bem, é isso. Aparentemente, a família não é mais tão rica quanto antes. Você sabia que eles estão vendendo a vinícola deles na França?

– Não – Grace franziu o cenho novamente. – Por quê? Aqueles vinhedos têm passado pelas mãos de diferentes gerações da família.

– Eles colocaram várias outras propriedades à venda, assim como algumas pinturas e esculturas. Tudo está sendo feito com muita discrição, é claro, mas se você considerar a situação como um todo, eles estão descarregando um barco cheio de bens.

– Meu Deus! O que aconteceu com eles?

Smith deu de ombros.

– Muitos descendentes com interesses demasiadamente elevados. Mas o fator mais importante é que a família está sem dinheiro e a viagem internacional que o seu marido está desfrutando vai se tornar bastante provinciana e inadequada rapidinho.

– E é por isso que ele está tentando me extorquir propondo um acordo para o divórcio – murmurou Grace.

Tudo estava mais claro agora. E ela achando que Ranulf tinha mandado o advogado por vingança. Na verdade, era uma questão de sobrevivência. Só Deus sabia o quanto Ranulf era incapaz de conseguir todo o dinheiro que ele precisava por esforço próprio.

John apontou para as contas.

– Se esse material for enviado para um jornalista, eles vão fazer uma investigação sobre as finanças dos Von Sharone, e eles não poderão fazer nada para evitar o escândalo.

– Porque as aparências são tudo – disse ela calmamente. Grace olhou para Smith de novo, sabendo que ele tinha acabado de lhe entregar o ingresso para o divórcio.

– Obrigada.

– Quando o advogado dele apareceu no seu escritório com uma aparência tão tranquila, tive a sensação de que eles estavam tentando te encurralar. Provavelmente com aquela foto de nós dois, estou certo?

Grace assentiu.

– Então, permita-me dizer que encontrar tudo isso foi um prazer.

Grace olhou para as contas. Ranulf prezava sua imagem internacional de riqueza e prestígio e uma notícia como aquelas iria arruiná-lo. Grace imaginou o artigo na *Vanity Fair*.

Ela não queria machucá-lo. Tudo o que desejava era sua liberdade sem ter de pagar quantias exorbitantes por isso.

– Kat, por favor, pode ligar para o meu advogado? – Grace interfonou para a secretária.

Ao final do dia de trabalho, Grace e John desceram para encontrar Callie no átrio. Enquanto tentavam desviar da multidão de pessoas que se movimentavam por todos os lados, Grace avistou a moça de pé na entrada de mármore do museu. Ela estava vestida com uma calça preta e um suéter preto e grosso e tinha uma aparência de tranquilidade e compostura.

Callie acenou, na tentativa de que Grace a encontrasse.

– Seja bem-vinda – Grace saudou a moça. – Miles está ansioso para conhecer você.

Os três saíram do barulho e da agitação e entraram no espaço silencioso do museu. Grace acenou para os guardas e para os guias do museu e começou a caminhar rapidamente em direção aos fundos, mas percebeu que Callie tinha ficado para trás, pois diminuiu o passo para apreciar a exposição.

Era o único registro das contribuições da família Woodward Hall para o estudo da história americana. Havia fotografias e pinturas de várias gerações, bem como da Willings. A pintura de Grace tinha sido acrescentada ao acervo, ao lado da imagem de seu pai.

O pai delas, Grace corrigiu a si mesma. Tentou imaginar como seria olhar para uma história que era de Callie por direito, mas não na prática.

– Desculpe – murmurou Callie, e continuou a caminhar.

– Você quer...

– Precisamos ir, não é? – a voz da moça estava tensa e Grace assentiu.

Callie permaneceu em silêncio enquanto elas passaram por exposições anteriores sobre escavações arqueológicas que a Fundação havia patrocinado e por uma galeria de retratos pictóricos de ancestrais americanos.

Ao chegarem ao elevador de carga, Grace deslizou o crachá pelo leitor. Quando as portas se abriram e eles entraram, Callie disse:

– Obrigada por fazer isso por mim.

– Também estou feliz por isso – Grace respondeu com sinceridade.

Ela apertou o botão do quarto andar e o elevador começou a subir. Grace percebeu que, se estivessem sozinhas, ela teria perguntado a Callie o que ela estava achando daquilo, da vontade de Grace de querer ajudá-la. Ela teve a sensação de que as emoções que fervilhavam em seu interior eram semelhantes às de Callie, já que a moça apertava os lábios e mantinha o olhar cabisbaixo. Grace só não tinha certeza do que ela poderia fazer.

Talvez elas pudessem ajudar uma a outra, pensou.

Quando as portas do elevador se abriram novamente, elas saíram pelo longo corredor.

– O escritório de Miles é aqui pela direita.

Grace levou Callie até ele e depois decidiu ficar e conversar com alguns dos administradores do museu enquanto esperava Jack chegar. Para o seu alívio, todos estavam ansiosos para a chegada de Copley e, apesar das terríveis previsões de Lamont, o consenso geral foi de que o leilão contaria com grandes lances e de que seria muito animado.

Um pouco mais tarde, Jack apareceu e algumas das pessoas da equipe que estavam esperando abriram caminho em sinal de respeito. Jack estava vestido com um terno preto e caminhava a passos firmes; Grace pensou que ele tinha a pose de uma figura poderosa. Como John também tinha, mas de uma maneira diferente.

– Estou pronto para ver meu ancestral de novo – disse ele, com entusiasmo, enquanto beijava Grace na bochecha. Ele e John assentiram um para o outro.

Neste momento, a voz de Callie surgiu no corredor.

– Mais uma vez, obrigada pelo conselho – ela estava saindo do escritório de Miles com um sorriso no rosto ao se despedir.

Jack caminhou na direção da moça no exato momento em que ela virou-se. Ao olhar para ele, Callie arregalou os olhos.

Grace sorriu, pensando que Jack tinha o hábito de causar esse efeito nas mulheres. Depois hesitou, sem saber ao certo como apresentar Callie a ele.

O amigo se encarregou de tomar a iniciativa:

– Sou Jack Walker.

Callie fez uma pausa antes de estender a mão. Depois de cumprimentá-lo, ela recuou e olhou para Grace.

– É... obrigada pela oportunidade de conhecer Miles. É sempre bom conversar com um colega conservacionista.

– Qual é o seu nome? – perguntou Jack, examinando o rosto da moça.

Grace olhou para ele.

– Callie Burke.

– E você é...?

Grace enrubesceu, ciente da sua própria falta de cortesia.

– Ela á uma amiga minha. Veio para conhecer Miles.

– Você é do mundo das artes?

Callie assentiu, como se estivesse constrangida, desejando que o homem parasse de olhar para ela. Grace se perguntou se Jack a tinha ofendido, mas depois viu o jeito que os olhos de Callie se dirigiram a ele.

Era como se ela estivesse intrigada e receosa.

– Se você gosta de arte, então poderia conhecer Nathaniel – sugeriu Jack.

– Nathaniel?

Grace explicou.

– É a pintura de Nathaniel Walker feita por John Singleton Copley. Por que você não fica para dar uma olhada? Não vai demorar muito e estou curiosa para saber a sua opinião sobre ela.

Callie dirigiu o olhar para Jack. E então, com um gesto positivo com a cabeça, acompanhou o pequeno grupo até o laboratório de conservação.

Grace adorava visitar o laboratório e ver o andamento dos trabalhos. O espaço cheirava a verniz e havia sempre algum tipo de música clássica ao fundo. Nas estações ao redor, pinturas em diversos estágios de conservação permaneciam na posição vertical apoiadas em blocos de madeira. Ao lado de cada uma delas, havia um carrinho com que transportavam frascos escuros cheios de soluções, pincéis e escovas para limpeza.

Os funcionários já tinham saído, mas Grace sabia onde estava o Copley.

– Ele está aqui, protegido – disse ela, passando por cima de uma porção de armários que, juntos, tinham pouco mais de cinco metros de largura e gavetas rasas. Com um molho de chaves que tinha trazido consigo, Grace abriu uma das gavetas, puxou-a e tirou o pano. Em seguida, ouviu o suspiro de admiração de Jack ao olhar para seu ancestral.

– Vamos tirá-lo daqui – disse ela. Ela estendeu o braço e tentou erguer a pintura, mas, por causa da moldura dourada maciça e pesada, mal conseguiu deslocar a pintura. Smith pegou-a com cuidado e levou-a até uma das mesas de trabalho do laboratório.

– É lindo – Callie sussurrou, de pé ao lado da mesa.

– Mas é um tipo meio taciturno, em minha opinião – Jack inclinou-se e olhou para a tela mais de perto. – Acho que esta pintura é realmente muito semelhante a ele.

– Os olhos dele são extraordinários – comentou Callie. – São muito expressivos. Uma pena que este olhar transmita a aparência de um homem atormentado.

Jack olhou para o retrato por um longo tempo.

– Sim, é verdade.

Grace aproximou-se da tela e apontou para o canto inferior direito.

– Aqui está a assinatura e a data. É exatamente a mesma época que Copley fez o retrato de Paul Revere que está exposto no MFA em Boston.

– Você se importa se eu der uma olhada mais de perto? – perguntou Callie.

– Claro que não.

Callie acendeu umas das luminárias da mesa e inclinou a haste do aparelho na direção da pintura. Mais de perto, Callie ficou a pouco mais de cinco centímetros de distância da tela, e ajeitou a posição do corpo devagar até se aproximar mais do centro da pintura. Quando ficou mais perto de Jack, ele não se afastou.

A moça estava com um sorriso suave no rosto ao erguer o tronco novamente.

– O que você vê? – indagou Jack.

– Precisa de um pouco de manutenção. Ficou exposto por 75 anos à fumaça e à sujeira, que grudaram no revestimento de verniz, e também amarelou devido à idade. Vai ter de ser tratado com muito cuidado e carinho, mas a tela está inteira.

– Talvez você queira fazer esse trabalho.

Surpresa, Callie olhou para Jack.

– Desculpe?

Grace tentou encobrir o silêncio constrangedor que se seguiu, e sorriu baixinho.

– Você precisa comprar ele primeiro, Jack, antes de contratar alguém para fazer o trabalho de restauração da tela.

– Não importa quanto a tela custar, ela vai voltar para a família – ele virou-se para Callie. – Você tem interesse no projeto?

Houve uma longa pausa antes que ela respondesse.

– Essa pintura carrega um significado histórico enorme, tanto pelo assunto a que ela se refere quanto pelo artista.

Jack encolheu os ombros.

– Então você está dizendo que não tem interesse?

– É mais do que eu já fiz em toda a minha experiência com conservação.

– Então, se você fizer um bom trabalho, vai estabelecer a sua carreira.

– E se eu fizer errado, vou arruinar tanto a pintura quanto a minha reputação.

Grace, que estava entre os dois, olhou para um lado e depois para o outro.

Callie estava olhando para Nathaniel Walker. E Jack estava olhando para ela.

Grace perguntou-se no que ele poderia estar pensando, e chegou à conclusão de que talvez ele só tinha visto em Callie a oportunidade de oferecer a alguém a chance de se destacar.

Smith tinha acabado de acender um charuto e estava com a cabeça apoiada na cabeceira da cama quando seu telefone tocou.

– Sim?

– Ei – disse Tiny. – A ligação estava ruim, falhando...

– Me diga que você está em algum lugar em Nova Jersey.

– Não estou nem perto. O voo atrasou, primeiro por causa de uma ameaça de bomba, e depois por causa do mau tempo. Não chego a Nova York até o meio-dia de amanhã. Para onde quer que eu vá?

Smith praguejou e depois deu o endereço do Hall Building.

– Vamos estar no escritório dela. Piso superior.

– Falou. Agora me diga, o que é esse tal baile de gala?

– Uma festa de alto padrão. Cerca de quinhentas pessoas vão comparecer. Falei com Marks. Se você achar que é seguro, os caras dele estão disponíveis para se espalharem por todos os cantos. Você vai ter apoio de sobra, se precisar.

– Bom saber. O que você acha?

Smith soltou um suspiro de frustração.

– Não sei. As vítimas foram mortas em suas casas e não tenho certeza se esse cara trabalha sozinho. Você precisa se situar antes de decidir. Se você considerar que pode mantê-la em segurança, para ela é muito importante participar do evento.

– E você vai ficar acessível?

Isso era algo com o qual o próprio Smith vinha se debatendo. Se não estava mais fazendo parte do trabalho, ele não deveria ficar pairando sobre eles. Uma pessoa, e apenas uma, tinha de ser a responsável, e não havia a menor chance dele ficar em segundo plano em uma situação que envolvia Grace, mesmo com Tiny no comando. A melhor atitude seria ficar fora da cidade, mas Smith não conseguiria sair. Pelo menos não até que o baile de gala acabasse e que Grace acordasse no dia seguinte sã e salva.

– Reservei um quarto por perto. Você pode me ligar a qualquer hora, chego em poucos minutos caso as coisas percam o controle.

– Para mim está bom.

– Vic – Smith fez uma pausa. Ele nunca usava o nome verdadeiro de Tiny. – Cuide bem dela.

Um ruído de crepitação surgiu na linha e, em seguida, o amigo perguntou:

– Olha, preciso perguntar. O que essa mulher significa para você, afinal?

Tudo, pensou Smith.

– Ela é só mais uma cliente – ele apagou o charuto.

– Aham, com certeza, chefe. Nestes cinco anos trabalhando com você, nunca te vi assim.

– Tudo que você precisa fazer é assegurar que ela continue viva, ok? Faça isso e eu vou te promover.

– Promover? A quê?

– Talvez eu comece a te chamar de Mestre.

Tiny sorriu.

Logo que a ligação terminou, Smith discou outro número. A ligação para o número privado do senador Pryne foi atendida rapidamente pela chefe de gabinete do homem.

– É Smith – identificou-se. – Quando é que pretende viajar?

– Você consegue chegar em Washington depois de amanhã?

A suavidade, a dicção e o cheiro de poder político na fala da mulher fez Smith sentir-se enjoado.

– Sim.

– Ótimo. O senador ficará satisfeito. Você foi muito bem recomendando, sr. Smith.

Logo que desligou o telefone, Smith sentiu uma dor no coração como se tivesse levado um tiro no peito.

Na manhã seguinte, Grace tomou uma decisão. Ligaria para Blair e pediria à amiga que viesse para dar uma olhada no escritório do pai. Escritório *dela*. Já era hora de transformar aquele espaço em algo próprio. Iluminar as paredes. Colocar algumas cortinas nas janelas.

Grace já tinha encomendado uma escrivaninha para substituir a que fora do pai. O móvel levaria dois meses para ser entregue, mas chegaria exatamente no momento que Grace precisava. Feito de madeira de teixo, o móvel tinha acabamento simples e muitas gavetas, para que ela não precisasse mais deslocar o ombro totalmente quando quisesse pegar seus arquivos e documentos. A cadeira continha rodas e seria revestida por couro na cor creme.

E havia algumas outras coisas que ela faria. Grace sempre quis um cachorro.

Um golden retriever, pensou ela. Um animal grande e feliz.

O pai tinha se oposto à ideia de criar um cão de caça, já que eles não o usariam para caçar. A mãe de Grace desprezava tudo que fizesse barulho ou que tivesse pelo. Ranulf não queria nada que competisse com ele a atenção de Grace.

Era isso que ela queria. Um cachorro.

Enquanto imaginava as orelhas grandes e os olhos castanhos e amáveis do cachorro, Grace se deu conta de que finalmente estava assumindo o controle de sua própria vida. Como consequência da mudança, ela estava reavaliando tudo o que antes ela simplesmente aceitava porque era assim que as coisas deveriam ser. Ela tinha perdido a mão dominadora do pai quando ele morrera e agora questionava tudo o que sabia sobre ele. Aos poucos, estava aprendendo a confrontar a mãe. E graças ao que John tinha desenterrado sobre Ranulf e os Von Sharone, ela tinha conseguido um acordo de divórcio que pareceu bastante razoável.

As perdas que os últimos acontecimentos de sua vida lhe trouxeram eram algo difícil de suportar, mas foram equilibradas pelo senso de que tudo tinha sido inevitável e acontecido no momento em que deveria acontecer. Definitivamente, ela teria de encarar a dura verdade sobre as aparências a qualquer momento. Assim como a juventude, as ilusões murchavam e desbotavam, mas, em troca, a sabedoria, a independência e a liberdade compensavam toda a degradação da beleza exterior.

Ânimo, estrela do mar! Quero ver aquele sorriso!

– Não mais. A menos que ele seja real – disse para si mesma, em voz alta.

Ela pegou o vestido que usaria no baile de gala e o porta-joias e saiu do quarto. John estava esperando no saguão, e ela passou por ele com a cabeça erguida. Grace ficou esperando pelo companheiro de trabalho dele, que poderia chegar a qualquer momento, e sentia-se mal. Era como se a agonia da partida de John nunca mais fosse acabar.

Os dois entraram na Explorer e ela fez um esforço para conversar com Eddie sobre seu curso de escrita. Eddie tinha começado um manuscrito para o projeto final, um livro sobre segurança para crianças, e Grace disse a ele que conhecia um agente que poderia ler o trabalho quando ele finalizasse.

Grace passou a manhã inteira no átrio, supervisionando os preparativos para o baile. A equipe de audiovisual tinha montado um pequeno palco na entrada do museu. Eles levaram um monitor para mostrar a ela a breve homenagem que seria feita a seu pai. Os fornecedores do bufê estavam chegando, arrumando as mesas de comidas e bebidas, e a florista já havia chegado com milhares de flores perfumadas.

Era início da tarde quando Grace se deu por satisfeita com a maneira como as coisas estavam progredindo. Depois de um almoço rápido com alguns membros da imprensa, ela e John voltaram para o escritório.

As portas do elevador tinham acabado de abrir quando o celular dele tocou. Ela não estava prestando muita atenção ao que John dizia até ouvir:

– Você conseguiu a prisão preventiva?

Ela interrompeu o passo para dentro do elevador e John fincou os olhos sobre os dela.

– Quando que ele foi preso? – houve um silêncio. – Consegue mantê-lo preso por mais tempo?

Logo que Smith desligou o telefone, Grace perguntou:

– Eles encontraram...

Ele assentiu, e ela ficou surpresa porque o homem não demonstrou o menor alívio.

– Então me conte – exigiu ela, sentindo um leve alívio.

– Isadora foi até a delegacia essa manhã. Ela identificou o homem que a atacou como um funcionário do marido dela. Marks e os homens dele prenderam o cara.

– Quem é ele?

– Um tal de Margis. Já ouviu esse nome antes?

Grace assentiu, abismada com a notícia.

– Claro que sim. Ele é gerente de investimento e *bon vivant*. Vive correndo atrás das mulheres, especialmente as mais ricas. Sei que ele trabalhou com o marido de Mimi numa operação e acho que ele tomava conta de parte do dinheiro de Cuppie. Não tenho certeza se Suzanna tinha algum contato com ele, mas não me surpreenderia se ela tivesse. Quanto à Isadora, ele era muito próximo de Raphael Cunis. Os dois eram parceiros.

– E quanto a você? Alguma vez fez negócios com ele?

Grace pensou por um momento.

– Agora que você perguntou, estou me lembrando de que ele me procurou logo após a morte do meu pai. Ele me disse que, com a mudança do meu patrimônio, eu precisaria de uma atenção personalizada e que ele queria cuidar das coisas para mim. Eu disse a ele que não. Ouvi falar que a empresa dele estava passando por uma crise, e tinha alguma coisa nele que não me transmitia confiança.

John parecia muito concentrado em seus pensamentos.

– Qual é o problema? – perguntou ela.

Ele deu de ombros.

– Marks disse que Isadora admitiu ter tido um caso com o cara. É evidente que ela estava tentando terminar a relação e que foi por esse motivo que ela voltou para a cidade. Era uma relação bastante íntima, diferente das que Margis tinha com as outras mulheres. Embora eu suponha que ele possa sim ter tido relações mais sérias com as outras mulheres.

– O nome dele estava na lista – Grace deixou escapar. – Aquelas listas dos edifícios... Vi o nome dele naquelas listas no dia que você estava estudando-as.

– Sim. Os homens de Marks verificaram e o homem esteve no prédio de Lyden e de Lauer no dia dos assassinatos.

– Bem, estou aliviada – desabafou Grace. Ao observar a expressão de John, ela quase se sentiu na defensiva em relação ao seu otimismo. – O que Marks acha?

John encolheu os ombros.

– Ele disse que foi o cara quem cometeu os crimes. Parece que encontraram várias armas na casa do tal Margis. Ele gosta de facas.

– Então, o caso está encerrado – murmurou Grace. – E eu posso voltar à minha vida normal.

Grace olhou para Smith, que retribuiu o olhar com intensidade. Por um momento, ela segurou a respiração no peito, enquanto todas as suas esperanças secretas e dolorosas voltavam.

Diga que mudou de ideia, pensou ela. Diga que você me ama e que vai ficar. Diga que eu estava certa e você errado e que não consegue imaginar a sua vida sem mim. Diga que eu vou acordar ao seu lado amanhã.

Sem ter de me perguntar onde você está.

Mas, como ele ficou em silêncio, ela se afastou e saiu andando pelo corredor. Não houve lágrimas. Elas viriam mais tarde, Grace tinha certeza.

Sentada à sua mesa de trabalho, Kat olhou para Grace.

– Tem um homem aqui que quer vê-la.

Grace olhou por trás de Kat e avistou o gigante loiro, Tiny, que começava a se levantar. Ela sentiu seu coração partir quando o homem se aproximou, com uma mochila pesada sobre o ombro e um sorriso largo em direção a Smith. A expressão do homem tornou-se imediatamente suspeita depois que ele olhou para ela.

Smith bateu nas costas do parceiro, mas Grace não ouviu o que os dois disseram um ao outro.

Ela entrou em seu escritório e sentou-se à escrivaninha. Alguns momentos depois, os dois entraram. John estava com uma expressão séria, e o homem, como se tivesse sido convidado para assumir o comando de uma bomba-relógio. A bagagem do homem caiu sobre o chão emitindo o ruído de uma pancada.

Quando a porta foi fechada, Grace dirigiu-se a eles com a voz mais imponente possível.

– Embora eu aprecie a sua visita, sr... – ela esperou que o homem completasse a fala.

– Pode me chamar de Vic – ele se pronunciou.

– Vic. Mas creio que não preciso mais dos serviços de um guarda-costas – ela começou a remexer nos papéis que estavam em cima de sua mesa para parecer ocupada.

– Sim, você precisa – John retrucou.

– Não – ela rebateu, com um olhar furioso. – Não preciso.

– Grace...

Ela o ignorou.

– Então, Vic, você pode pegar a sua mochila e levá-la para fora. Sem a menor dúvida, você está aliviado por eu não precisar dos seus serviços. Você não parece feliz por estar aqui.

O homem ficou com as bochechas coradas.

Smith atravessou o escritório rapidamente.

– Tiny vai ficar e ponto final.

– Por quê? O homem já está atrás das grades e o perigo se foi. Não sou menor de idade e não tenho nenhuma deficiência mental, então não preciso de um guarda-costas. E também não pedi a sua opinião.

Sem desviar o olhar, Smith disse:

– Vic, por favor, nos dê um minuto.

O parceiro de Smith desapareceu sem dizer uma palavra.

Mas deixou a maldita mochila.

– Não acho que a gente tenha alguma coisa para dizer um ao outro – Grace não conseguia olhar nos olhos de Smith, então pegou uma folha da pilha de papéis sobre a sua mesa. Era um memorando que ela havia escrito sobre a nova política de despesas.

– Olhe para mim – como ela se recusou, Smith bateu o punho sobre a mesa. Ela saltou e pegou uma caneta antes que o objeto caísse no chão. Contra a própria vontade, ela o olhou nos olhos. – Droga! Marks não tem a confissão do cara ainda. Pode ser que não seja ele. Você tem que se cuidar.

– Eu estou me cuidado. Estou rompendo a minha relação com a Black Watch. A exposição que tive com vocês até agora tem sido tão traumática quanto qualquer outra coisa na minha vida ultimamente – Grace deixou escapar um sorriso tenso. – Sabe, sempre imaginei que haveria algum momento dramático em que você apareceria do nada e me salvaria. De alguma forma, não acho que o trabalho que você fez na porta da varanda tenha sido suficiente. Mas a vida real não tem muito a ver com os filmes, não é?

Porque em Hollywood, os dois acabariam juntos, pensou ela.

Grace pegou a bolsa e tirou o cheque que já tinha preenchido antes e que ele havia recusado.

– Está pronto para aceitar isso agora?

– Não quero o seu dinheiro.

– Mas você vai aceitar o cheque, não vai? Assim não haverá nenhum vínculo entre nós, o rompimento vai ser claro.

John pegou o cheque, com o olhar triste.

– Agora, pegue o seu amigo e saiam daqui – disse ela.

– Tiny vai ficar – John manteve o queixo empinado, mas Grace recusou-se a ser intimidada pela força de vontade dele. Muito menos a ser influenciada por ela.

– Tiny, ou Vic, ou quem quer que seja, pode ir para o inferno, assim como você. Eu não preciso de outro durão na minha vida nem na minha cama. De agora em diante, só vou aceitar homens que façam o meu tipo.

– Não estou nem aí para o que você diz. Tiny vai ficar aqui hoje à noite.

– Ah não, não vai. Dispensei os seus serviços e de toda a sua equipe – Grace estava sendo completamente irracional, mas não havia uma forma de parar a si mesma. Ela tinha perdido a visão de tudo, mas não o vazio que sentia no peito. – A Black Watch está fora da minha folha de pagamento.

– Então ele vai fazer isso para o bem do povo.

– Vou mandar prendê-lo por invasão de propriedade.

– Gostaria que você tentasse isso – John retrucou com frieza. – A polícia de Nova York não põe a mão em nenhum dos meus caras, condessa.

Grace levantou-se abruptamente e cerrou os punhos. Seu corpo tremia.

– Saia! Saia da minha vida!

Smith permaneceu em silêncio por um longo tempo.

E então Grace surpreendeu-se quando ele simplesmente concordou, virou-se e caminhou em direção à saída. Ao chegar às portas, Smith fez uma pausa. Ele abaixou a cabeça, como se estivesse se preparando.

– Adeus, Grace.

E, com essas duas palavras simples, ele saiu.

Ela encheu o peito de ar e tentou respirar, trêmula.

Sem saber muito bem o que fazer, começou a embaralhar os papéis sobre a mesa, a puxar folhas de forma aleatória, fazendo uma bagunça. Cada vez mais rápido, ela remexia os papéis, em busca de absolutamente nada.

As lágrimas escorreram dos seus olhos sobre a mesa que fora do pai, deixando manchas d'água sobre os memorandos e os contratos, sobre as políticas e os relatórios da empresa.

Ela ainda estava chorando em silêncio quando, vinte minutos mais tarde, Kat interfonou.

– Sim? – Grace pigarreou. – O que foi?

– Aquele homem ainda está aqui – disse Kat, com calma.

Tiny. Vic. Parceiro de John.

Outro homem durão com uma arma.

– Bem, por mim, ele pode ficar sentado aí até apodrecer.

Capítulo 24

Depois de conversar com Tiny sobre o baile de gala e ouvir o homem decidir que deixaria Grace participar do evento, Smith se enfiou dentro de um táxi e foi para a casa dela. No caminho, pensou que provavelmente o parceiro estava certo. O risco seria pequeno, especialmente porque os homens de Marks estariam lá, e Tiny prometeu que faria a proteção dela como se ela fosse a presidente dos Estados Unidos, o Papa e Nelson Mandela, todos ao mesmo tempo.

Logo que abriu a porta da frente, Smith sentiu o desejo irresistível de não deixá-la – uma onda de insegurança que o fez esbravejar. Ele correu pela cobertura, juntou suas coisas e fez o que pôde para ignorar o cheiro sutil do perfume dela pairando no ar. Antes de sair, olhou pela última vez para a foto dela junto ao pai.

Em seguida, colocou a chave em cima da mesa, ativou o alarme e saiu.

Quando chegou à rua, chamou um táxi e pediu para o motorista levá-lo até um hotel na Wall Street, que ficava bem próximo ao Hall Building. No momento em que entrou no quarto, pegou o telefone e discou o número privado do senador Pryne. Smith precisava confirmar os locais e trabalhar um pouco no computador. Esperava que ambas as atividades o distraíssem um pouco.

O telefone tocou apenas uma vez antes dele desligar.

Sentado na cama, pôs a cabeça entre as mãos.

Tudo parecia errado. O quarto de hotel. A ideia de voar para o outro canto do mundo. A maldita mochila e as maletas de metal.

Quando ergueu a cabeça, se pegou olhando para o espelho atrás dele, por cima da cômoda. Ao olhar para o seu rosto, viu um homem que estava sentindo a falta de sua mulher. Um homem que, muito possivelmente, sempre sentiria a falta dela. Um homem que estava cometendo um erro.

Ela estava certa. Ele de fato a amava.

Então por que diabos ele estava indo embora?

Mas tinha que deixá-la, disse para si mesmo. Para mantê-la em segurança.

Num piscar de olhos, ouviu Grace chamando-o de covarde.

Ou será que ele estava apenas mantendo si mesmo em segurança?

Quando menos esperava, a voz de Kat surgiu no interfone.

– Vou descer. Você já está pronta?

Grace olhou para o relógio. As horas tinham passado e ela estava quase atrasada para a sua própria festa.

– Só preciso me vestir. Te encontro no átrio.

Ela se trocou rapidamente e colocou o vestido que havia trazido consigo, sem se importar muito com a aparência. No banheiro, colocou um colar de diamantes ao redor do pescoço, um par de brincos nas orelhas e retocou a maquiagem.

Depois de pulverizar um pouco de Cristalle, saiu do escritório e ficou surpresa ao ver Tiny na sala de espera. Ela tinha esquecido que o homem continuava lá, e o lembrete de John fez com que seus olhos ficassem marejados.

Tiny levantou-se como se alguém lhe tivesse chamado a atenção e balançou a cabeça, com firmeza. O homem tinha trocado de roupa e estava usando um smoking.

– Você precisa ir embora – disse ela.

Ele apenas deu de ombros.

– Para nenhum lugar exceto lá embaixo.

– Então seja criativo. Esta cidade está cheia de atrações turísticas.

– Desculpe, condessa. Recebi ordens.

Ela endireitou o corpo e lançou um olhar fulminante sobre o homem.

– Não recebeu ordens de mim, e sou eu quem administra esse lugar. Você não é bem-vindo aqui.

– Tenho bastante experiência nisso. Em não ser muito bem-vindo nos lugares.

– Imagino que seja verdade. Mas ainda assim, você precisa ir embora.

Antes que o homem abrisse a boca mais uma vez, ela foi até a mesa de Kat e discou o número do pessoal da segurança. Grace sabia que estava sendo extremista, mas, estando o suspeito em prisão preventiva, ela não via nenhuma razão para torturar a si mesma e manter aquele homem ao seu redor.

– Tem um intruso no meu escritório – disse ela com a voz meio baixa. – Por favor, venham imediatamente.

Quando desligou, Tiny estava olhando-a com indulgência.

– Você realmente acha que isso é necessário?

– Se você for embora, não será.

Alguns momentos depois, o chefe de segurança e mais três homens apareceram no corredor. O que aconteceu depois foi um caos. Os seguranças da Fundação se aproximaram do homem e o cercaram e todos foram arremessados contra o chão ou contra a parede, com força. O parceiro de John era um dervixe rodopiante de punhos e pernas e era óbvio que ele venceria a briga, embora estivesse em desvantagem.

Enquanto observava a luta corporal e se perguntava quantos de seus homens precisariam de cuidados médicos, Grace se lembrou do presente de Eddie. Em seguida, pegou a bolsa e sacou a clava no momento em que dois homens agarraram os ombros de Tiny. Grace ficou em dúvida sobre como usar a arma e foi então que percebeu que seus seguranças já estavam bem machucados. Tiny não demonstrava o menor sinal de cansaço e ela temia que alguém naquela história se machucasse de verdade.

– Sinto muito por ter causado tudo isso – ela gritou, em meio ao barulho de toda a confusão. Todos eles pararam de se mover e Grace aproveitou a oportunidade para usar o instrumento de defesa, acertando o lado direito do rosto de Tiny.

O homem esbravejou e começou a piscar sem parar enquanto a luta corporal recomeçava. Embora continuasse atacando, os agentes de segurança agora tinham a vantagem e finalmente conseguiram acalmá-lo.

– Vamos levá-lo lá para baixo para despachá-lo – disse o chefe de segurança, com a respiração ofegante. O homem segurava Tiny e um agente lhe colocava algemas. – E depois vamos mandar prendê-lo.

– Não é necessário. Apenas tirem-no do prédio – Grace fez uma pausa. – Ele vai ficar bem?

– Vou ficar muito bem – disse Tiny, debaixo da pilha de homens que estavam por cima dele. – Contanto que você se livre dos seus cachorros e me deixe protegê-la.

O homem que estava por cima dele olhou para Grace, confuso.

– Apenas se certifiquem de que ele está bem – pediu Grace aos seguranças, sentindo-se completamente entorpecida. – Acho que ele é uma pessoa boa.

– Condessa – retrucou Tiny, levantando a cabeça do carpete. Os olhos do homem lacrimejavam e ele começou a tossir, como se estivesse a ponto de vomitar. – Não faça isso. Você não sabe se eles pegaram o homem certo, nem se vão conseguir manter o suspeito na prisão preventiva.

Enquanto olhava para os olhos vermelhos e inchados do parceiro de Smith, Grace respirou fundo e se dirigiu ao chefe dos seguranças.

– Carmine, gostaria que um dos nossos seguranças ficasse ao meu lado durante toda a noite.

O homem arqueou as sobrancelhas grossas.

– Claro. Mas não precisa ter medo desse cara. Ele não vai fugir. Não com o que fizemos com ele. E os homens de Marks estão aqui. Temos tantos uniformes azuis lá embaixo que dá para fazer até um colchão.

Ela murmurou.

– A menos que eles estejam à paisana, peça para irem embora. Não quero que todo mundo fique com medo como se tivessem soltado um alerta de terror ou algo do gênero. Mas quero que alguém fique comigo o tempo todo.

O homem assentiu e fez um sinal para os demais.

Enquanto descia para a festa, Grace se sentiu aliviada ao perceber a sensação constante de entorpecimento. Em circunstâncias normais, ela teria ficado extremamente nervosa diante do possível desdobramento que aquela noite teria. O tipo que comparecia a bailes de gala luxuosos – como o da Fundação – tinha a mentalidade de uma manada, em comparação a qualquer outro grupo de pessoas, e considerava o declínio do prestígio como uma ponta de estoque abominável – algo que deveria ser evitado a qualquer custo. A noite seria um teste de força para a Fundação. E da confiança das pessoas nela.

Grace apareceu no átrio e viu que tudo fora organizado a tempo para os seus convidados, que já começavam a chegar. As mesas tinham sido organizadas em um círculo ao redor da entrada de mármore do museu, e no centro de cada uma delas havia buquês magníficos de rosas brancas e vermelhas, misturadas aos talos de dedaleiras azuis, que exalavam um aroma incrível pelo ar. Garçons uniformizados já passavam as bandejas e traziam bebidas, e um octeto de cordas começava a tocar.

Antes que recebesse os primeiros convidados, Kat aproximou-se dela para acertarem os últimos detalhes.

Meia hora depois, o saguão do Hall Building já estava bastante cheio. A multidão cintilante e maciça circulava pela Fundação. E Grace. Ela ficou admirada com o número de pessoas que lhe desejavam sucesso, com aparente sinceridade, e ofereceram apoio pelo fato dela ter assumido o lugar que fora do pai. Os convidados também fizeram comentários muito positivos sobre a pintura de Walker, a comida e a mudança no local da festa.

Até mesmo os velhos do conselho pareciam ansiosos para parabenizá-la agora que o evento provava ser um sucesso. Enquanto se aproximavam, um por um, oferecendo-lhe apoio, Grace assentia e sorria. Ela percebeu que nenhum deles reclamou sobre a saída de Lamont.

Grace imaginou que deveria estar sentindo alguma sensação de triunfo, mas nada rompeu a nuvem que pairava sobre ela. Face ao sucesso que tinha desejado e para o qual havia trabalhado arduamente, ela teve de retroceder ao desejo de vingança, apenas para enfrentar aquela noite e ser quem todas as pessoas desejavam que ela fosse: Grace Woodward Hall. A bonita filha de Cornelius e Carolina Woodward Hall. A pessoa que ditava a moda. A estrela social. E, agora, a presidente da Fundação.

Ao olhar para a multidão e ver as belas roupas e as joias, os largos sorrisos que floresciam de rostos muito bem conhecidos, ela percebeu que estava em um espaço repleto de pessoas parecidas com ela – e mesmo assim sentia-se completamente fora do lugar.

Mesmo que a reação fosse lógica, levando em consideração tudo o que tinha acontecido recentemente, o deslocamento parecia, de alguma forma, mais permanente do que as dores do amadurecimento, que inevitavelmente surgiam como resultado das grandes mudanças em sua vida. Grace começava a ver o seu mundo de uma maneira diferente e, o que antes lhe parecia familiar, começava a soar estranho.

Contudo, ela não tinha a menor ideia para onde essa nova direção a levaria.

No horário marcado, Grace subiu ao palco e apresentou o vídeo com a retrospectiva de seu pai. Enquanto assistia, lembrou-se de todos os lugares, dos momentos e das circunstâncias de cada fotografia. Embora estivesse familiarizada com cada uma das fotos, Grace as via de uma maneira diferente agora, como se as cores tivessem sido recalibradas. Quando a última foto apareceu, ela observou a imagem do pai sentado em sua mesa com um cachimbo na boca, com o olhar tenso e repleto de emoções conflitantes.

Ela sabia que qualquer solução para as mentiras que ele sustentava viriam sem qualquer explicação ou pedido de desculpas dele. Perguntava-se se a lembrança do amor que ele tinha demonstrado por ela seria suficiente para ajudá-la a encontrar alguma paz de espírito em tudo isso. Mas Grace não tinha certeza.

Quando a imagem do pai esmaeceu, ela teve de engolir em seco muitas vezes antes de conseguir falar.

No momento em que as luzes se acenderam novamente, Grace olhou para baixo e viu sua mãe de pé, na frente da multidão, com as costas eretas, o pescoço tão elegante quanto o de um cisne e o vestido preto perfeitamente ajustado em seus ombros delicados. A expressão dela era de um autodomínio majestoso, embora houvesse certa dose de ternura em seu olhar.

Quando o retrato de Walker foi descoberto, a multidão entrou em profundo silêncio. Jack e Blair saíram à frente durante a disputa dos lances do leilão, e conseguiram ficar entre uma amiga de Grace e um magnata da mídia cujo gosto pela arte americana era bem conhecido. A disputa generosa entre a amiga de Grace e o magnata elevou o preço da pintura para 3 milhões de dólares, mas Jack finalmente arrematou a obra com um lance de quase 5 milhões.

A multidão explodiu em aplausos. A luz dos flashes de câmeras fotográficas dispararam como fogos de artifício enquanto Jack aproximava-se e abraçava Grace, com uma expressão austera que demonstrava o prazer de ter conseguido arrematar a tela.

Algum tempo depois, os convidados começaram a se dispersar. A mãe de Grace estava entre as primeiras pessoas que saíram.

– Acho que tudo correu bem – disse Grace, beijando a mãe e despedindo-se dela. – Embora, é claro, as festas de papai sejam difíceis de serem superadas.

A mãe de Grace estendeu o braço e apertou a mão de Grace numa urgência surpreendentemente.

– Foi simplesmente perfeito, querida. Você fez um excelente trabalho – seus olhos se cruzaram. – Seu pai teria muito orgulho de você hoje.

– Ora, obrigada, mamãe – disse, sentindo mais alívio que satisfação ao receber o elogio.

– Tenho muito orgulho de você. E eu disse a mesma coisa a Bainbridge – Carolina inclinou-se e beijou a bochecha da filha. – Você vai ser uma excelente presidente.

Com um aceno de despedida, Carolina virou-se e desapareceu em meio à multidão.

Grace balançou a cabeça. Foi difícil compreender que, depois de já ter desistido de receber qualquer palavra de apoio da mãe, Carolina tinha finalmente demonstrado satisfação com a filha. E no exato momento em que Grace realmente precisava. Ela sabia muito bem que era cedo demais para imaginar que aquilo fosse o começo de uma mudança, mas mesmo assim apreciou o gesto da mãe.

E então o baile acabou.

Grace ficou após o término da festa, conversou com os fornecedores por um tempo e observou o trabalho da equipe de limpeza, que começava a recolher a sujeira. Ela agradeceu o segurança que tinha ficado próximo dela com muita discrição durante toda a noite, e estava a ponto de dispensá-lo quando decidiu que ir acompanhada para casa provavelmente seria uma boa ideia.

Grace pediu ao homem que chamasse um carro enquanto ela ia até o escritório para pegar sua pequena mala com as roupas e sua bolsa. À medida que subia pelo elevador, sentiu a angústia da solidão e do silêncio.

O entretenimento oferecido pelo baile tinha sido um alívio, mas, como todos os Band-Aids sobre feridas frescas, seus efeitos eram efêmeros. Ao ouvir o bipe eletrônico enquanto o elevador passava pelos andares, não pôde deixar de se perguntar onde John estaria e o que ele estaria fazendo. Ela o imaginou em um avião, sobrevoando o oceano, em direção a algum lugar que só Deus saberia qual era.

Uma parte dela se recusava a acreditar que tudo estava de fato terminado. O senso comum lhe dizia que era melhor que ela caísse na real e que encarasse a realidade o quanto antes.

Seu escritório estava escuro quando entrou, mas Grace conseguiu encontrar a sua mesa com facilidade, tateando a mesa de reuniões e diversas cadeiras. Acendeu a luz ao lado do seu telefone.

Estava pegando a bolsa em uma gaveta quando a voz de um homem emergiu em meio ao silêncio.

– Tudo foi um sucesso!

Grace levantou a cabeça e viu Fredrique de pé entre as portas abertas. Ele entrou no escritório e fechou as portas.

Smith voltou da academia do hotel mal-humorado. Ele tinha literalmente se acabado na academia, mas mesmo depois de quilômetros de corrida e de ter levantado peso suficiente para os seus ombros gritarem de dor, ele ainda não tinha encontrado o que estava procurando. Smith tinha se exposto a um treinamento tão exaustivo que o fez se lembrar dos dias de combate. Continuava tenso, e agora com dor.

Ele sabia que tinha de ligar para o escritório de Pryne. Estavam esperando o contato dele.

Mas, primeiro, Smith foi tomar banho.

Ele estava se secando quando ouviu seu celular tocar. Teve um pressentimento e seu primeiro pensamento foi Grace.

Ao atender, uma voz desconhecida disse:

– Sr. Smith?

– Sim?

– É Joey. O porteiro da condessa.

Smith agarrou o telefone com força.

– O que foi?

– O senhor... é... o senhor me pediu para ligar caso alguém tentasse entrar no apartamento dela. Bem, apareceu um cara aqui há pouco tempo.

– Me conte.

– Ele é um fornecedor. Já o vi antes. Fredrique alguma coisa. Ele disse que a condessa estava precisando de umas roupas, e que ela pediu para ele vir buscar e levar para a Fundação. Eu já vi esse homem com ela antes. No ano passado, na verdade. Mas o senhor me disse para ligar, então...

– Você deixou ele entrar? – Smith perguntou, desesperado.

– Não. Ele ficou meio nervoso. Espero que ele não me ferre por isso.

Graças a Deus.

– Você fez a coisa certa, Joey. Ela ainda está em casa? – Smith correu até o telefone ao lado da cama.

– Não, ela ainda não voltou.

– Me diga como ele estava vestido.

– Era um uniforme de *chef*. Roupa branca. Ele disse que estava trabalhando na cozinha do baile, mas a roupa dele estava limpa, por isso achei estranho.

Do telefone no quarto do hotel, Smith estava discando para o celular de Tiny enquanto conversava com o porteiro.

– Peça para ela me ligar assim que chegar. Obrigado, Joey.

Quando uma mulher atendeu o celular de Tiny, Smith teve a sensação de que a merda tinha sido jogada no ventilador. Um minuto depois, ele atendeu a ligação, com a voz rouca e respirando com dificuldade.

– O que diabos está acontecendo? – Smith gritou.

– Ah, que merda, chefe.

– Fale! – Smith segurava o telefone entre a orelha e o ombro, enquanto começava a se vestir e amarrava o coldre sobre os ombros. – Onde está Grace?

– Não sei. Passei a noite no pronto-socorro e esta é a primeira vez que eles me deixam usar o telefone. Olha, ela não está sozinha. Acho que ela está com um dos jecas que trabalham lá e sei que Marks e os homens dele estão pelos arredores. Ela está bem.

– Está bem um inferno! Eles pegaram o homem errado – Smith bateu o telefone e chamou o número novamente, dessa vez do seu celular, enquanto saía do quarto. Ele estava no corredor, em direção às escadas, quando Tiny atendeu de novo. – Por que diabos você foi parar no hospital?

– Ela me acertou com a clava.

Smith olhou para o aparelho como se estivesse com algum defeito.

– Ela o quê?

– E eu tive essa reação de merda.

– Deus do céu! Se cuida.

– Sinto muito por isso, chefe.

Àquela altura, Smith estava no meio do caminho até o edifício. Desligou a ligação com Tiny e, em seguida, discou para o celular do tenente Marks.

Logo que o tenente respondeu, Smith disse:

– Quantos caras seus estão lá na Fundação?

– Nenhum. Nós os retiramos, conforme ela pediu. Ela disse que ia usar os próprios seguranças dela hoje à noite e, considerando que temos...

– Mande alguns policiais para lá *agora*. Quem quer que esteja na prisão preventiva não é o cara que está matando as mulheres.

Smith atravessou a porta lateral do hotel e começou a correr o mais rápido que pôde. Ele estava a apenas três quarteirões do Hall Building, mas sentia como se estivesse a quilômetros de distância.

– Do que diabos você está falando?

– É o maldito fornecedor, Fredrique.

– O do bufê?

– Ele já tentou entrar no apartamento de Grace essa noite. O porteiro dela me ligou. Não tenho tempo para te passar os detalhes. Você precisa confiar em mim.

– Você sabe como ele é?

Smith deu a descrição de Fredrique.

– E ele está usando uniforme branco de *chef*.

Marks já estava transmitindo ordens antes de desligar o telefone.

Quando Smith chegou ao saguão do Hall Building, um segurança o reconheceu e o olhou da recepção do edifício com um sorriso no rosto.

– Olá...

– Onde ela está?

– A condessa? Acho que ela já saiu. Foi para casa.

Grace recuou até sentir o atrito de suas pernas com a cadeira.

– O que você está fazendo aqui?

Fredrique sorriu.

– Não poderia perder o maior evento da estação. Os canapés estavam ótimos. É claro, eu não teria feito algo tão comum. Seus convidados poderiam ter saído muito mais impressionados. Mas você *não me contratou*.

Ele aproximou-se dela, com o corpo bojudo movimentando-se de maneira irregular por conta da raiva.

– Você me arruinou. Todas vocês – disse ele, com a voz cada vez mais intensa – me *arruinaram*. Vocês me excluíram. Perdi *tudo*. Vocês acham que podem simplesmente pegar a vida de alguém e esmagá-la só porque são ricas e poderosas? As pessoas são brinquedos para vocês. *Brinquedos*.

Grace estava medindo a distância até a porta quando avistou uma faca na mão do homem. A lâmina emitia um reflexo que a fazia se sentir fisicamente doente.

Os devaneios de Fredrique tornavam-se cada vez mais contundentes.

– Quando eu era jovem, vocês precisavam de mim para tudo correr bem nas suas festas. Vocês precisavam de mim. Você me queriam. E então uma outra pessoa veio da cidade e nenhuma de vocês sabia mais meu nome. Era como se eu não existisse!

Grace olhou para o outro lado da mesa, em busca de algo para se defender. Fredrique aproximava-se, e ela desejou veementemente que não tivesse se livrado da bomboniere de cristal repleta de balas de menta que fora do pai. Teria servido como uma ótima arma.

Smith estava próximo às portas giratórias que levavam até a rua quando outro segurança o chamou.

– Ei! Está procurando pela condessa? Ela subiu agora há pouco para pegar a bolsa. Eu pedi um carro para nós dois.

Smith esbravejou, virando-se e correndo em direção aos elevadores.

– A polícia está a caminho... Mande-os para o escritório dela assim que chegarem!

O trajeto para o piso superior foi uma eternidade. Smith começou a pensar que desistiria de qualquer coisa para salvá-la. Para vê-la ilesa. Viva.

E isso incluía a Black Watch, seu estilo de vida, tudo.

Grace tinha razão. Ele estava se protegendo porque amá-la era a coisa mais ameaçadora sobre a qual ele poderia pensar. Mas a outra alternativa era ainda pior. Ele preferia ficar com ela a ter de ficar sem ela, mesmo se o preço fosse a falsa sensação de segurança que ele tinha quando estava sozinho.

Tudo o que ele queria era ela. Tudo o que ele precisava era ela.

Ela havia dito que não o esperaria. Tudo bem. Ele não lhe pediria isso. Ele ficaria ao lado dela.

Ah, meu Deus. Por favor, proteja-a.

Quando saltou do elevador e viu a luz do escritório dela acesa por baixo das portas, sentiu uma ponta de esperança, corrrendo em silêncio pelo corredor. Provavelmente, ela tinha ido trocar de roupa. Deveria estar tirando os sapatos de salto e emitindo um suspiro de alívio enquanto seus pés descalços tocavam o carpete. Provavelmente ela estava bem.

Por favor, permita que ela esteja bem.

Estava prestes a empurrar as portas duplas quando ouviu a voz de um homem. O tom de ameaça por trás daquela voz era evidente, mesmo através da madeira, e Smith passou de um estado de ansiedade para um mortífero.

Em silêncio, empurrou uma das portas e abriu uma fresta. Avistou o homem, a faca e o medo desesperador no rosto de Grace.

E isso era tudo o que Smith precisava saber.

Num impulso violento, ele irrompeu pelas portas. Havia sede de sangue e nada mais que isso correndo pelas suas veias no momento em que ele abordou Fredrique, arremessando o homem com força no chão. Smith era mais pesado que ele e o elemento surpresa o favoreceu, mas diante de toda a fúria que sentia, ele nem precisaria dessa vantagem.

O homem começou a se debater, mas com muito amadorismo. Smith agarrou a faca e rapidamente assumiu o controle da situação. Em questão de instantes, Fredrique estava atordoado e deitado de costas. Mas Smith não parou por aí. Antes que tivesse plena consciência do que estava fazendo, uma mão envolvia a garganta do homem e a outra empunhava a faca na pele do bastardo. Por tudo o que o assassino quase tinha feito a Grace, Smith estava preparado para desviscerar o homem ali mesmo.

Levantou a mão que segurava a faca até a altura da sua cabeça e inclinou a lâmina deixando-a na posição certa para acertar bem no centro do peito de Fredrique. Ele podia sentir o rosnado de um animal dentro de si quando começou a mover o braço.

– John! Não!

Smith congelou ao ouvir a voz de Grace. Balançou a cabeça tentando organizar os pensamentos e olhou para ela. O rosto de Grace estava pálido e suas mãos estavam estendidas em sua direção.

– Solte a faca – pediu ela, com calma.

Smith recuperou a consciência das batidas do seu coração, do barulho da respiração, do ar que saía de sua boca e da sensação da arma em sua mão. Então olhou para baixo, mais precisamente para os olhos de Fredrique. As pálpebras dele estavam escancaradas de tanto terror, e as pupilas, dilatadas pelo medo.

Smith olhou para Grace de novo.

– Ele te machucou? – perguntou, com a voz rouca.

– Não, estou bem.

Em seguida, voltou a atenção para o assassino. O cara estava começando a ficar sufocado e Smith imaginou Grace desfalecendo aos poucos. Empunhou a faca novamente e ergueu o braço ainda mais alto, preparado para mostrar a Fredrique tudo o que as suas vítimas tinham sentido.

– John, solta essa faca! Por favor, não o mate!

O senso de urgência na voz dela o trouxe de volta à realidade. Smith sabia muito bem que estava longe de ser um assassino, então jogou a faca do outro lado do escritório, virou Fredrique com um movimento brusco e, com rispidez, prendeu as mãos do homem atrás das costas.

Smith olhou para Grace.

– Tem certeza de que está bem?

Ela esboçou um sorriso trêmulo.

– Sim.

Quando Fredrique começou a reclamar, Smith se aproximou do ouvido do maldito com os dentes cerrados.

– É melhor você calar a boca antes que eu corte a sua língua fora.

Depois disso, Fredrique não disse muita coisa.

– Grace, chame os seguranças. Os homens de Marks devem estar chegando, mas vamos colocar umas algemas nesse cara.

Enquanto ela assentiu e foi até o telefone, tudo que Smith queria fazer era abraçá-la, mas não havia a menor possibilidade de soltar o homem, que estava debaixo dele.

Dentro de minutos, dois seguranças uniformizados entraram no escritório. Smith saiu de cima de Fredrique depois que os seguranças o algemaram e correu imediatamente em direção a Grace. Ele se enrolou em volta dela, envolvendo-a totalmente com o seu corpo. Quando os braços dela o envolveram, Smith ficou tão aliviado que sua cabeça ficou mais leve. Ao sentir o cheiro dela e sentir o calor do corpo dela contra o dele, Smith constatou que aquilo era nada menos que um milagre.

Com a chegada do tenente Marks e dos seus homens, o escritório de Grace se transformou num batalhão de policiais. Fredrique foi levado e parecia atordoado, repetindo para si mesmo que estar ali tinha sido algum tipo de erro.

– Pode nos dar um segundo, rapazes? – pediu Smith aos policiais e aos agentes que estavam amontoados no escritório. Os homens de azul estavam esperando para tomarem o depoimento dela, mas ele precisava de um momento só com ela.

Quando ficaram sozinhos, ele ficou surpreso diante da postura rija dela.

– Então você me salvou, afinal – murmurou ela, afastando-se. – Rompeu aquela porta... e me salvou. Do jeito que um guarda-costas deve fazer.

Grace caminhou até as janelas com movimentos lentos, como se não estivesse confiando nas próprias pernas. Ergueu uma mão trêmula e tocou o próprio pescoço, depois olhou para os dedos, curiosa, como se apenas naquele momento tivesse se dado conta do quanto estava tremendo.

Smith franziu a testa, pensando na recuperação que ela teria de enfrentar. Grace não estava ferida fisicamente, mas ficaria atordoada com as suas próprias emoções por um tempo. Smith já tinha visto antes. Ele mesmo já tinha passado por isso.

– Grace, você vai precisar de ajuda para superar isso. Posso te recomendar um profissional.

– Vou ficar bem. Embora seja bem típico de você se preocupar – ela manteve a postura rígida enquanto olhava para as luzes da cidade. – Você se importaria de chamar a polícia de volta? Estou me sentindo um pouco cansada e gostaria de ir para casa.

As palavras foram formais e a voz dela tinha um tom forjado de tranquilidade que mostrava a ele que ela estava a poucos centímetros do precipício.

– Grace...

– E, para todos os efeitos, você pode ir agora. Você já fez mais que a sua obrigação. Me salvou.

Houve um pequeno soluço depois da última palavra.

– Não vou a lugar nenhum.

Grace desceu a mão e manteve-a sobre a base do pescoço.

– Não há nenhum motivo para você ficar.

– O que estou tentando dizer é que...

– Ou você vai me prender pelo que fiz com Tiny?

Smith fechou uma carranca.

– Falaremos sobre isso depois.

– Não tem depois para nós.

– Sim, tem sim – Smith caminhou até ela e virou-a, deixando-a de frente para ele. – Não sei como é que isso vai funcionar, mas eu não vou te deixar. Fugir de você hoje à tarde me fez sentir muito mal, como se eu estivesse deixando para trás uma parte de mim. Não quero ficar sem você. Não sei se consigo... viver sem você.

Grace esboçou um olhar temeroso.

– Mas e a Black Watch? E o seu passado?

– Como você disse, vamos resolver isso juntos.

– Ah, é? – ela afastou-se dele. – Antes, você estava muito preocupado com isso. O que mudou?

Ele balançou a cabeça.

– Nada. E tudo.

– Ah, agora sim uma resposta – ela sorriu com pesar. – Na verdade, isso era exatamente o que eu esperava que você dissesse.

Ele franziu a testa.

– Grace, eu...

Grace estava com a voz exausta quando o interrompeu.

– Sinto muito, John. Não acho que há alguma coisa que você possa dizer que me convença de que todos os problemas que você enxerga entre nós simplesmente desapareceram.

– E que tal isso? – ele esperou até que ela o olhasse. – Eu te amo.

Grace elevou as sobrancelhas e abriu a boca ligeiramente.

– Eu te amo. E não quero viver sem você – Smith fez uma pausa. – Não vou fingir que está sendo fácil para mim lidar com tudo isso. Mas prometo que vou melhorar com o tempo. Sou uma pessoa que está acostumada a treinar. Foi assim que sobrevivi ao Exército.

Smith esboçou um sorriso meio sem graça, esperando mais que tudo que ela acreditasse nele. Que acreditasse neles dois. Agora que finalmente via tudo o que tinham juntos, ele rezava para que não fosse tarde demais.

Grace continuou olhando-o. Um silêncio pairou sobre eles, e Smith sentiu um frio no estômago. Ela dissera que não poderia abrir o seu coração de novo, e Smith se perguntou se o amor dele seria suficiente.

Ele estava se preparando para implorar quando ela se aproximou.

Com um empurrão desajeitado, ela o agarrou, quase o lançando ao chão com a força do seu corpo. Grace o segurou com tanta força que Smith achou que não conseguiria respirar, mas não se importou se ela o sufocasse.

Quando ela o soltou, ele inclinou a cabeça e a beijou suavemente.

– Eu te amo – sussurrou ele, saboreando o brilho irradiante da expressão de Grace. Passou o dedo sobre a bochecha dela. – E quero que você saiba que estou preparado para mudar. Não vai ser fácil, mas...

– Pare de falar e me beije de novo – murmurou ela, com um sorriso.

– Não precisa me pedir duas vezes, senhorita – disse ele, levando os lábios até os dela.

Epílogo

Na manhã seguinte, Grace sorriu ao se deitar na cama e observar Smith saindo do chuveiro. Agora aquele corpo era todo dela, para tê-lo e abraçá-lo. Cada milímetro dele.

E ela havia tido uma noite daquelas, lembrou-se, com satisfação.

Quando Smith girou o corpo para secar as pernas, Grace espiou as marcas de suas próprias unhas nas costas dele.

– Olha o que eu fiz com você – exclamou, com uma careta.

Smith olhou por cima do ombro na direção do espelho. Ao se virar novamente para ela, esboçou um sorriso típico do regozijo masculino.

– Me sinto orgulhoso por carregar as marcas das suas unhas, e espero que você faça outras hoje à noite.

Smith envolveu a toalha e a deixou bem ajustada ao redor da cintura. Estendeu os braços e tocou o cabelo dela. O cabelo dele ainda estava úmido e Grace pôde sentir o cheiro agradável de um homem limpo.

O seu homem.

Escolhi bem, pensou ela, enquanto seu olhar penetrava os olhos azuis dele.

Quando Smith começou a rir alto de repente, Grace elevou a sobrancelha.

– Estou pensando em Tiny – explicou ele. – Não consigo acreditar que você o acertou com a clava.

Grace enrubesceu.

– Me sinto muito mal por isso.

– Não se preocupe. Ele é forte o suficiente para superar isso. Estou rindo porque agora ele deve estar engolindo uns ovos de plástico em um avião rumo ao Oriente Médio. Ele odeia ter que comer no avião.

Grace franziu a testa.

– Era esse o seu próximo trabalho?

Quando John assentiu, Grace sentiu uma agitação nervosa.

– Você queria estar lá?

Smith sacudiu a cabeça.

– Não. Sem dúvida, o meu desejo sempre será, a partir dessa manhã, ficar aqui com você – ele inclinou-se para beijá-la.

– Eu te amo, John – ela sussurrou.

Ele se afastou, com um olhar sério no rosto.

– Tenho que fazer uma coisa.

– O quê?

– Quero te levar para jantar.

Ela sorriu.

– Jantar?

Ele pigarreou.

– Quero aparecer na porta do seu apartamento com flores e alguma bugiganga da Tiffany. Vou te levar para sair, segurar a sua mão, puxar a cadeira para você sentar. Tratá-la como uma dama. Ser o seu homem.

Grace sorriu com delicadeza.

– Você sempre me tratou como uma dama. E eu não preciso de flores, nem de jantar ou joias. Só preciso de você.

Smith rolou com ela na cama e colocou-a sobre o seu corpo.

– Bem, isso você já tem.

Grace estava prestes a beijá-lo, quando ele colocou o rosto dela entre as suas mãos.

– Grace, quero que me faça um favor – Smith fez uma pausa. – Quero que me chame de Ross.

Ela prendeu a respiração e sentiu um nó na garganta, olhando-o nos olhos.

– É o meu nome verdadeiro. Acho que está na hora de começar a usá-lo, já que estou começando tudo de novo. Meu sobrenome se foi para sempre, mas pelo menos posso ressuscitar meu primeiro nome.

– Ross – ela repetiu. – Eu te amo, Ross.

Smith levou os lábios até os dela.

– Ah, meu Deus. Fala de novo.

DÊ UMA ESPIADA NO NOVO COMPANHEIRO DE *AN UNFORGETTABLE LADY, AN IRRESISTIBLE BACHELOR*

A mulher aproximou-se dele na sombra e ele a reconheceu pelo cabelo ruivo. Ela caminhou devagar na direção dele e ele expirou o ar com satisfação. Ele estava sentindo falta dela e desejava perguntar-lhe por onde ela tinha andado.

Mas, quanto mais ela se aproximava, menos ele conseguia falar.

Quando ela parou em sua frente, ele estendeu o braço e passou o dedo pela bochecha dela. Ela era extremamente bonita, especialmente seus olhos. Eram castanho-claros, e pareciam conter chamas de fogo, num tom mais escuro que as ondas ruivas recaindo sobre os ombros dela. Ele a desejava. Não. Ele *precisava* dela.

A mulher sorria cada vez mais, como se soubesse o que ele estava pensando. Ela inclinou a cabeça para trás. Olhando para a boca e para os lábios entreabertos dela, uma onda de desejo percorreu o corpo dele. Entregando-se à fome do instinto físico, ele colocou as mãos sobre os ombros dela e a puxou para perto, ávido para receber o que ela tinha para dar – antes que ela desaparecesse novamente.

Inclinando-se, sentiu uma expectativa e algo a mais, que fazia o seu coração bater forte por algum outro motivo além do desejo.

Jack Walker abriu os olhos. Ainda envolvido pelo desejo feroz do seu corpo, não teve certeza se estava de fato acordado. Nem onde diabos estava. Sabia que aquela não era a sua cama, mas não sabia muito além disso.

Olhou ao redor e observou as sombras em meio à escuridão do quarto. Depois de algumas respirações profundas, as coisas começaram a fazer sentido. Ele estava no Plaza Hotel em Nova York, na suíte que sempre usava quando vinha para a cidade.

E a mulher que ele ainda desejava tinha desaparecido no ar. De novo.

Frustrado, olhou para o teto ornamentado. Jack não tinha dormido bem nas duas últimas noites e precisava de um sono profundo o quanto antes. Para começar, ele não era lá uma pessoa muito paciente e a falta de sono não o transformaria na Madre Teresa de Calcutá.

Aquele sonho o enlouquecera. Toda vez era a mesma coisa. No momento em que estava prestes a beijá-la, quando estava a ponto de sentir o gosto daquela mulher, ele acordava molhado de suor e com um mau humor infernal.

Inquieto, teve de se esforçar para sair dos lençóis que tinham se emaranhado ao redor do seu corpo. Quando finalmente conseguiu se soltar, aproximou-se das janelas e começou a observar a vista externa.

Jack tinha visto aquela mulher apenas uma vez e nunca poderia imaginar que ela o impressionaria tanto. De costas, ela estava atravessando a porta, prestes a sair, quando se virou, fazendo os seus cabelos ruivos balançarem sobre os ombros. Os dois se olharam, extasiados. Jack estava intrigado, como qualquer homem estaria, mas não era como se ela tivesse o impressionado apenas pelos seus encantos.

Na primeira vez, ele riu do sonho ao constatar que, aos 38 anos, seu desejo sexual continuava tão intenso quanto sempre havia sido. Mas ele continuava tendo o mesmo sonho, fincando o rosto daquele mulher cada vez mais em sua memória a cada noite. Estava ficando cada vez mais difícil repudiar a sua libido e seus instintos sexuais... que desejavam Callie Burke.

– Jack?

Ele virou-se em direção à cama e avistou o vulto escuro de Blair Stanford. Sua noiva.

– Desculpe. Acordei você.

Ela estendeu o braço até ele.

– Volta para a cama.

Jack deslizou pelos lençóis e sentiu os braços de Blair envolverem o seu corpo.

– Você está tenso – disse ela com a voz delicada, acariciando o tórax do noivo.

Ele roçou os dedos sobre ela.

– Volte a dormir, querida.

– Aconteceu alguma coisa? – murmurou ela. – Você está se debatendo e virando de um lado para o outro todas as noites ultimamente.

– Não há nada com o que se preocupar.

Jack acariciou o braço dela, tentando tranquilizá-la, mas Blair flexionou o braço e apoiou a cabeça na mão.

– Jack, a gente se conhece muito bem para ficar de segredinhos.

– É verdade. Mas quem disse que estou escondendo alguma coisa de você? – ele sorriu para os cabelos curtos e loiros da noiva, perfeitamente ajeitados para o lado direito. Depois, estendeu o braço e alisou os fios, imaginando que ela não suportaria aquele tipo de alucinação se soubesse a verdade. Ainda mais no meio da noite.

Blair ficou olhando para ele por um bom tempo.

– Você está repensando sobre o nosso noivado?

– De jeito nenhum. Por que você está dizendo isso?

Ela hesitou, e foi nesse momento que ele percebeu que ela estava chateada.

– Fiquei muito surpresa quando você me pediu em casamento há duas semanas, e não conversamos sobre isso desde então.

– Nós dois estávamos ocupados. Isso não significa que eu esteja repensando.

O que ele realmente queria dizer era que Blair deveria saber que ele não "repensava" nada. Tendo tomado a decisão de que estava na hora de se casar e tendo encontrado a mulher que ele queria para ser a sua esposa, Jack sentia-se realizado.

Ela balançou a cabeça.

– Jack, esse noivado...

– É exatamente o que eu quero. Você é exatamente o que eu quero. Porque você é perfeita.

Em meio à escuridão, Jack escutou o suspiro dela.

– Só quero que você tenha certeza disso.

– Você sabe o que eu sinto por você.

– Você não me ama, Jack.

As palavras serenas o golpearam. Ele abriu a boca, sem saber muito o que dizer, mas ela colocou o dedo fino sobre os lábios dele.

– Tudo bem – sussurrou ela. – Eu sempre soube.

Ele agarrou a mão dela e a beijou, desejando poder dizer o contrário. Havia muitas coisas em Blair que ele gostava e respeitava. Ela era muito bem-sucedida na administração do seu próprio negócio, uma empresa de decoração de interiores. Blair tinha um estilo gracioso e fantástico. E, por dentro, era uma pessoa extremamente íntegra.

Ele a valorizava. Adorava fazer parte da vida dela. O fato de não amá-la era a única coisa que faltava, mas ele não considerava isso um problema. Esse tipo de sentimento simplesmente era algo que ele não tinha. Por nenhuma mulher.

Jack apertou a mão dela.

– Então talvez a pergunta deva ser outra. Por que você quer casar comigo?

– Porque eu te amo e acho que formamos um bom casal.

– Nós somos um casal *excelente.*

– Então me diga o que está errado.

Jack sacudiu a cabeça com firmeza, mas não ao ponto de dizer a ela que estava sonhando com outra mulher.

– Blair, por favor, confie em mim. Não tem nada acontecendo e não há nada para você se preocupar.

– Ok, ok – devagar, ela passou a mão no ombro dele, um gesto que fazia com frequência. Blair tinha uma maneira especial de lidar com ele, algo que Jack apreciava. Ela o acalmava, mas sem ser indulgente. – Mas espero que você me conte o que está acontecendo em algum momento. Prefiro saber de uma notícia ruim mais cedo do que tarde.

Blair acomodou o corpo sobre o dele e, quando ela pegou no sono de novo, ele encarou o teto.

Foi apenas um sonho, disse para si mesmo. Será que as imagens e as sensações tinham mais relação com a sua libido do que com uma ruiva com quem ele tinha passado apenas... dez minutos?

Além disso, Jack sempre preferiu as loiras. Ele tinha ali uma bela e amável loira, bem ao seu lado, envolvida pelos seus braços. Ele era um homem com um plano muito bem definido para a sua vida e nada mudaria isso.

Este livro foi composto nas fontes Caflisch Script, Adobe Garamond Pro e
impresso em papel Norbrite 66,6 g/m² na gráfica Imprensa da Fé.